判 · 闻时

木苏里 著

湖南文艺出版社

时者,所以记岁也。春夏秋冬和日夜轮转,都在这个字里了。

怎奈松风明月三更，
天不许归期。

木苏里

推荐序

  作者妙笔，设定奇玄。放眼人生，无尽挂牵。
  "解笼人"闻时第十二次从无相门里醒来，开启了新一次的轮回。他这一脉修的本是无挂无碍无执障，偏生他有了放不下的人，在这红尘世间徘徊多年，只为把那人找回来。可谁知现世变化如此之大，他对事物的理解还停留在从前。到了现代的闻时不会放洗澡水、不会用手机、不会打字……直接变成文盲，先前留给沈家的财物也因为断了传人而空落，整脉只留下一个胆子小到不行的徒孙。
  主角闻时无奈接受了这个天坑开局。于是对现世完全没常识的天师大佬带着胆小如鼠的废柴徒孙，开始了惊险刺激的"解笼"生活。
  作品涵盖师徒、萌物与怪力乱神于一体，以寻找记忆为线索，以"解笼"为情节脉络，串联起温暖又悲情的凡间故事。开篇看似带有奇幻色彩的现代都市灵异意味，然而随着故事铺陈，主角闻时千年前的渊源慢慢展开，揭开他不断进入无相门的真相。奇妙设定中尽显人生百态。
  作品世界观宏大，主题深邃。情节推进张弛有度，节奏把控实属一流。伏笔铺垫恰到好处，阅读爽感畅快淋漓。场面实力描写，让人热血沸腾。众生虽渺小，却守护了世间太平。
  随着文本的不断展开，读者逐渐明白"解笼"的含义，无非就是放下普世意义上的执念。而"解笼人"则要理清这团乱麻，解开心结，使人解脱。基于这一故事设定，每一个"笼"都不会是什么甜美的梦，尽显荒诞、黑暗、凶残……因此一直在"解笼"的主角，心性无疑是坚定的、果敢的，不偏不倚，无挂无碍。"解笼人"看多了尘世间的贪嗔痴恨，他自己的"笼"又在哪里？
  故事的妙处也正是在这里。偏生这样的人有了牵挂，为了师傅尘不到，闻时走了十二道无相门，只为从尘世间把他寻回；而尘不到，用自己所有的运气，把他从无尽的深渊中拉回，双向奔赴的师徒情非常动人。

作品中的配角也都出彩，比如一只翅膀就能扇飞一座山的大鹏；比如爱哭、怕鬼又胆小的废柴弟子；比如每天都在犯蠢的搞笑担当周煦，用少年活力和朝气，为沉郁画风抹上一抹亮色。

最为成功的是，作者很高级地调动了读者的共情能力，如同众人一同"解笼"沉浸式密室，齐心协力只为逃脱。

作品让人始于奇妙、终于思考，绝美深情、情节震撼、氛围微恐、诙谐搞笑，很好地展现出作者的创作水准，自然，也成就了一个值得IP开发的好故事。

肖惊鸿

目录

001　**楔子**

003　**第一章**
　　　红尘故人

034　**第二章**
　　　木童子

081　**第三章**
　　　望泉路

175　**第四章**
　　　三米店

332　**第五章**
　　　百家坟（上）

393　**番外**
　　　钱塘旧事

楔子

辅历昭祐三年，一葛姓书生屡试不第，郁结愁肠，卧病数月，水米难进，弥留之际忽然发梦，见自己身负囊箧赶赴京州，途中几失其道，又遭逢山林野兽，奔逃之际不慎溺于泮河，幸得一仙官相助，方保全性命。

书生既见生死，豁然开朗，梦醒后沉疴顿愈。

此后又数年，书生游历各地，见类己者众多，于是著书留记。书中所记皆为梦中事，谓之"笼"，所见仙官为解笼之人，后几经流传，世人将之称为"解笼人"。

第一章　红尘故人

闻哥跟我说，他是一个不会死的人，每每阖了眼，过上几年，又会在某一天，从无相门里走出来。

　　辅历一九二一年清明，在津港，我记得下了很大的雨。他第十一回从无相门里出来，满身污秽。我赶去接他，实在没忍住问了个问题。

　　我说何苦来哉，干吗总要回来，是不是有什么人放不下。

　　他像传闻中的一样不好相处，理都没理我，转身就走，过了半晌才转头问我有吃的没。

　　后来我翻了点旧书才知道，咱们这一脉，满身清明，不偏不倚，修的就是无挂无碍无执障。我那日问的问题真是白日发梦，话本看多了。

　　今年谷雨，还是我亲自送他进的无相门，他模样没变，跟我当年接他的时候一样。

　　后山白梅开了三枝，不知他这次能好好睡上多少年。

辅历一九九五年四月二十五日，大雨倾盆
沈桥于西州

　　"二十五年。"

　　"什么？"司机下意识加大了嗓门。

　　今年清明，宁安也是大雨倾盆。出租车从将军山绕出来时，天已经黑了，交通广播第 N 次提醒"雨天湿滑，注意前路"，司机却总忍不住看后座的人。

　　他接了两个奇怪的客人，一老一小。

　　小男孩很瘦，顶多也就六七岁，却穿着一件过于宽大的 T 恤。他似乎摔过一跤，从头到脚都是湿的，半是雨水半是泥。在他上车前，司机翻出一条大毛巾给他，他也没说谢谢。

准确而言，他就没说过话，直到刚刚突然蹦出一句。那声音又低又冷，没有任何奶气，实在不像小孩。

司机怀疑自己听岔了，忍不住又问一遍："小朋友，是你在说话？"

小朋友没吭气，只是看着他，眼睛映在后视镜里，瞳仁又大又黑。

司机补充道："刚刚广播声太吵，叔叔没听清，就听到个二十五还是五年什么的。"

小朋友依然不吭气。

司机干笑两声："小朋友？"

小朋友的"气门芯"可能被人拔了。

旁边的老头终于看不过去，笑着说："他是在答我的话。"

司机听了更犯嘀咕："您刚刚也说话了？我发现进了一趟山，我这耳朵好像有点问题。"

"不是。"老头转着食指上的老戒指，干枯的指肚摩挲着戒面上"沈桥"两个字，说，"刚刚没说，之前问的。"

司机"噢"了一声。

他不知道这个"之前"意味着多久之前，否则可能就"噢"不下去了。

将军山一带传闻很多，平日没人愿意来。也就是最近生意冷清，所以"滴滴"一叫唤，他就顺手接了单，接完就后悔了。

这一带没有路灯，只有护栏上的反光条发着幽幽荧光。雨实在很大，两边的树影婆娑扭曲。

有时候冷不丁看一眼后视镜，他又觉得后座两人的脸苍白如纸。

司机一边默念"心理作用"，一边禁不住心里毛毛的，只能靠闲聊缓解，结果越聊越慌……

他问后座的老人："这破烂天气，怎么跑山里来了？这地方很难叫到车的。"

老头慈眉善目，看着身边的男孩说："是难，没办法，我得来接他。"

司机说："……噢。"

他不敢问为什么一个小孩会在山里等人来接，只好说："这雨是真大，最近降温，小孩穿这么点冷不冷？要不我开个空调？"

老头依然笑着，摇头说："他不会冷。"

司机道："……噢。"

这个"不会冷"跟"不冷"肯定是一个意思。他这么想着，汗却已经下来了。

他尴尬地在裤子上蹭了蹭手，又朝后视镜里看了一眼，故作爽朗地说："您家这孩子长得是真好，一看就是帅哥坯子，皮肤也白……"

白得都泛青了。

"多大呀，该上学了吧？"

后座一直垂着头的小男孩终于听不下去，抬起脸来，盯着后视镜里的司机看了几秒，肚子咕噜叫了一声。

水珠顺着乌黑发梢滴下来，他舔了一下干裂的唇角，说："开快点，我饿了。"

嗓音活脱脱就是青年人，又冷又低。

司机不知联想到什么，打了个寒噤，从此再没吭过声。

最后车子怎么到的名华府没人知道，反正平时四十五分钟的车程，这次只用了不到半小时。

名华府是宁安最早开发的别墅区，当初很是抢手，因为旁边要建主题乐园和湿地公园。谁知乐园建了三年忽然烂尾，湿地公园也没了着落。名华府跟着遭殃，从万人哄抢变成了无人问津。

贵是真贵，荒也是真荒。

小区常用的是北门，老人却让车停在西门，他先下。

老人把伞抵在肩膀上，腾出手来，冲车里的人招手说："下来吧。"

闻时从车里下来时已经不是小孩身量，俨然是副少年模样，十五六岁。原本过于宽大的衣服这时合身不少，只有裤子还是偏长。

他也没管，伸手接过老人肩上的伞。黑色伞面倾斜，挡着斜吹过来的冷雨，他冲老人抬了抬下巴，说："我不认识路了，跟着你走。"

这是他第十二次从无相门里出来，每次都要有人带路。

沈桥接过他两回，上一回沈桥才十八岁，穿着绸布马褂，戴着挺括的瓜皮帽，上来就管他叫"闻哥"，然后问了他一个不能再傻的问题。

这一回，沈桥看着像他爷爷，当着外人的面，已经不好再叫"闻哥"了，不留神就容易吓到谁。

不过就算他留神，那司机也吓得不轻。

车子穿过大门的时候，小区东北角响起了一阵唢呐声。

俗话说，没有唢呐吹不走的人。出租车司机被那两声吹清醒了，油门一轰，车子在雨中驰掣成了一道虚影，眨眼便没了。

闻时这才从那处收回视线，又舔了舔嘴角。这么几分钟的工夫，他又高了许多，脚踝处堆叠的长裤褶皱彻底抻直，已然是个青年。

"你真饿了啊？"沈桥问。

"你说呢？"

"可惜了。"老人幽幽叹了口气。

"怎么？"

"你这次得自己找点吃的了。"

闻时跟着他绕过一片花园，沿着小路往东走，还没来得及问他为什么，就听见小区里动静喧天。

雨没变小，空气里湿气很重，但依然能闻见细细的硝烟味。平常人闻不出区别，但闻时可以，这个味道很熟悉，是沈家的。

"我领了个孩子来接班。"沈桥朝前面的别墅看了一眼，说，"我一手养大的，跟我当初差不多，今年十八岁了，除了胆子小点，哪里都不错。"

闻时："……"

他没忍住："你领个胆子小的回来干这个？"

沈桥也没忍住："我养他的时候哪里晓得他胆子那么小？"

闻时调侃道："那你还真棒啊。"

沈桥顺着他的话说："过奖。"

闻时："……"

也就是现在沈桥年纪大了不好打。闻时臭着脸心想。

沈桥又朝别墅看了一眼，然后朝闻时作了个旧时的长揖，说："闻哥，沈桥得幸与你认识这么多年，现在我身体不行了，你好好的。"

他想了想，又补了一句："早日解脱。"

说完，沈桥佝偻着身子进了别墅。

闻时看着沈桥那年迈的身体，不禁感慨岁月不饶人。

不多时，他听到别墅里忽然传来恸哭声，悲切凄哀，一个男生开始安排后事。

沈桥就这么走了……

唢呐一声响，野树不知春。

闻时有一瞬间的愣神，忽然意识到，他这一觉真的睡了好多好多好多年……

他握着伞默然站了好久好久，直到听见脚步声临到近处，才抬起眼来——

安排沈桥后事的男生过来了，看年纪，想必就是沈桥口中那个接班的。

闻时这人性格不怎么样，这么多年下来依然不喜欢搭理生人。他垂眼看着面前这个比他矮了近一个头的小男生，就这么睖着对方，死不开口，并在心里给对方取了个诨名叫"矮子"。

那矮子在他面前刹步，和他大眼瞪小眼，杵了半天，终于意识到如果自己不说话，他们能站到明天。

"我知道你。"矮子说。

"哦。"

"爷爷说以后我来接班，咱俩就得一起住了。"矮子又说。

"嗯。"

"但是我没钱。"

听到这里，闻时终于有了比较大的反应。他有点震惊。

过去那些年，他留给沈桥的好东西着实不少。当然，这种好东西不是普通人口中的金银珠宝古文玩，而是另一些特别的东西，只在他们这群人中流通的东西。

总之，闻时这么多年攒了不少，都留给沈桥了，随便拿一点去专门的地方兑换，都能过上土财主的日子。怎么就没钱了？

"不可能。"闻时终于说了个长句，"沈桥没告诉你我留了东西？"

"告诉了，地下室堆满了，用不同的东西装着，码得整整齐齐。"矮子沉默几秒，"但是现在都空了。"

"什么意思？"

矮子沉默片刻，然后说："因为这脉没人了。"

他其实到现在都不太明白自己究竟接了个什么班，只知道沈桥把他养大，让他干什么他都答应。

为了让自己明白些，他总翻家里的古书，里面有一段说：诸行无常，诸漏皆苦，众生煞煞然也，偶有大清明者，谓之解笼人。

这话差不多是说，众生皆苦，挂碍太多，身上多多少少都有怨、憎、妒之类的东西，容易横生是非。

解笼人就是被请去清除是非的人，当然，这样的人自己一定得满身清明、干干净净。

沈桥就总说他干干净净，但是他除了干净，什么都不会，根本上不了名册，也没法把这脉续下去。

所谓解笼人从祖师爷开始往下传，能人颇多，年代久了就分出了枝枝节节许多派系，关系有近有远，慢慢也就互不相干了。

你家的徒子徒孙不能算成别人家的。

所以……

"爷爷一走，这一脉就断了。"矮子垂下头，看上去万分颓丧。

老话说人走茶凉，这话在解笼人身上体现得最为明显。脉络一断，这条线就封止了，那你攒的那些家当，也就跟着消散不见了。

闻时消化了他的意思，跟着就开始脑仁子疼。

矮子毫无眼力见，颓丧完了还问他一句："那你还有别的钱吗？"

闻时一脸冷然："没有。"

"我估计也是。"矮子叹了口气，"那以后我们的日子可能会有点苦。"

闻时一听这话，有点烦躁。

别的好说，没钱使他焦虑，他有点不想活了。

矮子可能看出了他的心情，斟酌片刻，而后补了一句："呃……为了压力小一点点，我把两个空房间挂网上了。"

闻时作为一个睡了很久的人，没明白"挂网上"是什么意思，他"嗯"了一声表示疑问。

矮子晃了晃自己的手机，解释说："招租。"

招租？

真是个馊主意，亏你想得出。闻时显然不赞同。

这人一不高兴就挂在脸上，冷飕飕的。矮子被冻得有点蒙，讪讪道："这样不好吗？"

"好在哪里？"闻时说。

矮子头顶缓缓冒出一个问号。

闻时跟他相对而站好一会儿，终于意识到，那个机灵的沈桥已经不在了。

以往他只是心里想想，对方都能明白他的意思，惯得他能说一个字，坚决不说俩，现在却不行了。他得把心里想的都说出来。

于是他说了："你知道我们是干什么的吗？你招两个普通租客来，回头见到点东西，叫得全区都听见，是吓唬他们还是吓唬谁？"

矮子说："对不起。"

这人脑子不行，道歉倒是快得很。闻时脸色解冻了一些，正准备点到即止，就听对方垂头丧气地补了一句："主要估价下来租金真的还行，俩房间能收七千多元。"

闻时："……"

他对价钱的概念还停留在很多年前，听到这个数字后短暂静默了两秒，然后转头走了。

矮子诚惶诚恐地跟在后面，眼看着要进别墅大门，忍不住问道："那个……所以您的意思是？"

闻时头也不回："当我没说。"

叫就叫吧，爱吓唬谁吓唬谁，关他什么事。

他身高腿长走得快，可真到别墅门前，又刹住了步子。

矮子见他不进门，刚想问"怎么了"，忽然想起爷爷沈桥说过的话——解笼人本质是人。

人生在世，想要保持一身明净其实很难，稍有不慎就会挂点脏。古时解笼人其实规矩奇多，就连进人家宅都有讲究。根骨雅的，进有主的地方，会要一张通行帖，以表郑重，也能和那些不干净的东西做个区分。

不过现在几乎没人这么讲究了，口头邀一下就行。

矮子上一秒还觉得闻时脾气大、不太好相处，这会儿看见他握着银白伞骨，清清冷冷地等在台阶下，又觉得这个被爷爷敬着的人确实不太一样。

"进屋吧。"矮子试探着问，"这样说可以吗？"

闻时正在打腹稿，想着要怎么教他，听到这话一愣，接着便垂眼收伞，抬脚上了台阶。

"你没来过这里吗？"

"没有。"闻时走进客厅，四下扫量。

他每睡一回，再从无相门里出来，会在很短的时间里由小孩长成青年，之后便不再变了，到死也是这副模样。所以他带着沈桥辗转过不少地方，十几二十年一轮换，早些年他们还在西州，刚计划好下一年要搬来宁安，却没能等到动身。

别墅里前来吊唁的宾客很少，稀稀落落。

沈桥的遗像摆在客厅正中，两边高挂着白色丧幡，只要有人作揖俯首，东西堂椅上坐着的两人就唱一声人名，然后吹唢呐、敲锣鼓的吹打一段。

除此以外，客厅内摆件不多，让人一进来就知道这家格外……穷。

朝南的墙上挂着长图，几乎占据了整面墙，是幅画字——就是把字嵌在画里，不懂的人只能看明白画，懂的人知道，这是解笼人完整的名谱，从祖师爷开始，传了哪些人，分了哪些枝丫派别，都在上面。但凡干这行的，家里都有这么一幅画字。

闻时看到了自己的名字，后面跟着徒弟，然后是徒弟的徒弟……一直到沈桥，一条线全是朱笔，代表已不在。

"我花了六年才看明白这张图。"矮子委委屈屈地说。

闻时心说：有够笨的，怪不得我这条线没有继承人了。

他的目光落在沈桥名字后面，皱着眉敲了敲那处："这里怎么多了一团脏墨？"

矮子的脸腾地红了，支支吾吾说："我以前不懂事，看这上面没有自己的名字，就补上了。"

后来他才知道，补了也没用，就是块污迹而已。

闻时盯着那处分辨半天，才认出那狗爬一般的名字——夏樵。

他怀疑沈桥收这个傻徒弟，就是因为名字像，被缘分搅瞎了眼。

名谱画边有个香案，上面供着一幅狰狞凶恶、花红柳绿的画像。画中人手持一把白梅枝，跟那夜叉似的糟心模样实在不搭，显得不伦不类。

画边写着三个遒劲的字——尘不到。

"祖师爷名字挺特别的。"矮子夏樵说。

"这是他官家名。"闻时说，"厉害的人才有这种东西。"

"那他本名呢？"

闻时看着那幅画，片刻后垂眸抽了三根香点上，拜了三拜，说："谁知道。"

"他们为什么拜那个？"一个哑哑的声音突然横插进来。

闻时把香插上，转头就见一个十四五岁的男生站在不远处，指着祖师爷画像问身边的中年女人："不是说不能拜吗？拜了会……"

话没说完，倒霉孩子就被中年女人摁住了嘴。她"嘘"了一声，低声呵斥道："平时怎么跟你说的？口无遮拦！"

她瞪了瞪眼珠，最后几个字从唇齿间挤出来，很有吓唬的劲儿。

说完，她抬头抱歉一笑，也不知是冲夏樵还是冲画像说："不好意思，小孩不懂事，话不当真。"

"哦，没事没事。"夏樵连忙摆手。

谁说没事？

闻时想说话，但见夏樵那尿样，又生出一种话不投机的感觉，懒得开口了。

女人摁完儿子，去沈桥遗像前匆匆一拜，旁边的吹鼓手唱道："张门徐氏一脉，张碧灵。"

"这名字耳熟。"夏樵嘀咕着，转头朝名谱图一扫，果真找到了这个张碧灵，她那条线在闻时这条上面一些。

"闻……那个……"夏樵想叫闻时，但又不知道该怎么叫，叫哥吧，他跟沈桥的辈分就乱套了；不叫哥吧……难道叫爷爷啊？

"我没名字？"闻时冷眼看他。

"不敢叫。"夏樵一副老实样，悄声问了一个他想问很久的问题，"这个名谱图有时候会变，下面的名字会跑到上面去，只有咱们家这条线一直稳稳镇在最底下，是因为资历久吗？"

闻时："……"

他用看智障的眼神看了夏樵一眼，说："不看资历，看每条线上活着的传人。"

夏樵问："然后呢？"

闻时答："谁厉害谁位置高。"

夏樵继续问："那最底下的……"

他看着闻时要死一般的眼神，默默闭了嘴，明白了——这名谱图就好比一张排行榜。闻时这条线，从沈桥收了他开始，就注定沉在最底下，已经沉了好多年。

怪不得这些年跟沈家来往的人越来越少，如今前来吊唁的更是屈指可数，且来的多是普通邻居，像这种名谱图上的，这个张碧灵还是第一个。

夏樵偷偷觑了一眼闻时，心里有些愧疚，也有些颓丧。

不知道以前闻时这个名字在画中哪里，也不知道闻时看了自己现在的位置，会不会想捶死他。

闻时是想捶死这个没有用的玩意儿。但比起这个，他更想好好洗个澡，吃点东西。

"浴室在哪儿？"他拍了拍夏樵，说，"借我一套干净衣服。"

"哦，房间里有，我给你拿。"

闻时跟在夏樵身后，走到卧室过道里时，忽然有点不舒服。他已经很久没有这种体验了，就像是被什么东西盯着。

他回头看了一眼。

过道里视野很窄，只能看到另一个卧室敞开的门，以及客厅的人斜投在地上的影子。

"闻……"夏樵的声音从主卧传来，他挣扎了一下，放弃似的说，"算了，我还是叫你闻哥吧。得罪得罪，我不是有意要乱辈分的。"

他尻兮兮地朝天作了几个揖，递了套干净衣服过来。

闻时这才从影子上收回视线，接了衣服转身走进卫生间，然后倚在门框上开始等。

夏樵本想回客厅，看他这模样，突然就迟疑起来："您……不是要洗澡吗？"

"嗯。"

"那您……看我干什么？"

"等水，等盆，等毛巾。"

"嗯？"

十八岁的夏樵跟闻时大眼瞪小眼，片刻之后突然意识到了他们之间隔着一个时代的鸿沟。

"等下，我给你把水调好。"夏樵麻溜地滚进浴室，给那位爷调热水。

闻时还是靠在门边，目光落在斜前方的地砖上，那里依然影影绰绰，投照着客厅里的景象，看不出什么问题，但那种被盯着的感觉始终没消失。

他看了一会儿，忽然阖上眼皮。

常人闭眼总是一片黑暗，他不是，他闭眼之后看到的东西甚至比睁眼时看到的还要多。

"闻哥？"夏樵突然从背后拍了他一下，"你困啦？"

闻时睁开眼，回头看向构造有些复杂的淋浴间，水放了一会儿，热气已经氤氲开来。

"没有，我洗澡，你可以走了。"

夏樵给他说了一遍架子上摆放的东西，然后抓着手机往外走。

闻时盯着那个亮白的屏幕，听见它接连振动着，问了一句："怎么了？"

"哦。"夏樵一边飞快打字一边说，"我不是说两个房间挂网上了吗？刚刚有租客联系我看房，我在跟他说具体的情况。"

"……"

闻时眼神中透露着怀疑："拿这个就能联系？"

夏樵抬起头，表情比他还怀疑："不……不行吗？"

"行。"闻时恢复冷淡，顺口说了句，"在我的印象里，联系人不用这个。"

夏樵问："那用什么？"

闻时想了想，说："BP机。"

夏樵："……"

他曾经对沈桥发誓说代沟不成问题，他会跨过去，让闻哥宾至如归。但他现在忽然意识到这沟有点宽，他胯疼。

他想了想，把屏幕伸到闻时面前，让这位大爷直接看结果。

彼时中介刚好发来一句话，说："谢先生说明天晚上有空，您看您这边方便吗？"

闻时看不懂智能手机，但听得懂人话。他听完中介的语音，冲夏樵招了招手，示意对方凑近点。

夏樵不明所以，附耳过来。

他闻哥顶着一张帅脸，操着又冷又好听的嗓音，问了他一个很有灵魂的问题："这好比过去的电话？那我这么说话，对方听得见吗？"

夏樵："……"

这代沟也太大了点。

夏樵想了想，握着手机调出九宫格键盘，说："哥，你还是把这当成电报吧。"

闻时懂了。他直起身，指着屏幕道："那你给他发，哪个时间都很方便。"

夏樵说："……我觉得我不太方便。"

闻时皱起眉。

夏樵缩了缩脖子，说："哥，今天这是人多，还算好。你是没见过咱们小区平时晚上是什么样。"

"什么样？"

"挺瘆得慌的。我跟着爷爷在这儿住了十几年，到现在，晚上都不敢一个人上厕所，更别说出门了。"

"……"

闻时面无表情地沉默两秒，随后请夏樵同学滚了出去。

他关上卫生间的门，抓着领口扯下T恤，劲瘦好看的腰线从布料中显露出来。他不大高兴地想，原本还打算做个好人，捞一捞这不争气的徒孙，现在觉得……也没必要捞了。

等这位日常自闭的祖宗洗完澡出来，夏樵已经接待完两拨新的来客了，倒是那个名谱图上的女人张碧灵还没离开。

她正站在玄关前跟夏樵说话，一只手还拽着她那个口无遮拦的儿子。

"沈老爷子是明天上山吧？"张碧灵问。

"嗯。"夏樵点了点头。

"几点？"

"早上六点三刻出发，您要来吗？"夏樵问得很客气。

她盯着沈桥的遗像，轻声道："六点三刻？哎，我可能有点事，但来得及的话，还是想送送，老爷子不容易。以前……"

以前这脉很厉害的，就是人少，落得现在这个情境，可惜了。

这话夏樵听过很多次，都会背了。不过张碧灵好一点，刚开了个头就刹住了，尴尬而抱歉地冲夏樵笑笑。

可能是为了弥补吧，她对夏樵说："你特别干净，这么干净的人我们都很少能见到，以后好好的。"

说完她拍了一下儿子的后心，皱着眉小声说："作三个揖，快点！"

她儿子大概正处于叛逆期，甩开她的手，不情不愿地低了低头，态度敷衍，最后一个更是约等于无，做完就推门走了。

张碧灵只得匆忙打了招呼，追赶上去。

夏樵关上门，一头雾水地走回来，抬头看见闻时，忍不住问道："闻哥，他干吗冲我作揖？"

"因为他在你这儿说了不该说的话，不好好作个揖会倒大霉。"闻时朝远处的祖师爷画像努了努嘴。

"哦，就是说祖师爷不……"

闻时："……"

"呸。"夏樵给了自己一巴掌，连忙道，"我没说，我刹住了。"

"嗯。"

闻时闷头擦着潮湿的头发，过了片刻道："其实说他不得好死的人多了去，事实而已，不至于怎么样，别疯到对着画像说就行。"

夏樵小心问："为什么？"

闻时抬起头，把用完的毛巾丢在椅背上，极黑的眼珠盯着夏樵，轻声说："因为他会听到。"

夏樵："……"

他在原地愣了一会儿，连忙搓着手臂上的鸡皮疙瘩，声音都虚了："他不是……"

——已经死了吗？

沈桥给他讲过，祖师爷尘不到修的是最绝的那条路，无挂无碍，无情无怖，反正听着就很厉害，但下场不好，怎么个不好法，他年纪小没听明白，大概是一辈子不得解脱之类的吧。

夏樵越想越怵，左右张望着，好像祖师爷就飘在旁边似的。

闻时瞧他那怂样，嘴里蹦出两个字："出息。"

夜里九点左右，再没新的宾客进门，几个吹鼓手收了唢呐、锣鼓，点了烟，凑在后院窗边聊天。

夏樵在厨房开了火，用之前煨的大骨汤下了几碗龙须面，又切了点烟熏火腿丁和焦红的腊肉丁，齐齐整整地码在面上，撒了碧青葱花，招呼他们来吃。

这是闻时醒来后吃的第一顿正食。他虽然说着饿，但没动几筷子。

夏樵差点以为自己搞砸了，小心翼翼尝了两口，觉得汤汁鲜浓，肉丁焦香，面也劲道弹牙。

吹鼓手们呼噜呼噜一阵吸溜，一碗面就下了肚，抹嘴道了谢，又扎堆去抽烟闲聊了。

夏樵便问道："闻哥，你不饿吗？"

"我不太吃这个。"闻时答道。

夏樵以为他是挑食，正想再问两句，就见他朝窗边瞥了一眼，说："他们不走？"

"你说那几个吹唢呐、敲锣的大爷？"夏樵摇头说，"不走，在这儿过夜。"

闻时问："为什么？"

夏樵红了脸皮，支支吾吾说："办丧事要守夜，我多花了点钱，请这几个大爷留下来陪我们。"

说完，他发现闻时正用一言难尽的目光看着他，然后半是嘲讽半是无语地冲他竖了个大拇指。

夏樵生怕被骂，当即吹嘘拍马道："请都请了，反正也就一晚。不过我觉得今晚我肯定睡得好，有闻哥你在，我还有什么可怕的呢？没有。"

闻时只是睨了他一眼，意味不明地说："那你记住这句话。"

这天夜里十二点左右，夏樵被不知哪里传来的猫闹声惊醒。

那声音又惨又厉，像婴儿哭，但调子长一些，忽而极远，忽而又到了近处。小区被淹没在浓黑的夜里。

夏樵睁了一下眼睛，隐约看见一片光。他迷迷糊糊地想着，今天的月亮怎么泛着绿？

几秒钟后，他忽然一个激灵。

守夜的时候，他不睡卧室，而是睡客厅，面朝屋内，正对着沈桥的寿盒香案，上哪儿看见月亮？

那他看见的光是……

夏樵干咽了一下，重新睁开眼，就见半张苍白人脸浮在香案边，静默无声地点着红蜡烛，那豆大的火焰无风抖了一下，发着灰绿色的光。

夏樵头皮一紧，从沙发床上滚摔下来，却没有声音。

天旋地转间，他想摇醒陪他守夜的几个大爷，却发现那几张临时的铺位空空如也，没有任何人的身影，就好像他从来都是一个人睡在这里。

夏樵差点没疯。他连滚带爬要站起来，腿却没一点儿劲儿。

他连蹬几下，挣扎间，一个冰凉的东西突然轻拍了一下他的后脑勺。

夏樵"嗷"地开了嗓，便再没断过气，像被一万只脚踩过的尖叫鸡，直到他的嘴被人强行塞了东西，一个冷冰冰的嗓音在他耳边说："你要死啊？"

这声音……

夏樵手指发着抖，鼻翼翕动，过了好几秒才瞪着眼睛转过头，就见闻时一只手捏着打火机，一只手钳着他胡乱抓挠的手，大有一种"再动我就放火了"的架势。

空气凝固了好一会儿，夏樵才终于意识到，刚刚站在香案边一声不吭点蜡烛的，就是这位祖宗。

搞明白这点后，他顿觉劫后余生，眼泪都下来了……

真哭。

闻时拧着眉心，先警告了一句"再叫把你扔出去"，然后摘了他嘴里那团白麻孝布。

夏樵哭着说："哥，我指着你壮胆呢，你怎么亲自上阵吓我啊，好好睡觉不行吗？"

"……"

闻时又把布塞了回去。

他把夏樵拎起来，忽然没头没尾地问了一句："你想不想知道，别人总说你干干净净是什么意思？"

夏樵哭到一半，没明白他的意思："啥？"

闻时说："我让你看一次。"

没等夏樵反应过来，他就低斥道："眼睛闭上。"

夏樵下意识照做，接着他便感觉闻时重重拍了一下他的头顶，然后是两肩。他眼前忽然有些烫，伴随着燃香的味道。

绕了三圈后，烫意又远了。

"睁眼。"闻时说。

夏樵有点怕，但还是睁开眼睛，然后他就傻了。

眼前依然是沈家的客厅，摆设没有任何区别，但色调和轮廓都泛着青灰，有种说不出的诡异感。

更诡异的是，他瞥到了不远处的穿衣镜。他差点再次尖叫起来。

镜子里映着两个影子，应该是他和闻时。

之所以说应该，是因为根本看不出原样。其实模样没变，但皮肤白得惊人。他鼻尖其实有颗痣，眼角也有一处小时候磕伤后留下的浅疤，但镜子里的他什么都没有，一切常人会有的细小瑕疵，都没有。明明是他的脸，却仿佛是另一个人，眼睛一眨不眨幽幽地看着他。

在这样深重昏暗的环境里，这可真是制造恐怖氛围的好苗子。

"这是什么？"夏樵声音都劈了。

闻时说："我闭上眼睛看到的东西。"

夏樵说："我怎么变成这样了？"

闻时说："你平时看到的叫肉身相，现在看到的叫灵本相，也叫灵本。"

"正常人身上会有缭绕的黑气，或多或少，但你没有。这就是干净。"闻时的嗓音在夜里显得更冷。

夏樵一抖，慌乱地看向他，这才意识到他也是这样一尘不染的样子，但又有一丝……微妙的不同。

因为闻时的轮廓是半透明的，就像一道虚影。

"闻哥，你……"夏樵磕磕巴巴地说，"你为什么是这样的？"

闻时轻声说："因为我缺了灵本，是空的，什么时候找齐了，什么时候解脱。我来也是为了这个。"

夏樵听得茫然，又有些惊心。他正要继续问，就听窗外又是一阵猫闹似的厉声尖叫。

他吓了一跳，转头看去，就见三个瘦长影子倒映在大理石地面上，扭曲之后变成了四肢着地的模样，以一种诡异的姿势弓起背。

它们头颅的影子歪斜了九十度，缓缓朝客厅内转过来。

借着客厅内灰绿色的烛光，夏樵终于看清了那些东西的模样，它们像是被碾过的兽类，野猫野狗什么的，身体扁平，四爪瘦长，趴伏着从外面探进来，身上萦绕着黑色烟气，幽幽袅袅，像缠绕的水草。

夏樵心脏都要跳停了，用气声问："这是什么啊？"

闻时说："你猜。"

夏樵："……"

他头皮都要炸了！

夏樵快疯了："怎……怎么办？"

闻时脸上没什么表情，手指却一下一下翻折起了袖子。

"闻哥你可以的吧？"夏樵试探着问。

"不知道。"闻时说。

夏樵："……"

闻时没再开口。

他是真的不知道。如果在很久以前，这些对他而言塞牙缝都不够，但现在，他确实不敢保证。毕竟他没有灵本，要达到原本的十分之一都难。

最重要的是……他很饿。

二十五年没有进食了，他很虚弱。

就在他掐着食指关节，正要动手时，一阵铃音突然响起，惊得夏樵差点跳起来。

他手忙脚乱地从口袋里掏出作祟的玩意儿——手机，还差点把它摔成八瓣，本想直接摁掉，结果哆嗦的手指不小心滑到了接通键，与此同时不知道碰到了哪里，前置手电筒也打开了。

煞白刺眼的光亮直照出去，从那三只怪物脸上闪过。

下一秒，手机里响起了一个男人轻而低的咳嗽声，他的声音略沙哑，带着病态的疲惫，说："是夏樵先生吗？我是谢问。"

也许是光太强烈，也许是突然的来电打乱了原定的步调，那三只怪物忽然低头嗅了嗅地面，原地逡巡了两圈，像是找寻什么东西似的，然后疾奔离开了。

闻时没料到这种情况，平静的脸上少有地露出茫然来。

夏樵更是一脸蒙。

电话那头的男人没有听到回应，等了几秒后，又低低地"喂"了一声。夏樵这才咽了口唾沫，说："你……你好，我是夏樵。那个……"

他迟疑了一下，问："请问你谁啊？"

"我是跟你联系过的租客，下午说晚点会给你打个电话。"男人道，"我调了一下时间，明天傍晚五点左右过去，行吗？"

夏樵机械地点了点头，说："行，你这电话救了我一命，你凌晨五点来我都行。"

当然，他也就这么随口一说。

谁知电话那头的人很轻地笑了一声，道："也行，我刚巧那会儿要出门，那就这么说定了。"

夏樵梦游似的"嗯嗯"完，梦游似的挂了电话，再梦游似的瘫软在沙发上。

020

良久过后,他才突然想到什么,跟闻时面面相觑。

凌晨五点?

神经病啊!

"算了算了,我还是给那个谢什么的回个电话吧。"夏樵前脚还管人家叫救命恩人,后脚就忘了人家叫啥。

他冲闻时碎碎念道:"凌晨看房是什么梦幻操作?而且六点三刻还得送爷爷的寿盒上山,回头他来了,我是放下寿盒给他介绍房子呢,还是挽着他去坟上说?是吧哥……"

"哥?"他说了一半,发现那祖宗一字没听,正皱着眉出神。

"闻哥?"

"闻哥哥哥哥哥?"

"……"

"爹!"

闻时终于被这一声"爹"喊回了神:"干什么?"

夏樵:"……"

他这贱得慌的嘴。

"不干什么,就很好奇您在想什么。"夏樵字正腔圆地说,"租客吗?"

闻时:"不是。"

那租客脑子是挺清奇的,但他的关注点在另一件事上——刚刚那三头怪物被电筒光扫到的瞬间,他依稀闻到了某种味道。

人对味道的记忆比什么都长久,他很难具体形容出来,但就是觉得很熟悉,熟悉到……仿佛那是自己的一部分。

闻时忽然起身,从桌案上抽了几张金纹纸,又随手从白麻布边缘扯了两根长线,说:"我出去一趟。"说完便大步流星出了门。

夏樵:"……"

他在沙发上瘫了两秒,突然一蹦而起,连滚带爬地追过去,叫道:"闻哥等等我!"

"不是夜里不出门?"闻时并没有放慢脚步,四下扫了一圈,便直奔东面而去。

夏樵个子小,腿短,迈得飞快才能跟上他:"刚遇到这种事,我疯了才一个人在家待着,我得跟着你,我害怕。"

这个小区住户不多,树却不少,四处影影绰绰,好像哪里都伏着东西。路过一棵半死的树时,闻时顺手折了一根手掌长的干枝。

他十指翻飞动了几下,那几张金纹纸就被折成了不同形状,往干枝上一套,俨然是个简易的纸兽。

那两根白麻线在干枝端头和分叉上绕了几圈,另一头缠在闻时手指上。

"这是什么?!"

夏樵的眼睛还没恢复常态,在他现在的视野中,那纸兽落下便能动了!纸兽周身缠着锈蚀的锁链,额心一抹血痕,瞳仁全白。

闻时缠绕着麻线的手指一抬,纸兽便踏着前蹄打了个响鼻。他说:"折纸。"

夏樵说:"……我瞎吗?"

"你不是吗?"闻时说完才意识到自己给他短暂地开了一下眼,"哦。那就是㠉。"

"tóng?哪个tóng?"夏樵不解。

闻时沉默了一秒,可能没想到还得给人说文解字:"木字旁,童子的童。"

"木童?木童……"夏樵念了两遍,又想起刚刚闻时折下来的树枝、折纸和现在活灵活现的巨兽,瞬间领会了这个"㠉"字代表的东西,"这是不是跟木偶有点类似?"

当然,这能耐比单纯的操控木偶晓人多了。

闻时听到"木偶"这个比喻时,表情僵了一下,但一时间也没想到更合适的比喻,只能用嫌弃且略不耐烦的语气说:"差不多吧。"

他感觉到夏樵有些讪讪,又补了一句:"这类东西都叫㠉,你理解成傀儡或者木偶也行。操使的方法叫㠉术,沈桥也会。"

其实不只沈桥,他教出来的徒子徒孙都会,当然他自己也有师父——那个最精通㠉术的人,自然还是祖师爷尘不到。

闻时牵着白麻线一拽又一撒,纸兽直奔出去,锁链缠绕撞击间火星四散!

刹那间,烈风横扫而过!

火星迸溅过来,夏樵感觉双眼一阵灼痛,低呼一声,紧捂着眼睛弯下腰,眼泪哗哗流。他心说:这么大的动静,小区保安还不找过来吗?!

可等那一瞬间的痛感过去,他顶着滚烫的风抬起头,发现小区里的树影在呼啸的风中纹丝不动。

远处隐约传来一声兽嗥，跟毫无灯光、一片死寂的小区形成了鲜明对比。

闻时左手一扯，交错的白麻线乍然绷直。兽嗥声由远及近，就像被人拉拽回来似的，纸兽转眼间落到眼前。

它打了个响鼻，把嘴里的东西甩地上。

浓重的血腥味弥散开来，那坨黑影抽搐了一下，彻底没了动静。

夏樵定睛一看，赫然是那三只怪物之一。

它的面部像瞬间枯萎的植物，软绵绵地耷拉在地，一片蜡白，皮肤像毫无生气的棉絮，莫名让人瘆得慌。

夏樵连退几步，这才缓过气来："死……死啦？"

闻时"嗯"了一声。

"闻哥你可以啊！"夏樵忽然有了底气，"那为什么刚刚在家不直接搞死，而是要追出来？"

闻时一点不吃他的马屁，直白道："三只一起，躺这里的可能是你。"

夏樵又漏了气。

"而且……"闻时扯掉指节上缠的线，"我饿了，坚持不了几分钟。"

线被丢下的瞬间，纸兽脚底突然着了一捧明火，转眼的工夫，便只剩下纸灰和焦黑树枝。

闻时在死了的怪物旁蹲下，仔细嗅了嗅。

夏樵不明所以，跟着凑过来，怪物身上的黑雾还在缭绕，他不敢碰，就那么不远不近地吸着鼻子。

"在嗅什么？"他疑惑道。

"灵本的味道。"闻时说。

"谁的？"

"我。"

夏樵一脸震惊："你灵本不是没了吗？"

说完他就明白了，怪不得闻时会突然追出来，原来这怪物身上有闻时灵本的痕迹。

"这究竟是什么东西啊？为什么会有你灵本的味道？"

"惠姑。"闻时说，"一种从地里爬出来的东西，有些人会养。"

夏樵说:"疯了吧?养这个干吗?"

闻时说:"偷东西。"

那些人自己不方便,就会差遣这些秽物出来翻找。它们天生修罗相,最爱吸食珍奇神异之物,包括普通人身上的福禄寿喜。

闻时嗅了一圈,却再没找到那股熟悉的味道,仿佛只是昙花一现,再没踪迹。

虽然这是意料之中的事,但他还是烦躁地踢了这玩意儿一脚,然后问夏樵:"家里有瓶子吗?"

"什么瓶子?"

"随便,能装点东西就行。"

夏樵想说他不敢一个人走,但看闻时满脸不爽的表情,还是老老实实自己回了一趟家。

他以最快的速度冲回去,薅了个保温杯,又以最快的速度冲回来,就见闻时手指抵在惠姑脖颈边,那些浮绕的黑气瞬间流动起来。

他接过保温杯,指肚在杯沿敲了两下,黑雾就像水一般流泻进去,眨眼间,杯子就满了。

"这要干吗?"夏樵捧着装满黑雾的杯子,像捧着不定时炸弹。

闻时薄唇一动,嘴里蹦出一个字:"吃。"

夏樵差点当场疯了。

这什么玩意儿就能吃啊?

结果闻时真的让他把这"炸弹"捧回了家。

"你真要吃这个?"夏樵看着闻时在沙发上坐下,拧开保温杯,忍不住问道。

"嗯。"闻时却像是习惯了,他将手指伸进黑雾中,那满杯的黑雾便一点点地被吸食进他的身体。

夏樵忽然闻到了一股味道,很舒服,但很难形容。

他想了很久,忽然想起小时候住过的老房子,沈桥在附近种了很多白梅,也不知道从哪里弄来的种子,好像一夜就成了林。

他有时候会溜进去乱跑,雨打在白梅林里,好像就是这种味道。

紧接着,他意识到,这种味道是从闻时身上散发出来的。

不过等闻时吸食完所有黑雾,那种味道又消失不见了。他的脸色比之前好了许多,虽然皮肤依然极白,眼珠极黑,但多了几分正常人的感觉。

这个过程其实有点吓人，有几秒钟的工夫，夏樵不敢跟他说话，也不敢看他。直到屋里忽然起了一阵风，夏樵打了个哆嗦，这才回过神来。

"那……那闻哥。"

"说。"闻时抽了一张纸巾，擦了擦并没有任何污迹的手指，把空了的保温杯丢回茶几上。

夏樵没话找话似的问道："你说那几只惠姑是别人养来偷东西的，那它们来我们家干吗？"

他们家都一贫如洗了……

"看上什么东西了吧，谁知道。"闻时说。

"那另外两只……就这么放它们走啦？"

闻时说："我留了东西跟着。"

那三只惠姑身上有他灵本的踪迹，他怎么可能不追？他起码得知道它们是谁养的、从哪里来。

折腾了一番有些耗神，两人没过多久就倚在沙发上睡了过去。

这个季节，天亮得比隆冬早一些。

闻时睡眠很浅，隐约听到鸟叫就睁开了眼。

在沙发上睡觉的感觉并不怎么样，他站起身，押了押脖子，转头看见客厅里的挂钟上，时针刚好快指向五点。

窗边突然传来振翅声，他走过去，接到一只金纹纸折成的鸟。

纸上有沈家的气味，是他昨晚放出去跟着惠姑的。

他拢手收了纸鸟，找来打火机，在红烛上点了火。纸鸟被捏着，在火苗上来回移动。

夏樵抓着鸡窝头坐起来的时候，看到的就是这番场景。

一夜过去，他的眼睛已经完全恢复常态，看人看物都是活生生的模样，再没有昨晚的死气，心情顿时好了许多。

他打开大灯，打着哈欠问闻时在烧什么。

闻时没答话，因为被香烛细细熏过的纸鸟上出现了一个地名——

西屏园。

这什么地方？

闻时正拧眉思索，谁知夏樵却诧异地开了口："西屏园？"

"怎么，你了解？"

"谈不上了解。"夏樵说，"就是听爷爷说过，是一家旧式玩偶店。主要这店背后有点渊源。"

"什么渊源？"

"那个解笼人名谱图上不是有个张家吗？说是一个很大的家族，旁支也挺多的。"

闻时说："我知道。"

张家最早的祖宗只是祖师爷的一个偏徒，能耐不大，发展到现今却成了最有名望的一家，因为广收徒且人丁兴旺。

"关于这家的八卦挺多的，我经常听爷爷提，说是张家旁支这一代出了个挺糟心的人，害父害母害了不少人，真的假的我不知道啊，挺玄的。"夏樵磕磕巴巴地回想着，"反正张家没人敢收他，其他家也离他远远的。"

"然后呢？"

"然后……这个西屏园就是他的店。"夏樵问道，"为什么这纸上会有西屏园？"

闻时说："昨晚追惠姑的结果。"

夏樵睁大眼睛："所以那三个恶心人的东西就是从他那儿来的？"

闻时没说死，只说："有可能。"

他沉吟片刻，随后走到名谱图旁。这张图上他认识的人几乎都亡故了，还活着的，他都觉得很陌生。

"你说的是哪个？"他在图上找了起来。

夏樵咕哝着过来："不知道，这图太费眼了，我不常看。我就记得爷爷说他活着，但是名字被画掉了。"

闻时顺着张家"枝枝丫丫"一路看过去，终于在其中一脉旁支中看到了一个被画掉的名字。看到名字的瞬间，他和夏樵都有些愣怔。

因为那个名字叫：谢问。

客厅内的氛围一时间凝固了，半晌后，夏樵惊呼一声，说："不会这么巧吧！哪个谢哪个问？"

说话间，他的手机振动了两下。

夏樵咽了口唾沫，摸出手机一看，是条信息。

发件人：谢问。

内容：五栋是吗？我到门外了。

"他到了……"夏樵轻声说，"就在外面。"

闻时几乎立刻转过头去。

隔着落地的玻璃门，他看见门外花园的夹道上有一个人。

那人个子很高，穿着衬衫西裤，显得身材英挺颀长，本该是干净得体的扮相，却被他手腕上七八串不知材质的珠串打乱了和谐。

他站在一株半枯的树边，不知弯腰看着什么。

片刻后，他似乎察觉到了屋内的目光，站直身体转头看了过来。

那个瞬间，他嘴角还带着笑，不过下一秒，他就转头咳嗽起来，唇色极淡，病恹恹的模样。

闻时不知道那一株枯树有什么值得笑的，只知道他在看到那个人的时候，下意识阖了一下眼，于是他看到了对方的灵本。

那人身上有两道梵文似的金棕印记，顺着左边脸颊一路往下，从耳根到颈侧，再到肩骨，最后到心脏。

他手腕上的珠串变成了深翠色的鸟羽，红线绕了两道，就那么松松地垂挂在手边。

他皮肤苍白如纸，但周身缠满了腾腾黑雾，像无数道松松紧紧捆扎的锁链，又像从他灵本中探出的妖邪。

闻时从没见过黑雾这么厚密的灵本。那些黑雾就代表一个人身上背负的罪孽，有先天的，也有后天的，但不管先天后天，像谢问这样的，都是世间少见，不愧是害父害母、害人害己的孤星命……

夏樵看到闻时闭着眼，喉结很轻地动了一下。他眉宇间萦绕着某种情绪，稍纵即逝，大概连他自己都没意识到。

愣怔片刻，夏樵才明白，闻时脸上一闪而过的情绪，应该是一种浅淡的难过，或者叫……悲悯，他在沈桥眼里也看到过。

这些解笼人，见到世上的一些人，总会露出几分这样的情绪。

闻时嘴唇又动了一下。

夏樵下意识问："你说什么？"

闻时睁开眼，目光依然落在花园中，过了片刻才终于开口，说："我饿了。"

夏樵："……"

不是，悲悯呢？

他们正说着正事呢，他怎么突然就饿了？

夏樵满头问号。

他傻了半天，终于想起常人灵本上缠绕的黑雾，又想起闻时昨天吃的东西，恍然大悟。

"他身上黑雾很多吗？"夏樵试探着问。

"你说呢。"闻时异常平静……然后舔了一下唇角。

……

这哪是租客，这是来了个外卖吧。

夏樵愣怔间，"外卖"按了门铃。

夏樵迟疑片刻，还是过去开了门。

四月的凌晨，寒凉气依然很重。那个叫谢问的男人又偏头闷咳了几声，这才转过脸来。病气也盖不住天生的好皮相。

"不好意思，今天风有点大。早知道还是该多穿一点。"他说。

可能是因为这人害父害母的名声太响，夏樵莫名有点怕他，下意识缩了缩身子，也忘了礼貌和答话。

倒是闻时朝他手臂扫了一眼，那里明明搭着一件黑色外套。于是闻时半点不客气地说："带着外套不穿，你不冷谁冷？"

谢问大概没想到进门会是这个待遇，愣了一下。

他低头自我扫量一番，抬起搭着黑衣的手臂："你说这个？"

闻时没吭声。

他抬起头的时候，眼睛已经弯了起来，脾气很好地解释道："这不是我的，颜色太沉了，也不是我喜欢的样式。"

闻时面无表情，心说"谁管你喜不喜欢，跟你那黑雾明明挺搭的"，但不吭声。

在这种情况下，缺心眼的人才感觉不出气氛有问题。识时务的，可能打声招呼就走了。但谢问是个奇人。

闻时没给好脸的态度，似乎很让他感兴趣。

他眸光微动，在闷咳间打量了一番，然后依然笑着问："你是夏樵吗？"

在电话里，他还十分礼貌地叫着"夏樵先生"，这会儿当着面，不知为什么又把那些都省了。

闻时动了动唇，嘴里蹦出俩字："你猜。"

这俩莫名就对峙上了，偏偏还隔着一小段距离，远程滋火花。

夹在中间的弱势个体被火花滋了一脸，忍不住插话道："那个……不好意思，我才是夏樵。"

谢问这才从闻时身上移开视线。

他看向夏樵的时候，也打量了一番，不知在斟酌什么，过了片刻才点点头："我猜也是你。那他是？"

夏樵心说"他是我爷爷的祖宗"，但嘴上还是老老实实道："我哥哥。"

谢问"哦"了一声，点点头："我得罪过他吗？还是你哥哥本来就挺凶的？"

也许是离得近，他便懒得费劲，声音轻了不少，但又问得很认真。

闻时："……"

夏樵答也不是，不答也不是，只能干笑一声，说："他今天起早了，心情不太好。"

其实这会儿的闻时确实反常。他以前也就顺嘴堵人两句，更多时候心里想想就算了，这么明摆着的针对还是第一次。但这不能怪他，还是谢问的错。

明明还不认识，闻时对谢问已经有了相当复杂的情绪——

一方面，他追踪惠姑追到了西屏园，在弄清事实前，很难对西屏园的主人有什么好感。

另一方面，他看到谢问就开始饿。

当你饿极的时候，有人往你面前摆了一桌美食，然后竖个"有毒，就不给你吃"的牌子，你烦不烦？

闻时现在就是这个状态。

他蹙着眉，盯着谢问看了一会儿，终于受不了这诡异又微妙的对峙，扭头走了。

夏樵有点担心，叫了他一声："闻哥你干吗去？"

闻时头也不回地进了厨房，语气硬邦邦地说："找吃的。"

厨房非常干净，案台上没什么东西。闻时挨个开了一遍柜子，看到了油盐酱醋以及大米。他又打开冰箱，从上到下扫了一遍，饭菜没兴趣，其他不认识。他强忍着脾气，随便挑了个盒子。

听到谢问往客厅那边去了，他才从厨房里出来。

于是夏樵一回头，就看到某位祖宗倚着厨房门，叼着他昨晚拆封的巧克力，目光凉飕飕地看着这边。

不知道为什么，这场景就很神奇。

"你今年多大了？"谢问忽然开口。

他明明是来看房子的，却只是粗略一扫，反倒对聊天更有兴趣。

夏樵亦步亦趋地跟着，答道："十八岁了。"

"哦，看着挺小的。"

是想说我矮吧……夏樵腹诽。

他胆子小，跟谢问离得近点就会不安，于是三步一回头，巴巴地希望闻时能过来救场，哪怕是怼呢。

偏偏闻时装瞎。

"那你……"谢问跟着朝闻时看了一眼，话语间的停顿像故意省略的形容词，"哥哥呢？他多大了？"

夏樵怀疑他省略的是"凶巴巴"之类的字眼，正要开口编个答案：跟我差不多。他背后远远传来五个字打断了他的话："关你什么事。"

谢问笑起来。

夏樵这才想起来，沈桥以前说过，不要随意跟陌生人说自己的年纪，保不齐碰上个厉害角色。

幸好，他说得并不具体。而且这个谢问……也不是什么厉害角色。

传言说，解笼人里面，张家一脉能人辈出，本家也好，外姓旁支也好，都是同辈中的佼佼者，唯独两条线是败笔，其一就是昨天来祭拜的张碧灵，其二就是被除名的谢问。

哪怕就是这两个败笔，也有区别。

张碧灵一家据说资质一般体质弱，所以能力有限，但即便这样，也排在闻时这脉上面。

至于谢问，他自己都满身黑雾，又怎么去帮别人？所以他学了也没用，注定要被除名。

这事放在很多人身上，都会变成一块心病，但谢问好像并不在意。

他从那幅长长的名谱图边走过，既没有排斥到无视它，也没有驻足细看它，而是像对待一幅普通的画，扫量一番便移开了眼，并不关心。

闻时嘎吱嘎吱吃完了一盒零食，没滋没味，但聊胜于无。

他又去冰箱摸了一盒牛奶，几口喝了。那股冰凉缓解了身体里的饥饿感，他觉得自己好些了，便扔了空盒回到客厅。

夏樵趁着谢问没看到，双手合十冲他磕头，求他去救命。

闻时过去的时候，谢问正站在祖师爷像前。

他似乎对这块地方格外有兴趣，目光从盛满细灰的香炉移到"尘不到"三个字上，又移到画上，甚至伸手在画中人的大红衣袍上抹了两下。

夏樵差点脱口而出：使不得使不得，乱碰祖师爷，你怕是不想活了！

闻时也皱起眉道："摸什么呢？"

谢问捻了捻指肚。

他的手指同样是病态的苍白色，于是拇指沾染的那抹红便格外显眼。他用一种奇异的目光盯着那抹红看了几秒，然后说："袍子颜色挺艳的。"

闻时绷着脸没搭理他。

谢问又问："这谁画的？"

闻时终于开了金口："我。"

谢问那种奇异的目光又出现了。

闻时被他看得很不高兴："有什么问题？"

谢问说："你见过他吗？"

"谁？"闻时没反应过来。

谢问指了指画像。

他这个问题其实很奇怪，没有谁会问一个二十多岁的年轻人：你见过千百年前的某个人吗？

但那瞬间，闻时并没有意识到这一点。

他只是在想，他应该是见过尘不到的，甚至算是那个人的徒弟呢。但那是太久太久以前的事情了。时间太久了，他已经想不起来很多人的样子了。

当初闻时画这幅画的时候，跟在他身边的还不是沈桥，是他当时的徒弟。小徒弟按照要求准备好了所有东西，而他在桌案边站了一天，却不知道该怎么落笔。

小徒弟问他是不是笔墨有差错。

他说不是，只是不记得要画的人长什么样。

小徒弟很愁，他从没见过尘不到，连个参照的模子都找不到，又不忍见闻时在桌前耗着，便找了各路神仙的画像来，于是有了这么个拼拼凑凑的东西。

……

屋里突然响起铃声，闻时乍然回神。

铃声来自夏樵的手机，他让到一边接了个电话，得知带他们去葬寿盒的司机已经出发，正往这里来。

闻时朝挂钟看了一眼，这才发现六点了，他们收拾收拾该出发去山上了。

刚刚的话题被打了个岔，便没再续上。本就是无事闲聊，谢问没再好奇，闻时也就懒得再扯个谎。

夏樵挂了电话，匆匆带谢问看了一眼卧室，然后抱歉地说："是我欠考虑，约时间的时候就该说明情况的。今天确实情况特殊，就没法继续招待你，后面还有机会的。"

闻时心说：对，我还盯着你的西屏园呢，跑不掉的。

夏樵又说："租房子我懂的，肯定要多看几家，对比对比，挑个最满意的。今天就是看看，定不下来很正常，您回去再考虑考虑？"

闻时希望他连考虑都别考虑，他不希望家里有桌毒性不明的满汉全席四处游走。

谁知这愿望刚冒头，谢问就说："考虑就不用了，我会租的，什么时候可以搬？"

闻时顿时很不开心。

夏樵倒没表现得那么明显，只是斟酌着说："其实这个小区挺偏的，交通什么的都不太方便，也不热闹。"

他朝闻时看了一眼，又挠了挠头说："那个……我说实话，其实好地方真挺多的，没必要着急定在这里。"

谢问说："我觉得有必要。"

闻时问："为什么？"

谢问的拇指一下一下摩挲着瘦长的食指，手背上青色的血管清晰可见。

为什么呢？

因为他第一次看到有人乖乖巧巧用香案供着这个人。

还因为……

"我在抓人。"他看着闻时，忽然弯起眼睛。

就因为这句不知真假的话，胆小且想象力丰富的夏樵背后一直毛毛的。

六点起，来送沈桥最后一程的人陆陆续续都到了。

之前说尽量会来的张碧灵没有出现，反倒是说过有事的谢问始终没有走，拎着那件黑色外套站在稀稀落落的人群中。

他主动要送，主人家也不方便赶人，只得让他跟着。

下葬的地方有些远，山有些偏，又下着雨，路不好走。

车子载了十来个人，缓慢地在雨里爬行。夏樵捧着爷爷的寿盒坐在最前面，闻时坐在他旁边，亲友顺次往后，于是大多数人坐在了前半截座位上。

车子发动的时候，闻时不经意往后扫了一眼。

他本以为谢问这种人生地不熟的，会选择一个人坐在末排，清净。谁知他转头就见谢问坐在第三排，听着前后左右的中年人滔滔不绝地聊着闲话。

那些人的方言腔调很重，闻时反正听不懂，他怀疑谢问其实也听不懂，但对方就是一副乐在其中的模样。

闻时没再管他，拉下帽子抵着窗户闭目养神。

不知过了多久，他忽然听见夏樵小声叫他："闻哥，闻哥。"

闻时睁开眼："干吗？"

就见夏樵僵着脖子缩在座位里，声音轻得快哭了："你往后看一下，车上的人呢？"

第二章　木童子

闻时回头一看，车内空空荡荡，一片死寂，仿佛前来送葬的从来只有他们两个，其他都是错觉。

四周弥漫着陈旧的灰尘味，皮质座椅像摆了很多年，开裂斑驳。闻时撑着座椅扶手站起来，却蹭了满手铁锈。

"我刚刚没扛住，打了个盹，结果一睁眼就这样了。"夏樵哭腔更重了，"闻哥我害怕……"

闻时目光扫过他"梨花带雨"的脸，没吭声，径自扶着椅背往前车门走。

"别走！闻哥你别走，等等我，等等我！"夏樵似乎生怕落单，连忙跟上来。

闻时却没有等他的意思，顺着阶梯下了车。

车外还在下小雨，淅淅沥沥的。闻时把连帽衫罩上，正要继续迈步，夏樵连忙抓住他的肩，惊恐地问："你要去哪儿啊闻哥？我……我不敢乱跑。"

"哦。"闻时终于应了一句，停下步子转过头，就见夏樵脚还在车里，只探了上半身出来，脸上沾了几点雨，落在眼角的疤上。

"你跑不跑关我什么事？"闻时看着那个极浅的疤说，"你又不是人。"

那个从车里探出来的夏樵陡然僵住，轻声说："闻哥你什么意思？我没听懂。"

闻时指了指眼角说："疤点反了。"

四周再次陷入一片死寂。

闻时跟"夏樵"对视片刻，伸手摁了一下门外的紧急开关，大巴车门嘎吱一声拉平，把那探身出来的玩意儿夹在了门缝里。

"夏樵"："……"

等他沿着路往前走，身后便只剩下缥缈的尖叫声。

这条路很平直，两边树木高低疏密一模一样，根本看不出是在往上走，还是往下走，仿佛根本没有尽头。

闻时却没管，只顾往前走。

这种又窄又寂静的环境，就像无人长巷。他走了一会儿，连脚步声都有了回音。

然而没过多久他便发现，那回音跟他的脚步声不同步了。

他当即停步，"回音"却还在继续，越来越快，也越来越近……

就在身后！

闻时转身的同时，肩膀被人重重地拍了一下。

"谁？"他定睛，又看到了一个夏樵。

这次的夏樵痣和疤都没问题，最重要的是人很鲜活——见面就开始哭，肝肠寸断的那种。

闻时经验丰富，一眼就看出他是真的。唯一的问题是……这个夏樵发不出声音。

他嘴两边被人画了线，像延长的笑唇，一直拉到耳根，又被打了两个叉，既滑稽又诡异。

这是拿细灰画的，偶尔也有人能用枯枝，画活了能禁这个人的言，相当于把嘴巴封了，让他一点声音都发不出来。

"谁干的？"闻时皱着眉，从路边找了点湿泥，给他把那两条线抹了，"行了，能说话了。"

夏樵抽噎两下，果真有了声音。他愣了两秒，接着瘫倒在地，拍着腿嗷嗷哭骂："畜生啊……"

"究竟谁给你封的？"闻时问。

夏樵还没开口，就有人替他回答："我给他画的。"

闻时抬起眼，就见谢问不知何时跟了过来。

他手里拿着一截枯枝，扫拨着挡路的藤茎，免得那些沾了泥水的叶片蹭到自己身上，讲究得有点过分。

闻时一看见他，脸就拉得老长。

谢问走到近处，不慌不忙地解释道："我是半路捡的他。他叫得太惨、太大声了，慌不择路，抱着头乱跑。这种环境下哪能这么闹，我就顺手给他画了两道算是帮忙。"

这人说话慢声慢调，放在平时，可以用一句"风度翩翩"形容，但这种时候，尤其在夏樵和闻时眼里，只加重了那种难以捉摸的危险感。

谢问依然笑着，仿佛脾气极好。他看了一眼夏樵，又问闻时："不说谢谢也就算了，还骂我。他是你弟弟，你管不管？"

夏樵难以置信地看着他。

谢问又道："看我干什么？哪句有错？"

夏樵想辩驳几句，但不知道为什么，被谢问的眸光一扫，他就像被大妖盯住的下九流小妖，只剩下尿。

比起夏樵，闻时就明白多了。他很清楚谢问的话是对的，在这种环境下确实不能哭叫，就好比他刚刚在车上碰到假夏樵，如果当场吓疯，反应激烈，可能会有更多那样的东西冒出来，一不小心就永远困在那里了。

当然，清楚归清楚，他就是不想附和。

谢问料到他会是这种反应，也不生气。

主路上没有那些枝枝蔓蔓挡路，谢问把枯枝丢回树丛，对闻时说："不管就不管吧。有湿巾吗？我擦擦手。"

湿巾又是什么东西？

闻时心里纳闷，嘴上却说："没有。"

谢问说："那你有什么？纸巾也可以，能弄干净就行。"

闻时从长裤口袋里掏出打火机，嘴里蹦出一句："烧了最干净，要吗？"

谢问愣了一下，盯着打火机没说话。

片刻后，他忽地转头笑起来，只是笑了两声便受了风，很快转成了闷咳。一般人咳上几声，脸色总会泛红，他却没有，依然是病恹恹的白。

闻时脑中忽然冒出一个没头没尾的想法，他觉得像谢问这样苍白又病病歪歪的人，穿白衣大概挺仙的，穿红衣……恐怕就是修罗相。

谢问四下扫了一圈，在前面找到一处快枯竭的山泉，借着细弱水流洗了手。

夏樵总算缓过气来，战战兢兢地跟紧闻时。他们跟谢问没有并肩，隔着几步的距离，朝同一个方向走。

夏樵问道："闻哥，这究竟是什么地方？"

闻时回道："这叫笼。"

"笼？"夏樵好像听过这个说法。

他想了很久终于想起来，这还是从沈桥那儿听来的。

沈桥说："这世上人人都有憾事，人人都有心结，只是大小程度不同，有些很快便解了，有些怎么都挣不开、放不下，时间久了就会把人捆缚住。灵本上最深、最重的黑雾都来源于此。"

人突逢大病大灾或者寿数终结的时候，灵本总是不稳，于是那些黑雾会反客为主，形成一个局，这就是笼。

如果恰巧有倒霉的人经过，很容易被牵连着带进笼里。

对普通人来说，不小心进了别人的笼，那就是白日撞邪。

但对解笼人来说，这就是该干活了——除恶消罪清是非，叫醒笼主，然后送他干干净净地出去。

"那……那我们现在去哪儿？"夏樵又问。

闻时说："找笼心。"

"笼心是什么？长什么样？"

闻时辨识着方向，说："一般是建筑。"

说话间，前面的谢问忽然抬了一下手，指着不远处的矮山说："我看到了，山后面有房子。"

他熟门熟路，显然不是第一次做这种事。闻时有些惊讶，但很快又想起来，虽然谢问的名字从名谱图上被画掉了，但他好歹比夏樵强，只是水平恐怕不怎么样。

闻时和夏樵加快步子。谢问还是老样子，不慌不忙。于是他慢慢从领先几步，变成了落后一截，也没有要赶上来的意思。

闻时很快绕过矮山，来到了房屋前。

那是一座九十年代的自建房，两层，楼前有青石围墙，抱着一个不大的院子，有两棵树从院墙里探出来。

"这房子……"夏樵打量一番，喃喃说，"小时候老区那边好像都是这种房子。"

"老区？"

"嗯。"夏樵点点头，"我们以前还在那边住过呢，不过现在这种房子都没了，拆完了。"

这房子凭空出现，突兀而孤零零地站在山坳里，小雨带着蒙蒙雾气环绕着它，看起来神秘极了。

"这就是笼心？然后呢？"夏樵有点怕，这种老屋总透着一股莫名的死寂，他并不想离得太近。

可是他不想架不住他哥想。

"然后？"闻时说，"然后当然是进去。"

夏樵咽了口唾沫，心说：你怕是想我死。

"里里里面会有人吗？"夏樵又问。

这次回答他的不是闻时，而是谢问："你觉得里里里面的会是人吗？"

闻时："……"

这人显然有病，都这种时候了，还有心情开玩笑。

夏樵当场就被这个玩笑吓哭了，问闻时："一定要进吗？"

闻时刚张口，谢问就笑着说："也可以我们两个进去，你在外面等。"

夏樵哭得更惨了。

闻时头疼。

夏樵斟酌两秒，觉得还是一个人待在外面更可怕，于是问闻时："那要怎么进？直接推门吗？"

谢问说："好主意，你去推推看。"

闻时："……"

他忍无可忍，指着谢问说："你闭嘴。"

然后，他勉强耐着性子对夏樵解释道："推门不行，动静越小越好，最好不要打扰到房子里的东西。"

"怎么可能不打扰？"夏樵脑子里已经演上了——他们如何如何翻进屋，然后一转头，对上一个近在咫尺的怪物。

"就是可以。"闻时耐心告罄，实在懒得解释。

但他看到夏樵那副惨相，嘴里又蹦出一句："想办法附在别的东西上。"

解笼人入笼有时被动，有时主动，但进笼之后做的事情大差不差，他们会借助一些东西，尽可能悄无声息地到笼心里面去。

他们多数会选择挂画、照片或者镜子这类东西，跟人能产生联系，方便附着，也方便观察屋子里的情况。

等到弄清笼主是谁、心结是什么，他们才会动手帮忙。

夏樵一脸惊恐："附？活生生的人怎么附在别的东西上？"

谢问偏过头，悄声告诉他："谁跟你说我们现在是人？"

夏樵一口气进去，再没吐出来。

生人入笼都是虚相，如果受了惊吓，本体往往会大病一场，夏樵估计是跑不了了。

闻时摸了摸口袋，有点烦。

以往他只要出门，身上一定会带点东西，今早被谢问惹得头脑不清，居然忘了，浑身上下只有一个打火机。

这要怎么把人弄进屋里？

他不爽地闷了一会儿，终于想起来，谢问勉勉强强也算个解笼人，虽然名字被画掉了，但好歹有过名字。不同分支派系总有些不同的办法，没准呢。

于是闻时问："你有办法吗？"

谢问"嗯"了一声："也不是完全没有。"

闻时懒得听他扯东扯西，干脆道："那你来。"

"确定？"谢问顺手从旁边折了三根枯枝，然后冲闻时伸出手。他摊开的手掌薄而干净，指骨又直又长。

闻时看着那只手，忽然陷入一瞬间的愣神，垂在身侧的手指蜷了一下。

谢问说："打火机给我。"

闻时捏了捏手指关节，掏出打火机递过去。

他看谢问点了枯枝，顺手插在泥地里……这些手法比起张家，倒是跟橦术更近。

"先说好。"谢问抬眼看向闻时，提醒道，"你应该听过我那些传言。我也就会点简单把戏，水平有限，复杂的做不来。是你主动让我帮忙的，记住这点，出了差错，不准赖到我头上。"

他脸上还是带着笑，说完五指一拢，三根枯枝相撞的瞬间，闻时眼前一黑。

那个刹那，闻时是后悔的。

但等他再睁开眼，发现自己身处在某个房间中，应该是入了笼心，他又觉得谢问的水平还可以。

他没有轻举妄动，而是扫视了一圈。这应该是个孩子的卧室，除了床以外，地上铺着软质防摔的塑胶毯，毯子上印着九十年代那种卡通图案。

角落有小木椅，以及散乱堆放的积木玩具。显然房间的主人对积木兴趣不大，积木上肉眼可见落了一层浮灰。

　　闻时感觉自己在某个柜子的高处，只是不知道是照片还是画，如果有镜子能看一眼就好了。他刚想找一下夏樵和谢问，就听见房间门外传来了吧嗒吧嗒的脚步声，应该是一个穿着拖鞋的小孩。

　　果不其然，下一秒，房间门被打开，一个穿得像公仔的小男孩跑了进来。

　　笼里的人往往不是常人长相，五官中的某一点会格外突出，其他则很模糊，就像人的记忆一样。

　　这个小男孩突出的地方是眼睛，极大极黑。

　　他跑进房间又突然停住，然后就像是发现了什么似的，直勾勾地盯着虚空中的某一点。那双漂亮的眼睛也因此变得有些诡异。

　　他在原地站了片刻，忽然毫无征兆地歪过头，朝闻时所在的方向看过来。

　　闻时立刻听到了极轻的吸气声，证实了夏樵就在旁边，只是没敢说话。

　　下一秒，那个阴气森森的小男孩收回视线，他吧嗒吧嗒地跑回门边，忽然冲楼下叫道："我房间里好多人。"

　　闻时："……"

　　没多久，一串拖沓的脚步声顺着楼梯传来了，听起来年纪不小，是个老人。

　　从闻时居高临下的角度看过去，可以看到老人灰白色的发顶，因为他的背有点弯，看不到他的脸。

　　老人看到空荡荡的房间，先是很轻地叹了口气，然后摸着小孩的头问："那些人都在哪里呀？爷爷眼睛花了，要找一会儿。"

　　小男孩伸手直指闻时所在的方向："那边！"

　　老人终于抬头看过来……

　　闻时还是看不清他的五官。

　　闻时感觉旁边有东西哆嗦了一下，然后缓缓下滑。不出意外，应该是夏樵吓昏过去了。

　　但他很纳闷，往下滑是怎么回事？画框也好，照片也好，都不是这么个滑法吧？

　　谢问究竟把他们弄到什么玩意儿里了？

　　就在闻时疑惑的时候，夏樵整个滑了出去。

就听"噗"的一声轻响,他眼睁睁看着一个穿着粉裙子的人偶娃娃掉在了地上,脸朝地。

闻时:"……"

紧接着,那个五官看不清的老人弯腰把穿着粉裙子的"夏樵"捡起来,拍了拍灰,搁在床上。他摸了摸小男孩的头,看着闻时这边说:"你说的人,就是你这些洋娃娃吗?"

闻时:"……"

这些……

洋娃娃……

闻时一阵窒息,就想知道两件事:

一、他这个娃娃穿不穿裙子?

二、谢问在哪里?请他去死。

一个"洋娃娃"正在经历怎样的灵魂巨震,其他人当然不知道——

老人还在哄他那个诡异的孙子。

他慢吞吞走到橱柜前,那张没有五官的脸凑过来。近距离看这样的东西,任谁都觉得毛骨悚然,不过闻时已经习惯了。

很多笼的笼主都是这种诡异的模样,就像大多数人的回忆里,自己是没有长相的。再加上这是他的心结、他的挂碍,当他被捆缚在这些东西里,常常会忘记自己究竟是谁、本来是什么样。

"爷爷帮你看过了。"老人走回床边,拍着小男孩的头,嗓音老迈轻飘,说话又极其缓慢,"没有人,别怕,啊。"

小男孩怕不怕不知道,反正床上夏樵的裙子又颤了一下。

"走,跟爷爷去楼下玩。"老人说。

小男孩依然盯着闻时,黑色的眼珠一转不转,过了半天他才勉强点了点头。

"想玩什么?跟爷爷说。"

"木偶。"小男孩说,"爷爷教我做木偶,好不好。"

他说话很奇怪,没有语气和声调,不管是问话还是叫喊,声音都没有起伏,像一条平直而僵硬的线,硬要形容的话,就是空洞。

老人教他:"这样不对,最后声调要扬起来,好不好?"

小男孩幽幽地盯着他，几乎一模一样复刻道："好不好？"

老人欣慰地说："这样就对了。"

小男孩便开始重复地说："做木偶，好不好？"

"好不好？"

"好不好？"

老人好像很不情愿教他这个，但在这样一迭声的重复中还是妥协了，叹了口气，说："好，走，咱们做木偶去。"

小男孩很高兴，但他脸上的表情迟了一拍，过了几秒才缓慢地咧开嘴。

他乖乖牵着老人的手，走了两步又突然回头，维持着咧嘴笑的模样，把床上的夏樵一起拖走了。

闻时："……"

房间门一关，闻时就动了起来。

他想试着走两步，结果没控制好，一个踏空直接掉下橱柜，差点劈了个叉。

"我……"

闻时趴在地上，忍下了满腹骂人话。

洋娃娃身体里都是棉絮，这么掉下去不痛不痒，只有纽扣之类的装饰品硌在木地板上，发出"笃"的响声。

好在声音不大，那对阴气森森的爷孙没听见。

闻时是个大高个儿，从来没受过腿短的苦，再加上娃娃的身体太软，很难使劲，他尝试了很久才翻身坐起来。

作为一个兴趣范围非常窄的成年人，他当然对这种洋娃娃没有研究，也没有兴趣，但是印象里，这玩意儿坐着的时候，都直挺挺地叉着短腿，像个字母V。

他现在就是这么个憨憨的坐姿。

唯一值得欣慰的是，他穿的不是裙子。

感天动地。

不过粉色背带裤依然幼稚。

闻时低头打量了一番，满心嫌弃，不想看第二眼。

他背抵着床脚歇了一会儿，抬头看向自己刚刚待的柜子，顿时有些诧异。因为人偶的数量实在太多了。

橱柜占据了大半面墙，上上下下一共四排，里面全是人偶，有他和夏樵这种西式的，也有一些中式的，只是中式的那些都没有眼睛。

这么看了一圈，闻时心里有点原谅谢问了。

他还是很讲道理的。

就橦术上来说，做得最好的人偶跟人只差一个灵本相，本就是最容易附着的东西，像谢问那种半吊子水平，引到洋娃娃身上也无可厚非。

其实照片也很容易，但这间屋子里并没有照片。可能老人没有把照片摆放出来的习惯，都收起来了。

这点倒是跟闻时挺像的。他的照片横跨了太多年，模样又丝毫不变，摆出来除了吓唬人，没别的用处。

闻时坐着歇了一会儿，又活动了一下手脚，慢慢适应这种满身棉絮的感觉，然后开始找人。

他冲满橱柜的洋娃娃叫了一声："谢问？"

说实话，这种对娃娃说话的行为真的很智障。

他忍了忍，又低低叫道："谢问？"

房里一片死寂，依然没有任何回应。

"人呢？"

"别装死。"

"……"

闻时耐心见底，他正要提高音调再叫一声，吧嗒吧嗒的脚步声又到了房门口，还伴着楼下老人的嘱咐。

老人说："再拿一卷棉线。"

小男孩的声音就在房门外："噢。"

闻时左右看了一眼，没有别的躲藏地，便匆忙滑进了床底下。

正常情况下，一个七八岁的孩子，再吓人也做不了什么，但在笼里就不一定了。

说白了，笼是某个人内心最深处的遗憾、怨憎、妒忌、欲望、恐惧等等，任何人的闯入，对笼主来说都是一种冒犯，哪怕是解笼人。

所以闯入者在笼里是危险的，任何东西被惊动了，都会有攻击性，就好比闻时之前碰到的假夏樵，那就是对闯入者的恐吓，代表着笼主潜意识里的排斥。

在弄清楚情况前，闻时不想自找麻烦。

这家的床是老式的，四脚很高，深色绒布罩子从四边垂挂下来，像帷幔一样把床底遮得严严实实。

闻时坐在里面，想等那男孩拿了棉线再出去。

然而整个房间一片寂静，始终没响起"吧嗒吧嗒"的拖鞋声。

闻时等了一会儿，忽然觉得不对。

他撑着地板转过头，看到了小男孩的大眼睛。小男孩不知什么时候到了床底，就蹲在他身后，眼睛一眨不眨地盯着闻时，说："我看到你了。"

"……"

二十五年没干过活了，闻时在心里叹了口气，转头就要从床底翻出去。

他身手是很敏捷，结果他的手短腿更短，翻了一跟头还在床底！眼看着男孩伸出手，他连忙钩了一下床脚，借着那个力，让自己滑进了橱柜底下。

这里倒是足够矮，小男孩钻不进来。

他看到男孩趴在了地板上，白色的手指顺着缝隙伸进来，一下一下抓捞着，越抓越急。

小男孩的指甲并不长，却在地板上抓挠出嘎吱嘎吱的声音，木屑四处迸溅，有些嵌进了肉里，他却不知道疼似的，依然攀着地板试图去抓闻时这个娃娃。

直到楼下突然一阵哗啦乱响，不知发生了什么，老人叫了一声，小男孩才骤然停下。

刚刚的一切就像没有发生过，他从橱柜边站起来，去门口穿上拖鞋，又吧嗒吧嗒跑进来，开始翻抽屉找棉线，然后一边叫着"爷爷"一边匆匆下了楼。

闻时就被遗忘在了橱柜底下。

他等了一会儿，又从橱柜底下滑出来。

小男孩走得太匆忙，房间门忘了关。闻时趁机出了房间，从楼梯栏杆处探头往下看。

房子里的布置很传统，楼下厅堂正中有个八仙桌，桌上放着木偶散装的胳膊和腿、钻孔用的钻子，以及散落的棉线。

夏樵那个人偶就躺在桌边，想必刚刚那对爷孙就在这里做着木偶，只是现在人不见了。

闻时又往下走了几级台阶，发现他们正在角落扫玻璃碴，好像有什么东西摔碎了。

爷孙俩扫了半天才处理完，坐回八仙桌边。

老人抓起木偶的身体，指着后心的位置对小男孩说："第一根线一定要从这里穿，其他地方都不行。"

"为什么？"小男孩问。

老人捻着线说："不是给你讲过吗，以前有一些很厉害的人，做出来的木偶特别灵，跟人一模一样。"

小男孩这时候又像个正常孩子，问道："是真的一模一样吗？我房里那些算吗？"

有一瞬间，老人似乎想说点什么，但他没有出声，只是那么坐着，不知是在发呆还是在斟酌怎么说。

过了一会儿，老人说："吓唬你的，得特别厉害才行。"

这些闻时其实最清楚。

橦术里，刚入门的人只能做出小猫、小鸟、兔子这些东西逗人开心，顶多一两分钟就垮了。

而精通的人，比如沈桥他们，可以做的东西就多了，男女老少、世间百兽，都可以做来驱使着用。

越是厉害的人，橦存留的时间越久，不过大多数只能坚持十天半个月，再往上便屈指可数。

闻时算是"屈指可数"中的一个，不过他缺了灵本，受限太多。

小男孩还在问问题："为什么不能先穿别的线，你还没说。"

老人吓唬他说："因为这里最要紧，如果这根线不穿，木偶就特别容易活。"

小男孩"噢"了一声。

闻时不知道老人从哪里听来的这种话，不过确实没错。所有橦的心脏部位都有一个印记，多数是橦师自己的标记，类似于画师在落款处敲个章。

如果要弄垮别人的橦，一根线穿胸而过就可以。

这跟害人其实是一个道理。

不过这些话流传到民间，就成了各种奇奇怪怪的忌讳，比如老人说的这些。

闻时听了一会儿，没听出滋味来，便悄悄把楼上逛了一遍。

他本想找谢问，但跑遍二楼也没发现什么踪迹，又不能直呼其名，只得暂时作罢，躲在杂物间的角落里等半夜。

笼里的时间走得很快，没多久，天就已经彻底黑了。

这栋房子突兀地立在山里，与世隔绝，夜里更是静得像个废弃多年的空宅。

小男孩的房门虚掩，房间里面没有任何声音，就连呼吸声都听不见。

闻时悄无声息地经过，沿着楼梯下到一层，老人的卧室就在这层。

整个白天，他除了在找谢问，就是在观察这对爷孙。这是老人的笼，他大概知道老人的心结跟孙子有关，但具体是什么，他还没能弄清楚。

他想趁着夜色，去老人房间里看看。

经过客厅的时候，闻时听到了一个颤抖的声音："哥……哥……"

"哥，是我，你回头看看我……"

闻时："……"

他顺着声音，绕到那张八仙桌边，看见夏樵还"高位截瘫"在椅子上。

"哥你干吗去？"夏樵轻声问。

"去老头屋里看看。"闻时答着，又问他，"你看到谢问了吗？"

"没有啊，他不在那堆洋娃娃里吗？"

闻时说："不在。"

夏樵说："那他人呢？"

闻时说："谁知道。"

不会把他俩送进来了，自己没进成功吧？

闻时心里琢磨着，以谢问那个菜鸡水平，说不定真干得出来。

其实解笼人进笼心是能看出水平高低的，简单的就是像他们这样，附在人偶、照片上，麻烦一点的是附在镜子上，然后是挂画，至于其他……越不像人的东西越难，能控制的东西越多就越厉害。

曾经的闻时状态好的时候，甚至可以控制整个笼心。

不过那已经是曾经了。

有闻时在，夏樵终于敢动了。

他挣扎着从椅子上摔下来，歪歪扭扭地站直，还叨咕着："小心小心……不能碰出声音。"

闻时听着有些无语："也不用这么夸张。"

"要的。"夏樵牵着他的裙子，一本正经地说，"这屋里东西都特敏感，万一碰一下炸了呢？下午那个玻璃茶壶就是突然炸了的。"

"茶壶？"闻时愣了一下，这才想起来，下午小男孩试图抓他的时候，楼下的爷爷似乎不小心摔碎了东西。

"你说茶壶是突然炸的？"

"对啊！"

闻时有点纳闷，正想再问两句，余光里突然闪过一抹人影。

他瞬间刹住话头，转头看过去，就见那是一面穿衣镜，就放在老人的卧室门边，斜斜支着。刚才那个无声站立的人影就在那面镜子里。

夏樵根本不敢动。

闻时却抬脚过去了。他走到镜子前，凑到近处去碰了一下镜面，正想试试里面是否有古怪，忽然听见谢问的声音在面前响起，嗓音带笑："别凑这么近吧，你这大眼睛水灵灵的，怪让人害怕的。"

闻时："……"

他朝后退了一步，刚想骂人，就看到了镜子里的自己。

西式洋娃娃的眼睛不开玩笑，睫毛又长又翘，真是水汪汪的，再加个背带裤……

他自己都怕。

但他怕了两秒便反应过来……

谢问这个浑蛋自己进了镜子，却把他们塞进娃娃里，这是人干得出来的事？

除了眼睛水汪汪的娃娃，镜子里还有谢问的影子。

那道身影非常模糊，别说五官模样了，连是长发还是短发都看不清，就像一个高而苍白的人，站在某个近在咫尺又遥不可及的地方。

有一瞬间，闻时觉得这一幕似曾相识。

他似乎见过这样一个人，赤足站在依稀天光下，垂眸看着脚下的一片赤红，拎了拎松垮雪白的袍摆……

但他转而又想起来，那是很久以前在某本手抄书，也可能是某幅旧画上看到的场景。时间太过久远，他记混了。

"笃笃笃。"

镜子发出三声手敲的轻响。

闻时眨了一下眼睛，瞬间回神。

镜子里，谢问模糊的影像弯下腰，看着对他而言过于矮小的娃娃，问："不说话？真气蒙了？"

闻时说："你站直说话。"

谢问一本正经地说："站直了高度有点差距，你们两个脖子受累，我眼睛也累。"

闻时："……"

闻时腹诽：你不搞区别待遇，高度就没有这种差距，大家都不用累。

他冷冷地平视着谢问的腿，觉得自己今天的脾气格外差，千年修行都砸在这人手里了。

谢问依然是那副讲道理的语气："不是故意逗你们，这房子里一张摆放出来的照片都没有，镜子也很少，卫生间里有一面，这里一面，还有老人家床头有一面小的。要是都进了镜子，活动范围小得可怜。"

他停顿了一下，又笑了："到时候什么都看不到，不是还得怪我？"

夏樵从惊吓中回过神，附和道："对哦，有点道理。"

闻时："……"

他想转头警告一下这个乱倒戈的傻子，结果洋娃娃做不了回头这个动作，一动就是扭全身。

夏樵小心翼翼地说："闻哥，你这姿势有点可爱。"

镜子里的人可能呛了一下，闷咳起来。

闻时闭了一下眼，心想：再搭理这两个人，我名字倒过来写。

他不理人了，客厅便恢复寂静。

夏樵刚刚还觉得氛围挺轻松的，一点都不可怕，这才静了几秒，那种悄无声息的恐惧感又顺着后背爬上来。

闻时那个娃娃靠在老人房门口，一动不动。

镜子里的人影没有消失，就那么无声站着，因为太高，从夏樵的角度看来甚至不像站着，而像是吊在那里。

夏樵忽然产生一种错觉，好像闻时和谢问根本不在，从始至终都只有他一个人在这屋里。门边的娃娃是他拿下来的，没有生命；镜子里的不知道是谁，白衣曳地，面无表情地盯着他。

他在心里默念"这是谢问，这是谢问，这是谢问"，"他在看闻哥，没看我，没看我，没看我"。

许久之后他小心抬头，却正对上了镜中人的眼睛。

闻时从背带裤上扯了两条线，绕在手上，正试图操着线去开房门。

洋娃娃的动作实在难控制，他耗费了一点时间，刚弄开锁，就听见夏樵极低地呜咽了一声。

闻时："……"

他有点头疼，忍了忍还是压低声音问道："又怎么了？"

夏樵没好意思说自己被脑补的画面吓到了，支吾道："我……我想起小时候做的好多噩梦，也有娃娃和镜子。"

闻时："……"

他没做过这种噩梦，也没有耐心安慰小鬼。他把线在手上又绕一圈，绷紧后轻轻一拽，老旧的房间门"吱呀"一声开了。

"嘘。"闻时头也不回，示意他噤声。

夏樵虽怂但听话，当即闭了嘴，连抽噎声都消失了。

闻时背手招了招，带头钻进了房间。

洋娃娃的视角很窄，进门也看不到房间全貌，只能看到一张同样老旧的大床，床上被褥隆起，老人应该正睡着。

靠门的这边有个床头柜，正如谢问所说，柜子上斜支着一面椭圆的镜子，比手掌大一些，辅历九十年代初流行的那种。

闻时把门抵上，余光瞄见那个椭圆镜子里有人脸一闪而过，估计是谢问进来了。

他对目光很敏感，虽然看不清谢问的表情，但他能感觉到镜子里的谢问朝房间里侧递了个眼神。

里侧？

里侧有什么？

闻时朝那个方向张望，床挡住了大半视野，他只能看到一个角落——那里应该有个靠窗的老式书桌，两边是一竖排抽屉的那种，有个抽屉上挂着锁。

闻时抬脚就要往那边摸。夏樵却在后面抓了他一下。

"干吗？"闻时用气音问。

"要进去吗？"夏樵也不敢出声，只敢用气音，就这样他都哆嗦。

"那里有锁。"

"有锁怎么了？"

"在笼里，上锁的东西一定很重要。"闻时说。

"为什么？"

"因为这是笼主的潜意识，潜意识都不忘藏着的东西，你说呢？"闻时没好气地反问。

很多时候，找到上锁的地方，就意味着离解笼不远了。

闻时沿着床尾，悄声朝那边靠近。

他终于感受到了洋娃娃的好处，可以四处走动，摔不坏、打不碎，因为身体软，还不会留下脚步声。

这么想着，他心情好多了，又觉得谢问那番话还是有点道理的。

还没到桌子前，闻时就动用了手里的线。

一根线落到厉害的橦师手里，只要手指动一动，就能做很多事。闻时现在拿着线的效果要打点折扣，但这也是个好工具。

眼见着线的另一头缠上了那道锁，闻时再次拉拽一下，线头钻进了锁孔。

就在他终于挪到书桌前，准备把锁弄下来时，余光瞥见桌边的影子不太对。

房间里窗帘敞着，外面暗淡青白的月光斜照进来。闻时身侧的地上落了好几道影子——书桌的、窗格的、他和夏樵两个布娃娃的……

那多出来的那道是谁的？

闻时猛地一抬头，看到小男孩正面无表情地站在旁边，手里高高举着一柄锥子。

那锥子下午还躺在客厅的八仙桌上，本是拿来给木偶钻孔的，放在橦师的说法里，叫勾灵锥。

小男孩乌黑的眼珠一转不转，直直盯着闻时，锥子悬在闻时上方，最尖利的地方对着闻时的眼睛。

就在锥子将要落下的一瞬间，闻时捏紧手上缠绕的绳子，猛地一拽。

"啪——"不远处传来一声响，像是什么东西忽然倒了。

小男孩的注意力被分散，眼珠慢慢转向一边，盯向床头柜。

与此同时，闻时手里的绳子连带着铜锁头甩了过来，重重砸在小男孩后背上。小男孩闷哼一声，整个人垮塌在地，但下一秒他又蹿了起来。

闻时顾不得其他，推了一把夏樵，沉声道："跑！"

他自己绕了个危险的远路，翻上老人的床。小男孩显然对他的兴趣更浓，跟着翻上来。

　　闻时连跑带翻，躲着小男孩的手，一路直奔楼上。

　　好几次手指都碰到他了，又被他惊险躲开。

　　"我马上就要抓到你了。"小男孩不断重复着这句话，紧追不舍。

　　直到二楼的吊灯突然断裂，轰然砸落，这才阻断了对方的步子。

　　闻时借机猛地蹿进杂物间最顶上的柜子，又在夏樵的鬼哭狼嚎中把他吊了上来。场面一度混乱又狼狈。

　　在那片嘈杂声中，整个二楼所有房间，包括杂物间的门都"砰"地砸上了，关得严严实实。

　　这一下动静很大，别说夏樵，连闻时都有点蒙。

　　但他们没出声，悄然地窝在橱柜里，隔着紧闭的门，仔细听着外面的动静。

　　吊灯碎片从楼梯上滚落，小男孩吧嗒吧嗒的脚步声夹在其中，绕过吊灯上楼来了，由远及近，就停在杂物间门口。

　　接着门锁被人拽了两下，嘎嘎作响。

　　门被踹了几脚，却怎么也打不开，灰尘扑簌簌往下落，听得人心惊肉跳。

　　过了片刻，小男孩终于放弃，转而去了其他几间房。

　　闻时听到了布料的撕扯声，伴随着小孩不断重复的"找到你了""马上就找到你了""肯定能找到你"。

　　又过了很久，那种撕扯声才停。

　　小男孩回了卧室，房门"吱呀"一声关上了，整个二楼回归寂静，好像刚才的一切根本没有发生。

　　闻时放松下来，感觉手有点酸。他想活动一下软绵绵的筋骨，却发现自己怀里搂着个东西。

　　他低头一看——跟镜子中的谢问来了个脸对脸。

　　闻时："……"

　　"别动。"谢问模糊的轮廓从镜子里隐去，但声音依然近在咫尺，"你这位置有点高，镜子容易摔。"

　　也许是杂物间太小的缘故，这声音听起来就好像，他其实并没有窝在狭小的镜中，而是在虚空里，就站在闻时身边，正低着头跟人说话。

闻时沉默片刻。大概是逆反心理作祟吧，他抓着镜子，一声不吭地把手伸出去，像一种无声的震慑和威胁——只要他手一撒，镜子就能摔个稀巴烂。

谢问也不恼，劝哄道："屋里总共就三面，碎了可不能修。"

闻时盯着镜子："你为什么在我……手里？"

他差点脱口而出"怀里"，又觉得不太对味，硬是拐了个弯。

"你狼狈出逃的时候捞的。"谢问说。

闻时冷声道："我捞你干什么？"

谢问失笑："我怎么知道？"

他想了想，评价道："还挺讲义气。"

夏樵这一趟受到了莫大惊吓，在旁边不敢动，也不敢插话。但不知道为什么，他听到谢问说话的语气，总感觉带着一股上位者的味道，仿佛这话没说完整，要是完整点，大概后面得加个"好孩子"。

夏樵把这突如其来的脑补往他闻哥身上套了套，吓得一哆嗦，感觉自己可能脑子坏了。

他连忙岔开话题说："刚刚吓死我了！这个大逃生，简直跟我小时候乱七八糟的噩梦一模一样。还好闻哥你把吊灯弄掉下来了，不然……"

想想刚刚那些撕扯声，谁知道他们会变成什么样。

然而闻时暗自皱了眉："吊灯是我弄的吗？"

"是啊。"夏樵说，"我看到你往前跑的时候手一甩，绳子绕上去了，然后吊灯就砸下来了。"

闻时有些狐疑。

谢问紧跟着说了一句："我也看到了，身手还不错。"

闻时："……"

也许是刚刚太混乱，真让他回想，他也记不清自己拉拽了哪些东西来挡小男孩的路，包不包括吊灯。

可能太久没干活了吧，闻时僵着脸心想：这次处处都很梦幻，还是早点出去为妙。

"那小孩还会发疯吗？"夏樵后怕地问。

"过了今晚就好。"闻时说。

"噢。"夏樵松了一口气。

谢问补充道:"等到明天再刺激到他,又是另一种疯法了。"

夏樵:"……"

闻时给了镜框一巴掌。

棉花手打人没劲,谢问不恼反笑,说:"某些人是不是太凶了?"

某些人装死没吭声。

杂物间没有窗户,在里面待一会儿就会混淆时间。

夏樵吓得不敢闭眼,闻时倒是靠着橱柜说:"我睡会儿。"

为了防止烦人的谢问摔成八瓣,他勉为其难找了个安全位置,闭眼前拍了拍镜框,说:"你老实点。"

谢问欣然应允,过了片刻忽然说:"你肚子在叫,是不是饿了?"

洋娃娃冷冷道:"闭嘴。"

谢问笑道:"行。"

然后他真的安静下来。

不知过了多久,天终于亮了。

杂物间里依然一片漆黑,但外面的脚步声告诉他们,那对爷孙已经起床了。

闻时惦记着楼下那个上锁的抽屉,想出去看看,又怕碰到新的危险,便没带夏樵,让他在杂物间里等着。

本来他连谢问都不想带,但谢问说:"我不占什么地方,还能放哨,真的不考虑一下?"

于是闻时考虑了一下,然后把镜子放进了橱柜最深处。

谢问:"……"

"谁让你容易碎呢?你要是个娃娃,我就带你了。"闻时平静地说完,开门溜了出去。

他还是更习惯一个人做这些事,顾虑少一些。

虽说笼是虚相,但也有过解笼人除恶不成,反倒把命搭进去的事,数量并不少。

他不想攥着夏樵和谢问两个人的命来冒险。

这栋房子还是老式的窗户,采光一般。外面始终是阴天,屋子里也暗沉沉的。

闻时藏在角落,看见老人缓慢地上了楼。

昨晚砸落的吊灯不见了,天花板上有个黑洞洞的豁口。二楼走廊上到处是洋娃娃身体里掉出来的棉絮。玻璃珠似的眼睛被人揪了下来，滚了一地。

老人从口袋里掏出一个黑色垃圾袋抖开，一言不发地捡着那些洋娃娃的头和手脚。小男孩站在背光的阴影里，一动不动地看着他。

半晌后，他很小声地说："对不起。"

老人没吭声。

他重复道："对不起。爷爷对不起。"

老人轻轻叹了口气，艰难地直起身体，问他："这些不是你喜欢的娃娃吗？为什么又弄坏了？"

小男孩的声调依然毫无起伏："因为我害怕。"

你再说一遍你什么！这话要让夏樵听见，他能当场崩溃。闻时心想。

而小男孩还在解释："它们总看着我，我害怕。"

"所以你又把它们的眼睛弄下来？"老人问。

"嗯。"

闻时想起橱柜里那些中式人偶缺失的眼睛，明白了老人那个"又"字的意思。这种事，恐怕小男孩干过好几回了。

老人叹了口气，声音轻飘飘的，显得房子更阴森了。

小男孩忽然说："它们是活的。"

老人看向他。

小男孩说："它们都会活。"

老人安抚道："不会的。还记得我之前教你的吗？只要穿了胸口那根线，就不会活。"

小男孩捡起地上的娃娃残肢，一本正经地说着吓人的话："记得，所以我把它们都撕了，这些胸口钉了纽扣、胸花，但还有些没有。"

老人不知该怎么让他明白，只得说："这种娃娃不一样。"

小男孩问："哪里不一样？"

老人摇摇头，把剩下的残肢捡了，放进垃圾袋，扎上口，然后问："你为什么总觉得娃娃会活？"

小男孩不说话了。

老人又缓和了语气，像在开玩笑般哄他："就算真活了，有个一起玩的小朋友也挺好。"

"不好。"小男孩立刻摇头。

"为什么？"老人问。

"那样你就不要我了。"

"不会，怎么会？"老人愣了许久，这才缓声说，"爷爷不会不要你的。"

闻时听着，微微皱起眉。

但他并没有在这里多耽搁，趁着老人在扫满地的棉絮，他借着垃圾袋的遮挡，溜到楼下。

"你总算下来了。"谢问的声音突然在耳边响起，闻时惊了一跳。

他这才想起来，老人卧室门口还有一面穿衣镜，谢问可以在镜子之间自如来回。

"上面好玩吗？"镜子里模糊的人影朝楼上看了一眼，"我以为你要跟那一老一小手拉手下来呢。"

"滚。"闻时说。

这要是以往，他一句都懒得解释。但也许是谢问开玩笑的语气太明显吧，他脚都抬起来了，又补充道："我听听什么情况，你要自己入笼，你也得这样。"

谁知谢问"嗯"了一声，说："我还真不大听。"

他顿了一下，又轻声道："不过我这水平也没入几回笼，就是顺嘴提点一句，听多了难免心软手软，不如不问。"

听听这长辈教导晚辈似的口气。

闻时面无表情地看着他，说："哦。"

谢问被他的语气弄笑了："怎么了？"

闻时答道："不知道的以为你是尘不到呢。"

洋娃娃顶着一张冷酷脸，抬脚进了卧室，还反手把门掩上了。

镜子里的高挑人影倚着框靠了一会儿，哂笑着低声道："大逆不道。"

老人的卧室跟昨夜几乎没有区别，只是床头柜上少了一面镜子。按理说，这种变化会引起笼主的警惕，但看老人刚刚的模样，好像并没有什么攻击性。

也许他是被二楼的狼藉吸引了注意力，暂时忽略了那面镜子。

书桌的抽屉上依然挂着锁，昨晚被撬的痕迹已经消失了，这说明笼主护住这里的意愿很强烈。

闻时试着探出一根线，伸进锁孔。棉线像是活了，在锁孔里捣出很轻的咔嗒声。他屏息等了一会儿，忽然感觉余光里好像有什么东西正趴在窗框上，注视着这边。

他抬头一看，窗框那里空空如也，并没有东西，于是又垂下眸子。

娃娃的睫毛长度非人，有点遮挡视线，以至于他眨个眼，都觉得好像有影子闪过去了。

锁头被弄开的瞬间，那种被注视的感觉又来了。闻时再次抬头，窗框那里依然是空的，只有窗帘在潮闷的风里轻轻晃着。

开锁会碰到干扰是必然的，不是第一次了。他索性不再管窗框，一把扯了锁头，以最快的速度拉开抽屉，把里面一个厚厚的文件袋捞出来，然后转头就走。

娃娃是个棉花身体，抱着这玩意儿头重脚轻，跑起来非常难受。

闻时跑到门前，正要开门，却忽然抬了一下眼，就见老式的金属门把手上映着闻时这个洋娃娃的脸，而在他身后，一个散着长发的怪物正直勾勾地伸着脖子探过来。

该来的还是要来。

闻时瞬间放弃拉开门的想法，当即一个侧身，搂着文件袋从门缝里钻出去。

侧身的那一刻，他看到了身后那些东西的模样，像个趴伏在地的百脚蜘蛛。

闻时二话不说，抬脚就是一踹。

卧室门被他踹得撞回去，"砰"的一声正中怪物门面，帮他拦了一把追逐的怪物。不知道那怪物是什么材质的，门还弹了两下。

闻时拔腿就往楼上去，他上楼梯的时候，听到身后一阵哗啦脆响，听声音也能知道，是谢问把那面穿衣镜弄倒了，又帮他拦了一道。

总是死寂的屋子里瞬间变得热闹起来，各处的玻璃窗都发出了"砰砰"的声响，一阵震颤。

闻时余光扫过去，全是在撞窗户的怪物。

眼看着楼梯这边的窗玻璃裂开了缝，闻时手腕一动甩了绳子，在怪物破窗的瞬间，套索一般勒住了它的脖子。

"闻哥！"夏樵在后面叫了一声，打开了杂物间的门。

闻时反手就把文件袋滑了过去，然后抡着怪物，把它扔了出去。

那东西砸在地上发出"噗噗"闷响，闻时一眼都没多看，自己滑进杂物间，然后砰地锁上了门。

他从自己身上又扯了两根线，然后揪住夏樵裙子上的线头，一边骂着"这破手连个指头都没有，剁了算了"，一边还是拗着手腕，把绳子绕在了门把手上。

娃娃的手对他自己来说够笨的，但在夏樵眼里，依然灵活得出乎意料，就是有点搞笑。

也不知道闻时用绳子捆了个什么阵，反正这扇门被擂了半天也没能打开。

唯一的遗憾是，夏樵裙子上的那根线他忘了扯断，以至于阵结好后，他一抽那头，夏樵就在门锁这头被倒吊起来，脚丫冲上晃荡着。

"哥……"夏樵头冲下，十分委屈。

"对不起。"闻时绷着脸把他弄下来。

镜子里的谢问笑了半天。

"门外那些是什么东西？"夏樵"噗"地落在地上，拍了拍裙子上的灰，想想还是觉得很惊恐。

闻时回想一番，说："被小孩撕烂的那些娃娃。"

"啊？可是我看那些东西还有血，不像娃娃啊，难不成真活了？"

"笼里的东西本来就跟笼主的意识有关，"闻时一边说着，一边解开文件袋上的绳子，"不是按常理来说的。"

外面那些东西还在孜孜不倦地撞着，门板的颤动声听得人胆战心惊。

闻时在墙边摸索了一番，找到了杂物间的开关。

一盏很久没用的老式灯泡亮了起来，有点接触不良，灯丝一闪一闪的。

借着这点昏暗的光，闻时把文件袋里的东西掏出来。

那是一本厚厚的牛皮笔记，里面夹着很多散页和照片，大概又是日记，又是笔记，混杂着来的。

不过照片都是糊的，看不清人脸，本子里的字迹也是糊的，像被水泡过，墨汁化开了。

"怎么这样？"夏樵愣了。

"也是笼主的一种保护。"谢问那面镜子支在旁边，说了一句。

"这还能看吗？"

"能看一点。"闻时不是第一次碰到这种事了。

他抽出本子里夹着的第一张纸，眯起眼睛辨认着上面的字迹——

"不知道哪一年，养了三年的小孩……后面这段看不清，应该是病死了。"

"这年夏末，我在……银杏胡同外捡到了一个小东西。"

"我管它叫小东西，是因为它并不是一个普通孩子。他穿着不知哪里弄来的衣服，破破烂烂，像个小乞丐，胸口有个胎记一样的印。"

有些老匠人看了会知道，这个印是什么意思。以前有句老话，现在可能已经找不到了——木童子点睛画印曰橦。这小东西就是个橦。

闻时把能看清的字挑着说了，拼拼凑凑，勉强看明白了这张散页的内容。

"所以，所以那小孩是个橦啊？"夏樵说。

"嗯。"闻时头也没抬，继续翻后面几张散页。

"怪不得那么吓人。"夏樵抱着短短的手臂，搓了搓并不存在的鸡皮疙瘩，越想越后怕，"那么恐怖的小孩，老人家居然养得下去？"

"不知道。"闻时说。

过了片刻，他又想起正常人不会那么冷淡。他试着揣摩了一下，补充道："可能养久了有感情。"

"这都能有感情？"夏樵想了想，说，"老人家是好人。"

"笼里的东西有虚幻夸大的效果，那小孩现实什么样，谁知道。"闻时说。

夏樵终于理解了一些："好吧。"

闻时翻着纸页，忽然感觉有人在看自己。

他动作一顿，抬眼瞥过去，看到了镜子里谢问的影子，因为太过模糊，难以辨别表情。

"看我干什么？"闻时纳闷地皱起眉。

谢问愣了一瞬，慢声说："你倒是敏感。没看你，看你手上那些纸呢。找到别的内容没？"

这语气……活像个监工。

闻时没吭声，收回视线，继续辨认着纸上的字。

几秒后，谢问说："第二页第四行写的什么？"

闻时抿了抿唇，念道："这橦不认物也不认人，恐是受过惊吓，领回来就缩在一角。"

"哦。"谢问又说，"最后那行呢？"

"……"

洋娃娃面无表情地把目光往下移:"倒是在我……中间几个字糊了,看不清,突然抓住我的衣服。反正它也无处可去,就留下吧。"

谢问点了点头:"那第三页第……"

"要不你自己看吧。"洋娃娃终于没了耐性,抽了第三页纸,"噗"地拍在镜面上。

脾气还挺大。

谢问正要开口,杂物间垂悬下来的老式灯泡忽然晃了起来,晦暗光圈左右来回,照得整个空间影影绰绰。

他们同时安静下来。

一旦没人说话,那种死寂无声的感觉就凸显出来。

闻时忽然意识到,咯吱作响的门早已不动,外面发疯的残肢不知何时变得悄无声息。

他在死寂中捕捉到了一种更小的动静——那是很轻的摩擦声,就像有什么东西在贴着墙爬行。

"什么声音?"夏樵一动不敢动,从嗓子眼里挤出一句气声。

闻时:"嘘。"

他猛地转头,看向身后一格一格黑黢黢的橱柜。

那里堆放着各种废旧杂物,积了厚厚的灰尘,稍微碰一下都会垮塌。摇晃的暗黄灯光照在上面,照得墙边一张白脸若隐若现。

啊!

夏樵摁住嘴,这才把叫声闷在嗓子里。

但闻时居然爬了上去,拿起那张白脸,低声说:"面具。"

那是小孩涂画的简易面具,有两个黑漆漆的眼洞,边缘已经坏了,废弃多时。

夏樵松了一口气,但那种很轻的爬行声依然若隐若现。

闻时跳下来的时候,碰到了旁边的杂物,几个小东西滑落下来,夹杂着玻璃珠滚落的声音,玻璃珠咕噜噜滚到了镜子边。

闻时捡起来一看,发现玻璃珠里有一团黑色瞳仁,还粘着长长的睫毛。

那根本不是珠子!

刹那间,空气几乎凝固。

他和夏樵几乎同时抬起头,看向珠子掉落的地方。

就见木质的天花板夹层不知何时多了一个洞，怪物就趴在洞里，一只眼睛处是黑洞洞的窟窿，另一只眼睛睁得极大。

紧接着，整个天花板开始出现裂缝，瞬间蔓延开来，像是承受不了上面的东西。

想也知道，门外的那些残肢断首现在都在哪里。

怪物越伸越长，裂缝也越来越密。

木质天花板整个垮塌下来的那一刻，闻时手腕猛地一拽，锁死的门"砰"地弹开，他来不及多说，一脚把夏樵踢出去，捞上镜子就往楼下跳。

夏樵想爬没爬起来，顺着楼梯一路滚到底，一边崩溃一边问："为什么今天比昨晚还疯？！"

"废话，因为我拿了那本笔记！"闻时说。

"不就记了那小孩的身世吗？至于这样？"夏樵哭归哭，小短腿迈起来倒是贼快。

闻时的绳子缠了一拨残肢，像一张交错的网将它们兜住。它们在里面翻滚挣扎，看着实在有点恶心。

但更多的东西正顺着窗户缝、天花板、墙壁爬过来。

"这些玩意儿无孔不钻，怎么办闻哥？"

怎么办？

分散笼主注意力，打要害。

看那本笔记也知道，对这个笼主来说，要害就是那个阴气森森的小男孩。

闻时躲闪中看到楼梯后面一闪而过的人影，当即拽着椅子脚滑过去。

小男孩正要去够八仙桌上的尖锥，闻时跳了过去！闻时本想攀住他脖子上的挂绳，却不小心钩到了衣服。

小孩肩窄，衣领一扯，大半肩背都裸露出来。

闻时一眼就看到了他左胸口的印记，果然像笔记上说的，他是个橦。

可令人意外的是，那个印记极淡，几乎辨识不清，就好像……随着小男孩越长越大，越来越像人，那个印记会消失似的。

还有这样的橦？

闻时愣了一下。

他愣神的时间还不足一秒，却给了小男孩蹿起攻击的机会。

闻时引着线钻进印记的那一瞬，小男孩的尖锥已经扎进了洋娃娃的胸口，从后心贯出。

这招同样适用于附身的人。

闻时第一反应是：丢死人了，阴沟翻船。

然后他就感觉一股力道冲撞过来，身体跟着一空。

他很轻地眨了一下眼，看见本该由自己操控的洋娃娃垮塌倒地，睁着玻璃珠似的眼睛，成了一个死物。

从附身物上脱离的感觉很不舒服，就像被人当头砸了一棍。

就在闻时生理性茫然的时候，他感觉有人伸手拢过来，很轻地捂了一下他的眼睛。

也许是错觉，他闻到了一抹凛冬的霜雪味。

接着他便眼前一黑。

……

对，又是眼前一黑。

这流程实在太熟，所以不用问，闻时也知道，是谢问把他薅到了另一个附身物里。

不久之后，一楼的卫生间里出现了这样一幕——

一面椭圆的小镜子支在洗脸池旁，里面是谢问的影子。一面方形的镜子钉在墙上，里面是闻时的影子。

一个穿着粉色小裙子的洋娃娃跪在镜子前哭。

胆小的人最怕什么？最怕一个人。

之前夏樵还能跟在闻时后面蹦跶，溜到哪里都有人做伴，再害怕也有限。

可是现在……

胆子大的都进镜子了，活动范围有限，跑腿的事就落到了他头上，一个人在这屋里跑来跑去……他还活不活了！

"他哭多久了？"闻时头疼地问。

"从你被一个七八岁的小孩捅伤倒地开始吧。"谢问温声说，"我以为他给你哭灵呢，现在看来不是。"

"你……"

闻时拉着脸。

欠不欠？非要把别人丢脸的事拎出来说？

"我什么？"谢问客客气气地问。

闻时抿着唇，很想骂他两句，但最终还是选择性地跳过问话，道："小孩呢？"

没记错的话，他当时也钻了小男孩的印记，虽然手下留情没捅个对穿，但多少也有点作用。

印象里，他闭眼前看到的最后一幕，就是小男孩跪坐在地，像被抽空生命一般昏死过去。

所以现在呢？

谢问说："老人家把他带进卧室照顾了。"

闻时又问："那些怪物呢？"

谢问答："散了。"

闻时"嗯"了一声，心说那就行。

原本那些残肢喊打喊杀，就是笼主潜意识的应激反应。这会儿他所有的注意力都在昏死的小男孩身上，自然就搁下了闯入者。

但他还是没太明白……

老人家捡了个孩子，那孩子是橦，他不计较来历把橦养大，然后呢？为什么会形成这个笼？

他在人间来来往往这么多年，很多事其实依然不太明白，比如这个老人家究竟有什么放不下。

可能是因为自己没有灵本，也可能是因为解笼人当了太多年吧。闻时心想。

没了那些怪东西，小楼的阴森气少了许多，但卫生间依然是个很有气氛的地方。

夏樵哭着哭着就把自己缩了起来，一点点挪到墙边。

"你挪那么偏干什么？"闻时问。

"背后不能空着。"夏樵说，"不然总觉得后面有人。"

"……"

闻时服了。

他想了想，说："反正都是挪，那挪远一点吧。"

夏樵没反应过来："啊？"

"我想看看卧室里什么情况。"闻时说，"你把这面床头镜挪回去。"

夏樵声音都抖了："啊？"

谢问似乎也同意："一会儿老人家出来换毛巾、拿东西，你趁机进去，把镜子放床头就行，我们也能两边看着。"

"……"

夏樵觉得这两位想让他死……

但他无力反抗。

五分钟后，卧室门吱呀响了一声，老人拖沓的步子挪出来，朝厨房走去。夏樵在"魔鬼"的催促下，牵着裙子拎着镜子，泪汪汪地跑进卧室。

他根本不敢停留，把镜子往床头柜上一支便立马滚下来，真的是滚……

可惜还没滚到门口，他就听见了老人回来的脚步声。情急之下，他看见老式衣柜有条缝，便慌不择路钻了进去。

老人端着一只白瓷碗，捏着汤匙一边轻轻搅动，一边走到床边。

他的注意力都在昏睡的小孩身上，好像根本没发现床头的镜子又回来了，自然也没看到镜子里闻时的影子。

闻时本以为，老人端过来的是药或者吃的。毕竟普通人家碰到小孩晕倒生病，第一反应肯定是这个。

但当碗被搁在床头时，他才发现那里面是一捧掺了水的细灰。

他盯着细灰，心想：老头终于受不了，要搞死这倒霉孩子了？

不过，很快闻时就发现事实并非如此……

因为床上的橦其实已经死了。

老人掀开被子，小男孩的手脚已经变成了干枯树枝，灰褐色的树皮替代了他大半皮肤，只有腹部以上还勉强保持着人的模样。

这个过程叫"枯化"，意味着橦的死亡。

这就死了？

闻时有些诧异。

闻时清楚地记得，自己并没有贯穿小男孩的心口，不至于要他的命，他怎么突然就枯化了？

但他转瞬明白过来，这一幕并不是他击伤小孩的后续，而是现实中发生过的事。

它始终存留在老人的记忆里，而且印象极深。笼里发生的事情跟过去有几分相似，于是这个场景便跳了出来。

这不是虚幻，而是往事。

床上的小男孩闭着眼，窝在被褥中，毫无生气。粗糙的树皮还在缓慢扩散，像晕开的墨，皮肤的部分则越来越少。

片刻之后，枯化的痕迹就蔓延到了前胸。

他心口的印记泛着白，像树枝上腐朽的斑，依然辨识不清。

闻时盯着那块印记，微微皱起眉。

忽然他听见有人沉声开口问他："发什么呆？"

他乍然回神，转头就见谢问走了过来。

镜子里的空间很奇特，跟镜子外是对应的，也有一张书桌、一方窗台，只是都很模糊，像笼罩着一层白茫茫的雾。

谢问就倚着书桌站在雾里。

他手里还捏着进笼前折的树枝，暂时扔不掉，一直有一搭没一搭地捏转着，像个偷懒的大户。

"你过来干吗？"闻时说，镜子里的声音也很轻，不提高一些，根本传不到外面。

"我不能来？"谢问连讶异都显得很清淡，下一秒就恢复了惯常的表情，"凡事总有个先来后到，要不我们捋一捋谁先占的镜子这块地盘？"

"……"

——多大人了，谁跟你捋地盘？

闻时没理他，扫了一眼便收回视线。

过了片刻，他忽然说："知道枯化吗？"

"嗯？"谢问直起身走过来，扫了一眼床上的小男孩，瞬间明了，"哦，当然知道。"

闻时却狐疑地看向他。

"你这是什么表情？我不该知道？"谢问说。

"不是。"

该知道，但不该是这副表情。

正常幢的枯化都在一瞬间，上一秒还是活生生的，下一秒就落地变成枯枝败叶白棉线。

像这种缓慢枯化的，意味着做这个橦的人水平极高，高到世间罕见、屈指可数的地步。

这样的橦，别说普通人，就连解笼人都没几人见过，尤其是后世的解笼人。乍一看，常人根本意识不到这是枯化的过程，反而会以为小男孩出了别的什么问题。

所以谢问语气平淡如水，又答得这么快，反倒很奇怪。

不过他很快明白了闻时的疑惑，解释道："张家藏书很多，我这种半吊子水平，现实见不到的东西，就得在书里多看看，免得孤陋寡闻丢人现眼……"

谢问笑说："我很要面子的，尤其在年纪小一点的人面前。"

闻时："……"

如果这话从老人口中说出来，那还能听一听。

谢问看着不过二十八九的年纪，单论皮相也就比闻时大个两三岁，说这个就有点不伦不类了。

更何况……

——你知道我多大吗？

闻时木着脸，心说：知道了有你哭的。

老人听不到镜子里的人语，一门心思都在那个橦身上。

他伸手理了理小男孩的头发，沉默着坐了一会儿，然后端起那碗细灰，用手指捏了一把，抹在小男孩已经枯化的手脚上。

他在掌心、脚底、肚脐的位置涂了厚厚一层，又用食指挖了一点，蜻蜓点水似的点在小男孩的右眼角、鼻尖，最后是左心口，三个点刚好连成一条线。

看到这里，闻时已经满心惊诧了。

因为他看懂了老人的举动——

老人是在强行从自己的灵本上剥离一点，引到橦的身体里，给橦续命。这是橦术中的一种方法，但几乎没人会用。

一来，能续命的橦都是枯化缓慢的，单凭这点，就注定了大多数人根本用不到。

二来，就算真碰到一个这样的橦，也没人会这么做，毕竟橦消失了还能塑一个新的，人却不行。

这种公认的没有什么用的方法其实早早就被抛弃了，也就闻时略知一二，当作谈资给后来的徒弟们讲过。

这个老人又是从哪里知道的？也是像谢问一样翻书翻到的？

闻时越发觉得不对……

老人依然自顾自地忙碌着，他从床头柜里翻出一只黑色小盒，盒子里是一排大小不一的刻木刀。

他挑了其中一把，低头在自己食指上划了一道口子。

衣柜缝隙里忽然传来一阵轻轻的吸气声，估计是夏樵看到老人割手，有点不忍心。

鲜血瞬间凝成珠，顺着手指滑落。老人连忙把手指挪到小男孩面前，在他右眼角、鼻尖、左心口的位置各滴了一滴。

接着，他的食指便悬在了小男孩唇边。

这是最后一步，要让度灵人的血进到橦的口中。

如果咽下去，橦便会重新睁眼；如果咽不下去，那就前功尽弃，损失的那点灵本也不会回来。

老人却没有犹豫，他捏挤了一下手指，第一滴血落到小男孩口中。

那抹殷红很快渗进唇缝，下一秒，小男孩忽然抽动了一下。

老人身体绷直了一些，看得出来期待又紧张。

但是镜子里的闻时知道，这招不会成功的。

因为当初做这个橦的人太强了，相较之下，老人只是个普通橦师，充其量在普通橦师里算佼佼者。

二者能力悬殊，又没有挂碍牵连，老人的灵本也好，血也好，对这个橦的作用微乎其微，是救不活这个橦的。

果不其然，小男孩并没有咽下那口血，也没有睁开眼，反而激烈地挣扎起来。

老人叹了口气。

只是滴一滴血的工夫，他就比之前又老了一些，手指更加枯槁。

"疼吗？忍一忍，忍一忍啊。"老人的嗓音缓慢而温和，一边抓住小男孩的手，一边安抚道。

过了很久，小男孩才停歇下来，依然满脸死气。

老人坐了一会儿，像是走了远路，得稍稍缓一口气。

片刻后，他又伸出手，在小男孩唇边滴了第二滴血。

小男孩依然没有将血咽下去，再次猛烈挣扎起来，枯化的手指好几次堪堪擦过老人的头皮，稍慢一点就能顺着头皮钉进去，但老人依然哄着："忍一忍，忍一忍就好了，啊。"

不久之后，小男孩又陷落回被褥里，还是满身死气。

而老人却更老了。

他还是坐了一会儿，给小孩掖了被角，然后滴了第三滴血。

接着是第四滴。

第五滴。

……

闻时从没想过，自己会什么都不做，在一个笼里安静地站这么久。其实这个时候解笼是最好的，但他莫名不想打断这个老人家。

他看着对方越来越老，身形越来越瘦削、佝偻，忽然找到了一抹熟悉的感觉。

笼里的日夜依然轮转很快，并非常态的时间。

老人不知道挤下第多少滴血的时候，小男孩左心口的印记忽然有了一抹血色，像枯木逢春。

他还是挣扎，在老人一瞬间的愣神下，枯枝似的手指抓挠到了老人的眼睛。好在老人及时攥住他的手，没让他再挠伤别的地方。

又过了许久，小男孩喉咙一动，咽下了那滴血。

枯树般的灰褐色从他身上慢慢褪去，手脚终于有了肉感，皮肤也不再青白泛灰。

老人性格应该是沉静的，还是坐在床边，默默地看着他日夜的努力慢慢化作一个结果。

他没有动，只有手在抖，不知是太过高兴还是太过诧异，也可能……是有点难过。上了年纪的人常常如此，高兴到了极致就会变得有些难过，毫无来由。

小男孩睁开眼的时候，目光依旧有些空洞，但也许是死过一次又咽了老人的血，似乎多了点别的东西……总之，有了一丝丝人的气息。

他眨了眨眼睛，音调依然没有太大起伏，但第一句话叫的是："爷爷。"

"哎。"老人掖了掖被子，缓声说，"爷爷在呢。"

"我为什么躺着不能动？"他好像忘记了很多事情，像个新生的孩童，茫然地问着。

老人说:"生病了。"

"我的娃娃好像活了。"

"那是做了噩梦。"老人耐心地解释。

"我害怕。"小男孩说着,身侧的手指又痉挛似的攥起来,好像下一秒就要做点什么危险的事。

但是老人捋平了他的手指,说:"害怕可以哭,可以跟爷爷说,我陪着你呢。"

"我眼睛有点疼。"小男孩眨了眨右眼。

那里有一道他挣扎时抓挠出来的伤口。

"爷爷老啦,把你抱到床上的时候,不小心磕了一下。"

老人说着,从打了热水的盆里捞出毛巾绞干,然后一点点给小男孩擦着脸。

闻时看了老人很久,看到他挽起袖子时,手肘处有一道熟悉的烫伤。

他又把目光挪回小男孩身上,看着小孩心口的印记变得更淡,近乎无,看着他鼻尖的那抹细灰和血滴消退,多了一枚很小的痣,看着他眼角的挠伤很快结成疤,跟夏樵一模一样。

衣柜的门被风又吹开了一些,露出娃娃瞪大的眼睛,白色的灯光照在玻璃珠上,像哭过一样。

"我生病了,你会不要我吗?"小男孩问。

"不会。"老人说,"我跟你有缘,想看你长大。"

是了,这居然是沈桥的笼。闻时想。

难怪夏樵说这栋房子眼熟,像小时候住过的那种。也难怪夏樵觉得,这里面发生过的种种,像小时候做过的梦。

这个老人就是沈桥,而他居然始终没有认出来,也许是因为没有五官,轮廓模糊,也许是因为他记忆里的沈桥还停留在很多很多年以前。

他不是没见过沈桥变老,但他总觉得这样脚步拖沓、声音缥缈的老人,跟当年那个戴着瓜皮小帽的清秀少年没有关系。

衣柜里忽然传出响动,闻时回过神,听见里面传出轻而低的叫声。

那声音带着一抹沙哑,像是怕惊动什么人:"爷爷?"

下一瞬,柜门被人推开,那个软绵绵的洋娃娃已经倒在了一边,无声无息,取而代之的,是一个瘦小男生——那是夏樵自己。

他身体是虚的,被屋里老旧的顶灯照得苍白,像是静默时光里的一道剪影。

他茫然地站在老人身后，想拍拍老人的肩，手却不敢落下去。

"爷爷……是你吗？"他轻声问。

坐在床边的老人动作一顿，抓着毛巾的手指慢慢扣紧。

那一刻，笼里的时间仿佛冻住了。没人知道他听到这句话会是什么反应，会不会像很多笼主一样突然惊醒，接着暴起。

"爷爷，我是夏樵。"男生终于还是拍了老人的肩，很轻地摇了一下。

十年一晃而过，他忘了很多小时候的事，也学会了很多小时候怎么也学不会的东西。

他撒娇的时候，已经知道要软下声音了。

他抓着老人肩头的布料，鼻尖发红，又晃了晃，哑声重复了一句："爷爷，我是夏樵，你看看我。"

老人的轮廓忽然颤了一下，像水滴落进平湖，接着丝丝缠绕的黑色烟气从他身体中乍然迸出。

这是……笼主醒了。

几乎所有笼主在醒来的瞬间，都是带有攻击性的。他此生所有闷藏的怨憎妒恶，所有的舍不得、放不下都会在这一刻爆发出来，既是发泄，也是解脱。

而解笼的人，注定要帮他接下所有，再帮他消融。

黑气出现的刹那，闻时已经从镜中脱身而出。

他瘦长的手指还带着镜子里的白雾，直探向老人。

心脏和眼睛是灵本的关窍，他只要触到那里，把所有承接下来，这个笼就会彻底瓦解……

但他停在了最后一寸。

他在即将抓触到老人灵本的时候，忽然收回了手，拢衣而立。

而夏樵又带着浓重鼻音求了一句："爷爷，你回一下头好不好？你再看看我。"

腾地四散的黑色烟气变得轻袅起来，幽幽静静地浮在空中，老人搁下毛巾，轻轻叹了口气，终于转过头来。

他在转头的一刻，终于有了容貌，苍老、温和，他的眼尾和唇角都有深刻的纹路，这是常笑的人才会有的。

他确实是沈桥。

"爷爷……"夏樵眼睛瞬间红了，抓着沈桥的肩。

"小樵啊。"沈桥轻轻叫了他一声，叫完又沉沉笑了一声，嗓音依然缥缈而老迈，"我的上一任，也管我叫小桥。"

"你看，我跟你有缘。"

夏樵根本说不出话来，只拼命眨着眼睛。

他害怕的时候总是叫得夸张，说是哭，其实并没有多少眼泪。而当他的眼泪大颗大颗掉个不停时，他却根本出不了声。

沈桥只是看着他，然后拍了拍他的手。

笼里的景象在飞速变化，那个年代的五斗橱、窗格、书桌和床都在淡去，房间里的细灰味变得浅淡依稀，好像一个并不冗长的梦走到尽头，什么都散了，只剩下他们站在茫茫雾中。

沈桥看着闻时，苦笑着叫了一声："闻哥。"

闻时点了一下头，他说不来什么滋味，也不知道该应点什么。

过了片刻，他才道："我没想到这是你的笼。"

"我也没想到。"沈桥说，"我以为我能干干净净地上路呢。"

他垂下目光，眼皮耷拉，重重地压着苍老的眼睛。

又过了许久，他才笑着说："想要真正的无挂无碍太难了，还是舍不得，还是放不下啊。"

"放不下什么？"闻时问。

沈桥看着夏樵低垂的头，说："我常会想，要不要让他知道自己究竟是谁。以前觉得就瞒着吧，瞒一辈子，做个普通人，生老病死，挺好的。"

"后来又开始担心，担心如果我不告诉他，等我不在了，他再误打误撞知道，那该怎么办呢？就这么纠结、反复，想了这么多年，也没能有个痛快的结果。"

"还是怪我。"沈桥说，"我教会他的东西太少了，这小孩好像就学到了胆小要哭，傻里傻气的，别的情绪总也不懂，也不知道是不是关窍没通。"

听到这话，闻时才意识到，自从自己进了沈家，沈桥去世后，始终没见夏樵因为哀恸而哭过，也没觉得夏樵有多难过。他会开玩笑，会跟各种人聊天，还张罗着租房，好像不明白生死，也不懂离别。

直到现在，直到这一秒……

闻时看着夏樵通红的眼圈，对沈桥说："他现在应该懂了。"

自己活着没能教会夏樵的事，结果以这种方式教会了，沈桥不知该哭还是该笑。沈桥琢磨许久，只有心疼。

"人啊，还是贪心。"他缓慢地开口，"临到这时候，才发现，我放不下的东西太多啦。"

闻时像个耐心的聆听者，问："还有什么？"

"以前想着要看看这小孩长大，不用多大，十八岁成年了就可以。可是等他真到了十八岁，又想再看几年，到他再成熟一点、厉害一点，有人照料或者能照料别人，有个家。"

"还想……这几年日子变化太大了，跟当年那会儿天差地别，不知道你来了，要多久他才能适应，会不会碰到麻烦，会不会过得不好。"

"还担心小樵这性格不讨你喜欢，万一闹了矛盾怎么办，也没个人来调解。"沈桥说着，依然慈祥温和。

"想着这些，我就觉得要是我在就好了。闻哥你生气都闷着，小樵太傻，不一定看得出来，回头气伤了你可不好。"

他说着说着，又笑了起来，好像那些舍不得、放不下，也没那么令人难过了。

"还有啊……"沈桥说，"二十多年没见，我还没来得及跟闻哥你喝杯茶，上次你走时说好了的。"

没想到，他们居然后会无期了。

他又仔仔细细看了夏樵和闻时一眼，慢得像要记住他们的样子，然后叹道："算啦。"

归根究底，说来说去，不过都是些零散小事。

他这一生，接过很多人，也送过很多人，算得上长命百岁、功德圆满。

于是他对闻时说："赖得过今天，也赖不过明天，最后，就麻烦闻哥你送我一程了。"

"缺的那杯茶……以后有缘再喝吧。"沈桥说。

闻时沉默良久，最后点了点头："好。"

他伸出手，指背触上老人的额心。

那一瞬间，所有浮散的黑色烟气骤然轮转起来，明明无形无体，边缘扫过夏樵手背的时候，还是留下了一道细细的伤，顺着神经疼到心脏里。

就是这些东西，从沈桥身上拔出，围聚到了闻时这里，细细密密地缠在他四周。

闻时却好像感受不到痛一般，手指依然抵着沈桥的额心，沉静地阖着眼。

罡风扑面，掀得人几乎站立不稳。

而那些烟气在疯狂冲撞之后，终于尽归温顺，慢慢消融淡化。

闻时额前的头发被风掀起又轻轻落下，衬得他的皮肤毫无血色，比之前苍白不少。

夏樵的恸哭依然出不了声，他死死攥着沈桥的手，却感觉掌中越来越空。

黑色烟气彻底消融的时候，他抓着的人连同整个笼一起，彻底消散不见。临消失前，他听到了沈桥最后一句温声叮嘱："天凉记得加衣，热了别吃太冰，好好的，啊。"

笼消散后，真实的景象显露出来。

他们还坐在那辆大巴上，身后的人还在聊天，一切如旧。

沈桥下葬的地方背山靠水，底下还有一大片花树和田。

夏樵把寿盒放进墓里，亲友邻里照风俗把红枣和糖糕填进去。

孝衣孝帽一烧，石板一压，这一趟就算送到头了。

下山的时候，夏樵喉咙里终于有了呜咽声，又哑又轻，就像尘封许久的锈罐终于被撬开一丝缝。他走走停停，如果不是有人推着，可能永远也下不了这座山。

就在他刹住脚步，想要转身的时候，跟在后面的闻时忽然抬手，拍了拍他的后脑勺，沉声说："别回头。"

别回头。

让沈桥干干净净地来，也干干净净地走。

山脚下的花树不知是哪种，风一吹，便落了满地花瓣。

闻时被扫过的花枝迷了一下眼，他阖眸再睁开的时候，恍然觉得这一幕有些熟悉，就好像曾经也有那么一个人，手掌瘦而薄，带着温凉触感，轻拍着他的后脑将他往前推了一步，劝哄似的说："别回头。"

他在原地停住，愣怔几秒，下意识转头看了一眼。

他看到谢问落后几步，不紧不慢地走在狭长的路上，伸手接了一朵飞落下来的花。

谢问把花拢进手里，却见花瓣在碰到他的瞬间蜷缩枯萎起来，转眼就成了一团棕褐色的死物，手指轻轻一拨，便松散开来。

他眼眸低垂，看着手中的死物，不知在想些什么。

又过了片刻，他抬起眼，就见闻时正蹙眉望着他。

谢问垂下手背在身后，隔着几步远的距离和间杂的花枝问他："我干什么坏事了，你要这么看着我？"

闻时抿了一下唇。

他其实只是单纯回头看看。但对方这么一问，他只能绷住脸说："有点事问你。"

谢问说："什么事？"

闻时："……"

等他想想。

好在他反应快，几乎没多停顿就想到一个："你衣服呢？"

谢问低头认认真真看了自己一眼——衣裤齐全。

闻时服了："我说你搭在手上的外套，黑色那件。"

谢问似乎这才想起那件衣服："哦，那件。可能人多事杂，忘在哪里了。"

"你不找一下？"

"算了。"谢问不太在意地说，"不是什么要紧东西，丢了再买吧。"

闻时正穷着，不能理解他这种说不要就不要的阔气。

见他眉头越皱越紧，谢问又提议说："要不你陪我去山里找找？不过这山有点大。"

——做你的梦。这山何止是有点大！

闻时掉头就走。

谢问在后面笑，又咳嗽了几下，声音比来时还要闷，似乎身体更差了。

来送沈桥的邻居朋友虽然不认识他，但还是关心地问了几句："生病了？生病了还赶这趟来山里，山里凉气重。"

谢问远远摆了摆手，示意自己没什么事。

他虽然说话没个正经，但看上去实在是个好脾气的人，可是……

闻时沿着山路拐弯的时候，还是没忍住又转了头。

他看见谢问用手抵着鼻尖闷咳几声，在路过一株树时，把手里的东西丢了。谢问神色淡淡的，透着病态的苍白，看不出情绪，又似乎有些索然无味。

闻时愣了一下才想起来，那应该是谢问之前接的那朵花。

刚从笼里出来，闻时其实又累又饿，很难凝住气，但他还是定了定神，试着看了谢问的灵本。

刚闭眼，他就看到了冲天的黑雾。

黑雾比刚见面的时候盛了几倍，张牙舞爪，妖邪感浓稠又强烈。黑雾逸散的地方，那些发着光的花树都暗淡下来，仿佛苟延残喘。

闻时脑中嗡了一下，倏然睁眼。

那番景象又消失了，谢问依然是温温和和的模样，垂着眸往山下走。

大巴停在山脚下，众人陆陆续续过来。

夏樵已经不再哭了，也不说话，眼睛肿得厉害，就那么呆呆站着。邻居长辈们不忍心，一路半扶半拽地将他弄上车，安置在来时的座位上。

过了片刻，他木然的眸子才动了一下，哑声问："闻哥呢？"

邻居刘婶就坐他后面，最见不得这种半大年纪的小辈哭。她拍了拍他的肩，指着窗外说："来了，在那儿说话呢。"

夏樵愣了一下，转眼看过去。

就见闻时站在几步远的路边，正跟刚下山的谢问说话。

主要是谢问在说，闻时听着。

也许是错觉吧，夏樵觉得两人之间的距离有点远，反正比正常说话的距离远一点，显出一种微妙的生疏和回避感。

当然，夏樵不知道为什么，只觉得怪。

谢问简单说了几句，便冲闻时摆摆手，朝另一个方向走去，而闻时则朝大巴走来。

他腿长，抓着扶手两步上了四阶，面无表情地在夏樵身边坐下。

司机把烟摘了，转头问："上来了？还差人吗？"

闻时说："没了，走吧。"

夏樵愣了一下，刘婶他们更是热心，指着远处谢问的背影说："他呢？你们那个朋友，他不上车啊？"

"他不来。"闻时说。

"为什么？"

"有事，先走了。"闻时说。

夏樵觑了一眼闻时，虽然他闻哥总是这样冷着一张脸，说话时的语气也硬邦邦的，但他还是觉得闻时这会儿心情不怎么样。

"闻哥，你怎么了？"夏樵也没什么精神，但还是问了一句。

闻时撩起眼皮，没听懂："什么？"

"那个……"夏樵斟酌着，慢吞吞地问，"谢问他说什么了？你看起来不高兴。"

闻时很轻地蹙了一下眉，用一种"你在说什么梦话"的眼神看着他："啊？"

夏樵又缩了回去，蔫蔫地靠着车窗："没事，我看错了，当我没说。"

倒是刘婶不死心。

来的路上她就坐在谢问旁边，年轻人生得极其养眼又有风度，谁不喜欢。她拍了拍闻时的椅背，说："坐这车来的，最好还是坐这车走，不然不太吉利。"

这种不吉利有生拉硬套之嫌，闻时没听说过。但他还是朝窗外望了一眼，刚好看到谢问上了一辆红色的车，便靠回了椅背。

"那就这些人？走了？"司机问。

闻时点了点头，说："嗯。"

司机连忙把头伸到窗外猛吸两口，把烟屁股摁了，然后撸着方向盘驱车返回市里。

名华府花园里的白事棚子已经拆得干干净净，这一场延续几天的丧事就算办到了头。

刘婶就住在前面一栋楼，是个出了名的热心肠。

她下了车还絮絮叨叨嘱咐不停，生怕两个年轻人不懂规矩乱办事："一会儿跨了火盆，还要吃点红枣和白糕，然后你们回家呢，就把床啊、沙发之类的都挪一挪，打扫打扫。"

夏樵还是很蔫，点了点头说："谢谢婶。"

"你俩要是弄不过来，就来敲门说一声，婶去给你帮忙，啊。"刘婶跟着跨火盆的队伍走了两步，又说，"全部打扫完，洗个澡再睡啊，一定要洗澡。"

夏樵应道："好。"

他茫茫然一令一动，别人塞给他什么，他就接什么，让他吃什么，他就把什么往嘴里填。

等到他终于回过神来，他才发现众人早已散尽，他已经回到了家里。

屋里空荡荡的，他心里也空落落的，就像丢了魂似的，一时间不知道该干吗。

忽然，有人不轻不重地拍了一下他的头。

夏樵捂着后脑勺转脸看过去，就见闻时从他身边经过，左手拇指和食指很轻地捻着，不知道在捻什么。

"有线香吗？"闻时四下扫了一眼。

夏樵愣了愣，说："有，你要吗？"

"去抽一根点上。"闻时说。

他总给人一种"一不顺心就翻脸"的感觉，夏樵很想亲近他，又有点怕他，接了指令忙不迭就去弄了。

等到捏着一根香回来，夏樵才问道："点线香干吗啊哥？"

"过来。"闻时朝后院偏了偏头，示意他开门。

沈家别墅的后院很大，也很空。以前夏樵总想买点花花草草来摆着，但沈桥总说"留点地方"，也不知道留来干吗。

闻时看到这么块空地，也不觉得奇怪，反倒一脸了然。

以至于夏樵怀疑，之前沈桥说的"留"，就是留给他的。

"线香给我。"闻时空着的手动了动，示意夏樵把东西递给他。

夏樵乖乖照做。

闻时蹲了下去，让细灰抖落在轻捻的手指间。

夏樵忽然就像开了眼一样，看到了在笼里才能看到的东西——那些丝丝缕缕缠在沈桥身上，又被闻时消融的黑色烟气。

"这不是……"夏樵睁大了眼睛。

闻时还在捻着手指，烟气所剩不多，被他捻成了长长一条，像木枝。

他伸手拢了一下，那东西便立在了泥土上。

不知哪里起了一阵风，香火直扑夏樵而来，熏得他两眼泛泪，掩着脸咳了半天。

等他缓过火辣辣的劲，再睁开眼，他发现面前的土里多了一株树苗，枝丫细长。

夏樵吓了一跳，避让不及，一屁股坐在了泥里："这什么啊？"

"白梅。"闻时说。

夏樵心说：我不是问品种。他问："这哪儿来的？"

"你刚刚不是看见了？"闻时看他的眼神仿佛看智障。

"我知道，我……我是看到了，你从爷爷身上吸走的黑气，刚刚又弄出来了，然后就多了这棵树。"

闻时应道："嗯。"

夏樵忽然词穷。

过了半天，他才缓慢地睁大眼睛，难以置信地问："所以它是……"

闻时想了想，说："你可以把它当成一种意义上的沈桥，也可以当成沈桥留给你的东西。"

夏樵定定地看着树苗，恍然想起小时候住的地方，那附近也有一小片白梅林，好像不知不觉间就长起来了。

他现在似乎突然明白了它们的来历——沈桥也是解笼人，也送走过很多人，应该也做过这样的事。

"每个人……"夏樵咽下"去世"两个字，说，"都会变成这样吗？"

闻时说："我喜欢这样。"

夏樵想说他也喜欢，好像忽然间就没那么难过了，好像沈桥还在某一处温和、慈爱地看着他。

闻时站起身，垂在身侧的手指捏了捏指骨。

夏樵也爬起来，绕着树苗转了好几圈，想碰又不敢碰的样子。

"这树要施肥吗？"夏樵问。

闻时声音清冷地说："它自己会长。"

夏樵"哦"了一声，又问："那我能浇水吗？"

闻时道："我没浇过，你可以试试。"

夏樵又不敢动了。

闻时没好气道："外面天天下雨也没见浇死。"

夏樵这才放下心来，转悠着去找水壶，好像魂又回来了。

闻时靠在门边，看着他忙前忙后给树苗浇水，忽然觉得当初做橦的人必然思路清奇，不然怎么弄出这么个笨蛋呢？

有了这株白梅，夏樵终于活泛回来。

他早起第一件事就是给树苗浇水、修枝，然后会跟着闻时点一炷线香。

那天他浇完水，路过解笼人名谱图的时候瞄了一眼，忽然就杵那里不动了。

闻时纳闷，问他："你干吗呢？"

夏樵没吭声，看着名谱图惊疑不定——

他刚刚好像看到闻时的名字无声亮了一下，而且他们这条线似乎……往上面挪了一点点。

但怎么可能呢？这条线到沈桥已经绝了。一条全员不在的线，还有可能往上爬？

不不不，幻觉。

夏樵迟疑半天还是摇了摇头，说："没什么，我眼花。"

闻时便没再管他。

这栋房子有点大，对两个不善家务的人来说，收拾起来有点费劲。闻时和夏樵仓鼠搬粮似的，花了两天半，一点点把家里的沙发和桌椅都挪了位置。

全部整理完的那天下午，夏樵打算再好好打扫一番，于是从柜子里掏出一样东西。

闻时正到处找大扫帚呢，就见一个圆盘似的玩意儿贴着地，嗡嗡叫着就过来了，好死不死撞他脚上。

"这什么东西？"闻时垂眸盯着它，表情介于"请它滚"和"踩死它"之间。

夏樵连忙过来，把那吵闹玩意儿踢走了，哄道："这是扫地机器人。"

"那还用扫帚吗？"

"不用不用。"夏樵摆手。

闻时"哦"了一声，从容冷静地接受了这个玩意儿的存在。

夏樵心说闻哥就是闻哥，波澜不惊，一看就是见过大世面的。

结果刚感慨完，他就发现闻时又从冰箱里翻出了一盒百醇，面无表情地"嘎吱嘎吱"了两个小时，就这么盯着扫地机器人工作。

"闻哥。"夏樵磨磨叽叽挪到他旁边，指着盒子问他，"吃这个能饱吗？"

闻时眼皮都不抬，冷冰冰地说："不能。"

夏樵继续问："那你现在岂不是很饿？"

闻时反问道："你说呢？"

"那得吃点什么才行呢？"夏樵又问。

"人。"闻时吐了一个字。

"……"夏樵忙不迭跑了。

托这笨蛋的福,闻时压了很久的饥饿感又烧起来了。他现在有个毛病,一饿,就想起一个人……

不行,滚。

闻时在心里对自己说,说完他又去开了冰箱。

夏樵跟着蹭过来,瞄了一眼,发现百醇已经吃完了。闻时的目光落在那一排饮料上。

夏樵这次积极了:"那个,闻哥我给你介绍一下……"

话没说完,闻时从里面拿了一听可乐,"啪"地拉开拉环,凉凉地说:"我上次离开到现在也才二十五年,知道这玩意儿。"

夏樵:"……"

好,他听得出来,闻哥心情更糟了。

夏樵没敢多嘴,也没敢跑远,就缩在旁边默默刷手机。

过了好半天,他听见他闻哥纡尊降贵地问:"谢问有动静吗?"

夏樵一脸疑问:"嗯?"

闻时皱了一下眉:"他不是说要租房子搬家?"

谢问从那天下山之后就没了音讯,仿佛人间蒸发,房子的事也再没过问。这让人觉得有点奇怪……

当然,主要是闻时觉得奇怪。

毕竟两天半在夏樵的概念里还挺短的,一晃就过,两天半不联系根本不是什么问题。

但他不敢这么跟闻时说,因为他觉得他闻哥可能饿疯了。

"那我……联系一下?"夏樵问。

闻时未置可否。

就在夏樵翻找号码的时候,他忽然开口:"西屏园在哪儿?你认识路吗?"

夏樵眨了眨眼:"认识。"

——干吗?你要上门"吃人"啊?

第三章　望泉路

夏樵发现，他闻哥是个很干脆的人，就是过于干脆，他上一秒说"认识路"，下一秒就见闻时往门口走了。

"等等，等等！"夏樵忙不迭往卧室跑，三下五除二换了件连帽卫衣，还拎了件码大的给闻时，"今天降温，我刚刚去院子里浇花，还挺凉的，你穿这个吧。"

闻时瞥了一眼，说："不用。"

他皮肤白，穿着一件浅灰色的短袖T恤，有事没事还喜欢把右边袖子撸到肩膀处，露出来的手臂线条非常好看。

帅是很帅，但是……

"你真的不冷吗？"夏樵认真地问。

"不冷，我热。"闻时把手里喝空的可乐罐捏了，丢进垃圾桶，又去冰箱摸了一盒冻过的牛奶拆了，问，"你究竟走不走？"

"……"

他看得出来，闻哥是很躁了。

"走走走。"夏樵把衣服往沙发上一扔，抓着手机就出了门。

天气并不是很好，阴沉沉的，远处已经滚起了黑云，有要下雨的架势。

闻时眯起眼，朝那边望了一眼："走过去要多久？"

"走？"夏樵吓一跳，连忙举了举手机说，"不用，我叫了车，司机已经往这边来了。"

又是一个超出范围的知识点。闻时没表露在脸上，假装接受良好。

夏樵倒是十分自觉，把手机屏幕"上供"给他。

闻时看到上面有张地图，一辆小车沿着地图龟速挪动，结果刚挪没两下，就停住不走了。

闻时正纳闷，屏幕上跳出一句提示，显示订单已结束。

闻时指着提示，动了动嘴唇："什么意思？"

夏樵略显尴尬地说："……放我们鸽子的意思。"

"这司机也太没谱了吧！说取消就取消。"夏樵咕哝着，"闻哥你等一下，我重叫一辆。"

谁知这位司机更快，刚接单就直接飞了。

夏樵一脸疑问："什么情况？"

他连续叫了四辆车，都被取消了订单，然后就迟迟叫不到新车了。

"有毒吧。"夏樵捧着手机一头雾水，"今天干吗了，不宜出门？"

眼看着黑云越滚越近，有小雨点开始往下漏，他们的订单终于有人接了。

这次司机没再取消订单，离得也不算远。很快，车便停在了名华府大门口。

闻时把空了的牛奶盒扔进垃圾箱，躬身钻进了车后座。

司机是个圆脸的中年女人，长得很和善，颊边有颗痣。她从后视镜里看了闻时一眼，调侃说："嚯，年轻就是体格好，这天穿短袖啊？"

闻时脾气不算好，也不爱搭理陌生人，碰到这种自来熟的，都是听听就过。

夏樵知道闻时这性格，生怕冷场。他刚要接司机的话，就听见闻时应了一句："不算冷。"

夏樵当即有点惊。

"干什么？"闻时余光瞥到了夏樵的傻样。

"没。"夏樵把瞪圆的眼睛收回去，又小声道，"就是有点意外，我以为你会不理人家。"

闻时睨了他一眼，过了片刻答道："面善。"

圆脸司机听到了这句，当即笑起来："是说我吗？我长了张大众脸，好多人都说挺眼熟的。"

闻时灰色的T恤上有深色的雨点，她看见了，便问道："你们是兄弟俩呀？下雨天出门都不带伞吗？这雨肯定要越下越大的。"

夏樵委委屈屈地说："我们出来的时候还没下呢。"

"那么早出来等？"

"唉，别提了。今天运气不好，叫了四辆车，都被取消订单。"夏樵抱怨。

"哦。"司机了然，"那还真不是你们运气不好，这几天大家都不想跑那边的单。"

"为什么啊?"

"邪门啊。"

闻时原本看着窗外,听到这句,又把目光转了回来。

"邪门?什么意思?"夏樵问。

"你们最近没看地方论坛吗?"

闻时看向夏樵,夏樵一脸惭愧:"呃……看得少。"

司机笑起来,解围道:"也是,地方消息看得都不多。我们是因为开车太闷了,没事就听广播,所以知道得多一点。"

她也没卖关子,趁着路上没事,给闻时他们讲了起来:"往西屏园那边去有条必经的路,叫望泉路。以前有外地的开发商过来,看那边地段还不错,想弄个城中富人区,叫望泉公馆。"

"哦,这个知道。路过见过,房子挺漂亮的,就是没什么人住,跟我们名华府还挺像。"夏樵说。

"那不一样。"司机笑说,"名华府是周边规划问题,望泉公馆是没人愿意住。你问问宁安当地的老人就知道了,都说那边房子不好。"

"听说过。"夏樵一副明白的样子。

倒是闻时有些疑惑:"为什么不好?"

夏樵还没开口,司机就笑了:"帅哥不是本地人吧?我们宁安方言里,'王'啊,'望'啊,都和'黄'是一个读音。"

"望"和"黄"?

那望泉路不就是……

闻时默然片刻,然后说:"取名的人是个傻子。"

司机哈哈笑起来:"还有更傻的呢。那边地段挺好的,附近还有地铁站,有些投资商就不信邪,非要把那边弄得热闹起来,搞过步行街、洋房店铺,花样挺多的,后来都因为生意太差,不了了之。然后前两年吧,又来一个冤大头,在那边建了个综合商场,有吃有喝有电影院那种,你猜叫什么?"

闻时问:"什么?"

司机答:"望泉万古城。"

闻时:"……"

瑰宝级的，还挺宏大。

"后来热闹了吗？"他问。

"没有。"司机"唉"了一声，"断断续续，建到今年年初才正式竣工开业，起初还有人去凑热闹，后来就少了。那边特别邪性，总有人说看见了些不该看见的东西。"

"那商场到现在还没关啊？"夏樵问。

"没啊，那边租金低，东西卖得便宜，有些现在很难找的手工店在里面，还是有人去。"

"哦。"

"这么听着好像也没什么，但说实话，开车从那边过，是有点怵。"司机师傅说，"昨天吧，我们这个微信群里有人在那边被吓到了，说得挺玄乎的，所以今天大家都不太愿意往那边跑。"

"怪不得。"夏樵想了想，说，"那您胆子还挺大的。"

司机无奈道："嗐，我是习惯了。我家就住那边附近，整天来来去去的，也不能因为这点事就不接活呀。"

"里面不让停车，我在这边放你们下去。"圆脸司机在路口靠边停车，看着外面变大的雨，又给闻时递了把伞，"得走一小段路呢，你们把伞拿着吧。"

夏樵默默看闻时："那个，这怎么好意思？我们跑一下就到了。"

"拿着吧。"司机笑着说，"用不着不好意思，我这儿伞多呢。"

"真不用。"夏樵还是不好意思拿人东西。

他正推拒着，一只瘦长、白净的手伸过来，坦然地把伞接了过去。

"谢谢。"闻时说。

"哎，这就对嘛！"司机笑了。

闻时先行下了车，撑开伞，催促说："别磨蹭。"

夏樵这才急忙跟下去。

雨很大，地面都起了雾。车子拐了个弯，很快消失在雾里。

闻时收回视线，问夏樵："西屏园在哪儿？"

夏樵对照着手机地图看了一眼，指向右边说："这条路进去，门脸古色古香那个就是。"

这一条街都延续了望泉路的风格，几乎全是小洋楼，谢问的西屏园在里面显得非常特别，一眼就能认出来。

临到进门前，夏樵试探着问："闻哥，一会儿见到他，你打算说什么呀？"

难不成说"请问你什么时候掏钱租我们的房子"？

这好像有点莽撞，还有点尴尬。

但不说这个，该说什么呢？他们跟谢问只是一起进过笼，说生疏不至于，但也没熟到什么份上。

夏樵不太放心闻时，总觉得以他的性格，张口就说"我饿了"也不是没可能。

那多吓人。

闻时果然道："没想，再说吧。"

夏樵很慌。

西屏园的布置像个古董文玩店，但店里只有人偶，西式的、中式的，皮影、木偶、陶人应有尽有，齐齐整整码了好几个柜子。

一个梳着髻的小个子中年人坐在柜台里打瞌睡，脸很有福相，看不出是大爷还是大妈。

还有两个长相很娇俏的姑娘坐在一旁，一边嗑瓜子一边聊天。

闻时进门的时候，那两个姑娘一起转过脸来，动作统一地说："哎，活人。"

夏樵吓得当场退了出去，俩姑娘又嘻嘻哈哈笑起来。

"老毛，来客人了。"俩姑娘叫道。

那个梳着髻的中年人猛地惊醒，打着哈欠看过来。看到闻时的时候，他微微愣了一下。

闻时把伞收了，在门外甩了甩水，说："这是谢问的店吗？"

老毛这才回神，点头道："啊，对，是他的店。"

"他人呢？"闻时扫视了一圈。

"他人……不在。"老毛打了个磕巴。

闻时盯着他："那他在哪儿？"

"有事。"老毛说。

闻时拧着眉："他大前天明明跟我说这几天店里有事，赶着回来坐镇。"

老毛："他……镇外面去了。"

这人一看就不是说谎的材料，每说一句话，那绿豆似的眼睛就总往角落的小门瞄。

瞎子都看得出来。

闻时把伞搁在门口的架子上，抬脚就往小门的方向走。

"哎，那边是卫生间。"老毛急忙说。

"哦，借用一下，谢谢。"闻时说。

刚走到门边，闻时就听见了里面闷闷的咳嗽声，下一秒，那门便从里面被打开了，露出谢问苍白的脸。

这里显然不是什么卫生间，应该是个可以休息的后屋。闻时隐约能闻到里面飘来的浅淡香味，还煮了什么东西，热得很。

谢问从里面出来，背手掩上了门。

他似乎有些冷，窝在那么热的屋里，还长袖长裤穿得严严实实。

"你怎么找人还这么凶？"谢问又咳了几声，问道。

"那你躲什么？"闻时朝老毛看了一眼，皱着眉纳闷道，"我又不是来要债的。"

"没躲你，就是这两天太冷了，不想出来，就交代他们谁问都说不在。"谢问又转头咳了几声。

闻时这才发现他两只手都戴着手套，那种薄薄的黑色绸布，一直裹到手腕，只有动作间才能看到一点腕间的皮肤，被手套衬得更加苍白。

"我也不是算命的，哪知道你会来。"谢问倚着门框问，"你来店里是有什么事？"

可能是离得近的缘故，即便没闭上眼，没看他的灵本，闻时也能感觉到他身上不断涌动的黑雾。

闻时冷着脸，飞快舔了一下唇角，转头冲夏樵一抬下巴说："他来买娃娃。"

夏樵："……"

夏樵木着一张脸，点了点头说："啊，我要买娃娃。"

"顺便问你房子还租不租。"闻时又说，"不租我们就重新挂网上了。"

谢问垂着眸子，不知在想什么。他静了一秒，才点头道："租，周六吧，后天。后天你们能空出时间吗？"

闻时算了算，也就两天的工夫，还算快，于是转头看夏樵。

夏樵心说：这时候又来问我了，好像我能做主似的。

087

他硬着头皮点了点头，说："嗯，有时间。"

闻时又舔了一下唇角，感觉自己大概脑子坏了才会跑这一趟。

他本来是抱着商量的意思，来找面前这位"满汉全席"，谁想到店里这么多人，他反倒不方便开口了。

于是他捏了捏指骨，转身说："就这事，我们走了。"

夏樵顺势拿起架子上的伞，这才想起来……说好的买娃娃呢？能不能尊重一下借口？！

就在他也准备走的时候，那对双胞胎姑娘忽然指着伞说："这是哪里来的？"

"哦。"夏樵说，"别人给的，怎么啦？"

其中一个姑娘说："这边之前一直有个传言。"

夏樵好奇地问："什么传言？"

"说下雨天往这边来，会碰到一个很奇怪的司机，长着圆圆脸，特别热情，然后临下车，总会送人一把伞。"

小姑娘的嗓音轻飘飘的，听得夏樵毛骨悚然。

"然后呢？"

"没拿伞的话，生个病感冒两天就没事了。"小姑娘说，"拿伞的话……就会去见她。"

夏樵："……"

闻时走过来的时候，就看到夏樵后背贴着门，魂已经去了一半。他没好气地抓过伞，正准备往外走，忽然听见谢问的声音到了身边。

他戴着手套的手很轻地碰了闻时一下，一触即收："一会儿有事吗？"

闻时转头看着他。

"在这里吃点东西再走吧，晚点我送你。"

西屏园其实有两层，但构造很奇怪。

一般这种双层的商铺，一楼是店面，二楼要么住人，要么当仓库，也有些穷讲究的，会弄个特别风雅的接待室。

但西屏园不这样。

它的二楼……主要用来吃饭。

为什么说主要？因为它还像个小型植物园——

西北角有一棵贴墙生长的树，品种看不出来，是死是活也很难分辨，光秃秃的，刚巧抵到屋顶，枝丫就贴着墙与墙的交线蜿蜒交错。

树枝上还装模作样地挂了个空鸟架。

树底下有一片人工景，两只小王八在浅水池里划拉着。除此以外，到处是乱石和新鲜花草，还有几个不知什么玩意儿待的窝。

那个吃饭用的四方桌就搁在花草中间，不伦不类。

老毛在桌上放了一只大铜锅，往里填了炭，一锅浓稠、奶白的高汤就这么咕嘟咕嘟地沸着，白雾带着香味弥散开来。

锅里滚着薄而鲜嫩的羊肉，纹理间能溢出汁来。

旁边一个小巧的炉子上还热着酒，度数不知道，但劲挺大的。

反正闻时一口没喝，就已经醉了。

临到夏天，他穿着短袖，坐在吹着热风的屋里，对着一桌滋补暖身的东西，肚子咕咕叫。

他图什么？

可能是他的表情太过木然吧，知道内情的夏樵还挺心疼他。

其实在夏樵的认知里，解笼人也是正常吃饭的，比如沈桥，比如他见过的、听过的各种人。

像闻时这样不吃饭的异类，还是独一份，也许还是跟他没有灵本的情况有关吧。

夏樵看了一会儿，忍不住小声问："闻哥你还好吧？"

"你说呢？"闻时握着筷子也没看他，过了两秒反省似的闭了一下眼，低声自我讥讽，"我真是脑子坏了。"

谢问留他吃饭，他怎么就想不开点头了呢？

这下好了，全靠自制力。

他看着夏樵满碗的肉，幽幽问："好吃吗？"

"……"

夏樵不敢说话。

对他而言，这一顿是真的不错。谢问这些店员不知从哪里弄来的肉菜，又鲜又嫩，酱汁也特别香，手艺真的没话说。

而且今天又是大雨，又是降温的，他正觉得冷呢，吃点热乎的刚刚好，实在没法跟这位姓闻的祖宗感同身受，只能劝慰。

"要不闻哥你意思意思，吃两口试试？"夏樵趁着老毛他们大快朵颐，悄声说，"垫一垫也是好的，聊胜于无。这种铜锅涮肉你吃过吗？它……"

"吃过。"闻时打断道，"吃过不少回。"

这话在常人听来没有任何问题。毕竟闻时看起来是个二十五六岁的青年，没吃过才比较奇怪。

但谢问投来了讶异的目光，就好像他知道闻时刚从无相门出来没几天。

"看我干什么？"闻时注意到的时候，谢问目光里的讶异已经淡了。

"这是个好问题。你得先看我，才能知道我在看你。"谢问不慌不忙地倒了一杯热烫的酒，也不喝，只是握着酒杯，像在感受杯子里的温度，"要不你先说说为什么看我？"

闻时："……"

滚。

谢问笑着揭过这个话题，又说："你在哪里吃过这个？"

闻时原本不想搭理他，但过了一会儿还是说出一句："以前在京州。"

那时候还叫燕平。

"哦。"谢问若有所思，片刻后点了点头，又指着闻时空空的瓷碟，"那你是现在不爱吃了，还是他们这汤吊得太难吃了，你下不了筷子？"

老毛和那对双胞胎姑娘顿时抬起头，无辜地看过来。

可能是下属都怕老板吧，反正这仨很惶恐。

闻时觉得莫名其妙。他在齐刷刷的盯视中沉默两秒，然后伸筷夹了一片羊肉。

老毛又松了口气，继续狼吞虎咽起来。他吃东西几乎不嚼，囫囵下肚，显得格外香，看得人特别有食欲。

夏樵当场跟着吃了两块肉。

闻时要疯了。

但他脸上一点都没表现出来，反倒显得特别冷淡。他没滋没味地把肉咽了，为了转移注意力，顺口冲谢问说："你也没吃几口。"

"还行。"谢问说，"我喜欢烫一点的东西，但对这种兴趣一般。"

"你不喜欢，他们还弄这个？"闻时一脸古怪。

"习惯吧。"谢问说。

他瞥见闻时疑惑的表情，想了想，补充道："我以前领过一个……"

他顿了一下，似乎在斟酌用词。

闻时看了他一眼，他才继续道："领过一个小孩儿回来，他比较馋这些。"

"那他人呢？"闻时又问。

"不在了。"谢问没抬眼，握着杯子说，"很久以前的事了。"

闻时依然觉得奇怪，既然是很久以前的事了，怎么现在还能叫习惯？中间那些年他们不过日子吗？

他还想开口，老毛又拿漏勺舀了一大碗肉，吃得特别香，稀里呼噜的声音让人想忽略都忽略不掉。

闻时："……"

肚子悄悄响应一声，他终于坐不住了。

"洗手池在哪儿？"闻时绷着脸冷静了一下，搁了筷子问。

"那边。"谢问指着东侧一条短廊说，"怎么了？"

"沾到酱了。"闻时随口编了个理由，起身往短廊走。

短廊背面有个单独的洗手池，他躬身撑在水池前，往脸上泼了两捧冷水，饿昏头的感觉总算缓了一些。

刚站直身体，他就感觉有风从侧面钻进来。他转头一看，发现二楼短廊连着后门，门虚掩着，风就是从那里溜进来的，裹着雨水湿气和另一种……难以形容的怪味。

这味很淡，也不难闻，但有一点熟悉。

闻时有些纳闷，走过去开了门。

门外是一道铁质的楼梯，连接着这片商业街的后身。

西屏园的后门很干净，也很荒，正对着长长的围墙。围墙里就是望泉公馆的人造湖景和小竹林。

雨很大，那股味道藏在雨水中，一会儿有，一会儿无。闻时扶着楼梯栏杆嗅了一会儿，终于认出来——

惠姑的味道。

沈桥下葬的前一晚，那三个吹鼓手变成的惠姑被他弄死了一个，跑了俩。他在跑掉的惠姑身上留了追踪的东西，结果追到了西屏园。

其实今天他主动来西屏园，也有这个目的。

他刚进店的时候就悄悄注意了一番，但没有找到任何踪迹，没想到它们在后门。

闻时强打精神，凝气阖眼，面前的景象便幽静起来，一条细细如水痕的踪迹蜿蜒到了围墙边，又滑进了望泉公馆，之后便浅淡得难以找寻了。

所以其实这事跟谢问无关，有问题的是望泉公馆？

闻时没撑几秒就睁开眼，皱着眉思索起来，直到身后的门吱呀响了一声。

"你干吗傻站在外面？"谢问的声音响起来。

闻时："……"

为什么会有追着他跑的食物？

"看雨停了没。"闻时转身进了短廊。

他手上沾了栏杆的锈，只得再去水池边洗一遍。

谢问也似乎刚洗过手。他不急着回桌边，只是把门关上，然后越过闻时抽了张擦手纸。

他的动作带起一丝很轻的风，明明什么也没有，闻时却感觉那股浓重的黑气把自己围在其中。

他洗手的动作顿了一下，垂着的眸子很轻地闭了一下。

相较于餐桌边，这里狭窄而安静。也许就是太安静的缘故，那些无形无影的东西的存在感便格外强烈。

闻时撩起眼皮，从镜子里看了谢问一眼，看到对方靠在他身后的墙上，一丝不苟地把手套戴上，似乎在等他。

"你看见过自己的灵本吗？"闻时忽然开口。

"嗯？"谢问拽了一下手套边缘，抬眸道，"什么意思？"

并不是所有解笼人都能轻易看到别人的灵本，他们更多的是一种感觉，比如一见夏樵就觉得他很干净，见到谢问就觉得他罪孽太重，越是极端，越是容易被感知。

要想真正看到灵本是什么样，他们得费一番工夫，借助别的手段。

像闻时这样的，凤毛麟角。

"算了。"一时冲动过去，闻时垂眼抽了一张擦手纸，正想说"当我没说"，就听见谢问低低"哦"了一声，说："你是说我灵本上那些黑雾吗？见过。"

"为什么突然问这个？"

他隔着镜子看向闻时，嗓音低低沉沉的，带着一丝咳嗽导致的沙哑。

可能还是因为周围太过安静，这句话在闻时听来，居然有种莫名的蛊惑力。

他依然背对着谢问站在水池前，把擦完手的纸扔掉，又垂眸静了片刻，忽然问道："如果我说，我能帮你消融一点呢？"

这次谢问是真的愣了一下。

他看了闻时很久，然后说："你知道动一个普通人身上的东西，需要什么吗？"

当过解笼人的人都知道，对已经成笼的人来说，四散的黑雾是一种发泄和解脱，只要解笼的人足够强，就可以把那些都消融掉。

但一个好好的正常人，要动他身上的东西就没那么简单了，这事真没什么人研究过。

一来，别人吃饭就能饱，不拿这种东西当食物。

这一条就筛掉了闻时以外百分之九十九的人。

二来，闻时以前囤了很多东西，根本不愁吃。

于是连他也不知道。

闻时被问住了，但越来越重的饥饿感让他想不出什么答案，只有一丝微妙的烦躁。

他垂着的手一下一下捏着骨节，没吭声，正想说"那就这样吧"，却听见谢问说："算了，你试试吧。"

闻时抬起眼："你说真的？"

谢问站直身体，摊开两只手，笑得有点无奈："怎么弄？跟我说个流程，要闭眼吗？"

闻时终于转过身来面对他："不用。"

"你不用做什么。"闻时阖上眼，说，"我来。"

那一瞬间，谢问的灵本出现在他"眼"里，黑气腾然冲天，像盘结蜿蜒的群蟒。

明明是最凶恶的相，却安静地站在他面前，距离不过咫尺，近到他自己都被围裹在其中。

闻时试着伸出手，他轮廓轻虚的手指钩住了其中一缕黑雾。

时间仿佛忽然静止，下一秒，黑雾忽然放肆恣意起来，顺着指尖涌进他的身体。

那是一种很难描述的感觉……

烧心的饥饿感被缓缓压下去，但另一股奇怪的情绪翻了上来。

不知道为什么，他忽然觉得有点难过。

闻时手指蜷缩了一下，猛地抽了回来。

他睁开眼，蹙着眉尖抬起头，发现谢问半垂着眼眸，始终在看他。

"老板……"老毛的声音从短廊另一端传来，"有人找！"

闻时回神，撤了一步，侧身给他让出路来："店员叫你。"

"你还好吗？"谢问朝那边瞥了一眼，对闻时说。

"没事。"闻时说。

之前的难过似乎只是刹那间的事，浮光掠影般，转瞬便没了，以至于他自己都想不起来刚刚是怎么回事了，浑身只剩下一种感觉，还不小心说了出来。

他说："饱了，谢谢。"

谢问："……"

这个嘴瓢十分尴尬。

闻时当然不打算跟人交代自己的来龙去脉，只得祈祷谢问是个空有长相的绣花枕头，听不懂他这句嘴瓢。

结果"绣花枕头"说话了："刚刚那一大锅东西你不碰，你吃这个？"

闻时："……"

你怎么这么聪明呢……

他不是那种弯弯绕绕的性子，一时间也找不到话来圆，只能木着脸跟谢问对峙，企图以眼神退"敌军"。

可是"敌军"不退反进："什么时候变成这样的？"

闻时决定投降，他感觉谢问克他。

"有一阵子了。"他说。

其实很早以前，他是能正常吃饭的。这种正常状态持续了很久，直到他上一次从无相门出来，才慢慢发生变化。

沈桥眼睁睁看着他从爱吃东西，尤其爱吃甜食，变成了什么都不想吃。

还好这个过程是逐步发生的，他来得及准备，也没被旁人发现。

这次再从无相门里出来，他不仅没了存货，而且状态更糟糕，终于有点遮掩不住了。

看，这不就让"食物"本人觉察了吗？

"食物"还皱起了眉……

虽然他们认识不久，但谢问总是笑吟吟的样子，这样皱着眉还是第一次，闻时有点摸不准他的意思。

但以正常人的心理来看，有人把自己当吃的，估计不是惊吓就是排斥吧，反正不会是惊喜。

闻时不太在意这个，只是忽然觉得索然无味。

他转开视线，朝短廊外看了一眼。老毛扒着墙在那边探头探脑，一副想催又不敢催的样子。

"你店员在等你。"闻时顺手一指，没等谢问开口，自己先出去了。

"出来了。"

"可算出来了。"

双胞胎姑娘跟复读机一样，脆生生地一唱一和。

她们不知什么时候换了座位，一人一边把夏樵夹在中间。

夏樵抓着筷子眼巴巴看着闻时，一副弱小无助的模样："闻哥。"

"再吃点吧。"

"是啊，再吃点。"

那俩姑娘指着铜锅对闻时说。

"不用，我饱了。"闻时说。

"你饱了？"夏樵震惊，他消化了闻时话里的意思，伸着脖子朝短廊里看。

那架势，好像闻时是专吸书生精气的妖怪似的。明明看举止、气质，谢问才更像那个妖怪。

"你吃完了没？"闻时拍了他后背一下，不咸不淡道，"吃完走了。"

"这就走啦？"

"要不你别走了，留在店里给我们帮忙吧。"

那俩姑娘又开始逗夏樵，夏樵忙不迭退出来，嘴上说着"谢谢谢谢，吃得特别满足"，身体却诚实地缩在闻时后面，跟着他哥下了楼。

双胞胎有点人来疯，刚刚还叽叽喳喳、十分吵闹，这会儿又歇下来。

其中一个舀了勺汤喝下肚，咂咂嘴，小声说："他变化好大啊。我还以为我们手艺变糟了。可是这味道明明挺好的，他怎么现在一点都不吃了？"

老毛也叹气。他个子矮，肚皮圆，往那儿一腆就像只秃毛八哥："不是说了嘛，老板那天找到他，发现他丢了灵本。灵本都没了，总要有点变化吧。"

"灵本怎么会丢呢？"

"那上哪儿知道呢？"老毛又叹一口气，"咱们被封了多少年没见天日了，这才出来多久。"

"会不会是当年……"

老毛"啧"了一声打断她的话，又比了个"嘘"，好像她口中的当年是个禁忌。

双胞胎这时候倒是听话，没再多说，还压低了嗓音："所以老板要搬过去，是想帮他找灵本？"

老毛点头："是吧。"

"找灵本应该也用不了多久，然后呢？"

"然后？然后就该走了呀。"老毛揣着手，像个不知多少岁的老夫子，"老板的事也办得差不多了，本来不就是临走前去看他一眼？"

双胞胎欲言又止，最后唏嘘道："就不再管啦？"

老毛一脸"你在做什么梦"的表情，说："无挂无碍你当说说的？修的不就这个吗？万一走偏一点，那可就……"

他正叨叨着，忽然看见双胞胎冲他挤眉弄眼。他愣了一下，转头一看，发现谢问就站在他后面，长而好看的眸子半垂着看他。

老毛吓一跳，差点弹跳起来。

好在谢问虽然听到了他刚刚那番厥词，但没说什么，也许是默认，也许是懒得评价。

他只是扫了一眼那一桌狼藉，说了一句"谁吃得多谁收了吧"，便往楼下走去。

老毛委委屈屈"哎"了一声。

西屏园一楼店面关了半个，只留了柜台里的一盏灯。

闻时下来的时候，看到一个女人裹着薄风衣站在那里。她身上有明显的湿痕，大概来的时候没有带伞，显得有点狼狈。

她听见脚步声，转过头来，看到闻时和夏樵的时候愣了一下。

夏樵比她还愣："哎？是您啊。"

闻时不太记人，只觉得她眼熟。直到夏樵叫了句"张阿姨"，他才想起来这人去吊唁过沈桥，好像叫张碧灵。

本来沈桥下葬那天她也要去，后来临时有事耽搁，便没去成。

闻时对她名谱图上的排位倒是印象挺深，因为他传下去的这一脉沉在倒数第一，张碧灵就在倒数第二。

他们可以说是难兄难妹。

"你们怎么在这里？"张碧灵看到他俩也很意外。

"来……"夏樵尊重了一下之前的借口，说，"想买东西，来朋……朋友店里逛逛，顺便吃了个饭。"

"朋友？"张碧灵更意外了，"你说的朋友是？"

"嗯……就是这里的老板。"夏樵硬着头皮说。

他们一起入过笼，一起吃过晚饭，还即将一起住，怎么也该算是朋友了。但夏樵就是觉得把谢问归为朋友很心虚。

"你们跟谢问认识？"张碧灵说。

夏樵只能"嗯"了一声。

闻时补充道："刚认识不久。"

"哦哦。"张碧灵点点头，"怪不得，之前来这边没见过你们。"

"您也认识谢问啊？"

夏樵问完就发现自己说了句蠢话。

张碧灵和谢问虽然不同姓，但都算张家的旁支，认识也不稀奇。更何况他们处境还差不多，一个被除名，一个排名垫底，都属于无人问津的那种，没准还有点惺惺相惜。

不过，很快夏樵就发现，他们离惺惺相惜还远得很。因为谢问下楼后，张碧灵跟他说话的状态并不熟稔，先客气了一番才进入主题。

"你是来拿东西的？"谢问说，"那我得让老毛找找。"

"不是。"张碧灵摆摆手说，"都是些不要紧的东西，没什么。我本来是见下雨，又刚巧路过这边，来看看，想找你帮个小忙。你有客人的话，我就不多待了。你们继续聊，我下次有空再来。"

她把单肩包往上提了提，冲众人打了招呼便离开了。她行色匆匆，转眼便没了踪影，叫都来不及叫回来。

这一出弄得众人一头雾水，直到老毛拎着垃圾袋下楼，他们才回过神来。

闻时没打算久待，他说了句"我们也走了"，便走到门边，想拿上那把黑伞。

谁知架子上空空如也，只有一片湿漉漉的水痕。

闻时愣了一下："伞呢？"

夏樵跟着叫起来："对啊，伞呢？"

他被双胞胎吓过一回，总觉得那把黑伞有问题，根本不想撑着它回去。但他不撑伞是一回事，那伞凭空消失是另一回事。

本来那伞就够诡异了，这么一闹，他更觉得毛骨悚然。

门外忽然起了一阵风，带着轻飘飘的雨水斜飞进来，擦着脖子而过，就像有什么东西贴着那里轻轻吹了一下。

夏樵当即一哆嗦，起了半身鸡皮疙瘩，条件反射般抓住了闻时的胳膊。

闻时正想吐槽他，余光看见一把格纹伞在旁边抖开来。

"你拿这把。"谢问的嗓音响起来。

闻时接了伞转过头，就见谢问自己撑开了另一把伞，说："走吧，我送你们。"

"不用。"闻时说。

"要的。"门口风有点冷，他加了件外套又立起领子，还是虚握着拳咳了两声，劝道，"这边夜路你肯定没走过，走一回你就知道了。"

闻时说："……我胆子很大。"

"知道。"谢问戴着手套的手还抵在鼻尖，眼睛在夜色里弯起来，"你不用这么强调，有眼睛都看得出来。但是像他这种胆子的……"

他指了指夏樵，说："两个人没用，得组个团。"

"……"

闻时心说：我组团也不用拉病秧子来凑数，这么大风，万一吹出病来，算谁的？

结果谢问已经扶着他的肩，连哄带推地示意他别犟着了，赶紧撑伞。

闻时其实有点纳闷，他想说"你知道我拿什么东西当食物，你不害怕？"，但又觉得这话问出来有些矫情，便没再开口。

西屏园外的这条街确实有些诡异，也许是生意冷清的缘故，还不到晚上八点，两边的店铺就关完了。

那些店面并不讲究，不知多久没打扫过，窗上蒙着厚厚的灰，雨一淋，就流下一道一道水印，像被划花的脸。

店里的东西影影绰绰，看不清轮廓，有时猛一晃眼，让人总觉得有人直挺挺地站在漆黑的店里。

整条街居然没有路灯，只有西屏园的一点灯光，远远落在身后，被雨笼罩着，雾蒙蒙的，有点老旧。

这里不让车进来，必须走到望泉路和这条街的交叉口。

夏樵估计吓得够呛，一路都不敢说话。因为在这街上说话会有回音，乍一听就像有人跟在后面叹气似的。

他只能亦步亦趋地跟着，存在感小到只有脚步声。

街边垃圾桶附近忽然蹿过一个黑影。闻时朝那边看了一眼，应该是只野猫，声音嘶哑地叫了一声，便顺着围墙翻进了望泉公馆。

"拐个弯就是望泉路了。"谢问的声音在雨里不甚清晰。

"嗯。"闻时应了一声。

他感觉谢问拍了拍他的肩，手指不小心碰到了他颈侧的皮肤，可能是生病的缘故，触感凉得惊心。

又过了一秒，他忽然想起来，谢问是戴着手套的，根本不可能是这种触感。

那拍他的是谁？

闻时回过头，看到谢问一只手举着伞，一只手插在兜里。

他将伞沿压得很低，挡着斜雨，只露出清瘦好看的下颌。

"你刚刚拍我了？"闻时问。

"我？"谢问脚步没停，却愣了一下，"没有。有人拍你？"

"谁知道是不是人。"闻时讥嘲道。

这话把夏樵吓一跳，他一把抓住闻时的胳膊，声如蚊蚋："什么意思？有东西跟着我们吗？"

闻时说："不是。"

他们刚好走到长街与望泉路的交叉口，这里立着唯一一盏路灯，灯泡蒙着尘，连光都是灰扑扑的。

夏樵还在抖，他吊在闻时胳膊上，越抓越紧："不是？为什么说不是？"

谢问也好奇地探过来。

"因为不是跟着我们……"闻时垂眸看着地面，三个人并行，却只有他一个人有影子，"是跟着我。"

"……"

"夏樵"和"谢问"猛地刹步。

闻时脚下一转，抡起伞就甩向两人！

他动作又戾又凶，甩过去甚至能听到风声。

"夏樵"和"谢问"被扫得退让两步，正要再扑，就见闻时从牛仔裤口袋里摸出了一团棉线。

手指灵活地一钩一扯，那团看似凌乱的线便飞快绕在他左手五指间。下一秒，线被甩了出去。

线的那一端明明是空的，却重如千斤，带着猎猎风声在那两个冒牌货身上缠缚几圈，又落回到闻时右手上。

他微偏着头，肩窝夹着雨伞，绷着劲瘦的十指朝两边一扯，棉线瞬间收紧，死死勒住缠在中心的两个"人"。

它们扭曲着，然后"噗"地散成一片水雾，再没踪影。

闻时直起脖子，重新握住伞柄。

雨依然下个不停，刚刚那一瞬间的紧绷就像一段突如其来的插曲，但是闻时知道，他又进了某个人的笼。

他四下看了一圈，隐约看到了望泉路中段有灯光。没弄错的话，那就是望泉万古城了。

闻时打着伞一边朝那处走，一边低头把手指上缠绕的棉线咬扯下来。

结果刚扯了一下，他就感觉有东西"啪嗒"一下落在他后颈上，应该是水滴，冰凉彻骨，顺着骨骼线滑进衣服里。

他下意识回头，背后是长得看不到头的路，一片死寂。

啪嗒——

又一滴水落下来，洇进发梢。

闻时乍然反应过来，他还打着伞，怎么可能有水滴穿伞而过？

他抬起头——

一张怪物的脸贴在伞里，湿漉漉的头发垂挂下来，水滴顺着发丝流淌下来。

闻时："……"

他默然片刻，一只手握着金属伞骨，"啪"地把伞收了！

怪物的脸被夹在伞中，发出一声闷闷的惊呼，然后连脸带伞被闻时扔了。

托这些东西的福，他到达望泉万古城的时候，整个人都湿淋淋的，面无表情地往门柱边一杵，看起来更吓人。

夏樵就是被他吓哭的。

"你蹲这儿干吗？"闻时踢了那不争气的玩意儿一下。

夏樵吸了吸鼻子，从柱子旁边站起来："这里视角好，能看到来人，而且这根门柱大，背贴着它有安全感。"

但谁能想到他闻哥不走寻常路，从背后绕过来也不吭声，就那么站在旁边滴水。

夏樵想了想，又补充道："蹲着也比站着有安全感。"

闻时说："你站跟蹲区别也不大。"

"这算人身攻击了吧，哥？"夏樵说。

闻时把湿漉漉的头发往后撸，拎着T恤领口抖了抖水："谢问呢？"

"没看到。"夏樵惊魂未定，"我本来跟着你们走的嘛，走着走着就发现你俩怪怪的，伸头一看，我的天，脸都不对！我当然撒腿就跑，没顾得上看路上有没有其他人。"

他上次跟着闻时和谢问入了一次笼，知道笼心一般是建筑物，这次便没有乱跑，看到这座商场就直奔而来，目标明确地在这里蹲守。

"谢……"夏樵每次直呼谢问名字都很怵，觉得没礼貌，但叫谢哥吧，又有点奇怪。因为谢问虽然温和，但给他一种莫名的距离感。

他斟酌半晌，才找到一个不那么烫嘴的称呼："那个，谢老板如果也入笼了，应该知道要来这儿的吧？"

他刚想说对方有可能先进笼心了，要不进去找找，就见闻时不太耐烦地拎着T恤前襟，避免潮湿的布料贴在皮肤上，说："等着吧。"

你不是不耐烦等吗？夏樵在心里说。

这座商场设计得像个纸筒，微微倾斜，线条挺流畅的，如果窗明几净，应该还算漂亮。

但它很久没清扫，墙面上有一道道泛黄的污渍，玻璃也灰蒙蒙的，根本看不清里面是什么样。

站在外面，只能看到几个商铺亮着零星的白炽灯，冷清得像个废弃大楼。

不知道这是笼主对它的印象，还是它本就这样。

"闻哥，你说这是谁的笼？"夏樵喃喃道，"会是那个司机吗？早知道不接那把伞了。"

闻时却说："我故意接的。"

夏樵一脸疑问："嗯？"

他正想问呢，不远处传来脚步声。两人转头一看，谢问姗姗来迟。

他的伞好好握在手里，衣服干干净净，就连裤脚都没什么湿痕，可见既没有受惊吓，也没有跑动。

"你们俩这是怎么了？就地洗了个澡吗？"谢问远远看到他们，哭笑不得地问了一句。

"你没碰到东西？"闻时皱眉问。

"没有。"谢问站在廊下收伞，"还好没有，我这体质可经不起洗露天澡。"

这话在闻时听来就很有挑衅的意思了。

他从鼻腔里哼了一声，心说你倒是运气好。他默默从口袋里掏出棉线和打火机，转身去花台那儿扒拉了几下。

谢问走过来："这次进笼心你来？"

"不然呢？"闻时语气不爽，挑了三根树枝，拿棉线简单绕了一下，"再给你一次机会耍人玩？"

夏樵凑过来说："我不想再进洋娃娃了，哥。"

闻时淡淡地道："嗯。"

傻子才想。

自己的水平自己最清楚。闻时饿着的时候没法说什么，现在吃饱了，虽然远比不上有灵本的时候，但放在普通解笼人里也相当可以了。

水平再次……他也能把谢问这种半桶水吊起来打！

闻时手指已经动了起来。

夏樵看着他弹开打火机，火星亮起的一瞬间，忽然想起一件事："对了闻哥。"

"说。"闻时点了树枝。

"我那天……就是从爷爷笼里出来第二天，"夏樵盯着那簇火苗说，"不知道是不是眼花，我看到名谱图上……"

他想说"你的名字好像亮了一下",但是碍于谢问也在,他把这半句咽下去,只说:"名谱图上咱们家那条线好像往上挪了一点点。"

闻时眼也没抬。他把树枝拢进手中,手指绕上了棉线,顺口道:"没眼花,因为刚解了笼。"

夏樵"哦"了一声,忽然有点激动:"那闻哥,如果你多解一点笼,咱们这条线是不是还能往上爬一爬?排名是不是就高了?"

闻时:"……"

能,真的能。

但这就有点惊悚了。

以前沈桥活着,他随便进笼,这脉的排行往上蹦几蹦都没问题,反正都算沈桥脑袋上。

现在沈桥不在了,夏樵这个小家伙还没名字,在别家眼中,名谱图上这一脉就算彻底绝了。

一条全员已不在的线,拖着一排朱笔写的人名轰轰烈烈往上爬,这是吓唬谁呢?

闻时刚反应过来,当即手一抖。

绕着烟雾的树枝在棉线缠绑中咔啦一碰,带着三个人一起进了笼心。

眼前黑下来的瞬间,闻时心想要完。

等他再睁开眼,就已经在万古城商场里面了。

这栋楼是圆筒形的结构,店铺一个个相挨着,连成一圈,显得有些拥挤。

很多店面关着卷闸门,门外封着冷冰冰的金属网,也不知道是打烊了,还是干脆不开了。

在那些关着的店铺中,零星夹杂着几家还在营业的。

商场的大灯没开,那些营业的店铺便是仅有的光源,白炽灯照着店门左右一圈,勉强能照映隔壁。

闻时就在这样的"隔壁"里。

他借着光源,第一件事就是确认自己的视线高度,然后他就松了一口气——还挺高的,肯定不是洋娃娃。

但很快,他又高兴不起来了。因为他面前是一块玻璃,而他试着动了一下,脖子、手脚都有点僵硬,不是很灵活。

他努力转了一下头，看到了自己灰色的手。

有什么玩意儿是站在玻璃窗面前，有手有脚，僵硬还发灰的？

答：人体模特。

优点是这模特下半身好歹穿了裤子，还穿了运动鞋。缺点是他上身只套了件外套，拉链没拉，敞胸露怀，而且他这身体是可装卸的，脑袋、胳膊、腿之间都有缝隙，尤其脑袋，卡得不是很紧，以至于他现在不太敢动，别人看到会叫，他的头会掉。

这个附身物有点糟糕。

闻时的心情瞬间变差，但这次是他自己搞出来的，也不能骂谁。

他僵着脖子适应了一会儿，终于趁着暗色，艰难地走下了橱窗。

这是一家卖运动服饰的店，除了橱窗里，其他地方也摆着模特。正常情况下，他在这里，谢问和夏樵应该在这附近，没准也是模特。

这么一想，他又觉得自己虽然手抖了一下，但也没出大错。

店里光线很暗，到处是衣服，堆叠着的还好，挂着的就有些诡异，余光扫过去，总给人一种它们在动的错觉，就好像有什么人正无声无息地看着你。

店门上挂着锁，闻时在店里找了一圈，在收银台边找到了剪刀和卷线。

他正打算把线摸出来，突然，一只手从旁边伸过来，抓住了他的胳膊，接着谢问的嗓音在黑暗里低低沉沉响起来："看你半天了，就等你过来呢。你把我塞进这么个东西里，是打算之后搂着我走呢，还是背着我走？"

闻时一惊。

"什么东西？你做梦呢？"他下意识反驳完，转头一看。

就见一个跟他大体一样的模特正默默看着他，同样脖子、胳膊可拆卸，同样没有五官只有脸。

唯一的区别是……这模特是搁在桌上的，只有上半截。

问：比附身一个人体模特更糟糕的是什么？

答：附身半个人体模特。

这就是报应。

闻时心里这么说，嘴上却解释得很冷静："我不是故意的。"

"小……"谢问可能气笑了，卡了一下壳，"你说这话亏心吗？"

"不亏。"闻时话虽不多，噎人的本事却不小，"随你信不信。"

"……"

半身模特没有五官的脸就这么直直地冲着他。

谁还没个鹅蛋脸！

闻时犟着，跟他静静对峙。

明明是很诡异的一幕，不知戳到谢老板哪根神经，他似乎笑了一声，转开脸低声道："不上规矩。"

闻时没听清。

谢问又转回来，指了指挂着锁的玻璃门，慢声道："行，我脾气好，就当是你不小心吧。那你出出主意，我长成这样，怎么出这个门？"

闻时嘴里蹦出一个字："爬。"

谢问："……"

这回他是真笑了，笑完店里便陷入一片死寂。

安静了好一会儿吧，闻时终于伸了一只手过去，伸得不情不愿，因为觉得手拉手有点娘："算了，我拽你。"

说好听叫拽，实际上就是拖行。

谢问理所当然没有动静。

闻时也不伺候了，转身就朝门口走。

模特的手指太硬，跟没手指的洋娃娃半斤八两。他费了一番工夫才把棉线控住，线头沿着玻璃门缝伸出去，开门外那把钢锁。

锁头窸窸窣窣响了一会儿，终于当啷一声松成两半，掉在店门口。下一秒，防盗器就响了起来，店里闪起了红蓝相间的暗光。

这声音来得突然又刺耳，在空荡荡的商场里回响。

对面有家店开着，卷闸门放了一半。一个老太太坐在门口的板凳上，戴着老式的假发髻，穿着黑衣黑裤，脸却白得吓人。

她听到警报声，先是幽幽朝这边看了一眼，然后站起身。

闻时低声吐出一句国骂，当即侧身抬手，一动不动，在门边假装摆件。

他以为那个老太太会过来，没想到她只是关了白炽灯，小步进了店里。

她进了店便转过身来，摸出一根带铁钩的杆儿，直直地钩着卷闸门往下拽，没过几秒，她就把自己关进了店里。

这是什么走向？

闻时杵在门边，有点疑惑。

很快，隔壁那家店也有了动静。店主是个面容浮肿的中年男人，有乌青的黑眼圈，衬得脸色阴气森森。

他走到栏杆边，往楼下看了一眼，又慢吞吞地转过来，眼睛盯着手里的饭盒，咕哝着："又来找人了，她又来找人了。不能被抓到，不能……我还没吃饭，还没吃饭……"

从闻时的角度，看不清他饭盒里装了些什么东西。

他把饭盒掖进外套里，闷头进了隔壁店。

下一刻，卷闸门被拉动的声音又响起来，浮肿男人也关上了店门。

零星的店铺陆陆续续关上门，商场里越来越暗。

闻时虽然还没摸清具体什么事，但也能猜到，他们在躲某个人。

会是笼主吗？

如果真是笼主，那这么早跟对方撞上不是好事。

店里的防盗器还在响。

闻时索性踢开玻璃门准备走。

他步子都迈出去了，又闷不吭声绕回店里，把谢问那个半身模特抱上了。

对方似乎料定了他会回头，非常欠地笑了一声。

笑什么？

闻时心想。

"算你有良心。"谢问说。

闻时刚走两步，听见他的声音近到几乎贴着脸，如果是真人，恐怕气息都能扫到眼尾。

他这才感觉面对面抱着的姿势有点怪……就算是假的也很怪。

闻时想了想，停住脚，当场把谢问翻了个面，让对方脸冲前面，后脑勺对着他。

这样走了几步之后，他又刹住了脚，感觉依然不行。

这姿势显得他智商有问题，还挡视线。

于是他忍着脾气又换一次，把那半截模特背到了身后。

他其实有折腾的意思在里面，是个人都看得出来，但是谢问一句话没说，整个过程安静得很反常，不知道是在看戏，还是想到什么事走神了。

这种感觉有点诡异，闻时差点以为他人没了，走出店门的时候忍不住问："你在不在？"

背后的人终于动了一下。

他闷闷地咳了两声，声音略带沙哑地应了一句："嗯。你又想干什么？"

他的嗓音实在很低，又近在耳边。

闻时脚步顿了一下，微微朝旁边偏了一下头。

又过了片刻，他才不咸不淡地交代道："你最好时不时出点声。"

谢问问："为什么？你这脾气，我要说多了话，你不是又该让我闭嘴了吗？"

闻时："……"

谢问玩味地说："我看你现在就很想说这句。"

闻时："……"

"你还是爬吧。"闻时说。

"那不行。"谢问笑起来，"我上来了，哪那么容易下去？现在是不是觉得洋娃娃还可以？"

"……"

闻时懒得理他，沿着空荡荡的回廊往前走。

回廊的灯很稀疏，中间夹着几个"安全通道"的提示牌，惨白色的灯光便泛着绿。

那两处安全通道的门敞着，楼梯间里没有光亮，像黑洞洞的眼睛，一边一个。

闻时探出栏杆，往下看了一眼。

他们在三楼，楼下两层的店也都关了，空寂冷清，人影都看不见一个。

那么那些店主都在躲谁呢？

忽然，楼下某处响起了"嗡嗡"的声音，像什么东西悄无声息启动了。

闻时找寻一番，发现一楼通往二楼的扶梯慢慢滚了起来。

谢问附在他耳边轻声说："有东西上来了。"

闻时紧盯着那处，终于看见扶梯慢慢滚上来一个人。

那应该是个女人，头发及肩，中等身材，穿着深红色的薄毛衣，下面是黑色的裤子。

闻时眼力好，看见她一只手搭在扶梯上，可能是戴着戒指的原因，指节被勒得有点浮肿，显得指根粗，指尖却很尖细。

扶梯慢慢滚到头，她迈步走下来，然后转身上了二楼到三楼的滚梯。

这么一转，她从面朝这边，变成了背朝这边。

闻时看着她的后脑勺和肩背，低低"哦"了一声。

"怎么了？"谢问低声说。

"我见过她。"闻时说。

"什么时候？"

"去你店里的时候。"

应该是那个圆脸女司机，至少背影是像的。闻时心想。

他认出人来的瞬间，那个穿深红衣服的女人似乎感觉到了有人在看她，忽然转身朝这边望过来。

闻时已经做好她没有脸的准备了，没想到她居然有。

只是那脸非常奇怪，像是什么人用笔画上去的，画技有些粗拙，眉毛极深，下面的眼睛黑黑的，嘴唇又红得惊人。

那双眼睛直勾勾地看着前方——

正冲着闻时。

女人忽然动了起来，抬脚顺着滚梯往上走，步子越来越快。

闻时半点没耽搁，转头就走！

模特腿僵，跑不起来。

身后那个女人应该到了三楼，脚步声几乎跟闻时同步，像一道回声，紧紧追在后面。

"走扶梯下楼。"谢问说。

闻时朝离他最近的扶梯看了一眼，绷着嗓子道："这边没开！"

谢问："……"

他默然两秒，然后说："你上去，它就开了。"

闻时："……"

他心里想着"万一没开你就完了"，但还是抬脚上了往二楼去的扶梯。

果然，他人一站上去，扶梯就慢慢滚动起来。在它启动的过程里，女人离他们近了一些。

"帮我看一眼她是不是也不能跑。"闻时说。

背上的谢问动了一下，片刻后，他又低下头来说："腿看上去挺正常的，不像咱们这种假肢，但她确实没跑。"

结果这话刚说完，女人的脚步声就变急促了。

闻时在心里骂了一句。

二楼扶梯附近有些临时支出来的店铺、摊位。闻时借着这些东西，绕了几下，朝后面看了一眼。

刚刚距离他还有十几米远的女人，此刻距离他不到三步！

两团黑墨似的眼睛，近距离看更让人毛骨悚然。

闻时手指上还绕着开门用的细线。其实刚进笼就攻击笼主并不太好，但他还是背手朝身后甩了一下。

拐弯处有个垃圾桶，他想把它甩过去当阻碍，结果却听见了"丁零当啷"好几声响。

他忍不住回头看了一眼，就见垃圾桶连带着临时店铺的简易柜台一起倒在地上，绊得女人踉跄了几下。

"柜台怎么倒了？"闻时嘀咕了一句。

"没注意，好像是垃圾桶撞的。"谢问轻轻拍了一下他的肩，说，"别开小差，快跑。"

闻时："……"

要不是他心好，这种站着说话不腰疼的浑蛋就该被扔出去了。

谢问一催，闻时没注意路线，居然上了往三楼去的扶梯，就像被女人撵着兜了个大圈，回到原点。

也不知道她是故意的还是无意的。

闻时四下看了一眼，正在想办法甩脱对方，忽然听见前面有人小声叫了一句："来这边！"

闻时下意识以为那是夏樵。

他循着声音发现左边一家店铺的卷闸门开了一半，情急之下，想都没想便俯身钻了进去。

女人的脚步紧随其后。

下一秒，卷闸门"哗"的一声响，被人拉拽到底，关了起来。

女人似乎不高兴，在门外重重拍了几下。

过了几分钟，她拖沓的脚步终于离开，似乎去了旁边的店铺。

闻时这才站直身体，转头看了一眼。

他本以为会看见夏樵附身的模特，却发现七八个陌生男女或蹲或站，缩在店铺最里面，瞪着惊恐又无辜的眼睛，一眨不眨地看着他。

"什么情况？"闻时下意识问出来了。

"这个笼有点麻烦，套了很多人进来，他们在这儿困了好多天。"有人解释道。

这声音有点耳熟。

闻时转头看过去，意识到说话的人是张碧灵。

她身边还蹲着一个十几岁的少年，鼻子不是鼻子，眼睛不是眼睛地睨了闻时一眼。

是她那个熊儿子。

"你怎么在这里？"闻时问道，但下一秒他就想起来了，"伞是你拿的？"

张碧灵有点淡淡的尴尬，她苦笑一下，拍了拍熊儿子的头，说："我儿子前几天误闯进来了，所以……"

怪不得她之前说临时有事，没法去送沈桥。

闻时点了点头，又问："我刚刚是不是听到了夏樵的声音？"

"啊对。"张碧灵说，"刚刚是他叫的你，我怕别人叫了，你反而警惕不进来。"

"他人呢？"闻时看了一圈。

"这儿呢哥。"夏樵的声音毫无生气，一听就受过摧残。

闻时顺着声音转过脸……

他看到了墙边那一排玩意儿。

怎么说呢，大差不差，这也是种人体模特，就是牛仔裤店里专用的那种，只有腿，还是不能动的那种。

毕竟这要是能动，就直接劈着裆了。

夏樵就那么叉着腿杵在那里，哀怨地问："闻哥，谢老板呢？"

闻时："……我背上。"

夏樵惊呆了。

谢问在闻时背上抖，声音闷在胸腔里，笑了有一会儿了。

他低下头，用只有闻时能听见的声音说："好技术，失传可惜了，有空也教教我。"

闻时："……"

你死不死？

"你俩可以凑个整，他进来的时候是不是少算一个人啊？"一个粗嘎嘎的公鸭嗓突然插话。

闻时一看，是张碧灵那熊儿子，沈桥的吊唁客名单上有他的名字：周煦。

名是好名，人有点找抽。

"问你了吗你就插嘴？"张碧灵推他一下，连忙对闻时打圆场，"附身人形模特就是容易出现这种状况，常事，见怪不怪了。"

周煦嗤之以鼻："谁说的？我小姨就不这样。"

张碧灵瞪着他："你小姨，你小姨，你天天就记着拿小姨吹牛皮。张岚几岁就开始往笼里冲了，能一样吗？"

闻时很少关注别家，名谱图上的活人也不认识几个。他默默听了一会儿，然后问背上的人："张岚是谁？"

谢问还没说话呢，周煦先惊了，他耳朵倒是尖："你不知道？"

闻时反问道："我应该知道？"

周煦乍毛道："名谱图最顶上那个！你干这个，你居然不认识她？"

——我认识你小姨家的祖宗。

——不是骂人，真认识。

闻时心说。

"你差不多行了！"张碧灵被儿子弄得尴尬万分，把他摁到身后，对闻时说，"他小时候被张岚，就是他小姨，带去本家住过几年，跟她挺亲的，所以张口闭口都是她。你别跟他一般见识。"

闻时点头道："嗯。"

张碧灵又说："我听小夏说，你们是第二次入笼？才第二次，做到这样已经很不错了，慢慢来，沈老爷子后继有人。"

闻时朝夏樵瞥了一眼。

看来这傻子还知道藏话，没把老底交代出去。

张碧灵估计把他当成沈桥收的另一个徒弟了，比夏樵这个什么都不会的好一点，但也好不到哪里去。

毕竟名谱图上沈桥这脉并没有他这个新徒弟的名字，俨然也是个不成器的半吊子。

不过张碧灵人很不错，对着半吊子也客客气气的，没什么架子。

"对了哥。"夏樵又委委屈屈开了口。

闻时冷淡地说："说。"

夏樵问："我得在腿模里待多久？为什么张阿姨他们不用附身物？"

闻时沉吟几秒。

张碧灵却开口了："哎！刚才匆匆忙忙的，忘记说了。咱们找附身物进笼心，是怕生人气息突然闯进来，惊动笼主，还没弄清楚情况呢就被追着打，得不偿失。"

"不过这个笼不一样，这里已经有很多生人了，该惊动的早惊动了。附不附身区别不大。"张碧灵指着角落里的那群人，"我比你们早进来一步，附在镜子上了，把他们吓得不轻。我怕给他们吓出好歹来，就从镜子里脱身了。"

夏樵又活了："所以我们也能出去吗？"

张碧灵接话道："可以的。不过你们要是觉得有附身物更安全，继续待着也没问题。"

夏樵连连摇头："不了不了。"

她解释得很详细，生怕这几个年轻人不懂。

其实闻时比谁都懂。

他一进来就知道可以脱身了，但他没提。他想让谢问在半截模特里再憋一会儿，毕竟他上次在洋娃娃里憋了好几天。

现在张碧灵这么说，他只能放谢问一马。

"沈老爷子没跟你们提过吗？"张碧灵问道。

闻时面无表情地骗人："没有，我刚知道。"

他从模特里走出来，一转身，就看见同样脱身而出的谢问挑了一下眉，仿佛听见了什么话。

闻时狐疑地看着他。

谢问客客气气地说："没什么，我也刚知道。"

他们有了人样，墙角里缩着的几人脸色便好看许多，不再那么惊恐了。

"你们都什么时候进来的？"闻时问他们。

穿格子衬衫的男生说："有好久了。"

其他人跟着点头："好长时间了。"

"记不清，我快疯了。"

……

除了张碧灵的儿子周煦能说出具体时间，其他人都浑浑噩噩的，看样子被吓得不轻。

"他们应该跟我前后脚。"周煦说，"我进来的时候，他们还没这么昏呢。"

夏樵问："你怎么进来的？"

"在马路上走着走着就进了啊！"周煦一脸"你在说废话"的表情。

张碧灵替他说："我问了，也是坐了那辆车，拿了伞，跟传言差不多。"

"你听过那个传言？"闻时问。

张碧灵点了点头，冲谢问说："听你店里的大召、小召说过。"

"那俩丫头喜欢到处串门，听到什么就拿来吓唬人。"谢问说，"最近周边的人都让她俩吓唬得雨天不敢打车了。"

闻时问："传言说没说司机是谁？出什么事了吗？"

谢问想了想，说："听说出车祸了。"

"还有呢？"

"没了。"

"这信息量有点少。"张碧灵拍了拍自己儿子，说，"煦煦，你在这儿碰到过哪些事？"

周煦脸有点青，避开她的手，粗声粗气地说："别叫这个，恶不恶心啊，我都多大了！"

张碧灵不耐烦地说："问你话呢。"

周煦比她还不耐烦："还能碰到什么？不就是那个女的吗？我来的时候，那女的刚好要上楼，旁边有个店里的婆婆在啃着鸡爪还是什么呢，突然放下爪子就跟我说，来抓人了，来抓人了。然后我就跑了，跑到三楼刚好看到他们，就钻进来了，之后就老实在这儿待着，除了上厕所和摸点吃的，就没出去过。"

这都是些什么废话。

张碧灵有点头疼，感觉自己儿子根本指望不上，叹了口气便说："那先看看吧。"

倒是闻时抓到了一点:"店里的婆婆跟你说话?"

周煦说:"对啊。"

"你确定是跟你说的?"

"不然呢!"

闻时有点纳闷。

一般来说,笼里的人不太会跟生人正常说话。他们都相当于笼主意识的延伸,看到生人,第一反应多数是攻击。

这个笼倒是奇怪。

闻时想事情的时候,店铺里刚好没人说话,气氛陡然静下来。外面拍门声还在继续,好像就在不远处。

卷闸门哗哗的抖动声在商场里回荡,突兀刺耳。

过了好一会儿,扶梯嗡嗡的滚动声才响起来。

"走了吗?"有人轻声问。

"应该走了。"

角落里的人都舒了一口气,接着又发起呆来。

那个穿格子衬衫的男生盯着闻时他们,忽然说:"你们能带我们出去吗?"

张碧灵是个稳妥保守的人,她说:"我尽量。"

但在这种环境下,"尽量"这个词,远达不到安抚人的效果。于是那个男生"哦"了一声,也沉默着发起呆来。

他们每个人脸色都很差,眼下乌青一片,也不知道进来之后合没合过眼。

格子衬衫的女朋友忽然小声说:"我想去卫生间了。"

店内顿时陷入死寂。

好像这已经成了一种条件反射,只要有人说这句话,大家都会紧绷起来。

"走,我带你去。"张碧灵说。

她一开口,另外三个人也跟着说:"那我也去吧,一起去。"

他们把卷闸门往上推了一半,一个紧挨着一个钻了出去。

"你们先在这边待一会儿吧,别乱跑。"张碧灵说话带了点长辈的口气。

她这句嘱咐把闻时、夏樵甚至谢问一起包括进去,毕竟就她所知,这三人中,两个没名没姓,一个被除了名,其实都顶不了大用。

结果她刚走,闻时就从卷闸门里钻了出去。

"你干吗去？"周煦叫住他。

闻时不是什么温和的人，对熊孩子更是不感兴趣，所以压根没答话。

"喂！"周煦又叫了他一声。

闻时依然跟聋了一样。

直到谢问跟着钻出来，他才拧着眉说："你出来干什么？"

"这门只有你能出吗？霸不霸道？"谢问指指昏暗的回廊，"我去那几家店看看。"

说完，他也不等谁，径自往那边走。

闻时："……"

他刚要抬脚，周煦又扯着公鸭嗓嘎嘎叫道："不是让你们别乱跑吗？！"

闻时扶着卷闸门的下沿，弯腰看向他："谁让的？"

他总是冷冷的，这么低头看过来还挺有压迫感。周煦哽了一下，叫道："我妈啊！"

"又不是我妈。"闻时说完就走了。

周煦被崩了一脸冰碴子，既没面子又有点气急。他骂了一声，紧跟着也钻出去了，那气势汹汹的模样，像一只追着人啄的鹅。

"哎，你跟着我哥干吗？"夏樵知道自己胆子小，本打算老实在这儿待一会儿，不出去添乱。

但他一看，"中二病"在尾随他闻哥，当即叫了一声，也出去了。

于是，张女士带队从卫生间回来后，发现店铺里只剩下两个中年男子缩在一块儿抱团取暖，剩下的全跑了。

张碧灵顿时觉得这笼要完。

偌大的商场，依然只有零星几家店亮着青白色的灯。

闻时沿着回廊走过去，离得最近的那家店铺敞着门。

他刚进笼心的时候，匆忙扫过一眼，对这家店有点印象，因为店里好像全是相框，店主又很胖，看着有小二百斤，关卷闸门的时候弯腰都很艰难。

可现在，那个大块头店主没了踪影。

门前有一摊不知哪里来的痕迹，就像有人之前在这里久站过，湿漉漉的滴着水。

闻时把卷闸门往上推了推，钻进店里。

他这才发现，整个店铺里挂着的相框都是黑色的，大大小小，相框里却是同一个人的照片。

或者不能叫照片，而是画——深浓的眉毛，墨团般黑洞洞的眼睛，以及平直的唇。

正是那个到处追他们的女人的脸。

不过相框里的图没有颜色，全是黑白的，就像满墙的遗照。

这些"遗照"就这么看着店铺中央的闻时。

忽然！卷闸门发出咔咔声响。

闻时转头看去，就见一个脸色阴沉沉的老太太站在门外，两手抓着卷闸门用力往下拉。

她又瘦又老，力气却极大，就听"哗"的一声……没拉动。

闻时站在店里，垂着的手指上牵着白棉线，线的另一头拴在外面的锁扣上，绷起的长线托着卷闸门，愣是让人一寸都没法往下拽。

老太太抻着两条胳膊："……"

闻时冷着脸问："你干吗？"

老太太发白的眼珠盯着他，用细细的嗓音说："这家店不开了。"

闻时问："为什么？"

老太太抿着唇。

闻时又问："店主呢？"

老太太依然没吭声。

远处不知哪里传来一点响动，老太太回头往对面店铺的方向看了一眼，又转回来。

她咂了咂嘴，老迈的声音又细又飘："不开了，不开了，我要去吃饭了，该吃饭了。"

说着，她又扒着门往下使了点劲。

闻时正在想"胖子店主人没了"和"要去吃饭了"之间的逻辑，就见一个个子很高的人走了过来。

他在老太太身后停了步，瘦白而修长的手指抓住了对方扒门的胳膊，就像拿放东西一样，把老太太的手拿了下来。

老太太暗自较劲，脸都憋绿了，依然被安排得妥妥当当。

"老远就看见你了。这么点高的个子，扒着门累不累？放一会儿。"卷闸门被那只手往上抬了一截，露出谢问的脸。

可能是店内灯光太冷的缘故，他脸上的病气显得更重了。

他看着店里的闻时，目光又扫过那几根绷着的长线，淡声说："谁教你的，在笼里一个人往空房子里钻？"

没人教。

闻时话都到嘴边了，却没有开口，因为他感觉谢问不太高兴。

他下意识朝门外看了一眼，卷闸门半挡着，视野范围有限，除了斜对面商店破败的门，再没有其他，自然无法知道谢问来这里之前碰到过什么。

闻时皱着眉纳闷道："谁招惹你了吗？"

谢问有一瞬间的愣怔。

他似乎没料到闻时会是这种反应，扶着卷闸门的动作顿了一下。

店里的白炽灯灯光太过苍白，照得他眼珠深黑，却蒙着一层薄薄的光。他在光里沉默地站着，良久后才乍然回神。

他偏开头笑叹了一口气，可能太轻了，笑意未及眼底，转瞬就没了痕迹。

"没谁。"谢问放下抬门的手，站直了身体，"刚才去的那家店香薰太难闻，刚好是我最不喜欢的那种。"

他侧身让开路，又说："看完了没？看完了就出来吧，别妨碍老人家关门。"

卷闸门外拴着的白棉线松落在地，闻时看了他一会儿，这才把线收回来。

他一边往手指上缠绕棉线，一边往门外走。

老太太眼睛一眨不眨地盯着闻时。闻时前脚刚出门，她后脚就抓起一只生锈的铁钩，把卷帘门钩下来。

"为什么关门？"谢问说。

老太太动作顿住。她下意识朝身后某处扫了一眼，用梦呓似的嗓音说："不能开，不能开。他不卖好东西，不能开。"

说完，她抓着铁钩，步履拖沓地走了。

她每走一步，铁钩都会拄在地上，发出"当"的一声响，声音又尖又脆，像凿在人脑子上。

不远处有人轻呼一声。

闻时回过头，看到周煦和夏樵一前一后杵在那儿。

周煦似乎特别受不了这种金属凿地的声音，搓着鸡皮疙瘩在那儿"嗞哈"跳脚。夏樵就在旁边，盯贼一样盯着他。

"你们过来干什么？"闻时问。

"这路就你能走，我不行？"周煦像只扑着翅膀的鹅，当场就啄回来。

夏樵告状道："哥，他非要跟着你，我就看看他想干吗。"

周煦道："谁跟着他了？我在里面闷久了，出来透透气，有问题吗？"

夏樵惊呆了："你在这种地方还要透气啊？那你早上起来晨跑吗？"

周煦张了张嘴："我……"

可能是因为周煦年纪略小，夏樵在他面前气势还行，压制谈不上，但能五五开。

闻时看他们在那里夯着毛互啄，目光朝远处扫了一下。

他们身后，一边是对面横穿过来的直廊，一边是弧形的回廊。中间那一圈都是黑漆漆的，没有店铺开门。

闻时看着那条晦暗的廊线，忽然反应过来，谢问刚刚就是从那边转过来的……哪里来的香薰难闻的店铺？

他终于意识到，谢问刚才的不高兴，可能真的只是因为他一个人往半封闭的空间里钻。

这就让人有些意外了，因为他们其实还没熟到那个份上。

老太太拄着尖钩走远了，谢问不远不近地跟着她。

闻时看着他的背影，皱了一下眉，随即大步流星赶过去。

"干吗这么急？"谢问朝后面黑洞洞的长廊看了一眼，"你不会怕黑吧？"

滚！闻时心说。

他抿着唇没吭声，只是放缓脚步，同谢问一起跟在老太太身后。走了一会儿，他才开口道："我进那家店的时候，就已经把棉线钩在门外了。"

他依然蹙着眉心，因为觉得向人解释这种事有点……离奇。

笼内的封闭空间很危险，人多还好，如果只有一个人，很可能会让自己长久地被困其中。这点他当然知道。所以他早早留了后手，并不是冒冒失失往里闯。

谢问"哦"了一声。

他的神色与平时无异，好像已经把之前的不高兴抛在脑后。

他没再多说什么，闻时自然也不会补充。两人沉默着往前走，带着一种微妙的僵持感。

周煦和夏樵没什么脑子，但敏感。他们感觉到了莫名紧绷的气氛，没敢跟得太近，就么隔着五六米走在后面。

那两个人不说话，他们也莫名不敢出声。

整条回廊都陷在沉寂中，只有尖钩挂地的声音缓慢、拖沓地响着。

过了好一会儿，闻时忽然开口，嗓音在夜色下显得低而清淡。

他说："我是不是以前认识你？"

谢问步子一顿，半垂的眸子极轻地抬了一下。

"为什么这么说？"他转脸看过来。

"没什么。"闻时答道，"突然想到就问了。"

谢问点点头。

他的目光落在远处的某个虚空点上，过了片刻才笑了一下，对闻时说："不认识，不然多少会留点印象吧。"

这话其实不无道理，除了最早时候的一些事、一些人闻时想不起来，别的他都清清楚楚。

而他忘记的那些人……早就不在了。

旁边忽然响起沉重的拖拽声，闻时转头看过去。

老太太来到了自家店门口，从店里拖出一个厚重的皮椅来。

那皮椅长得奇怪，乍一看像办公用的，底座却是个厚疙瘩，连个滚轮都没有，拽都拽不动。

它在地上留下锈蚀的拖痕，棕红色，慢慢渗出一股难闻的气味。

那味道并不浓，若有若无，却让人很不舒服，就连闻时也绷住了脸。

后面跟过来的"周大小姐"更是直接呕了一声，退开好几步，步步都踩在夏樵脚上。夏樵被踩得脸都绿了，一把推开他。

"什么玩意儿啊这是？"周煦骂骂咧咧。

闻时头也没回，低声道："血。"

周煦发出干呕的声音："哕……"

看着最虚弱、矜贵的谢问，居然是最适应的那个。他脸色一点没变，也没屏住呼吸，好像对这种场面司空见惯了。

老太太把座椅推到店外，抵在黑暗的墙角里，然后步履蹒跚地走回来，嘴里反复嘟哝着几句话。

她经过的时候，闻时低头分辨了一下，听到她说："快到我了，快到我了，马上就到我了……"

什么意思？

什么叫到她了？

是指……像之前那个胖店主一样关店消失吗？

闻时走到墙角，那个被丢弃的座椅就静静地靠在那里。

他嗅了一下那股血腥味，凝神闭上眼睛。

那瞬间，空荡荡的座椅上忽然出现一个女人。她头发乱蓬蓬地披罩着，整个人猛地朝闻时倾撞过来。

头发因为惯性而被掀开的瞬间，闻时看到了她扭曲的脸，眼睛睁得极大，嘴巴也张着。她两只胳膊朝前，像要来抓挠他。

但她身上斜捆着一道黑色的东西，似乎禁锢住了她的行动。下一秒，她又猛地撞回椅背上，发出一声尖叫。

……

突然，闻时的肩膀被什么东西拍了一下。

他猛地睁开眼，转头一看，发现是张碧灵。

"不是让你们不要乱跑吗？"张碧灵有点无奈地说，"这个笼有点蹊跷，你们可能看不出来，觉得好像还挺平静的，但很多东西都有点反常，就好比刚刚那个开店的老太太。我刚刚看到你们好像还跟她说话了。正常的笼哪能这样？笼主早把矛头对着你们了。"

她这话其实没说错，闻时走了一圈，古怪的感觉越来越明显。

一般来说，笼里的人大多是笼主意识的延伸，说白了，就是都照着笼主的想法来。

但那个胖子店主，那个说"还没吃饭"的男人，包括这个老太太……所有的店主好像都在躲着那个女人，不让她找到。

这就很奇怪。

种种迹象都很矛盾，就好像……笼主一会儿是这个想法，一会儿又站在自己的对立面，自己跟自己抗衡似的。

"你在听我说话吗?"张碧灵提高了音调。

闻时回过神来,就听见她苦口婆心地劝道:"越是这样越不能莽撞。"

闻时冷静地应了一声:"哦。"

张碧灵:"……"

她揉了揉额头,叹了口气,问道:"算了,不说了。你一个人站在这里干什么?"

闻时说:"看看这个椅子。"

张碧灵没再问他,自己走到椅子前,掏出一张金纹纸在上面抹了一下。

各家进笼有各家的做法,闻时没干涉,只怕那个女人会伤到她。

可当他再闭上眼睛时,那个面目狰狞的女人并没有出现。

倒是他的肚子咕噜叫了一声……

刚进笼没多久,他居然又饿了。

张碧灵收了金纹纸,走过来,皱着眉说:"这像汽车的驾驶座,应该是那个女人生前坐过的。但再多我也看不出来了。"

闻时愣了一下,终于明白刚刚看到的那个场景是什么了。

如果没弄错的话,应该是那个圆脸司机出事的一幕。

所以……

跟笼主相关的东西,会一点点出现在某家店铺里?一旦出现了,就意味着,那个店主该消失了?

闻时没再多待,走回去问周煦:"你进笼的时候,这边的店有几家是开着的?"

周煦说:"没数。"

闻时心说,果然是个废物小点心,毫无指望。

可能是他讥嘲的表情太明显,周煦又开口了:"反正肯定比现在多。"

闻时:"……"

"你别这么看着我。"周煦警惕地朝后退了一步,毫不客气地把夏樵推到前面,"我好好的数店干什么?当时又急急忙忙在逃命,谁顾得上啊!我就是记得这老太太隔壁开着一家米线店,现在没了。"

"你逃命还顾得上看米线店啊?"夏樵认真地问。

"那用看吗?!闻就行了,味道那么大,香得不行。"周煦说着还有点委屈,

"我那天跟我妈怄气呢,没吃晚饭就跑出来了。那家米线店的汤特别浓,肯定焖了牛肉丸或者牛筋丸在里面。我特别爱吃那个,一闻就知道。"

他把自己给活活说饿了,咽了一下口水,才又指着远一点的地方说:"拐角那边应该也开着店的,我当时跑过去的时候还被光晃过眼睛。"

闻时皱眉道:"你不早说?"

周煦两手一摊:"我哪知道?你们也没问啊!"

闻时没再搭理他,只觉得自己刚刚的猜测八九不离十。这座商场原本开着的店铺应该很多,然后一家一家关闭了。

他们正说着话,旁边突然传来了咀嚼声。

众人转头看去,就见老太太端了个塑料饭盒,坐在门口的小马扎上,安静地吃着东西。

"她吃的什么啊?"周煦问。

"肉。"谢问说。他眼神极好,明明站得比其他人远,却看得比谁都清楚。主要是他毫无心理负担,真的敢看,还敢描述。

"排骨,还有丸子,可能是牛肉丸或者牛筋丸。"谢问说话慢悠悠的,仿佛在给老太太做吃播。

闻时正饿着,听得十分想打他。

他忽然轻轻"啊"了一声,说:"吃到一枚戒指。"

闻时:"……"

夏樵当场就软了。

周煦一脸恶心地转过身去:"哕……我这辈子都不想再吃肉了。"

周煦正崩溃呢,旁边传来比他还崩溃的声音:"哕……"

他转头一看,吃排骨的老太太捧着个垃圾桶,吐得比谁都夸张。

周煦一脸震惊。

老太太的塑料饭盒掉在地上,饭菜撒得到处都是。

肉汤拌过的饭颗粒分明,浸润了一点酱汁,散发着浓郁的香味,闻得人食欲大动,又有点恶心。

剁碎的排骨筋肉油亮,脆骨雪白,肉丸弹跳了几下,咕噜噜地滚动着。

跟着肉丸一起滚动的,还有一枚简单的金戒指。

夏樵嘴唇苍白,连避带跳。

他最怕这种声音——弹珠或者金属物掉在地板上的滚动声，清晰得就像滚在耳蜗里。

他经常半夜惊醒会听见这声音，就响在头顶，仿佛有个不睡觉的小孩蹲在楼上玩。可是他家楼上只有客房，房间是空的，根本不可能有人。

戒指滚了一圈，又绕回到老太太脚边。

仿佛故意的，那戒指就这么贴着她的黑布鞋倒下，发出"当啷"一声轻响。

老太太捧着垃圾桶哆嗦了一下，头都没抬。

其他人恨不得再退三尺，离那玩意儿越远越好，闻时却蹲下身仔细看起来。

一看他这么淡定，周煦有点不服，也探头探脑地过来。

那戒指是素圈，什么花样都没有，但半面都裹着血迹，铁锈般的腥味隐隐散发出来，有点冲。

没沾上血的半截戒面很亮，在灯光映射下，隐约反照着人影。

那本该只有闻时和周煦，可他们两人模糊的影子背后还有一个人，披着及肩长发。

那个人的脸朝前伸过来，五官慢慢放大……

周煦吓疯了，尖叫一声，一屁股坐在地上。

他猛地回头，却见张碧灵凑在他身后。

"啊，你谁啊？！"周煦惊恐地问。

张碧灵："……"

"我是你妈。"张碧灵平时挺温和有礼的，但对着熊儿子似乎实在温和不起来，"你皮痒了是吧？"

周煦被刚刚那一下吓得够呛，半天没缓过来，看他亲妈怎么看怎么诡异。他慌不择路地退了几步，连滚带爬地找了个人搂着。

抖了半天，他才发现他搂的是夏樵。

夏樵一边跟他一起抖，一边说："你的胆子怎么好像比我还小？"

"呸！放屁！"周煦啐了一口，骂骂咧咧地撒开手。

张碧灵指着他："你再说一句粗话试试！"

周煦梗着脖子没吭声，犟归犟，脸倒是煞白一片，一看就是被什么东西吓狠了。

他们说话间，抱着垃圾桶的老太太终于抬起头。

她抚着心口，靠在墙上，咕哝着："吓死我了，吓死我了……没事，没事……一定是不小心，不小心……我得……我得捡了送下去。"

这番话听得众人有些纳闷。

老太太念叨了一会儿才睁开眼，从口袋里掏出一块皱巴巴的手帕。

她扫了戒指一眼，速度快到根本没看清，然后便别开脸，在脚边摸索片刻，隔着手帕把戒指捡起来，裹得严严实实，好像多看一眼都不行。

她站起身，抓起门边的尖钩，"当当"挂着地，步履拖沓地朝某处走。

闻时当然跟着她。结果他刚走两步，就听到后面一串脚步声。

他回头一看，大的小的全跟来了，连那些被困了好几天的人都不例外。

"你们不怕？"他问。

"老太太还好。"格子纹男生说，"她自己好像都被吓死了，就没那么可怕了。而且……"

而且不知怎么回事，他的好奇心突然变得很强烈，特别想跟着老太太。

老太太在某个角落停下。

那是一架老旧的直梯，老太太伸手摁了键，电梯咣当咣当地响起来。

电梯金属门上映着众人的影子，每个都扭曲变形，被拉得很长，显得面容陌生。

周煦心有余悸，觉得谁都很诡异，总忍不住回头看背后。

胆小鬼最忌讳扎堆。

夏樵受他影响，也疑神疑鬼，感觉其他人眼神都是死气沉沉的，直勾勾地盯着电梯。

忽然，电梯"叮"地响了，金属门慢慢打开。

一股陈旧腐朽的味道从里面传出来，夏樵咧了咧嘴，直觉不太好。

忽然间，他的肩膀被人撞了一下。

他转头一看，就见格子衬衫男生他们几个直直走向电梯，马上就要跟着老太太进去了。

夏樵瞪大眼睛，还没反应过来，就听见有人叹了口气。

叹气的人是张碧灵。

她进过不少笼，当然知道这是什么情况。这些人并不是自己想要进电梯，而是被"推"进去的，因为笼主潜意识希望生人消失。

任何人都会在这个瞬间受影响，只是大小的区别而已。

就连她都有一瞬间的恍惚，等回过神来，已经往前走了两步。

前面那拨人一脚已经踏进了电梯，她这时反应过来再掏金纹纸甩过去，已经来不及了。

下一瞬，电梯门就会合上，而那群人会被电梯门斩成两截。

要是有更厉害的人在就好了，张碧灵在心里说。

她想起自己曾经跟着张岚进过笼，也碰到过这种情况，张岚受影响的时间连两秒都没有，结果自然是有惊无险。

要是她在就好了。

张碧灵还是匆忙去掏金纹纸，虽然知道已经晚了。

她指尖刚触到纸，就听见什么东西擦着她飞了出去，带着劲烈的破风之声。

她抬眼一看，就见那群人被几根细白长线捆勒在一起，猛地被人往后拽了一步。

锵——

电梯门带着金属摩擦声重重合上，声音大得惊人。

那几人骤然醒来，瞪着面前的电梯门，根本说不出话。

格子衬衫男冲在最前面，他的鼻尖与金属门堪堪擦过。很快，他就感觉有液体顺着鼻头流淌下来，吧嗒吧嗒滴落在地。

他惊恐地低下头，看到了捆住他们的线，以及滴在地上的血。

如果捆他们的人速度再慢一点点，现在滚落在地的恐怕就是他们的身体了。

"怎……怎么回事？！"

"我……我为什么站在电梯前？"

几人大脑一片空白，反应过来的时候已经瘫软在地，站都站不起来。

张碧灵攥着没来得及使用的金纹纸，顺着长线转过头，先看到了一双手。

那双手生得极好，十指又长又直，因为清瘦，手背会绷起分明的骨线。细白长线缠绕在那样的手指间，仿佛千斤在握都不会抖一下，有种紧绷又肃杀的冷感。

那应该是顶级橦师的手。

张碧灵想起自己曾经在张家旧书上看到的描述。

然后她抬起眼，看到了闻时的脸。

"你……"张碧灵轻声问道,"你刚刚没受影响吗?"

闻时抬眼看向她,顿了一下,说:"可能吗?"

"那……那你是怎么来得及把他们捞回来的?"

"手快。"闻时说。

张碧灵慢慢回过神来。刚刚那一瞬,她几乎要怀疑这个年轻人的水平奇高了,可是转念一想,水平奇高的人会跟着沈桥,还连名谱图都上不了?

不可能的。

过了刚刚那个劲,她再回想差点出事的那一瞬,又觉得闻时的反应似乎也没那么快。

差点砍了人的电梯发出咣当咣当的声音,慢慢往楼下去。

门外这群人瘫的瘫,愣的愣,呆了好一会儿。

闻时垂着手收线,转头就见谢问站在栏杆边,看着楼下某处。

他正想过去,就听一个粗嘎嘎的公鸭嗓问:"你是练橦术的吗?"

又是周煦这个废物小点心。

"不是。"闻时嘴里蹦出两个字。

周煦被他唬住了:"不是?那你练的什么?"

闻时闲闲地说:"翻花绳。"

周煦:"……"

这人是不是有毒?

他这么一搞,周煦那点好奇心就被抹杀了,只剩下抬杠的心:"你能弄出橦吗?活物的那种。"

关你什么事。闻时懒得理这种熊玩意儿。

结果夏樵这个笨蛋见不得别人看低他,张口道:"当然可以。"

周煦眼神一变,流露出几分羡慕,但很快就变回了鼻子不是鼻子,眼睛不是眼睛的状态:"真的假的?"

夏樵说:"骗你干什么啊?"

周煦又问:"那你能同时有几个橦?"

夏樵张了张嘴,又闭上了,转头看闻时,因为他也不知道:"哥,几个橦是什么意思?越多越厉害吗?"

"废话！"周煦说什么都一副牛哄哄的模样，"正常幢师都只有一个幢，按存在的时间长短来判断厉不厉害。厉害的幢师，做出来的幢能存在十几年甚至几十年。也有不正常的、特别牛的，可以同时做出两个以上像人一样的幢，我小叔叔就可以，他能同时有六个。"

闻时："……"

又来了，吹完小姨吹小叔叔，可惜他一个都不认识。

周煦本指望自己说完之后，获得一些艳羡的眼神，可惜面前这俩人什么都不懂。

夏樵愣了一会儿，终于反应过来："你都说正常幢师都是一个幢，特别特别厉害的才能同时做出两个，你还问我哥能有几个？你什么意思啊？"

周煦从他的质问里勉强感到了一点爽，吸了吸鼻子说："我就问问。我也没说只有我小叔叔可以啊。据我所知，除了他，还有几个人也行，不过目前数量最多的是他。"

夏樵问："什么叫目前？"

"就是活着的人里面。"

"那以前还有更多的？"

"有啊。"周煦可能觉得输给老祖宗不丢脸，倒也没藏着掖着，"书上说，最厉害的幢师曾经同时拥有十二个幢。"

夏樵一脸震惊。他其实不太懂，但还是从周煦的话语里感受到了厉害。

"但那都是最早时候的事了，早就失传了，现在不可能有人做到的。"周煦又变相强调了一下他小叔叔有多牛。

夏樵还在感慨中，问道："最厉害的不会是祖师爷吧？"

周煦听到"祖师爷"三个字，反应有点古怪，介于敬畏和听都不想听之间。

他点了点头，又摇摇头说："还有一个，最早的一批传人之一，也是传说级别的了，叫闻时。"

夏樵道："……谁？"

他惊讶得都破音了，被闻时拍了一下后脑勺。

周煦瞪着他："你一惊一乍的干吗？有病啊？"

夏樵转头看向闻时。

闻时指着那几个差点送命的人说："实在太闲，就把他们弄回去待着。"

说完，他便转头看向谢问。

谢问对他们的争论似乎挺有兴趣，在旁边听了一会儿，模样有些出神，不知在想些什么。

他很快注意到了闻时的目光，却没吭声，就这么任闻时看了一会儿，才开口道："你是有什么很难启齿的要求吗，非要这么看着我？"

闻时："……"

他本来都打算开口了，被谢问这么一搅和，当场闭嘴，扭头走了。

一楼的电梯直到这时才"叮"地响了一声，缓缓开门。

老太太拄着尖钩走出去，一点点往前挪。

商场的安全走道里连灯都没有，只有绿色的指示牌，发着最黯淡的光。闻时推门进去，独自顺着楼梯往下，想去一楼看看情况。

刚走没多久，他就听见上面又是一声门响。

谢问的声音响在安静、逼仄的楼梯间里，低低沉沉的，很好听："走那么快干什么？"

"你干吗跟过来？"闻时抓着楼梯扶手停下步。

"没什么。"谢问的嗓音到了近处，"这里人少一点，应该方便你说话。"

闻时看着对方高挑的身影走到近处，只比他高一个台阶，然后温和而低沉的嗓音又响了起来。他说："你是不是又饿了？"

闻时愣了一下，矢口否认："没有。"

谢问不大相信："真没有还是假没有？"

闻时不吭声了。

其实他想说的确实不是这件事，但架不住对方这么问。

也许是因为楼道昏黑又安静，又或者是谢问站得太近，声音压得太低，他现在有点听不得谢问说话。

结果对方又开口了："行了不逗你了，没饿就行。我……"

闻时打断道："你别出声。"

谢问没反应过来："为什么？"

闻时摸着耳根的筋骨，脸朝旁边偏开一些，默然许久才拧着眉转回头，声音透着微妙的烦躁："因为你越说我越饿。"

楼道霎时安静下来。

三楼的人语声隐约传来，模模糊糊，像某种窃窃私语。

谢问转头朝上面望了一眼，又转回来。

他垂眸看了闻时一会儿，而后说："那为什么要忍着？"

刹那间，属于谢问的黑雾溢散开来，仿佛带着极强的压迫感，却又轻飘飘的，像夜半更深下的雾，将闻时整个儿笼在其中。

这一瞬往往会给人一种错觉，好像被人很轻地抱了一下。

但闻时只碰到了雾。

那些东西似乎已经熟悉他了，很快顺着他的指尖涌进了他的身体，一点点缓解着那种焦灼的饥饿感。

而谢问始终站在那里没有动过，跟闻时隔着一级台阶，既没有上前，也没有远离。

不知道为什么，他身上的黑雾比之前还要重，重到闻时阖着眼也看不清他，只能看到金棕色的梵文印记在黑雾中无声流动。

闻时抬了手，想扫开那片浓黑，却不小心碰到了某个温凉的东西。

他惊了一下，忽然意识到，那是谢问垂在身侧的手。

那只手似乎停了一瞬，轻轻撤让开来。

黑雾骤然收拢，闻时也回过神来，蓦地收回了手。

楼道里依然一片昏黑，三楼的人语声依然没停，好像刚刚的一切都是错觉。

闻时没吭声，收回来的那只手上还缠着棉白线。

笼里的谢问没戴手套，指尖的触感很真实，温温凉凉的，似乎还残留在闻时手指上。

他轻轻蹙起眉，拇指摩挲了两下，细长交错的线就绷在指节间，缠得有点乱。

"饱了吗？"还是谢问先开的口。

"嗯。"闻时沉沉地应了一声。

其实两次他都不算真的饱，因为两次都被匆忙打断。但打断的瞬间总是很微妙，他说不清，自然也不想提。

闻时垂着眼皮咬开手上的线，一边重新缠绕，一边往楼下走："下去吗？"

"好。"

谢问点头，落后了两步跟在后面。

走了几步闻时才想起来，他这次忘了跟谢问说谢谢，可现在再提，又有些没头没尾，只得作罢。

他们下楼很快，步子没停过，转眼就从一楼的安全通道门里出来了。

一楼大厅问询台那里亮着唯一一盏灯，只能照见半边区域。老太太趴在那边，肩膀吊着，不知道在摸索什么。

因为太瘦，她的身体总显得空荡荡的，就像有人用衣架挂了件寿衣，对于胆小的人来说实在瘆得慌。

但闻时胆子比天大。

他盯着那个背影看了几秒，终于想起之前被岔开的问话。

"你看清她饭盒里那个戒指了吗？"他对谢问说。

谢问说："差不多吧，看清了。我眼神还可以。"

闻时问："你没觉得戒指有问题？"

谢问反问道："什么问题？"

闻时狐疑地盯着他的脸，片刻后说："戒指是假的。"

谢问很认真地在讶异："假的？什么意思？"

闻时木然地看着他。

对峙了好几秒，谢问笑着投降："算了，比干瞪眼，我肯定比不过你，还是老实交代吧，戒指我弄的。"

闻时一副"我就知道"的模样。

他是樟师，还是最精通的那种，那个假戒指在他眼里根本藏不住形。

这其实也是樟术，最简单的一种，稍微有点资质的人翻翻古书就能学会的皮毛——造一个假物。

老太太吃到的那枚戒指就是这样的假物。

在场的人里面，张碧灵显然学的是金纹纸术，"废物小点心"和夏樵就更别提了。唯一可能作妖并且乐于作妖的，就只有谢问。

闻时问："你弄个假戒指干吗？吓唬老太太吗？"

别说，效果是真的拔群。

历来只见过笼里的东西把人吓吐，没见过人把他们吓吐的。

谢问是头一份。

"那么大年纪了，我吓唬她干什么？"谢问哭笑不得。他一副彬彬有礼的样子，确实不像是会吓唬老太太的人，但是……

反正闻时觉得他不是什么安分的主。

"我只是想试试。"谢问解释道。

"试什么?"

谢问不答反问:"咱们俩一起被追过,你记得那个司机的戒指长什么样吗?"

闻时说:"不记得。"

谢问:"……"

他愣了一下,又轻轻"啊"了一声,似乎想起来了:"对了,你没怎么回头,你背着我呢。我倒是趁她离得近,看了几眼。"

闻时没好气地说:"然后呢?"

谢问道:"她那戒指也是个金圈,但这边有花纹。"

"有花纹?不是素圈?"

"不是。"

那就值得推敲了。

闻时看向问询台,忽然大步走过去,拍了一下老太太的肩。

对方猛地一惊,回过头来,蒙着白翳的眼睛一眨不眨地盯着闻时。片刻之后,她又慢吞吞地转回去,在问询台里里外外摸索。

问询台底下是条窄窄的缝,她蹲下身,把脸伸进缝隙里。

她的动作异常扭曲,脸几乎转了一百八十度,贴着地,片刻之后又从问询台另一端探出来,扁平的脸跟闻时来了个面对面。

老太太:"……"

"你在干什么?"

老太太嘴唇开合,轻飘飘地说:"找戒指,金戒指。"

闻时朝台子上看了一眼,老太太的手帕摊在那里,里面空空如也。谢问水平有限,弄出来的假戒指没撑多久,这会儿已经消失了。

老太太却还是在找着:"它可能丢在这边了,我得找找,没有别的事,就是丢了,丢了。"

"不小心,不小心。"她又把头缩回去,爬起来,带着一身的灰尘,颤颤巍巍地找着,"结婚戒指哪能这么不小心呢,我得找找。"

闻时转头看向谢问。

谢问轻声说:"发现不对了没?"

闻时皱着眉退回来："如果追我们的女人是笼主，戒指在不在她手上，她心里最清楚。老太太又是笼主意识的延伸……"

她不是笼主本人，也许反应会稍微慢一点，但不至于到现在还把假戒指当成真的，慌里慌张到处找寻。

那就只有一种可能了……

闻时低声说："笼主另有其人。"

就在那些看似平和的店主之中。

三楼，裤装店铺里。

格子衬衫男他们正盘腿坐在地上，像一窝鹌鹑，一个挤着一个，谁都不愿意落单。

"卷闸门下面有条缝。"有人把脚往后缩了缩，害怕地说。

周煦不耐烦道："看见了，特地留的。之前我也留了，你们怎么不说？"

"之前没注意。"那人讪讪地说。

夏樵个子小腿短，坐在柜台上，两条腿都悬空了。

他看着周煦那熊样，忍不住说："你知道的还挺多的，你学的是哪派啊？跟你妈妈一样用金纹纸吗？"

"关你什么事？"周煦不知被戳到哪根筋，怒道，"管好你自己！"

夏樵有点蒙："我好好问你话，你怎么这样？炮仗精啊？"

"还好好问呢。"周煦捏着嗓子阴阳怪气道，"专挑雷区聊，狗屎。"

骂完他就不理人了，背对着所有人坐在那边怄气。

夏樵无辜被喷了一通，委委屈屈地闭上嘴。不过他还真的戳中雷区了。

周煦本来资质不错，小时候又在本家住过好几年，每天围着最厉害的两个人打转，天天听小姨张岚讲他们这一脉的传闻八卦，听小叔叔张雅临掉书袋，告诉他解笼人什么什么可为、什么什么不可为。

他对这一脉的各种事如数家珍，按理说，该是个继承家业的好苗子，可是被他妈给折了。

张碧灵不让他学实际的东西，从不带着他进笼，也不准别人带，他怎么闹、怎么吵都不行。

所以他的叛逆期要比别人严重点，冲谁都没个好脸，尤其是张碧灵。

众人皆无话，在店铺里闷着，气氛紧绷又糟糕。

忽然，夏樵瞄见角落的门缝外有一道影子，被卷闸门的棱纹映得有些扭曲，却一动不动，像什么东西站在门外，无声地看着他们。

他汗毛直竖，把晃荡的脚缩上来，用手肘拱了拱后面的人。

"拱我干吗？！"周煦说。

夏樵比了个噤声的手势："嘘……"

他拍拍周煦的肩，指着那道影子，用气声说："是你妈吗？"

周煦道："是你妈。"

夏樵本来正哆嗦呢，被他这么一骂，气得不那么怕了。

周煦又说："那里有个垃圾桶，有影子不正常吗！看你尿得。"

夏樵正要接话，另一侧的卷闸门突然响了一声！

他猛地转头看去，就见两只皮肤泛白的手从门缝底下伸进来，手指有点浮肿，无名指上戴着一枚戒指，被勒出了红印。

"啊！"

他惊叫一声，吓得周煦跟着一蹦。

紧接着，那两只惨白的手扒住卷闸门一个使劲——门"哗哗"被抬起，露出张碧灵的脸。

周煦翻着白眼长出一口气，冲夏樵说："这回是我妈。"

"什么你妈我妈？"张碧灵可能以为他又在乱发脾气，进来的时候皱着眉。

她手肘上挎着个不知哪处翻来的帆布包，还有一个烧水用的电水壶，旧虽旧，但看着还算干净。

她把帆布包搁在柜台上，从里面拿出一袋一次性纸杯、一瓶碘酒和一盒创可贴，以及一小沓金纹纸。

"你那鼻子还是处理一下吧。"张碧灵把碘酒递给格子衬衫男。他的鼻尖被电梯削了一点肉，总是往下滴血，沿路都是他的血迹，衬衫也被弄得斑驳不堪，远看实在有点吓人。

"我这血好像止不住。"格子衬衫男脸色煞白，慌张地说。

"正常，在这儿就是这样。"张碧灵说，"所以千万不要再受伤了。"

她说着便在柜台里坐下，抓着纸和笔开始画金纹纸。夏樵勾头看了一眼，根本没看懂。

张碧灵冲他笑笑，说："沈老爷子不用金纹纸，你可能看不习惯。我来的时候没料到这笼麻烦，带的金纹纸不够用，现画一点，先把这个店铺给护上，免得再出意外。"

她画金纹纸很快，一笔一张，看得出来从小没少练习。

很快，她就拿着四张金纹纸出来，在店铺四面各贴了一张。

"这个有什么作用？"夏樵问。

周煦抢着说："这个放在以前叫封城纸，当然了，厉害的才能封城，小的封封房间还可以，只要一贴，外面的东西都进不来。"

缩在地上的那群人听到这句话，放心不少，脸色缓和了一些。

张碧灵拿回来的电水壶里盛了水，插在板插上烧着，没过几分钟就汩汩沸了起来，发出"嘘嘘"的轻哨音。

夏樵听了一会儿，感觉这音催人尿下。

他忍了忍，刚想开口，就听见周煦说："我想去厕所，你呢？"

夏樵巴不得："走走走。"

张碧灵不太放心，但俩男生她也不好跟着，就塞了两张金纹纸给他们，嘱咐他们快去快回。

结果周煦出门就把金纹纸揉成一团扔了，夏樵胆战心惊又拦不住，只得牢牢攥着自己的那张。

去商场的卫生间跟安全通道一条路，拐进去，整个廊道都是黑的，只有绿莹莹的光，因为太过狭长，走路时还有回声。

夏樵边走边回头看，总觉得有什么东西跟着他们。

"哎，你能别回头吗？"周煦说，"看过恐怖片吗？有多少恐怖画面是回头看到的，你心里没点数啊？"

"我不回头，它们就不来了吗？"夏樵咕哝着反驳，忽然想起一件事，"对了，我之前听我闻……喀！"

他差点说秃噜嘴，赶紧连咳几声掩饰过去。

周煦被他吓得一哆嗦，差点双膝跪下，暴露了自己也害怕的事实。

"你突然咳嗽干吗啊？！"他恼羞成怒，斥道。

"喉咙痒。"夏樵解释。

"喝点毒就不痒了！"周煦怒道，"你刚刚说你听什么？"

夏樵慢吞吞地说："我听我哥说，生人是以虚相入笼的，那怎么还会饿，还要上厕所呢？"

两人艰难地拐进男厕，还不敢离太远，找了两个挨着的池子站着。

周煦说："你做梦会饿吗？会尿急吗？"

夏樵本来正在解搭扣呢，一听这话突然停了手："会。这跟做梦一样？"

周煦说："对啊。"

夏樵默默后退了一步："那我还是憋着吧。"

周煦："……"

夏樵幽幽地说："你做梦尿急找到过厕所吗？"

周煦回想了一下："好像还真没有。"

夏樵又幽幽地说："我找到过。"

周煦问："然后呢？"

夏樵声音更小了："第二天洗了床单和裤子。"

周煦："……"

夏樵点到即止，不再多说，默默往外退了一点等周煦。

周煦想骂人。

男厕洗手池前有一面长长的镜子，镜子边缘有一圈黄色的灯，从墙里映照出来。

夏樵等了一会儿，忽然感觉那灯闪了一下，像是接触不良。但他刚好眨了眼睛，一时间难以分辨。

"你好了没？快点。"夏樵脑补了一堆有的没的，头皮凉凉的，开始出冷汗。

周煦没吭声。

夏樵有点慌了，又问了一句："你好了没啊？"

周煦依然没吭声。

他感觉一盆冰水兜头泼下来，整个人都冻住了。

——别慌，我也不是人，别慌。

夏樵在心里念叨着，努力克服着撒腿就跑的本能，逼着自己往前走了两步。

池边空无一人，周煦早不在那里了。

倒是窗子吱呀一声响，一阵凉飕飕的幽风吹进来，轻飘飘的，擦着人的脖子过去。

夏樵起了一身鸡皮疙瘩，转头一看，就见一个穿着红色T恤的人正以一种诡异的姿势趴在窗边。他直勾勾地朝窗外伸着脖子，一只脚踩到了窗沿上，像只扭曲的大蜘蛛。

那T恤后面印了一个大写的狂傲不羁的英文单词，夏樵认得，是周煦穿的。

于是他咽了口唾沫，叫道："喂！你疯啦？！"

周煦脖子抽搐似的扭动了一下，然后慢慢转回来，整张脸歪斜在肩膀上，两只眼睛睁得极大，一眨不眨地看过来。

夏樵差点当场去世。

他吓疯了，随手捞了个东西就甩过去，咣当一声砸在窗边。

砸过去他才发现那是个玻璃保温杯，不知谁搁在水池边的。

玻璃碎裂的声音在空荡荡的厕所里回响，四溅的碎片崩了一些在周煦脸上。他"嘶"了一声，有一点回神。

下一秒，脚步声从背后传来。

夏樵只感觉一阵风扫过自己的脸，风里有很浅淡的味道，有点像自家院子里的白梅树。

接着，闻时的声音响了起来："真能找事。"

他的腔调依然是冷冷淡淡的，夏樵却热泪盈眶。

"哥。"

他看着闻时拎着周煦的后脖领，把周煦从窗台上拎下来，正要松一口气，就感觉自己肩上搭了两只手。

夏樵尖叫出声，就听见谢问在背后"嘘"了一声，淡淡道："吵什么，你哥让我摁住你的。"

——摁我干什么？！

他崩溃地想。

紧接着，谢问在他后背上敲了一下，然后松开了手。

夏樵正茫然，就见某个轻飘飘的东西掉落在地上，他低头一看，是一绺打结的头发。

这头发一看就不是他的，因为他的头发之前染成了闷青色，没这么黑，也没这么粗糙。更何况，这团头发里还夹杂了一根白的。

"这头发哪儿来的？"夏樵声音都抖了。

"你脖子上长的。"谢问说。

夏樵心态直接崩了，他往后脖颈摸的时候，手指都是哆嗦的，还好谢问又补了一句："也用不着这么抖，现在已经没了。"

"怎么回事啊？"夏樵问。

"没怎么回事，就是防错人了。"闻时拎着周煦过来，手法并不是很温和。他拍开水龙头，撩了两捧水泼在周煦脸上。

"废物小点心"一个激灵，彻底醒了。他好像还记得刚刚的场景，吓得话都不会说了，张口就是一连串的粗话。

半晌后，他才惊恐地指着夏樵说："你刚刚都不像你了，像个男的。"

夏樵带着哭腔说："我……"他本来都要哭了，一听这话，又把眼泪憋了回去，"我怎么就不像个男的了？"

"不是。"周煦语无伦次地说，"我是说，像个我不认识的男的。就……脸还有点肿，说不上来。反正吓死我了。"

"哥，你刚刚说防错人了，什么意思？"夏樵又问闻时。

闻时甩了手上的水，冷声道："我们之前都躲着那个女人，以为她就是笼主，其实错了。"

"啊？！错了？那是谁？"周煦叫道。

"本来不知道。"闻时说，"刚刚听你那话，清楚了一点。店主里面应该有一个男的，头发打绺，脸有点肿。"

"店主里的？那我们在走廊上来来回回，不都被他盯着吗？"夏樵越想越后怕。

闻时没跟他们废话，朝门口抬了抬下巴，示意他们赶紧滚出去，别在这种地方耗着，然后把窗边那个保温杯的金属盖子捡了起来。

他们四个回到裤装店铺的时候，张碧灵正画完最后一张金纹纸，把画好的金纹纸塞进口袋里。

周煦脸上被玻璃杯碎片崩了几个破口，血就顺着破口往下淌，在脸上留下几道血痕，看起来异常吓人。

于是他进门的时候，地上缩着的那群人全弹起来了。

"哎哟，这么大排面。"谢问看他们好笑，咕哝了一句。

闻时服了他这张嘴。

周煦脸红脖子粗，怒道："没见过破相吗？这么一惊一乍的干吗？！"

张碧灵赶紧拿了碘酒和创可贴过来，问道："怎么了？碰到什么了？不是给你金纹纸了吗？"

周煦抢了碘酒瓶，避让开她的手，一个人闷到角落，对着镜子处理去了。

"碰到什么事了？徐老太呢？"张碧灵问。

"徐老太？"闻时愣了一下。

"哦，就是去一楼的那个老太太。"张碧灵解释道，"她的店铺上写着徐老太缝纫，这么叫着方便。"

"她戒指弄丢了，回店里去了。"闻时说。

上楼的时候，他们特地看了一圈，不知道为什么，三楼关了一个相框店，原本还剩五家铺子，现在却没一家开门的。

明明那个女人还没来找人，他们就已经把自己锁在了店铺里。

就连徐老太回店后也匆匆忙忙关了门，像躲什么似的，再无动静。

太奇怪了。

闻时不喜欢把一件事翻来覆去给不同的人解释，嫌麻烦。好在周煦和夏樵不怕说话，还有谢问在里面时不时补上一句，把店里的人唬得一愣一愣的。

张碧灵关好卷闸门，一边确认门上的金纹纸，一边听他们说话。

听到最后，她恍然大悟道："难怪呢。难怪我感觉这笼到处都很矛盾。难怪那个女司机次次上来找人，却怎么都找不到呢。那些店主每次都能及时把门关上，让她扑个空。"

"就是。"周煦难得赞同一次他妈的话，"要是她是笼主，要找人的话，被找的那个应该颠颠地就送上门了。她不是笼主的话，这一切就说得通了嘛！"

他们总结了一番，本以为找到通路，谁知谢问忽然开口，不轻不重地扔了一句："说得通吗？我怎么觉得说不通呢？"

周煦满头问号："不是你们俩说的弄错了吗？！怎么又说不通了？"

"我们说店主里面有一个笼主应该是男的，头发挺乱，脸有点肿。"谢问说。

张碧灵不知想到了什么，若有所思的模样，接着点了点头，说："要是那个人的话，我认得，搞文具用品批发的，但是找不到店在哪儿，他刚刚一直没开门。"

谢问看着她，点了一下头："那就差不多是了。"

"这不就说通了吗？还有哪里有问题？"张碧灵纳闷地问。

"当然有。"谢问说，"我说他是笼主，但没说那个女人就一定不是笼主。"

张碧灵皱起眉："什么意思？"

"我解不了笼，所以也很少进笼，不太懂，"他转头对闻时说，"所以想问个蠢问题，一个笼里可能会有两个笼主吗？"

闻时没坐下，正抱着胳膊靠在卷闸门边。

他听见这话，眯着眼摸了摸颈侧，没有直接回答，而是看向了张碧灵。

张碧灵则愣住了。

倒是周煦像个抢答问题的学生，积极开了口："我知道！我听我小姨说过，有可能的。这就跟鸡蛋敲出双蛋黄一样，有的笼真的不止一个笼主。"

"还能这样？为什么啊？"夏樵很茫然。

周煦的虚荣心得到了极大满足："一般两个笼主的关系会特别密切，放不下的事情或者场景又刚好有交叠，就很容易出现这种情况。"

他简单描述完还觉得不满足，又主动补了一课："但我小姨说了，这种笼比较少，因为不同笼主的意识会打架，一旦打起来，肯定会有一个占上风，那另一个不就顺理成章消失了嘛。"

夏樵联想到他们现在所处的环境，喃喃道："好像是有点像啊……那……那占下风的笼主怎样才会不消失？"

"附身啊。"周煦说得头头是道，"打不过就躲，依附在别的什么上面，就跟你们似的，什么模特啊，镜子啊，或者生人……啊……"

说完最后三个字，他忽然安静下来。

整个店铺呈现出一种可怕的死寂。因为这个笼里所有的生人，都在这个店铺里了。

如果像他们说的，那个男店主是目前占上风的笼主，那么，那个眼睛像两个窟窿的女人……岂不是很有可能就在店里？

周煦有片刻的茫然，他想起什么般恍惚地说："说起来，之前那个女人总是隔一会儿就来，隔一会儿就来，现在……现在距离她上次出现……有多久了？"

"不知道，但是好久了。"格子衬衫男也很恍惚，声音里是掩不住的惊恐。

原本挤挤攘攘挨在一起的人沉默数秒，随即呼啦一下散开来，谁都不敢靠着别人。

在这种氛围下，他们看谁都觉得有几分诡异。

"也……也不一定吧。"有人安慰道。

周煦原本也是这么自我安慰的，但是他忽然想起上厕所时一片漆黑的回廊、那些早早躲起来的店主，以及刚才有人说那个男店主甚至都没有开门，就好像他们早有感觉，感觉女人就藏在生人之中，所以都躲了起来。

对了！

刚刚是谁说那个男店主没开门来着？好像还说了一句"找不到店在哪儿"。

正常人，比如他，匆忙之间只能看个大概，店主长什么样、店内卖什么东西、开没开门，其实很难注意全，如果能注意到，那一定印象深刻。

但是……印象深刻怎么会"找不到店在哪儿"？

他愣了一下，猛地想起来，刚刚说这话的正是他妈，张碧灵。

周煦瞬间僵硬，一动都没敢动，冷汗就顺着头皮渗出来。

碰巧有人打破死寂，说了一句："别自己吓唬自己了，那个大姐不是在门上贴了金纹纸吗？封城纸还是什么纸来着，反正肯定能防那些东西啊，进不来的。那个女的肯定被防在外面了，进不来！"

这话好像也有道理，好几个人纷纷附和。

可是话音刚落，他们就发现倚靠在角落的闻时站直身体，不知什么时候走到了金纹纸旁，直接摘下了其中一张。

"你干什么？！"众人大惊，"你扯它干吗？疯了吗？！"

"谁告诉你们这是封城纸？"闻时面无表情地问。

周煦恍惚地眨了眨眼，机械地说："我。"

夏樵瞪大了眼睛："难道……难道不是吗？"

"是有点像。"闻时说，"不过它是反着画的。"

"反着？反着什么效果？"

"废话。"闻时冷冷地说，"封城的反效果。"

如果说封城是把这块地方护住，不让别的东西进来，那么反效果就是……城门大开。

那一瞬间，周煦的血从头凉到脚。

夏樵惊恐地看了他一眼，然后更惊恐地看向了张碧灵。

众人紧跟着反应过来，呼地一下从她身边蹦开，连滚带爬躲到了闻时和谢问身后。

张碧灵僵立在原地，乌黑的眼睛一眨不眨地看着众人。

她张了张口，似乎想辩解什么，下一瞬，那双漆黑的眼睛就像墨团一般化开来，越来越大，像占据了半张脸的黑窟窿。

她皮肤白到发青，扭着脖子挣扎了几下，然后彻底变成了另一个人的模样。

一时间，店铺里充满了尖叫声。

有人试着去抬那扇卷闸门，但手指软了，怎么都抬不动。滚撞间，各种东西摔落满地，四面狼藉。

女人黑洞洞的眼睛盯着闻时，抬脚向前走了一步，用嘶哑、缥缈的声音说："你把那个粘上好吗？"

闻时看了一眼手上的金纹纸："为什么？"

"我要找人。"女人轻轻地叹了口气，"我要找人啊。我找好久了，他都不见我。"

"为什么不见你？"闻时说。

女人摸着自己的脸，苦笑了一下，但因为太过僵硬，显得有些扭曲："他怕我啊。"

她喃喃地说："他怕我。"

"怕你什么？"

"怕我现在这个样子。"女人说。

"那你为什么一定要来找他？"

"我答应了的。"女人轻声说，"每天收车从这里走一下，刚好可以跟他吃个晚饭，然后我去交车，他看店，到了九点关门回家。每天都是这样的，我怎么好不来？"

只是那天刚巧，不遂人愿。

宁安突然下了暴雨，往望泉路来的高架桥下有点塌陷，水没过了那段路，她来得匆匆忙忙，又接了个电话，一不小心直冲进了水里。

那水好深啊……

那天之后，她依然天黑就会走进万古城。

这里门庭冷清，但有一些批发性质的店铺生意还可以。

她印象里的万古城，总是夜里六七点的样子，玻璃窗外是楼房星星点点的光，但离得很远，显得这栋商场孤零零的。

商场里的灯总有大半不开，零星的店铺就分散在二、三层，剩下的要么早早关了门，要么标着"出租"或"转让"，落了厚厚的灰。

她家老宋的店就在三楼。

她每一次天黑都会走进来，顺着滚梯慢慢到三楼，可是所有的店主都会急匆匆地收起摊，在她面前把卷闸门拉到底。

明明是熟悉的回廊，但是处处透着陌生。拐角的米线店不知为什么挪到了另一头，徐老太的缝纫铺每天都在变着位置。

她找不到老宋了。

老宋在躲她。

她本来想得很简单的，来看一眼就走。

但她夜夜来，夜夜都看不到他。

"他们都是你拉进来的吗？"闻时问。

女人怔然片刻，而后轻声应道："嗯。"

"为什么拉这么多人进来？"

"因为……"

女人孤零零地站在那里，过了许久才说："因为想有人帮帮我，帮他解脱，也帮我解脱。"

暴雨天真的好冷啊。

"你能帮我吗？"她问。

闻时看着她，把那张撕下来的金纹纸，拍回到了卷闸门上。

很多很多年以前，好像有人跟他说过一句话。

那人说："这注定是个苦差，要见很多场苦事，久了你就知道了，大多是因为不忍离别。等你明白这个，就算入红尘了。"

店铺里两个胆小的路人已经吓晕过去，剩下的发现怎么都跑不出去，也不再尖叫、哭喊。

他们依然挤缩在角落，一动都不敢动，只是听了女人的话后，惊恐失控的表情略有放松，转变成了一片空茫。

"张碧灵"那四张金纹纸稳稳贴在卷闸门上，说是象征"城门大开"，但大家瑟瑟发抖地等了一会儿，并没有感受到变化。

夏樵悄悄问："城门大开是怎么个开法？"

周煦一直虎视眈眈地盯着女人，抽空朝金纹纸瞥了一眼："我哪知道？我又没有实操过！反正书上关于这个金纹纸的解语有点吓人。"

夏樵斟酌着自己的胆量，又问："解语是什么？"

周煦道："万恶屠城。"

夏樵结结巴巴地说："……这叫法有……点……吓人？"

周煦大声道："你文盲吗？不知道有种修辞叫夸张啊？"

夏樵一想也是。人家那是城，他们这就是一个小破屋。更何况现在风平浪静，"张碧灵"的金纹纸管不管用都还另说呢。

"那你稍微挪一下，我脚麻。"夏樵推了周煦一下。

周煦这熊玩意儿仗着年纪小、德行差，躲到角落的时候不想坐在地上，把夏樵的鞋当成了坐垫，坐得心安理得。

夏樵好不容易解放双腿，小心翼翼抻直了，正想活动一下酸麻的踝关节，忽然瞥见卷闸门上的金纹纸无风自动，底端轻轻飘起又落下。

他动作一僵，绷着腿不敢动了。

接着，门缝下悄无声息多了几道影子，就像之前角落里的那道一样，只是这次数量更多，仿佛有什么东西直挺挺地站在门外，幽幽地盯着门里的人。

夏樵头皮发麻，冷汗都下来了。他转着眼珠扫视了一圈，在心里数着影子的数量：一、二、三、四、五……

"哥。"他叫了一声，由于过于害怕，声音都没发出来。

"谢老板。"他又叫了一声，崩溃地选了个离他更近的人，"谢老板？"

谢问侧着弯了一下腰："嗯？"

夏樵指着门缝，战战兢兢地说："外面有东西，我怀疑那五个店主都来了。"

谢问说："五个？你想得真美。"

夏樵茫然了一瞬，还没消化掉谢问的意思，就听见卷闸门发出"砰"的一声巨响！

门瞬间往里凹了一大块！

砰！

又是一声，身后的卷闸门也变了形，赫然可以看到五爪印！

原本一潭死水般的众人瞬间弹起来，死死抓着同伴的胳膊或肩膀，拼命往中间缩。

砰！

众人眼睁睁看着卷闸门破开了一道口子，就好像它根本不是金属做的，而是纸折出来的。

周煦离那处最近。

他面无血色地看着破口，听见外面隐约传来呼吸声，幽幽的，像叹气。

他左脚无声往后挪了一步，整个人后倾，正想悄悄退开——

就听轰的一声！

破口突然伸进来一只手！冰凉的指尖钩到了周煦的脸。

周煦尖叫着节节后退。

下一刻，两面卷闸门轰然倒地，露出外面乌压压的怪物的脸……

夏樵终于明白了谢问的意思：这何止五个……

周煦在避让的时候摔了个跟头，手忙脚乱爬起来的时候，正对上了徐老太苍老的脸。

索性没有表情就算了，她偏偏是笑着的，嘴角弧度很大，就像一道弯弯的裂缝。

周煦惨叫一声转向右边，又看到一个徐老太，咧着嘴露出一模一样的笑，一动不动地看着他。

他又试图往左边看，还是一样！

除了徐老太，他还看到了其他几个有印象的店主，也是这样，仿佛无处不在。

那乌压压的怪物围在他面前，他们每个人都是笼主的眼睛、耳朵和手脚，直勾勾地看着这群入笼的生人。

风吹过来。

那群东西尖啸一声，嘴巴像豁开的洞，浩浩荡荡地直扑过来！

"啊啊啊啊——"

众人当场吓疯了！

周煦被撞得仰倒在地，眼睁睁看着一个怪物呼啸着凑过来……

——我要死了。

他心想。

他手脚冰凉，紧紧闭着眼，等待那一刻到来。可是想象中的痛苦和惊悚并没有降临，反倒有什么东西擦着他的发顶过去了。

那一瞬，他听到了弦声。

很快他又反应过来，那不是弦，是线。

周煦猛地睁开眼，仰起头，看到了闻时清瘦的下颌和瘦白的手，十指上缠着熟悉的线，根根紧绷。

这是又要捆人了吗？

周煦下意识想。

他比夏樵懂得多，知道很多刚入门的橦师只能做做花鸟鱼虫，一个像样的、可以救命的橦都弄不出来，紧要关头只能甩甩空绳，把控橦的白棉线当另类的长鞭使，或捆缚，或绞杀。

在他眼里，闻时就是这样的人。

可是眼下怪物这么多，怎么可能绞得过来？拦得住这个，挡不住那个，捉襟见肘。

——我还是要死了。

周煦想。

闻时又甩出去一个东西，似乎是个纸团，看不大清。周煦木然地移动视线，看着那个小团落到肆虐的怪物群中，轰然烧了起来。

霎时间，劲风乍起，呼啸着穿过整个回廊，像兽类的清啸。

周煦被热浪扑了一脸，不得不抬起手肘遮挡避让。

当他重新睁开眼的时候，他看见一只通体漆黑、边缘抖着烈烈火光的巨蟒从怪物头顶蜿蜒而过，盘绕一圈，又自怪物群中扫荡而出。

黑蟒大得惊人，足以盘踞整个回廊。它周身都缠绕着铁锁链，游动间，锁链锵然作响。每根锁链上都有流动的印记，暗金色，闪着火星，若隐若现。

那些印记表明了巨蟒的来历——

它是橦。

周煦慢慢张开了嘴，再次仰起头。

他看见闻时钩动着十指，交错的长线绷得又直又紧，随着他的动作或收或放。那条缠绕着锁链的黑色巨蟒就在火星迸溅中一甩长尾，把乌压压的白脸怪物都盘裹在了长躯之中。

只要闻时再一动，就能将那些东西绞杀殆尽。

直到此时，周煦终于意识到，那真的是橦！一个干死一百个怪物都不成问题的那种橦。

闻时的橦。

我……天……

周煦疯了。

这种时候，什么人啊，怪物啊，都算什么！他已经顾不上怕了，揪住夏樵就问："你哥这样的居然上不了名谱图？"

夏樵被他揪得一脸发蒙，片刻之后说："嗯。"

"嗯你个头！"周煦愤愤地看向闻时，咕哝道，"骗子！"

他口不择言，刚骂完人就感觉自己脑子里"嗡"的一声响，冰凉的感觉兜头罩下来，冻得他一激灵，嘴和舌头都木了。

这种感觉很难形容，就好像他被长辈敲着脑壳斥责了一下。

什么情况？

周煦下意识捂住头，转脸去看，却见他身后是空的，起码伸手能捞到他的地方是没有任何人的。

再远一些，就是被闻时护在身后的普通人了。

哦，还有谢问那个半吊子混在其中假装普通人，也不害臊。

谢问对目光似乎很敏感。

周煦这么想着的时候，谢问朝这边扫了一眼。

不知为什么，周煦下意识收回目光，正襟危坐起来。

过了好几秒，他才反应过来，心说：我有毒吗，怕他干吗？！

黑蟒收紧长躯，将所有怪物禁锢在它的地盘里，听着那些怪物挣扎着发出凄厉又刺耳的尖叫声。

闻时左手一抬，拢住那几根线拽直，这才转头冲附在张碧灵身上的女人说："去找人。"

女人怔了许久，忽然轻轻吐了一口气，就像在做着艰难的心理准备。又过了片刻，她才点了点头，说："好。"

女人抬脚朝巨蟒的方向走去。

她步子不快，带着舍不得、放不下和不忍。

她每走一步，那些被捆缚的怪物便惊慌一些。它们抗拒极了，陡然疯狂起来，挣扎的动作太过突然，连黑蟒都不得不再绕一圈，将它们捆锁得更紧。

动作间，巨蟒压到了后面的一扇店门。

金属卷闸门嘎嘎作响，在重压之下变形倒地，掀起雾一样的灰尘。

闻时看着那边，直到看见尘雾里隐隐约约的模特人影，他才想起来，那是他和谢问最初进笼的地方。

那些怪物挣扎攒聚的方向，就在那家运动服装店隔壁。

他记得隔壁的店主是个中年男人，手里总是捧着一个饭盒，喃喃着："不能被抓到，我还没吃饭。"

女人还在往那边走，离巨蟒越来越近。

那一瞬间，被巨蟒圈住的怪物开始了抵死一搏。它们冲撞，抓挠，撕咬，尖叫……

最后它们开始哭。

号啕大哭。

那声音太令人难受了，混杂着很多人声，嘶哑又苍老。

然后慢慢地，其他怪物的声音消失了，只剩下一个声音沙哑地、持续不断地在哀哭。

巨蟒盘裹的那些怪物都已消失不见，那个拥挤的、灰扑扑的店面门口，只有一个中年男人蜷坐在低矮的马扎上，把头埋在膝间。

所有替他放风的、清障的和遮挡的怪物都不在了，只有他自己，原原本本又孤零零地暴露在所有人面前。

女人在他身边停下步子，看了他良久，也蹲下了。

她试着伸手拍了拍他。

男人猛地一颤，头埋得更低了，死死不愿抬头。

直到这时，她才仿佛彻底想通了似的，轻轻叹了口气，又拍了拍男人，叫道："老宋啊，你抬头。"

"你要在这儿埋一辈子吗？"女人说，"你看我一眼。"

她缓声说："看看我，你就能醒了。这里多难受啊，天这么黑，灯这么暗，店里到处都是灰，也没有人来。"

"早就过了时间，你该收拾收拾关店回家了。我看你一眼，我也好走了。"女人低声说，"我在这儿转了好多天，太累了，转不动了。我想走了。"

最后几个字终于让男人有了反应。

他动作僵硬而缓慢地抬起头，两眼通红。他只看了女人一眼，就闭上了眼睛，似乎在忍耐什么。

又过了许久，他终于忍不住，带着浓重的鼻音哽咽着说："我在等你吃饭。"

他从外套里掏出饭盒，想递出去，又不知该递给谁，最终只能搁在膝盖上，说："热了冷，冷了热，你就是不来。"

"你为什么不来？"男人抿着唇，无声地哽了很久，才又慢慢睁开眼，看着女人说，"你为什么变成这样了啊？"

女人也红了眼睛。她努力眨了几下眼，说："就是，不小心。"

过了许久，她又补了一句："没别的可怪，怪雨太大了，怪我不小心。"

简简单单一句话，男人彻底垮塌下来，攥着她的手又哭了起来。

从拿到死亡通知的那刻起，他就在这个笼里打着转。

他重复地做着那天做过的事，点货、封箱、记账、掐着时间点去热饭菜，然后等月琴收车过来。

他一直等一直等……等到天黑，等到二楼、三楼一半的店都关门，等到其他店主都吃完了，就连平常最慢的徐老太都开始吃了，月琴还是没来。

反倒有另一个人，一个陌生女人，每天到了这个点就会来三楼找人。

他不认识对方，不敢看对方的脸，更不想跟对方打照面。

因为他知道，如果看到了，他这顿晚饭就再也吃不成了。

……

老宋究竟哭了多久，没人记得清了。

笼里的时间向来这样，一秒可以很长久，一天也能眨眼就完。

他哭了多久，女人就陪了他多久。

最后她站起身，从张碧灵身上脱出来，冲茫然的对方鞠躬道了歉，然后拿起那个冷了又热、热了又冷的饭盒，对老宋说："再去热一下吧，我陪你吃完这顿饭。"

闻时始终在旁边等着，没有催过，等着他们吃完饭，又好好地告了别。

那一刻，他们倒是有了明显的夫妻相——跟所有被困的人说了抱歉，然后安安静静地散了身上所有痴雾。

张碧灵因为被附过身，不太舒服，也不适合解笼。于是，化解消融的事依然落在闻时身上。

解笼的时候，那几个无辜入笼的普通人已经开始犯困了。

他们靠坐在栏杆边，垂着头，眼皮直打架。笼里发生的种种，在他们闭上眼的瞬间变得模糊起来，像一场囫囵惊梦。

周煦脸上不甘不愿，手脚却很积极，给歇息的张碧灵倒了一杯热水。

夏樵有一搭没一搭地敷衍周煦的问话。

谢问站在不远不近的地方，看着闻时低垂着眼，把那对夫妻满身的黑雾纳到自己身上，再慢慢化开。

在那个女人消失前，他听见闻时用冷冷的嗓音对她说："那天雨很大，谢谢你的伞。"

谢问收回目光，看着商场地面老旧的花纹，无声地笑了一下。

闻时口中的"那天"，是配合了笼中人的时间概念，现实其实并没有过去很久，也就是女人接了闻时之后出车祸的那一天。

从笼里出来的时候，大雨刚停，水珠顺着伞沿往下滴。他们还在西屏园那条街上，两边店铺都关着门，照理来说应该特别冷清。

结果闻时一睁眼——

周围竟是乌压压一圈怪物，都披着又黑又厚的长发，青白着一张脸，额头上粘着金纹纸。

夏樵上一秒还在跟周煦吵吵，下一秒就跟这些东西来了个面对面，惊呼一声，当场就不行了。

那些怪物不动，夏樵也一动不敢动。

他默默抓住闻时的左胳膊，气若游丝："哥，我们出笼了吗？"

闻时还没开口，谢问就抢先回答："出了。"

夏樵气更虚了："那这些是什么？"

闻时动了一下嘴唇。

谢问说："怪物。"

夏樵只挺了一秒，就抓着闻时的胳膊，无声无息滑到了地上。

闻时："……"

虽然吓晕的是夏樵，但他感觉谢问搞的是他。

"你是不是跟我有仇？"闻时左手抽不出来，只得侧头夹着伞柄，腾出右手去应付那圈怪物。

"怎么会。"谢问慢条斯理地否认了，伸手过来，替他握住了伞柄。

他还戴着黑色手套，握的是伞柄的最底端，与闻时的脸隔着一段礼貌的距离。

可不知怎么回事，看到那截苍白手腕的时候，闻时忽然想起谢问手指温凉的触感，伸向怪物的手顿了一下。

"头抬一下。"谢问提醒闻时松开手，"雨停了，伞我收了。"

过了一秒没等到闻时有所反应，他又低声问了一句："你在发什么呆？"

闻时倏然回神。

他抿着唇直起脖子，默默让谢问拿走了伞，然后挑中一个怪物，拽下了对方脸上的金纹纸。

金纹纸被摘下的瞬间，那一圈怪物颤动起来，像是要挣脱封印直扑过来。

闻时毫不在意，伸手就要去摘第二张，结果就听有人咕哝了一句："这就出来了？"

然后怪物先他一步化散成烟，自己消失了，只留下七张金纹纸轻悠悠地飘落下来，被人捞住。

捞纸的是个男人，个子很高，麦色皮肤，身材精悍，剃着短发，一看就是个练家子，就是表情有点木。

闻时盯着他的眼睛看了一会儿，目光又挪到了他的心口。

衣服挡着，闻时看不到对方心口的印记。但他感觉得出来，这是一个幢，一个跟活人很接近的幢。

那个幢捏着金纹纸，转头看向身后："接住了，怎么办？"

他身后站着一个女人，头发过颈，半边拢在耳后，露出耳骨上一排亮钉。她化着夸张的浓妆，像一张画皮，遮裹住了原本的模样，也看不出年纪。但从骨相上看，这应该是个美人。

"帮我烧了。"她回答完幢的话，玻璃似的眼珠转过来，目光扫过夏樵，在闻时身上停了一会儿，又滑到谢问身上，然后说，"刚刚谁揭了奶奶的纸？出来。"

闻时："……"

这种姑娘还是别开口比较好。

"病秧子，是不是你？"她着重盯住了谢问。

闻时动了动嘴唇，低低吐出几个字："这奶奶你认识？"

谢问听笑了。

他偏头闷咳了两声，这才用手抵着鼻尖回答："算认识吧，张家的。"

张家人太多，名谱图上密密麻麻，闻时听了也对不上号，只"哦"了一声。

谢问见他依然疑惑，补了一句："刚刚在笼里，张碧灵的儿子顺嘴提过的，不知道你还记不记得，叫张岚。"

对面那位"奶奶"："……"

张岚经历过各种场合，见过各式各样的人，也以各种方式被介绍过，大多……不，可以说每一次，只要报出她的名字，听的人都会是一副恍然大悟的模样，并且紧跟着一定会说一句"就是名谱图最顶上那个张岚？！"。

说实话，很爽。

不过听得多了也就那么回事。

张岚感觉自己已经过了因为这些而骄傲、得意的年纪，可是今天，当她听到谢问的介绍时，她发现自己可能还是年轻。

什么叫"顺嘴提过"？

什么叫"不知道你还记不记得"？

张岚踩着高跟鞋，风风火火地过来了。

结果走到近处，她又听见谢问旁边那位酷得很的帅哥说了句："有点印象。"

张岚一脚踩上窨井盖，鞋跟卡住了。

"出门前，你给我说了什么来着？"她转头问那个保镖似的橦。

对方一板一眼地回答道："六五：黄裳，元吉。"

他木了片刻，可能怕张岚听不懂，尽职尽责补了一句："大吉大利。"

张岚骂道："纯属放屁。"

橦忠心耿耿地说："您说得对。"

张岚："……"

闻时看了一会儿，转头问谢问："你确定是那个张岚，不是同名同姓？"

张岚耳朵尖，扭头就说："你讥讽我？"

闻时淡声道："不是，我认真的。"

谢问又笑咳了，过了好一会儿才转回来，对闻时说："我今晚要是咳嗽得厉害，你得负全责。"

闻时并不太想负责，冷酷地闭上了嘴。

瘫软在地的夏樵终于缓过神来，喃喃道："吓死我了。"

他环顾一圈，余惊未消，问："哥，那些怪物呢？"

张岚搓了搓自己的脸，重新端起姑奶奶的架子来："什么怪物！那是我拿来找笼门的。"

夏樵只知道"鲤鱼跳龙门"的"龙门"，茫然地看着她："你弄的啊？那你围着我们干什么？"

"你们在笼里，不围着你们，我去哪儿找？算了，你可能不太懂我在说什么。"

其实张岚以前因为沈桥的关系见过夏樵一面，但她没认出来。

张岚是被捧着长大的，除了自家人，她只对长得特别好看的和特别厉害的人有印象，这就注定了她记不住多少人。

夏樵显然不在这个范围内。

她下意识把夏樵和闻时当成了谢问的客人，就是纯粹的普通人，跟谢问一起不小心入了笼。

所以她也没多解释，只冲谢问说："今晚宁安我轮值，又听说周煦被逮进笼了，就过来看看，刚巧看到你们突然停在这里。"

她见得多，一眼就能分辨出进笼的人。

"我正准备进笼找你们去呢，没想到你们就出来了。"张岚语气很诧异，"你们怎么出来的？还有谁在笼里吗？"

众所周知，谢问是个解不了笼的半吊子，所以张岚根本没往面前三人身上想，理所当然地觉得另有人帮。

谢问还没开口，闻时就说："张碧灵。"

这话很有歧义，会让人下意识觉得解笼的也是张碧灵。

果然，张岚"哦"了一声："灵姐进去了？怪不得。也是，毕竟儿子被逮了。"

"行，那就省了我的事了。"

她转身便要走，忽然又意识到一件事——这两个陌生人既认识谢问，又认识张碧灵，可能并不是单纯的普通人。

张岚走了两步又停下，回过头来，上上下下地打量闻时，疑惑道："等下，你们也是干这个的？"

可是不对啊，名谱图上的人她几乎都见过。像闻时这种长相的，她不可能见过还没记住。

张岚问："你们哪家的？"

夏樵讪讪地说："沈家。"

他其实挺怕报家门的，总觉得自己在给沈桥丢人。可能是张岚说话时的表情和语气有些强势，他这种感觉便格外明显，几乎有点烧心了。

更烧心的是，张岚愣了一下后说："哪个沈家？"

夏樵这下彻底说不出口了。

那一瞬间，他脑子里冒出一个想法，他想再试着跟闻时学一学，万一……他可以有名字呢？

闻时瞥见了他无地自容的模样，对张岚补了一句："沈桥。"

张岚这次倒是反应很快："我知道了。"

沈桥她是知道的，而且对这个名字很熟，但不是因为沈桥本人，而是因为他所在的那一脉。

那一脉有个传说级的人物，分量大概仅次于祖师爷尘不到。所有主学橦术的后辈，都喜欢供着他。

她有个痴迷橦术的弟弟张雅临，那个二愣子非常虔诚地拜着一个小匣子，匣子门面儿上刻着那位的名字——闻时。匣子里是二愣子从灵铺淘来的宝贝。

张岚悄悄打开匣子看过，里面有两截像玉一样的指骨、两根带着浅香的短松枝、一团看不出材质的线。

二愣子坚信，那是闻时的遗骨和遗物，可以说是相当变态了。

撇开张雅临不谈，张岚虽然主学的是金纹纸术，但是也对那位传说中的闻时很感兴趣。

一来，据说闻时长相极好。二来，她热衷于看各种野史八卦，真假无所谓，有意思、能唬人就行。她谁的传言都看过很多，唯独闻时的特别少。

传言中，尘不到当年徒弟不少，大多是山门外的那种，真正见过他的屈指可数，那几个被后辈称为他的亲徒。

尘不到的亲徒里，闻时主橦术，钟思主金纹纸术，卜宁主爻辞术，庄冶什么都学，是个杂修。庄冶好交朋友，尘不到的外徒大多跟他关系不错，这里面就有张家的老祖宗。

后来尘不到满身黑雾，走到哪里都是生灵皆枯之相，也是这些人一起把他封镇起来的。当时张家老祖宗立的是头功，这也是后来张家越来越昌盛的原因之一。

这是比较常见的说法。

但张岚还看过一些不常见的——

据说那几个亲徒里，只有一个是真正跟着尘不到的。那个徒弟天生修罗相，所以尘不到总把他带在身边，一手养大，教了很多东西，才慢慢将他度化成常人。

这个说法实在少见，也从没人提过那个徒弟是谁。

张岚却觉得，如果这是真的，那个徒弟十有八九是闻时，因为只有闻时的事情她知之甚少。

"有人找您。"橦突然说。

张岚回过神来，转头问道："什么？"

橦从口袋里掏出正在振动的手机，递给张岚。

张岚在屏幕上点了几下，一个书生气很重的声音在夜色里响起："你又把我的橦骗去哪里了？"

张岚朝橦看了一眼，截断质问，回复道："怎么叫骗？光明正大带出来的啊，而且小黑也乐意跟着我，不信你回头自己问他。"

橦在旁边恭恭敬敬地站着，十分无辜。

她没再管夏樵他们，毕竟她听说过沈桥的事。虽然不知道沈桥收过几个徒弟，但她知道那些徒弟一个都不在名谱图上。

"行了，笼也解了，话也聊了，没什么事，我就继续轮值了，回见。"张岚冲谢问他们摆了一下手，带着小黑拐过街角。

她收到了张碧灵的消息，准备去望泉万古城那边看看对方情况怎么样。

这一路上，她一边跟张碧灵联系，一边跟弟弟张雅临互掐，掐到半途，张雅临忽然弹过来一个视频。

"干什么？语音还不够你发挥？你要搞演讲啊？"张岚说，"我不听。"

"不是。"张雅临的声音出现在视频另一端，脸却没出现，他的镜头对着一张图，一贯理性的语气出现了一丝崩裂。

"我刚发现的，你最好也看一眼。"张雅临说。

张岚看着镜头里的东西，纳闷道："名谱图？你有毛病吧？给我看名谱图干什么？我是没见过还是怎么着？"

张雅临耐着性子说："不是让你看整张图，你往底下看，最底下。"

他一边说着，一边把镜头往下移，生怕张岚不仔细看。

许多名字从他的镜头中滑过，张岚翻了个白眼，一路扫下去，扫到末端几行的时候，她崴了一下脚。

因为她看到原本横躺在最底下的那条线，那个自从沈桥老了，不再进笼，就一直沉在最底下，沉了十来年的一条线，居然莫名其妙横到了张碧灵那条线上面。

张岚："……"

"什么情况？！"她惊诧道。

"就你看到的这个情况。"张雅临说，"沈家突然蹦到了张碧灵上面。"

"不可能。"张岚都蒙了，"这一条线不是都不在了吗？"

张雅临道："是，都不在了。"

张岚问："怎么可能突然往上蹦？"

张雅临道："我哪知道？我刚刚看着它翻上来的，亲眼，看着，翻上来的。"

张岚顿了一下，说："……这图疯啦？"

张雅临想了想，说："图疯没疯我不知道，反正我现在有点疯。"

他亲眼看着这条线往上跳，上头。

因为这条突然上跳的线，张岚轮值都没了心思。

她往外散了一沓巡逻纸，又找了几个小辈来替她，便匆匆带着出笼的张碧灵和周煦回本家了。

张家本家在宁安西环，是一片集中的中式大宅，精致气派，不过年轻一辈其实不太喜欢。

张岚觉得布置风格老气横秋，周煦住在这里的时候常做噩梦，张碧灵每次来都无比拘谨……相比而言，也就张雅临觉得本家还不错，因为这儿跟他那个古朴典雅的宝贝小匣子很搭。

张岚很早就想搬出去单住了，但始终没能成功。

虽说现在她这一辈风头正盛，但当家做主的还是老一辈那几个。只要爷爷张正初不点头，她怎么发姑奶奶脾气都不管用。

张岚和张雅临的宅院是通的。

三人一幢回来的时候，张雅临刚虔诚地给匣子上完香。

他一听到隔壁的动静，便洗了手过去，人没到，声先至："怎么样？问出眉目来了吗？"

张岚指使人把迷糊的周煦安顿在沙发床上，又让人给张碧灵倒了点安神的茶："灵姐说笼不是她解的，是沈家那个帅……那个小哥。"

张雅临一听就知道姑奶奶老毛病又犯了："你见过？"

"你给我发语音长篇大论的时候，他就在旁边呢，跟病秧子一起。"

"谢问？"

"对，他们一起进的笼。"

张家对谢问有种复杂的情绪，这主要怪谢问自己。

他是张家旁支，虽然和他们不同姓，又是个养子，但在明面上毕竟是张家人。传闻他害父害母，满身罪孽，又被名谱图除名，在多数人眼中，就是个被边缘化的弃子。

正常人处在他这个位置，多多少少会有点尴尬，要么有怨，要么有妒。

但是他不。

他见到谁都是那副言语带笑的模样，既没有额外看重张家，也没有针对，就像个……毫不相干的陌生人，好像张家对他而言一点意义都没有。

这种态度，加上他那病气深重的模样，实在很特别。

于是，整个张家，甚至不止是张家，明面上都不在意他，但又个个认识他，提到他就忍不住谈论几句。

只是每次他们谈论都以同一个句式收尾——算了，他也没什么可说的，毕竟连个笼都解不了。

张岚和张雅临大概是罕见地没有说过这句话的人，前者是看在他的脸的分上，后者是性格使然。

"所以你的意思是，虽然沈家那徒弟连名谱图都上不了，但他出手解了个笼，就让他们那脉跳起来了？"张雅临问。

张岚："……"

这好像更扯。

"而且按理说，能解笼，名字就该出现在图上了。现在图上依然没他的名字，只能说……"张雅临停顿了一下。

他想说"误打误撞"，但斟酌之后，还是换了更委婉的说法："实力有起伏，还没稳到能上图。"

这么一说，张岚觉得还挺有道理。

他们都经历过那个阶段，小时候学橦术、学金纹纸术，懂点皮毛和花架子，就闹着要进笼。有长辈带着，他们十有八九是去当吉祥物卖萌的，偶尔一次发挥奇佳，能自己解个笼。

那时候他们的名字也不在名谱图上。

张雅临上图是十一岁，张岚是九岁，这就是公认的奇才了，其他人大多得到十四五岁。

为了确认一下，张岚转头问张碧灵："帅哥……那个，就是沈家的徒弟，他在笼里表现怎么样？"

张碧灵有点尴尬："我被附身了，所以笼里发生的事我现在记不太清，就记得他拿线救过人。"

张岚看向张雅临："学橦术的。"

张雅临说："不稀奇，那脉都学橦术。"

张碧灵这边没能问出什么名堂，那边周煦悠悠转醒了。

张岚姐弟对这小子没抱什么希望，因为周煦没有真正进过笼，也没受过正经训练，他会像多数普通人一样，出了笼就忘记笼里的事，好比忽然梦醒。

谁知周煦醒来第一件事，先看裤子。

张岚说："你这是什么毛病？"

周煦见裤子是干的，长出一口气："没事，我就看看。我在笼里上了好几次厕所，我怕尿裤子。"

张岚无语片刻，忽然反应过来："你记得笼里的事？"

周煦道："对啊，我脑子这么好，为什么不记得？"

张岚来了精神："那你对沈家那俩有印象吗？"

周煦说："有啊，弟弟胆小鬼，哥哥……"

他突然卡住了。

张岚问:"哥哥怎么了?"

周煦想了想,说:"很迷。"

张岚问:"……怎么个迷法?"

周煦想了想,说:"一会儿像菜鸟,一会儿又好像特厉害。"

他脑子是真清楚,记得前后所有事,于是挑了两个重点说了:"他进笼的时候附身人体模特,把谢问……"

张碧灵斥他:"叫哥。"

周煦把她的话当耳旁风:"谢问只有上身,他弟弟只有下身,小姨你想象一下。"

张岚想象不出谢问只有上身是什么样子,有点迷醉。

周煦又说:"但他能弄出橦,一条蛇。"

他想说特别炫酷,但站在他面前的是张雅临,他又觉得没什么可说的了。

他没多提,张岚和张雅临就下意识把那当成一条小蛇,和小鸟、小兔子没区别。

听到这里,他们基本可以确认沈家那个徒弟就是实力不稳,还不足以上图。至于那条全员不在的线为什么会往上蹦……

可能只是受了点影响,估计也没有下一回了。

不过出于稳妥,张雅临还是说了一句:"宁安现在轮值不是正缺人吗?你要不试试他?"

"行。"张岚转头问周煦和张碧灵,"对了,他叫什么来着?"

周煦蒙了:"我忘了问。"

张岚:"……"

张岚走得匆忙,刚好和闻时完美错过了。

谢问把他们送到街口,看着他们上了车,便回了西屏园。谁知车开出去没几米,闻时就对司机说:"去万古城。"

夏樵都蒙了。

车在广场前停下的时候,夜色深重。闻时下了车,看到商场里还有最后一批店铺亮着灯,卷闸门半拉着,一副随时要打烊的样子。

这场面跟笼里的情景实在太像,夏樵还是心有余悸:"哥,干吗又要来这里?

不回家吗？"

"我找东西。"闻时说。

他当时之所以接下那把伞，一来是出于解笼人的本能，知道有笼就想去解开；二来，女司机递伞的那个瞬间，他又嗅到了熟悉的味道——属于他自己的味道。

说是"嗅到"，其实并不是指真的闻见，而是感知。

夏樵还算聪明，知道他一定又是感觉到了灵本的痕迹，便跟着他在万古城前后转了一圈，又进了商场，顺着滚梯上楼。

"哥，灵本很难找吗？"夏樵忍不住问道，"有痕迹在那儿，为什么这么多年都没能找到？"

闻时说："以前没有痕迹。"

夏樵一愣："啊？"

他消化了一下才明白闻时的意思："你是说，以前那么多年都没有过任何痕迹？"

闻时点点头："嗯。"

很长一段时间，他都怀疑自己的灵本究竟是丢了，还是因为他已经忘记而彻底消失了。

直到这次从无相门里出来，他才终于捕捉到了两次痕迹。

这已经是不小的进展了。

不过也许是他跟灵本分离太久的缘故，这种感知总是一闪即逝，快得他来不及做出反应。他在商场里走了一遍，只在路过一家店铺的时候又嗅到了一丝那味道，但在他重复走了两遍后，那味道便不见了。

意料之中地，那家店铺是老宋文具批发店。只是店铺的卷闸门紧锁着，似乎好多天没打开过了。

三楼拐角处还有两家店开着，一家是储记米线店，一家是徐老太缝纫店。闻时想了想，打算问问老宋的去向。

米线店里有两三个客人，边吃边跟老板聊天，看那熟络程度，十有八九也是这里的店主，离开前顺带在这里解决晚饭。

老板用铁夹夹着砂锅搁到客人桌上的时候，锅里的汤还在沸，路过都能听见汩汩的声音，浓郁的香味伴着大团热气散开来。

闻时半垂着眼正往缝纫店走，余光扫过沸腾的砂锅时，却停了一下脚步。

他忽然毫无来由地想起了谢问那个西屏园拥挤的二楼，想起老式木桌上的那锅热汤。如果是寒冬腊月，汤面上的白雾一定很重，热得能熏眼睛。

"哥？"夏樵见他忽然不走了，有点疑惑。

闻时眨了一下眼，倏地回了神："嗯？"

夏樵顺着他刚刚的视线，看到了热腾腾的几锅米线，不太确定地问："你是饿了吗？"

"不是。"闻时垂着的手指捏着关节，抬脚就走，"我是中邪了。"

夏樵："……"

徐老太坐在缝纫机边，戴着一副老花镜，正捻着线往机器上穿。她确实戴着老式的假发髻，但没有笼里看上去的那么老。

"要缝东西啊？"老太从眼镜上方看向闻时，笑起来挺慈眉善目的。

闻时说："不是，找人。"

老太也不介意："找谁啊？"

闻时指着对面一家锁着的店说："老宋。"

夏樵默默看了他一眼，不知道为什么，"老宋"这种热络的称呼从闻时嘴里蹦出来就很神奇。

老太"哦"了一声："他好久不来了，病了，在医院呢。他媳妇出事之后，他就急得病了，就在斜对面那个医院。"

米线店的店主也是个热情的人，听到老太这边的动静，擦着手过来说："你们找他进货啊？急吗？不赶着这两天要的话，我帮他记一下联系方式，等他好点了电话联系你。"

夏樵连忙道："不是进货，就是来看看他。"

"哦哦，去医院看吧。"店主指着某个方向说，"我上礼拜还去过，二楼十二床。"

十分钟后，闻时和夏樵就站在了医院住院部二楼走廊里。

按规定，这边夜里很少接待访客。但据说老宋今天晚上状态不错，持续的高烧退了，炎症也缓和了，还吃了一点东西，只是依然不怎么说话。

护士说："可以陪他聊聊，但别待太久。"

闻时显然不是个能陪聊的人，也没有立刻进病房。

他站在走廊角落，从口袋里摸出一张金纹纸，三两下折成一只鸟。

夏樵见过这玩意儿，闻时第一次感觉到灵本痕迹的时候，也折了一只鸟来追踪。

"这次要追谁啊？"夏樵悄声问，"老宋吗？"

"看看他去过哪儿。"闻时说。

老宋一个普通人，不会无缘无故有他灵本的味道，一定是之前去过哪里，或者见过什么人。

闻时松开手，纸鸟扑扇着翅膀滑下去，从门下方的缝隙进了病房，无声无息地在老宋床沿转了一圈，便悄悄走了。

老宋根本没发现这个小玩意儿，他的气色还可以，只是表情有些木然，靠在床头垂着眼发呆。

闻时站在门边，透过玻璃窗看了他一会儿，然后低头掏出了仅剩的一截线香和打火机。

夏樵看着他熟练地点了线香，轻捻着指尖，一抹黑色的烟气就在香火下流泻出来，被他慢慢捻成一股。

夏樵想，这是要留点东西给老宋吧，就像沈桥留给他的，应该也是一枝白梅。

这念头刚冒出来，他口袋里的手机便嗡嗡振动了起来。

闻时正在把女司机残余的烟气捻成形，听到手机振动，抬了一下眼皮，看见夏樵掏出手机，屏幕上是两个大字——谢问。

闻时手指一抖。烟气在化形的前一秒扭了个团，好好的白梅花枝不见了，变成了一个毛茸茸的玩意儿，巴掌大，团在地上。

闻时："……"

就很意外。上次是夏樵，这次是谢问。他觉得这两个人都克他。

他冷着脸蹲下去，捏着那个玩意儿的后颈皮把它拎到眼前。与此同时，夏樵把手机举过来，贴在他耳边，用口型说：谢老板找你。

下一秒，谢问的嗓音贴着他的耳朵传来，问："到家了吗？"

闻时说："……没有。"

谢问接着问："还在外面？"

闻时答："在医院。"

谢问继续问："你去医院干什么？"

闻时还没开口，被他拎着的那团东西就叫了一声。

谢问似乎愣了一下，然后问："我好像听到了猫叫，哪来的猫？"

闻时面无表情道："你搞出来的。"

谢问："……"

闻时甩了锅就迅速把电话挂了，速度之快，夏樵根本没反应过来。

要不是他依然一脸冷酷，而且对别人不这样，夏樵都要怀疑他其实挺皮的。

夏樵默默把手机塞进口袋里，夸道："哥，你居然会挂电话了。"

闻时拎着手抖搞出来的猫，讥讽道："我是智障吗？"

"不不不，我不是这个意思。"夏樵连忙摇手，"我就是想说，你没用过手机就学会了这个，挺聪明的。"

闻时面无表情地看着他。

夏樵说："我错了。"

他十分自觉地认了错，又殷勤地问："对了哥，要不回头给你买个手机吧？"

闻时没什么兴趣："我要它联系谁？"

夏樵张了张口，卡住了。

他忽然意识到，闻时在这世上真的没什么可联系的人，曾经熟悉的都已经过世了，就剩下他这么一根独苗，虽然嘴上叫着"哥"，其实也刚认识没多久。

夏樵蔫了吧唧地想，自己真会说话，哪壶不开提哪壶。但是话都扔出去了，不接好像更不好。

于是他开始扯了："这你就不知道了，哥。你以为我用手机是为了接打电话吗？错。一天二十四小时，我可以抱着它过十六个小时，干任何我想干的事，除了接打电话。"

闻时："……"

夏樵一看他哥被忽悠蒙了，趁对方没反应过来，立刻下了结论："总之，这是个宝贝，你值得拥有。"

闻时灵魂发问："多少钱？"

夏樵想着说多少合适，闻时却说："不买，没钱。"

夏樵立刻道："谢老板搬进来就有了。"

于是，谢问在什么都没干的情况下，背负了一条无辜的小生命以及一部无辜的手机，并且在周末到来之前，还接受了夏樵过于频繁的问候——四个电话。

最后一通电话是在周五夜里，并不算很晚，正常人家应该刚吃完饭。

夏樵想跟谢问确认一下明天见面的时间。电话响了很久才被接通，说话的人也并不是谢问，而是老毛。

不知道为什么，老毛将嗓音压得很低，似乎正因为什么事而紧张。

夏樵愣了一下："老毛叔，你怎么了？谢老板呢？"

闻时正屈着腿坐在客厅沙发上，电视里放着一档综艺节目，吵吵闹闹。他的目光落在屏幕上，听着里面一些陌生的词句，注意力却在夏樵那边。

听到夏樵的话，他抬起眼皮转头看过去。夏樵非常自觉地开了免提。

老毛迟疑的声音从手机里传出来："老板……老板有点事。"

又有事？闻时想起上次去西屏园的场景，谢问说他太冷了，不想出门见人，所以才让老毛那么打发来客。但是接电话不用出门吧？

神神秘秘的。闻时心想。

电话那头，不知大召还是小召远远问了一句："老毛你赶紧来……你在干吗？"

"接电话。"老毛匆匆下楼，脚踩在木质楼梯上，发出嗒嗒的响声，但他很快就放轻了脚步。

"谁的电话？"

老毛"啧"了一声。

他的手指可能不小心摁住了收音的地方，后面的话闷而模糊，根本听不清，只感觉那边的氛围有点奇怪，似乎……小心翼翼的。

闻时好像听到了自己的名字，但太过模糊，又觉得不大像，应该是听岔了，毕竟他并没有对外说过自己的名字。

过了好一会儿，电话里响起窸窸窣窣的声音，老毛重新把手机拿到耳边，小声说："真是太不好意思了，可能得麻烦你们晚点再……"

他的话还没说完，就被一个低沉的声音轻轻打断了："老毛，电话给我。"

是谢问。

老毛好像惊了一跳，"哎哟"一声蹿起来，半晌后才道："老板你……这就醒啦？"

"嗯。"谢问接过电话，"去忙吧。"

老毛应了一声，忙不迭跑了。

"喂。"谢问说。

他的嗓音还透着沙哑,语调不高,可能是还没带上笑意的缘故,显得并不那么好亲近。

"谢老板……"夏樵莫名就怂了,他朝闻时看了一眼,把烫手山芋扔了出去,"那个,我哥找你。"

闻时觉得夏樵这个笨蛋可能不想活了。

手机落到措手不及的闻时手里,谢问正巧问了一句:"你哥在你旁边?"

闻时凉飕飕地说:"我在,他跑远了。"

谢问被他的反应逗乐,低低笑了一声。

闻时刚关掉免提,把手机贴在耳边,就听到了这声近在咫尺的笑音,心里像被什么细脚伶仃的东西挠了一下。

电视里的综艺演员七嘴八舌,他忽然觉得吵闹,拿起遥控器把电视关掉了。

"老毛说你刚刚有事?"周围安静下来,闻时问道。

谢问懒懒地"嗯"了一声,过了片刻补充道:"也不是有事,在睡觉。我睡觉的时候脾气很大,他们不敢叫我。"

闻时回想起刚刚电话那头小心翼翼的氛围,心说:这得多大的脾气?

他有片刻的走神,电话里安静下来。谢问居然就这么等着,没有催问他打电话的缘由。

还是夏樵跑去冰箱那边拿了两罐牛奶,递了一罐给闻时谢罪,小声问"谢老板明天什么时候来",闻时才回神,问电话那头的人:"你明天几点过来?"

谢问:"下午吧。"

说是下午,他到的时候其实已经是傍晚了。

前两天下完雨,宁安的温度升了一个层级,奔着三十摄氏度就去了。闻时怕热,家里空调温度开得很低,可以裹着被子啃冰棒的那种。

谢问一进门就笑了。

夏樵直觉那是气的。

"你们这是提前在家过冬天?"谢问说。

"热。"闻时言简意赅地吐出一个字,然后打量了他一番,"你怎么比前几天穿得还多?"

谢问还戴着那副黑色手套，手腕上盘着复杂的珠串。这么热的天，他居然穿着衬衫、长裤，手臂上甚至还搭着一件外套。

跟上次那件不翼而飞的黑衣不同，这件是绛红色的。

"因为料到你不安好心，打算让我冻死在这里。"谢问开了句玩笑，"我还不能未雨绸缪保条命吗？"

他在沙发上坐下的时候，把外套也穿上了。

寻常人这个季节穿这种红色，总让人觉得躁得慌。谢问却是个例外，他好像特别适合这种颜色，也许是因为领口露了一截雪白衬衫，也许是因为这种红恰到好处地中和了他浓重的病气。

夏樵直接看愣了。

直到谢问从茶几上的罐子里抽了一支笔，在石质台面上轻轻敲了一下，他才恍然回神，飞快跑进房间，拿来了几页纸。

"合同在这儿，谢老板你看看。"夏樵拽了个小马扎，在茶几对面坐下，也抓了一支笔，"哥你过来看吗？"

"不看，你们定。"

闻时弓背坐在沙发另一端，离空调出风口最近的地方。凉风都让他一个人占了，他一边懒懒地捏着耳骨，一边给那两人当监工。

两边都是一起进过笼的关系了，签合同就是走个过场。夏樵在跟谢问核对信息，谢问简单应着。

闻时听了一会儿，余光无意识地落在那抹红色上，谢问说话的时候，清瘦的下颌线一动一动的。

那种似曾相识的感觉又在瞬间侵袭上来，在他心脏上轻轻挠了一下。

闻时收回视线，垂眸摸了摸喉结。

又过了片刻，他站起身，趿拉着拖鞋走开了。

他从冰箱里翻出了一罐可乐，掰开拉环，灌了两口。他转过身来，发现谢问不知何时从茶几上抬了眼，在看他。

闻时仰头喝饮料的动作顿了一下，目光从眼尾扫过去，跟对方的撞在一起。

片刻后，他拎着可乐罐走回客厅，抓起遥控器关了空调，问已经收回视线的谢问："你喝点什么？"

谢问的目光落在他手里的饮料上："只有这么冷的？"

夏樵正在填写房间数和租金，闻言茫然地仰起脸，没明白这两人怎么就突然说到了喝的。

"也有热水。"闻时说。

"你要给我倒吗？"谢问笑着，目光又回到茶几上。他指着夏樵写下的"一"，纠正道："写错了，我租两间。"

夏樵不解："啊？"

谢问说："你不是挂了楼上两间吗？我都要了。"

闻时把到嘴边的"自己倒"咽了回去。片刻之后，茶几上多了一杯温度刚好的热水。

谢问有点意外。

他抬起头，听见闻时咕哝了一句"看在钱的分上"，然后就见闻时拎着可乐罐走开了。

他看着闻时高高的背影拐过折道，进了卧室，反手关上门。片刻后卧室里隐约传来"嘀"的一声，应该是开了卧室里的空调。

他收回目光，拔了笔盖，在合同末页签上名，末了低声道："哪里学来的财迷相？"

"学什么？"夏樵没听清。

"没什么。"谢问搁了笔，端起玻璃杯喝了一口热水，道，"没说你。"

"哦。"闻时不在旁边，夏樵就有点怕谢问，整个人老老实实、毕恭毕敬，"谢老板您今天就能住过来了。"

"所以整个二楼都归我了是吗？"谢问又确认了一遍。

"对啊。"夏樵说得很爽快。

"那我让他们收拾一下行李送来，可能有点多。"

等到老毛他们跟着一辆大车披星戴月地赶过来，夏樵才明白那个"有点多"是什么意思。

闻时是被"嘿嗬嘿嗬"的号子声惊出卧室的。

几个搬运工正在把一个裹着红绸布的巨大玩意儿往二楼送。

闻时让到一边，看见谢问抱着胳膊倚在厨房门旁。

"你这搬了个什么东西？"他拧着眉问。

"一棵树。"谢问说。

闻时问："一棵什么？"

谢问平静地回答："树。"

闻时一脸无语地问："……你租房子给树住？"

有病啊！

"不要悄悄骂人。"谢问一眼看穿了他的心里话，笑倚着门，"你不是见过吗？西屏园二楼的那棵树，那里能放，这里也够。"

很快，闻时就发现他还是骂早了。

继树之后，还有一堆大大小小的石头假山、花花草草、不知道什么玩意儿住的窝，以及……两只小王八。

这哪是搬行李，这是把西屏园二楼搬过来了。

看这架势，闻时差点以为他连店都不要了，准备跑路。好在他没把一楼那些物什也挪过来，还算有点老板的样子。

所有东西搬完，已经夜里十点多了。

老毛给那群人结了账，付了车钱，这才腆着肚子进门，跟大召、小召一起，在门边乖乖巧巧地站成一排，眼睛眨巴眨巴地看着闻时和夏樵。

夏樵觉得瘆得慌。

闻时朝二楼的方向看了一眼，虽然某些人搬家动静奇大，但楼梯扶手、墙和地板都是好好的，一点刮擦、磨损的痕迹都没有，地面也弄得干干净净。

当然了，这都是老毛和大小召收拾的。谢问一副十指不沾尘的模样，十分要脸地选择了袖手旁观，末了还掸了掸袖子上并不存在的灰。

"现在你的所有行李都在二楼了？"闻时确认道。

谢问想了想，说："没，还有三个没搬上去。"

闻时扫视了一圈："哪儿呢？"

谢问指向门边，闻时顺着一看——老毛、大召和小召。

他疑惑道："你跟老毛一间，大小召一间？"

老板这么好，跟店员挤一屋？

谢问说："不是，我自己住。"

闻时更疑惑了。

他沉默良久，没憋住："你一个人一间，老毛和大小召两个姑娘一间？"

夏樵："……"

以谢问为首的四位房客仿佛从来没考虑过这种问题，被闻时点出来后，表情愣了一瞬。

这就很稀奇了。

夏樵忍不住问："你们以前怎么住的？"

小召吸了吸鼻子："有窝就行。"

大召打了她一下，说："反正地方大小都是睡嘛，躺椅凑凑都能当床的。"

夏樵听不下去了，说："那个……楼上还有间小书房，沙发拉下来可以当床。"

俩姑娘立刻道："可以，就这么办。你真聪明，这不就够住了吗！"

夏樵脸都被夸红了。

老毛又说了一句："那，暂时麻烦你们了，多关照。"

夏樵摆手："没有没有，应该的。"

这一晚匆匆忙忙，大家都有些累。主要是谢问有点恹恹的，好像困得厉害。住处大致安排完，众人打了声招呼便各自歇下了。

楼上楼下各有洗漱的地方，灯一关就像两个世界，并不会干扰太多。

夏樵一头栽到床上的时候，甚至感觉这天过得有点离奇，原本空荡荡的别墅忽然就填满了人，有点不真实，像在做梦。

在昏睡前的最后一秒，他的脑子里冒出了一个奇怪的念头——他居然觉得这种感觉久违了。

相比夏樵而言，闻时就没那么快入睡。他听着楼上沙沙的脚步声，在想事情。

这段时间他接连解了两个笼，消融了三个人身上的黑气，身体居然起了些变化。

其实消融黑气这个过程，本身很危险。

越是干净的人，越容易消融那些东西。所以，最早的那些解笼人总是竭力让自己拥有最纯净的灵本，修的道一个比一个绝。

到了后世，这样做的人就少了，因为真的太难了。尤其近几辈，解笼人娶妻生子已经成了常态，不再走那么绝的路了。

他们的灵本虽然比常人干净，但都不如那帮老祖，消融那些东西的时候风险也要大一些。

如果成功，消融后的东西就会成为他们的一部分，慢慢让人变得更强、更纯净、更长寿。

这算是一种修行，修到一定程度，就相当于半仙了。

但如果哪次消融不成功，那些转移到他们身上的黑雾，就会真正成为他们的一部分，这被称为侵蚀或者污染。

如果总是不成功，日积月累……那大概只能落得一个被除名的下场了。

自己都救不了，怎么帮别人？

闻时算其中的一个特例——

他没有灵本，只有空壳，所以不会被侵蚀。

但同样地，消融成功对他而言也没什么帮助。他就像一具枯骨，吃什么都会从空荡荡的骨骼中漏下去，只抵得了一时，没有其他作用。

可是这一次他居然感觉到了变化，仿佛在朝昔日的状态恢复。

当然，只是一点点。

或许就是因为这一点点变化，这天夜里，他居然久违地做了一场梦，梦到了很久以前的一些事，也梦到了一个人。

那是一座叫作松云的山，因为满山苍松，俯瞰下去翠色绵延，但凡有风从山间穿过，起伏之势便如流云滚滚。

那山以前叫什么，后来又改作了什么，已经没人知道了。毕竟这是太久太久以前的事了。哪怕"松云"这个名字，也是尘不到在煮一壶松醪酒的时候，抬眼一瞥，随口取的。

闻时不记得那些事了，但在梦里看到那片山色的时候，就好像闻到了雪水煎茶混着松醪酒的香味。

松云山山腰有一个天然的凹处，地面平坦，藏于阳明之向。那里有一片清明雅致的房舍，住着几个半大孩子。

梦里应该是隆冬，很冷。

屋角落的炉子里汩汩煮着什么，闻时听到了声音，下意识想看，但梦里的自己并没有转头，而是垂着眼，倔强地盯着地上的两块小卵石、一根枯死的丫杈和一只死掉的鸟。

那鸟枯瘦干瘪，毛已经塌了，硬挺挺地支着脚，看着吓人又可怜。

他好像很小，小到旁边的桌台都比他高。

余光里还有几个孩子在屋里，也比他高。他们扎堆站在另一角，离他远远的，泾渭分明。

屋里点着香，有袅袅的烟，他不肯抬眼，自然也看不清那几个孩子的神情。但他能感觉到其中一个在抖，绸布裤子轻轻晃动着。

他们很怕他。

闻时心想。

忽然，门吱呀一声响，被人推开了。

那几个孩子愣了一下，连忙诚惶诚恐地站成一排，肩膀挤着肩膀，依然离他远远的。他们两手交握，抬到额前，低着头恭恭敬敬地行了个大礼，童音带着稚气，齐齐叫着"师父"。

只有他无动于衷，依然死死盯着那只鸟，既没有抬头，也没有吭声，只是紧紧抿着唇，背在身后的手攥得更紧了，硌得生疼。

他听见沙沙的脚步声响，很轻，像微风穿林而过。接着，一个人在他面前站定。

那个人很高，他只能看见对方的袍摆。

里衣雪白，外罩是那种浓重的红，明明是很艳的颜色，却莫名给人一股又冷又肃杀的感觉，像血从雪山之巅流淌下来。

其他几个孩子都噤了声，朝旁边退让了几步。

只有闻时一动不动，闷闷地杵在那里，像在跟谁无声地较着劲。

"这是怎么了？"面前的人开了口。

他的声音像是罩了东西，很好听，只是有点闷，也许是在梦里的缘故，也有些模糊，但听得出来，语气并不凶恶，甚至算得上温和。

可那几个小孩依然恭恭敬敬，带着惶恐。

"你们几个，缩在屋角做什么？"那人又问。

其中一个扎着髿的小孩怯生生地开口："我们……我们害怕。"

"怕什么？"那人依然慢声慢气。

小孩踌躇着，支支吾吾不答。倒是另一个年岁稍小的，虎声虎气地说："他是怪物。"

那根手指远远地指过来，显然是指闻时。

闻时依然不吭声，绷着脸，嘴唇抿得更紧了。也许是梦里年纪小的缘故，那些话他听得有点难受。

"谁告诉你的这些话？"那人又问，依然是温和缓慢的调子，只是声音淡了些。

虎里虎气的小孩忽然就尿了，但还是梗着脖子说："山下听来的，都说他，都说他是怪物。那只小鸟就是他弄死的。"

闻时眼睛睁得大大的，依然盯着那只已经硬了的鸟。

他想蹲下去碰一碰它，想让它动一下，但他只是死死捏着手指。

"那只鸟飞进来时还是活着的，就歇在桌子上。"小孩强调道，"他给弄死了。"

闻时等了很久，面前的人终于又开了口："那这两枚石头呢，也是他扔的？"

那个小孩不吭声了。

那人又问道："你怕他？"

小孩犹豫了一下，然后说："怕……"

面前的人似乎点了点头，过了一会儿，闻时听见他温温沉沉的嗓音在头顶响起："山下的话那么好听，你胆子又这么点大，何必在这里待着呢？多受罪。"

他似乎是在开玩笑，语气并不冷肃，但那小孩已经吓蒙了。

其他小孩纷纷出声，似乎想求情，但因为年纪小，又不太会说话，都是支支吾吾，这就显得杵在一边的闻时更加孤零零的。

闻时把眼睛睁得更大了，一眨不眨。

不远处的炉子不知在煮什么东西，热气总往这边飘，熏得他视线有点模糊，眼睛有点热，很讨厌。

又过了片刻，面前的人说："罚你去石台练定术，打下三块青石再来找我。"

"下回，事情听明白了、看明白了再说话。"那人说完，垂下一只手。

他干净、宽大的袖摆一卷，地上干瘪、僵硬的小鸟就没了踪影。

闻时终于有了反应。

他眼睫颤了一下，似乎想抬头，也想出声讨回小鸟，就感觉一只大手落在他头顶，说："怎么不叫人？"

闻时嘴唇动了一下，不肯开口。

那人也没恼，只是又拍了拍他的后脑勺，声音好听得像山风入松林："走，跟我上山。"

闻时犟着，不想那么乖顺。

可也许是那人语气温润如水，也许是对方的手很大，几乎能护住他整个后脑勺，他的脚不知不觉往前挪了一步。

等到风雪眯了眼，他才反应过来，自己居然乖乖地跟着那人出了屋，走上了山道。

雪可能刚落没多久，地上是一层浅浅的白。

闻时个头小，不稳当，走得踉踉跄跄。

刚跟了没两步，他听见那人问："冷吗？"

闻时依然闷闷的不吭声。

"我是捡了个哑巴小徒弟回来吗？"那人又说。

闻时终于抬了头。

那人太高了，他得仰起脸才能看全对方的背影。

那人似乎戴着某种古朴、繁复的面具，从闻时的角度，只能看到他皮肤苍白，下巴清瘦，脸侧的骨线清晰好看。

他朝闻时伸出手，摊开的手掌薄而干净，修长的手指微微弯曲。

"把石头丢了，手给我。"他说。

闻时低下头，这才看到自己的手里攥着一块棱角尖尖的石头。

"攥了半天吓唬人，也没见你扔谁。"他又说，语气带着几分无奈和逗趣。

闻时绷着脸，纠结了一下要不要继续吓唬人，过了片刻觉得手疼，这才把那尖角石头扔在了路边。

这么一扔，他就看清了自己的手。

梦里年纪小，他的手也很小，沾了一点石头上的灰，并不干净。最主要的是，他的手上缠着黑色的雾，缭缭绕绕。

他低头看着自己的手，用力搓了一会儿，直搓到雪白的皮肤发红，几乎要破皮，也没能把那些黑雾搓掉。

那只手掌还摊开在风雪里，等着他去抓。

但他感觉自己的手黑乎乎的有点脏，犹豫了一下，便要把手背回身后。但他还没来得及动，就被那人揪住手指，顺势牵住了。

"你缩什么？"那人的手很大，也很暖和。

闻时挣扎了一下，没能抵过本能，老老实实被他牵着往前走。

走了好久，闻时终于开口说了第一句话。他声音很低，奶声奶气地说："我手很脏。"

很多人都说，他像怪物一样。

那人静了一会儿，而后答道："不脏。"

闻时看着地上的雪，闷闷的声音里带了鼻音："那只鸟，我只是想摸一下。"

它就瞪着眼珠，像被怪物吸干了精气一样，掉在地上一动不动……死了。那些小孩吓得躲远了，把他当成怪物。

其实，他自己比谁都怕。

"我知道。"那人又说。

闻时很警惕，不太相信。

他记得松云山很高，以往他常在山腰，看向山顶要努力仰着脖子，走上去更是要费很多的工夫。

但是那天，山道莫名变得很短，也没那么冷，很快就走到了头。也可能他总惦记着那只僵硬的小鸟，始终难受着，心不在焉。

山顶有片宝地，也有像山腰一样的雅舍。

那人领着闻时进屋，把他安置在榻上。

松开手的时候，闻时一抬眼，看见那人的手指遍布青筋，瘦得像一把枯骨，有殷红的血顺着手指蜿蜒下来，就像之前那只鸟一样。

闻时蓦地吓到了，呆愣在那里，睁大了眼睛死死盯着那只手，一眨不眨。

他刚害死了一只鸟，又要害死一个人了。

他惊慌地想。

"你这小孩儿哭起来怎么无声无息的？"那人哂笑一声，垂了手，宽大的袖摆从腕上落下去，挡住了枯瘦的五指和血迹。

"逗你玩呢。"他走到闻时面前，微微弯了腰，在闻时眼皮子底下把那袖摆重新翻卷到手腕处，刚刚还干枯发灰的右手已经恢复如常，干干净净，只是有些白。刚刚那些骇人的变化，仿佛都是错觉。

闻时眨了眨眼，感觉湿漉漉的东西顺着脸颊往下淌。

"瞪着我干什么？不信你闻闻，有血味吗？"他瘦长的手指伸过来，指节碰了一下闻时的下巴颏，把那两滴悬着的猫泪擦了。

闻时果然没有闻到血味，只闻到一抹很淡的松香味。

"再给你看样东西。"那人又说。

他干干净净的那只手背到身后，似乎轻捻了一下，等到再伸过来摊开手掌，那只被闻时摸死的鸟就那么窝在他掌心，脑袋缩着，胸前的绒毛蓬松油润，像个毛团。

他的指尖挠了毛团一下，那鸟儿就叽叽叫着睁开了眼，扑扇着翅膀下了地。

"活的？"闻时声音还是有点闷，带着糯糯的鼻音。

那人笑了，说："活的。"

"能养吗？"闻时还是不放心。

那人说："你管吃管喝吗？管就能养。"

闻时问："能养到多大？"

"很大。"那人四下扫了一圈，说，"金翅大鹏，反正这屋子肯定装不下。"

闻时又闷下去，过了许久才说："那怎么养？"

那人弯腰看着他，带着笑意说："你今天叫人了吗？规规矩矩叫一声，我给它划块地方慢慢长，挤不了。"

榻上的小娃娃跟他对峙半天，而后规规矩矩叫了一声："尘不到！"

"没大没小。"尘不到说。

闻时就是这时候醒过来的。

睁开眼的前一秒，他在半梦半醒间想，梦里像山巅一样高不可攀的人，丢在身边养了最久的一个憧，扑扇着翅膀能掀掉半个山头的金翅大鹏，最初只是拿来骗小孩的，说出去谁会信呢，连他自己都不敢信。

闻时从床上坐起来的时候，梦里那些便成了模模糊糊的虚影，有些印象，但又并不清晰。

往事仿佛被打开了一丝缝隙，漏了一点端头。他努力想多记住一些，但又昏昏沉沉，以至于太阳穴突突跳着疼。

昨晚窗帘忘了拉上，阳光斜照进来，刺得他眯起了眼睛。他抬手挡了一下，抓着头发下了床。刚开门，他就看见谢问衣衫整洁，不紧不慢地从楼上下来了。

不知道为什么，他愣了两秒，然后"砰"地又把门关上了。

过了几秒，房门"笃笃"被敲响，谢问的嗓音响在门外："起床了就别赖着了，有人找你。"

第四章　三米店

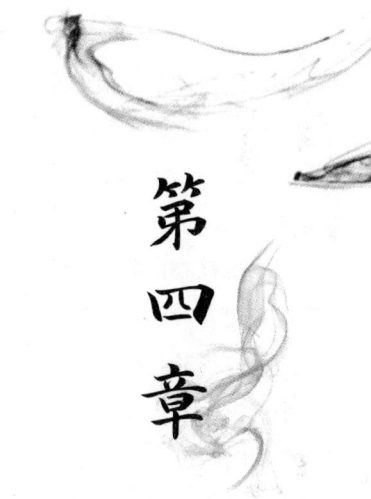

张岚出门前，让保镖小黑给她预测了一下。

小黑认认真真预测了一下，然后说："亨，王假有庙。利涉大川，利贞。"

张岚对着一扇窗子，往嘴上描鲜艳的口红："我不懂这个，别跟我扯爻辞，说人话。"

小黑解释："意思是有君王亲临宗庙，利于渡过难关，利于坚守初心正道。"

张岚说："……我就去见个人，什么君王不君王的，搞这么宏大。你就告诉我凶吉就行了。"

小黑道："吉。"

张岚咕哝道："我怎么这么不信呢？"

窗子被人从里面打开，张雅临看着姐姐的血盆大口，犹豫着手里的茶是泼还是不泼，道："你房里明明有镜子，为什么总喜欢对着我的窗子画嘴？"

"这叫描唇，好听话都不会说，书念给狗了。"张岚转头就冲小黑咧开了嘴，"好看吗？"

小黑毕恭毕敬地夸赞道："嘴大有福，利吃四方。"

张岚："……"

张雅临被一口茶呛到，咳得满面通红。他大概觉得有辱斯文，也可能是憋不住笑了，挡着脸就要走，被张岚一把揪住。

"你回头给小黑查查，我怎么觉得他这两天算得越来越歪了？"张岚说。

"你自己不懂，别赖我的小黑。"张雅临说，"我可是借了当年卜宁的灵物做的他，能歪到哪里去？"

卜宁是尘不到亲徒里专修爻辞术的，天生适合这个，也是个说不得的老祖宗。张岚想了想，说："要么你又淘了赝品，要么你做橦的水平有问题。"

张雅临觉得他亲姐在说疯话，出于君子教养，他忍了："你也说了，你就出门见个人，至于又预测又带幢的吗？对方也不是什么厉害人物。"

张岚要去找的不是别人，正是沈家那个连名谱图都上不了的徒弟。

她打算让对方加入轮值的队伍，一来方便关注对方，二来也能有更多机会试一试对方。

毕竟现世的解笼人事务，主要是张家在主持，她得有点样子。

"主要我今天眼皮总跳，不定心。"张岚说，"况且，在各家各地轮值的，都是已经上了名谱图的人，我拿这个去邀他，还是有点突兀。他要知道这点，完全可以不搭理我。"

"沈家老人都没了，就剩那两个小的。"张雅临说，"他们平时跟别家也不来往，哪知道这些？只要没有懂的人在旁边……"——还不是想怎么忽悠就怎么忽悠？

张雅临脸上写得明明白白。

"况且人家怎么可能不搭理你？轮值这种事，正常人谁不是抢着上？"

张岚心说也是。

就她唬人的架势，搞定一个没有经验的小菜鸟，不过分分钟的事。

"你跟我一块去？"张岚邀请道。

张雅临喝了茶，一脸没兴趣："不了。"

张岚没好气道："整天就不了不了。你改名叫张不了算了。你不是崇拜幢术老祖闻时吗？他的后人你不见见？"

张雅临不为所动，点了香去拜匣子，丢下一句："他后人多了去了，一代不如一代。你有本事让我见他本人，我跪着去。"

"……"

张岚翻了个白眼，扭头冲小黑说："走，我们去拐大帅哥。"

去之前，她问过张碧灵。

听说沈家偌大一个别墅，就那俩兄弟守着，冷冷清清、空空荡荡，颇有点无人问津的意思，听着就令人唏嘘。

像这种容易被忽略的年轻人，最需要的就是被承认。谁不想早日上名谱图，给祖辈挣点脸？

所以张岚想象中的见面是这样的——

她作为张家的门面，主动去沈家，这本身就代表了一种重视和承认。那俩兄弟必然会有所触动，迎她进门，不说恭恭敬敬，起码心里是高兴且欢迎的，然后就顺理成章了。

她抛出橄榄枝，对方忙不迭接下，这事儿就妥了。

结果她大清早站在沈家别墅门口，换上了狐狸精似的笑容，抬手敲开门，刚叫了一声"帅哥早啊"，就跟病秧子谢问来了个面对面。

"狐狸精"当场就笑裂了。

"巧了，你怎么在这里？""狐狸精"感觉自己见了鬼，但脸上还得绷住那股气质。

众所周知，谢问这人跟谁都来往不深，从来只有别人去西屏园找他，还十次有九次见不到人，没有他去找别人的道理。

能让他主动登门，简直是天上下红雨。

不过张岚今天并不想淋这波红雨。

因为谢问虽然是个半吊子，很少进笼，也没法解笼，但对现今的规矩知道得很清楚，起码她今天要说的"轮值"，他就很了解。

有这祖宗在，张岚还忽悠个什么劲儿？

她感觉自己挑错了时候，哪怕晚几个小时，等谢问走了再来，都比现在进门要好。

——你预测得可真准！张岚转头瞪了小黑一眼，打算找借口离开。

谁知小黑这个瓜皮会错了意，以为她又犯了懒，让他代劳，于是一板一眼地对谢问说："方便进门说话吗？"

张岚："……"

她其实不太方便。

谢问没看见她的笑容有些僵硬，也可能看见了，故意当没看见。他的目光扫过两人，侧身道："进来吧。"

张岚心说：真会做主，搞得跟你家一样。

小黑这个叛徒在后面关了门，张岚一边打量屋内，一边默默盘算：来都来了，索性聊一会儿吧。

等把谢问这尊瘟神访客送走，她再奔主题也不迟。反正她今天没大事，有的是时间，看谁耗得过谁。

"我还是第一次来这儿。"张岚说。

"我倒是第二次了。"谢问随口接了一句，往屋子里面走。

那看来他跟她半斤八两，谁也不比谁熟。

张岚放心了一些。

她下意识跟在谢问身后，想的却是沈家那俩兄弟真奇怪，留谢问一个客人在家里乱走，自己却不见踪影。

他们是去了卫生间？还是在楼上？

一般说事情的过程不会这样中断，看这架势，他和那俩兄弟已经聊完了？那他不是马上就要走？

张岚更安心了，笑着说："你来找他们兄弟俩有事？来得可真够早的。"

"我没什么事。"谢问在一楼某个房门口站定，抬手敲了敲门，冲屋里的人说，"人已经进门了，还打算赖着吗？"

叫完了人，他这才转过来对张岚说："我不找他们，我住这儿。"

张岚："……"

——你什么这儿？

下一秒，紧闭的房间门被人拉开，沈桥那个帅哥徒弟出现在了门后。

他困倦的那股劲还没消，薄薄的眼皮半垂着，看人的时候便有些天然的冷漠和不近人情。

他拧着眉说："谁大清早找人？"

谢问侧开身，露出了被挡住一半的张岚。

尽管对方出于教养，抿着唇把话都咽了回去，张岚还是在他脸上看到了那句话残留的痕迹：怎么又是你？

张岚心说：我来这趟是图什么……

闻时确实不知道这位小姐图什么。

他把房间里的空调关了，把遥控器扔回床上，兴致不高地丢了句"等一下"，转身进了卫生间，抓了牙刷和水杯，闷声接水。

起床洗漱其实是很私人的事情，张大姑奶奶相当识趣，转头走了，带着保镖小黑老老实实去客厅沙发那边坐下等人。

闻时弓着背，一只手撑着洗脸台边缘，看着水杯里的水慢慢变满，余光却落在门外——谢问还站在那里，不知道为什么没有跟着走开。

他能感觉到对方在看他，这让他有点不自在。

因为在半分钟前，他当着谢问的面关上门后，第一反应居然是换掉了睡皱的 T 恤和长裤。

当时刺眼的光线从窗外照进来，他半眯着眼，赤脚从衣柜边走开，下意识往后耙梳了两下头发。

当他右手抓空，碰到了脑后的短发梢时，他才忽然意识到，上一个瞬间，他耙梳的动作不是嫌额前的头发碍事，而是要束发。

仿佛时间倒流回了不知哪一年，他每次起床后都要忍耐着冲天的起床气收拾一番再去见什么人，免得又要遭一番打趣调笑。

这应该是那个模糊的梦带来的错乱感，闻时恍惚了好几秒，皱着眉站在明晃晃的阳光里，直到房门又一次被敲响，才乍然回神去开门。

而他抓过的头发散落在眉眼前，比之前更乱了。

闻时把水杯搁在大理石台面上，伸手去抓牙膏的时候，抬眸看了一眼镜子，刚好隔着镜面跟谢问的目光对上。

不过下一秒，谢问已经收回视线，转身去了客厅，好像刚刚的目光只是他忽然出神，想了些不相干的事情而已。

等闻时洗漱完出来，老毛和大小召已经在楼下了。

夏樵顶着鸡窝头红着脸皮在厨房翻箱倒柜，大小召倒是很熟练，接了夏樵翻出来的茶叶罐，像在店里招呼客人一样，给张岚倒了杯茶。

然后他们便挨着张岚，乖乖巧巧在沙发上坐了一排，把对方特地空出来给闻时的位置全占了。

张大姑奶奶脸都是青的。

闻时本来还有点残余的起床气，并不太爽，但看到那挤挤攘攘的一幕，摸着喉结的手指一顿，忽然有点想笑。

但这笑转眼就没，他窝坐到单人沙发里的时候，又是那副冷淡模样，只是喉结被他捏得有点发红。

"你找我有事？"他问张岚。

"是有点事。"张岚顶着浓妆笑了两声，然后想起什么般对谢问说，"对了，病秧子，你西屏园是不是要开门了？"

这话的意思就很明显了。

但谢问气定神闲地说："不急，我再坐会儿。"

张岚："……"

这人非要装聋作哑，张岚也不能在这里跟他们大眼瞪小眼，索性破罐子破摔开门见山了："是这样，那天灵姐……哦，就是张碧灵还有她儿子，出笼后都冲我夸了你在笼里的表现，挺让人意外的。"

"我跟灵姐关系亲，一来嘛是要谢谢你，二来也想邀请你。"

闻时问："邀请什么？"

"轮值，算是咱们这行必做的日常吧，就是每天有不同的人负责不同的区域，这样如果哪里有笼，就能尽早知道、尽早解掉，以免更多无辜的人被牵连进去。我那天晚上碰到你们，就是在轮值。"

这在闻时听来，确实是个新词，但本质其实是新瓶装旧酒。

在最早的时候，解笼人找笼、进笼和解笼向来是各凭意愿，各凭本事，碰上了就合作，碰不上就自己来。

后来有一些人开始本末倒置，重心不再是解笼，而是借着解笼来修行，慢慢就有了划占地盘和争抢的意识。

但那都是模糊的，也只是一部分人，不会放到明面上来。

再后来，个别家族越来越强势，那种暗暗的争抢行为就从某一个人变成了某一个家族。一旦扯上了群体，"争抢"就演变成了"协调"。

所谓的协调看起来当然是有好处的，比如各据一块地，不会有重叠，也不会漏了哪里。

但各个地方的情况毕竟不一样，于是时间久了，那些依然想要争抢的人，盯着的就不再是某块地方了，而是协调的权力。

哪家最厉害，就是哪家说了算。

轮值，明显就是张家这样搞出来的概念。

这种事闻时看了好几个轮回，就算换个新词也骗不到他头上来。

这也是他这一脉很少跟其他家有联系的原因。

闻时的眸光扫过那幅长长的名谱图，最终落在旁边那个花红柳绿的祖师爷画像上。

院子里的光穿过窗格，刚好投照在画像上，反着光。画中人的模样变得模糊不清，闻时忽然想起梦里雪白、殷红相罩的袍摆……

如果梦里那个人还在，听到现在这些东西，不知道会不会觉得荒谬可笑。

张岚还在解释:"轮值的当然不只是张家,各家都有参与,在世的所有解笼人有一个算一个,都在里面,谁都不能漏下,所以我来找你们了。"

她觉得自己这话说得可以,不会过分热情,因为太热情就假了,同时又能向这兄弟俩传达一个意思:名谱图也许不认你们俩,但是我们认。

这话换谁听了都会有几分触动吧?张岚心想。

她看见那个叫夏樵的男生已经有些动容了,神情都变了。她很满意,又转头看向那个……那个不知道叫什么的帅哥,发现对方压根没看她,而是在看墙。

张岚:"……"

墙能比她好看?

"所以你们兄弟俩怎么想,要加入吗?"她咳了一声,把目光投给动容的夏樵。结果夏樵眨了眨眼,默默转头看他哥。

然后他哥收回视线,嘴里蹦出了两个字:"不加。"

——好,白瞎了老娘画的嘴。

张大姑奶奶在心里说。

她还想补充两句,结果帅哥又说话了:"你家人多,自己轮着吧。还有别的事吗?"

张岚:"……"

这话刚说完,闻时听见旁边有人笑了,笑声低低的,压在嗓子里,模糊不清。

他转头就见谢问从沙发里站起来,眸光含着笑意,对他说:"行了,我不听了,给我听困了。时间不早了,我去一趟西屏园,有点事。"

张岚心说:你早干吗去了?!

谢问抬眼的时候就收了笑,神色淡淡地扫了一眼那张名谱图,往大门边走去。老毛和大小召也站起来,打了声招呼便跟上了他。

"跟着我干什么?"谢问说。

老毛:"……"

大小召也蒙了,异口同声道:"去店里啊。"

谢问静静看着他们。

过了几秒,大小召忽然拖着调子"噢"了一声,默默退回来,重新在张岚身边坐下来,冲她微笑。

张岚彻底待不下去了。

归根结底也就是两个新人后辈，水平再难测，她也犯不着这么上赶着巴结，提一嘴就算了，不参与拉倒。

她站起身，跟闻时、夏樵打了声招呼，也准备要走。她把手伸进包里拿车钥匙的时候，顺手捏了一张金纹纸。

"哎！"张岚捏着金纹纸，转头问闻时，"我这脑子绝了，噼里啪啦说了半天，一直忘记问了，你姓什么，叫什么？"

闻时随口说了想到的第一个字："尘。"

说完他就感觉不对。

几乎所有解笼人都对"尘"这个音过敏。

他一说完，一屋子的人都不动了，盯着他看。就连一脚迈出门的谢问都愣了一下，转头看过来。

张岚问："哪个chén？"

闻时说："耳东陈。"

"噢，好姓。"张岚说，"名呢？"

闻时答："时辰的时。"

这个他就懒得再改了。

张岚道："陈时。"

她念了一遍，把金纹纸卷进了手里："我知道了，下回有机会再聊。"

张岚刚回到车里，就收到了弟弟张雅临的问候："怎么样？"

张岚骂道："去他的大吉。"

张雅临正色道："不要说粗话，有辱斯文。"

"我什么时候跟斯文沾过边？"张岚说，"我现在真的怀疑沈桥老爷子是不是什么都没教他们了。轮值这么好的事，居然回我一句不来！"

她学着闻时的冷淡语气，学完把手里的金纹纸放了出去。

张雅临倒是了解她："我听到金纹纸声了。"

张岚说："我问了他的名字，刚刚走的时候还从他衣服上捏了一根头发，要盯着就很容易了。回头让每天轮值的小辈注意点，他要是进笼，就跟进去看看什么情况，费不了什么劲。"

她放出去的那张金纹纸可以用来追踪相关的踪迹，平常也有人拿来找丢失的东西，在外面飘上好几天都不成问题，变相能盯住那个"陈时"的动向。

张岚放完就开着车飙了出去，忙别的事，没再多问。

一个小时后，这张金纹纸直冲进张家本宅，"啪"地贴在了张雅临的窗玻璃上。

张雅临把它揭下来，满脸问号。

沈家别墅里，闻时站在厨房冰箱前，跟大小召面面相觑，也是满脸问号。

"你们不跟着谢问，跟着我干什么？"他掰开一罐冰可乐，纳闷地问。

"老板今天不需要我们。"大召说。

"我们被抛弃了。"小召跟着说。

"他有事要办，只带了老毛。"大召委屈地说。

"而我们只能跟着你了。"小召还演上了，眼圈说红就红。

"资历老就是了不起。"大召跟着红了眼圈。

"我们太年轻。"小召眼泪已经下来了。

闻时："……"

他感觉谢问留下这俩姑娘也是在逗他。

办什么破事这么讲究？闻时在心里吐槽道。

刚到西屏园的谢问靠在后门边咳了几声，然后抬起两根手指招了招。

下一秒，一个穿着黑色连帽衫的男人从远处走来。他像一道幻影，上一秒还在百米外，眼一眨就到了近处，下一秒就站在了谢问面前。

老毛腆着肚子，"噫"了一声："这不是小召错买成男款的衣服吗？"

谢问说："反正她也不要，我借来用用。"

他第一次去沈家，手上搭着的就是这件外套。那时候他刚借着惠姑嗅灵的能力，找到了闻时的下落。

他本想看一眼便走，留下一个衣冠幢在那里，不远不近地照应着，没想到人是找着了，却发现对方的灵本丢了。

原本负责照应的衣冠幢不得不变了作用。谢问哄闻时说衣服丢在了山里，其实是他故意放出去的。

这只幢睁眼就开始四处巡查，悄悄帮闻时找寻灵本的痕迹，今天总算有了点消息。

"在哪儿？"谢问说。

"三米店。"穿着黑色连帽外套的男人说。

周日下午的云锦路没有平时那么堵，但因为路口要修新地铁站，车流依然不太顺畅，喇叭声响成一片，听得人很烦躁。

周煦刚从学校补完课，暂时不想回家，跟狐朋狗友一起在云锦路上晃着。

其他几个人兴致勃勃地商讨去处，他没什么心情，甩着耳机线，边走边踢地上的石头。

他这种萎靡的状态持续两三天了，从笼里出来就成了这样。所以说记性太好也是缺点，见识过刺激的东西，再回到平淡的日常生活，干什么都提不起劲。

这才入了一次笼，他就有点上瘾了。可惜，没人带他入第二回，因为他妈不让。

张家枝枝脉脉那么多条线，谁家孩子没点特殊课业？只有他，整天学着最普通的东西，被一群普通人围着，周末还总补课。

他明明知道很多东西，但平时什么都不能说，说了容易被当成神经病。就他这种闷不住的性格，真的憋死他了。

只要想到这个，他就越发埋怨起张碧灵来。

"嘿！"几个朋友忽然推了周煦一下，吓唬完嘻嘻哈哈地说，"发什么呆呢大仙？"

"滚，别挤我，热死了。"周煦说。

他是个爱炫耀的性子，实在憋不住的时候，会故作高深地说点关于张家这一脉技法之类的东西，或者把古今解笼人的一些传言改成灵异故事，当作吹牛胡侃的谈资。

朋友一面爱听，一面觉得他神神道道的，便给他取了个诨名叫"大仙"。

"哎，大仙，你刚刚是不是没听我们说话？"跟周煦关系相对最好的孙思奇说。

"你们说什么了？"周煦问。

孙思奇说："老陆说，万达楼上新开了一家沉浸式的密室逃脱，我们想去看看。你怎么说？"

周煦道："行啊。"

他其实兴趣不大，但是管他呢，只要不回家，上哪儿都行。

"哎那正好！"老陆把手机递过来，"店里主题挺多的，我上网搜了，感觉这几个可以。你第六感不是特别灵吗？来来来，高举你的圣手，给我们盲挑一个最刺激的出来。"

老陆翻开的是手机相册，他把自己感兴趣的几个截了图，让周煦看图挑。

周煦随手翻了几下，挑了最后那张："就这个。"

老陆接过手机一看："你真有意思。前面几张才是我截的密室图，你偏偏挑个不开门的。"

周煦皱着眉："我哪知道？不开门，你把图放在里面干吗？"

老陆说："我就搜了一下，看到店铺信息居然没下，就顺手截了个图。不过你不知道？你居然不知道这家？"

周煦又看了一眼他的手机，图上写着三个大字："三米店……这家怎么了？"

孙思奇显然也听过，给他解释道："这店原来就在万达前面那个地下城里，咱们班女生聊过，说得挺神的。我记得有几个还想去试试来着。后来那店出过事，就关了。"

周煦问："出过什么事？"

孙思奇想了想后答："好像是店员出事了，有一个精神出了问题，还有一个后来坠楼了。"

周煦若有所思，又莫名想到了笼上面去。

倒是老陆在旁边挤对他："你不是大仙吗，这都不知道？"

周煦不爽道："滚滚滚。"

孙思奇圆场道："别说，要是他不知道这些，随手点了这张图，那还真的挺灵的。这确实是最刺激的嘛。"

其他几个人嘻嘻哈哈地附和起来。

几人正闹着，街对面有两个男人路过。周煦朝那边瞥了一眼，头也不回地说："等下，我去趟对面。"

"干吗去？"老陆他们问。

"家里人。"周煦顺手一指，人已经过了街。

鉴于他经常在大街上碰到所谓的家里人，其他人已经见怪不怪了，转头继续商量起了密室主题。

"大东！"周煦一副从天而降的架势，蹦到那两个男人面前，先叫了那个黑皮小哥一声，又冲另一个方脸大汉打了声招呼，"耗子哥！"

那两人被吓了一跳，看到他均是一副倒了霉的模样。

大东本名张效东，耗子本名张豪，都是张家名下的小辈，二十出头，水平不过尔尔，所以轮值都得凑对。

张家经常轮值的小辈，只要是认识周煦的，都恨不得捂着脸走。因为他们经常在大街上跟周煦撞个正着，然后这熊孩子就会闹着要加入他们，让他们带他进笼。

这谁受得了！

"小煦啊。"大东扯出一个笑容，"那个，你今天没课？"

"刚结束，过来转转。"周煦问，"你们轮值？带个我呗！"

大东连忙说："今天不行，真不行。岚姐派了活，我们这几天都得盯着点。"

一听是小姨的安排，周煦更亢奋了："小姨？！什么活？"

"不是进笼。"大东含糊道，"就是盯个人。"

张雅临在家里被追踪纸拍了一脸，当即打电话跟张大姑奶奶说了一声。张大姑奶奶见追踪纸报废，也不委婉了，干脆让轮值的张家小辈都盯着点沈家别墅，只要沈桥俩徒弟出门，就跟着看看，如果碰巧有小笼，就想办法把他俩带进笼里，再观察观察。

大东和耗子就是从沈家那边一路过来的，他们现在是真的比较急。

周煦一听不是进笼，失望地说："噢，盯人啊？那要不……"

他扭头看了一眼，那帮狐朋狗友人都不见了，只剩一个老好人孙思奇还在路边等他。他想了想，正要说"那算了"，就感觉耳边扫过一阵风。

他猛地回过头，大东和耗子已经一溜烟跑了。耗子远远冲他摆了摆手，说："下回，下回一定带你！"

可去你的吧！

周煦心想：你们哪次不是说下回！结果呢？！

他气哼哼地回到街边，张口就问孙思奇："我脸上长炸药了吗？"

孙思奇："……"

"一个个见到我就跑。"周煦骂骂咧咧了一会儿，问，"其他人呢？"

孙思奇指着万达的方向说："他们先过去了。"

都一个德行。

周煦毫无道理地生着闷气，快到万达的时候，忽然改了主意："我不去了，你去吧。"

孙思奇问："你要干吗？"

周煦掏出手机搜了三米店的店铺地址:"我去那家关了的店看看。"

他直觉那地方有个笼,就是不知道有没有被解掉。本来他想跟大东、耗子说一声的,现在他生气了,就请他们自由地滚吧,他自己去。

孙思奇被他清奇的思路搞蒙了:"你要去三米店?你好好的去那儿干吗啊?店门都关了,你看什么?"

周煦说:"看门。"

孙思奇:"……"

周煦向来我行我素,对着地图就往地下通道走。

孙思奇纠结了一会儿,给老陆他们发了个微信,然后跟着周煦下了楼梯。

这里原本有个面积很大的地下商场,卖着杂牌的衣服和鞋包饰品,还有个超市。

结果这个地下通道总积水,时不时就得封起来排水清理,超市没撑多久就倒闭了,地下商场也彻底没了人,关店撤柜了。

偌大一块地方就成了废弃的空地,因为阴森森、湿漉漉的,不知哪个鬼才店主觉得这里氛围合适,把整块地盘下来开了一家沉浸式的恐怖密室。

这家店总共就一个故事,故事名跟店名一致:三米店。

于是,后来说起三米店,既是指这家店,也是指这片地下区域。

楼梯两边堆着久未清理的垃圾,角落甚至长了草。

前几天下雨的痕迹居然还没干,水沿着楼梯往下淌,在最底下形成了一小片水洼,隔一会儿就会响起滴水声,在整个底下空洞洞地回响。

周煦一下去,就感觉凉飕飕的,跟地面简直是两个世界。

他穿着短袖,明明没有风,却起了一身鸡皮疙瘩。

"这地下通道没人走吗?"周煦说。

"没人走吗……人走吗……走吗……"

整句话幽幽地回荡了三遍。

周煦:"……"

孙思奇说:"自从三米店关了,哦不对,自从它开了,这里就没什么人走了。"

"什么人走了……人走了……走了……"

"……"

周煦已经不想说话了,这气氛太足了。他心里其实很虚,但他死要面子,只得硬着头皮往里拐。

这里信号太差,地图上的指针已经开始乱转了。周煦攥着手机,靠着那点屏幕光给自己撑场面。

过街的通道绕在那家店外围,墙上张贴着大幅的海报,从这头一直延续到那头,没有什么过于血腥的画面,只有一双双眼睛从柜子缝隙里、床底下、厕所隔间上面、窗帘后、镜子里……各种引人遐想的地方露出来。

人在通道里走着,就感觉海报上的眼睛一直在身后,默默地盯着你的背影。

周煦在心里骂,嘴上却说:"感觉也还行嘛。"

孙思奇干笑两声,夸道:"你胆子真大。"

周煦道:"那是……"

"你之前说这家店挺神的,神在哪里?"周煦把声音压低,这样回声就小了。

"他家密室里有很多道具、摆件,是从全国各地收集来的,据说都被传过古怪的事件。"孙思奇说。

周煦:"……"

海报的中段终于出现了断点,那里有扇门,挂着发黄的塑料门帘。

"从那门进去就是了。"孙思奇说。

周煦不动声色吸了口气,然后撩开门帘进去了。

果然,正对面就是"三米店"几个大字。

周煦本以为会看到挂着锁的玻璃门,店里堆着不用的东西,到处都蒙着灰,谁知玻璃门是有,但人家没锁……人家敞着呢。

店里也并不是一片漆黑,而是亮着几盏幽幽的小灯。收银台后面坐着一个长头发的女生,她很奇怪,脸已经转过来了,眼珠却慢半拍。

她的视线缓缓移过来,扫向周煦和孙思奇,咧开嘴笑了一下,说:"来玩密室啊?"

孙思奇当场就要尿了。

"不是说关门了吗?"周煦说。

"啊……"孙思奇声音都抖了。

"关门?我们吗?"女生眼珠黑漆漆的,盯着他们说,"没有啊,谁说关门了?我问下密室好没好。你们先坐。"

周煦脑子里一片空白,她让他们坐,他跟孙思奇就真的在沙发上坐下了。

女生抓起一个对讲机，问道："小花，小花，能玩吗？"

对讲机"嗞嗞"响了一会儿，随后一个空洞洞的男声从里面响起："快了，让他们稍等一下，等前面的客人结束。"

周煦一听前面还有客人，心神稳了一点。

"会不会重新开业了？"他小声问。

孙思奇过了半天，憋出一句："有可能。"

但是不管开不开业，我都不太想玩。孙思奇想。

其实周煦也是这么想的，但他不知道怎么才能不露怯地开这个口。

女生搁下对讲机，拿起桌上一个袋子，咬着里面的东西吃。那玩意儿白生生的，还带脆骨。对方嘴唇鲜红，腮帮子鼓着半边，嘎吱嘎吱地嚼着。

孙思奇小声说："她吃的好像手……"

周煦说："……那是泡椒凤爪。"

孙思奇嘀咕道："凤爪好像没那么大。"

周煦怒道："你别说话！"

女生吐掉一截骨头，忽然想起什么般，对周煦说："哦，咱们密室是八人起，现在人不太够，还得再等等。"

周煦心说：太好了！就等这个台阶呢。

"人不够？！"周煦努力掩饰住兴高采烈，装出一副遗憾的样子说，"那算了，我们再去别家看看吧，现在等肯定等不到……"

"人"字还没出口，塑料门帘就被人撩开了。

收银台里变了调的门铃"叮咚"响了一下，女生笑着说："哎，你俩运气真好，这不就来人了吗？"

——我俩运气有毒，哪个傻子这时候来？

周煦在心里骂着，转头一看——

谢问！

还有他店里那个老毛。

谢问看到门里的情况，也有几分意外。他挑了眉，目光在店里扫了一圈，最终落在周煦身上："你怎么在这里？"

周煦尴尬地说："……来玩。"

"真会挑地方。"谢问说着，手机忽然振动了一下。他没再管周煦，垂眸滑开屏幕。

他先点开了大召的信息，一共俩字：老板？

谢问切回之前的界面，这才发现小召在一个小时前给他发过一条信息，说闻时和夏樵要出门，但是不让她们跟。

除此以外，夏樵四十分钟前也给他发过一条信息：谢老板，我们刚刚路过西屏园，看到店门关着，你们不是去店里了吗？

谢问想了想，给夏樵回复道：刚看到，我跟老毛去超市买点东西。

找灵本这件事，他没跟闻时说，说了牵扯太多……他就更走不掉了。

谢问回完信息，又问夏樵：你跟你哥怎么也出来了？

夏樵收到回复的时候，正跟着闻时往云锦路走。他看着前面带路的一只小纸鸟，心想：那真是说来话长。

闻时最初要出门，是因为家里有俩姑娘直勾勾地盯着他。

于是他进了一趟后院，把纸盒里团了三天的小猫拎上，装口袋里，露了个头，然后丢下一句"有事"就走了。

幸亏夏樵蹿得快，这才追上他，免得这祖宗要啥啥没有，迷失在城市里。

他们先去了一趟医院，得知那个老宋已经出院了，于是辗转又去了望泉万古城。

白天的万古城没那么阴森、昏暗，虽然还是灰扑扑的，但好歹有几分人气。徐老太还在拐角踩着缝纫机，还不到中午，米线店居然还有两个客人在吃饭。

在他们对面，关了很久的文具批发店重新开了门，老宋就坐在收银台后面。他的气色并不太好，脸依然有些浮肿，但头发和衣裤是干净整洁的，不像笼里那样颓丧。

夏樵站在米线店这边，看见闻时穿过横廊走到文具店墙边，把口袋里的小猫放在地上，然后便抱着胳膊倚在墙后等着。

小猫跌跌滚滚地进了文具店，不一会儿发出了几声细细的叫唤。

对账的老宋抬了头，拉开椅子在周围寻找，过了片刻，从货架底下把小猫捞了出来。

他对万古城很了解，哪家店是谁的，养了什么东西，他都知道。这只小猫应该是野的，不知为什么撞进了他的店……

可能是缘分吧。

老宋没养过这么小的东西，捧着的时候手足无措。他在原地转了两圈，找来一只空纸箱，垫了泡沫，把猫搁了进去，就放在自己桌边。

然后他匆匆跑到徐老太那边，提高了嗓门问："老太，你是不是养过猫啊？这么大的小猫，是不是只能喂点奶粉啊？"

徐老太点点头："啊。什么猫啊？哪家母猫生了给你的？"

老宋抓了抓头："捡的。"

徐老太问："你养吗？"

老宋乐呵呵地说："养。"

……

夏樵看见他哥从墙后直起身，拎着领口透了透风，沿着横廊过来了。

他经过的时候拍了夏樵一下，脚步没停，上了滚梯，说："走了。"

本来事情到这里就结束了，夏樵想拉着闻时去隔壁专营店看看，买个手机。谁知他们刚下楼，那只在医院放出去的纸鸟就来了，带着闻时灵本的踪迹。

于是他们一路跟着纸鸟，来到了云锦路，沿着一段很久没用的楼梯往地下通道走。

夏樵再次乖乖顺顺地把手机"上供"给他哥，说："哥，谢老板问我们出来干吗。"

闻时扫了屏幕一眼，刚好看到谢问之前发来的话，于是依葫芦画瓢道："就说出来买东西。"

夏樵："……"

上次去西屏园他就该知道，他哥在找借口方面真的没用心。

不过想想也是，找灵本这种事不可能随便告诉别人，于是夏樵老老实实打字回道：我们也出来买东西。

为了显得更真实，小樵同学还补了一句：在电商城，给我哥看手机。

没过一会儿，谢问的信息回过来。夏樵又恭恭敬敬递给闻时看，就见信息里写着：好，晚上见。

周煦棒槌一样杵在三米店里，看着谢问气定神闲地跟人发信息，一边心梗，一边找时机开口。

谢问发完信息，收起了手机，这才客客气气地问收银女生："你们这边，怎么进？"

女生还在啃那个白生生的东西，嘎吱嘎吱地。她又吐了一截骨头，说："八个人才能进，你们现在一共四个，再等等，凑够了就可以。"

周煦趁机说："谁知道要等到什么时候，算了吧，我们就先……"

"走了"两个字还没说出来，门铃又"叮咚"一声响了。

塑料门帘第三次被人撩起来，"正在逛超市"的谢问和老毛一转头，跟"正在看手机"的闻时和夏樵来了个脸对脸。

"逛超市的"："……"

"买手机的"："……"

收银女生尽职尽责地数着："还差两个。"

她的话说完，"叮咚"又是一声响，塑料门帘第四次被撩起来。

周煦已经麻木了。

他生无可恋地回过头，看到了跟着闻时进来的两个人——一个黑皮，一个方脸，不是别人，正是受了张岚嘱托，又在街上甩了周煦的张家轮值小辈，大东和耗子。

缘分，妙不可言。

夏樵没见识过这种场面，反正他是尴尬疯了，从头红到脚。

反观他哥，除了嘴唇抿得紧了点，脸上表情更冻人了点，好像也没别的反应……哦不对，还是有一点点的……

闻时冷着脸跟谢问对视了好几秒吧，然后摸着喉结，一声不吭偏开了头。

"哥，怎么办？"夏樵红着头小声说。

"什么怎么办？"闻时动了动薄唇。

"刚刚的信息。"夏樵说。

闻时冷静地绷住了脸，嘴里蹦出一句："你发的。"

夏樵：我……

对方是闻时，夏樵也不能反驳，只能把话咕咚咽回去。

万幸有个更从容不迫的人能降住他。

"你让别人发，就看不出来是谁说的话了吗？"谢问的嗓音响起来，就在身边。闻时转回头，这才发现他跟老毛站了过来，跟最后两个进门的陌生人划开了界限，泾渭分明。

说话的时候，谢问的目光落在门口那两人身上，上上下下地打量着，并没有看闻时，但因为声音压得低，反倒显得更亲近一些。

"看出来又怎么样？"闻时说。

"没说会怎么样，就是好奇你来这里看谁的手机。"谢问跟他说话的时候，会微微偏一点头，说完又转回去。

闻时就能感觉到他的体温靠近一些，又离开。

这种微妙的气息和存在让闻时怔了一下。过了几秒，他才反唇相讥："那你来这儿又是逛的哪门子超市？"

说完他又有些气闷。

因为中间的停顿显得他被噎住似的，哪怕反驳回去，也似乎落了下风。

闻时顿时拉了脸，不想再搭理人了。

气氛瞬间冻结。

他这一变脸，进门的两人就更僵硬了。

大东真切地感受到了一个真理：世界瞬息万变。

上一秒，他还激动地给张大姑奶奶发信息：跟上了！三米店这边，我跟耗子都在，他俩跑不掉。

下一秒，他就想说：要不我俩还是跑吧……

这屋里的人，除了要跟的两个沈家徒弟，大东谁都不想见。

周煦就不用说了。

谢问他们也是认识的，单方面认识。这种出了名的跟瘟神没区别的人，虽然不是什么厉害人物，但谁见到都得躲着走，免得被招惹到，跟着倒霉。

大东心说：我们运气得多背，才会同时碰到这两拨人！

最要命的是，周煦看到他们后愣了几秒，随即脱口而出："大东？耗子哥？你们怎么也来了？"

他还没开口解释，就见沈家那个叫夏樵的小徒弟仿佛终于找到了话题，热泪盈眶地问周煦："你们认识啊？"

大东想摇手，周煦却说："认识。我家的。"

大东也麻木了。

"你家？"那个夏樵反应倒是很快，"张家的啊？"

"对啊，他们今天轮值。刚刚我还碰见过他们，就在前面那条街上。"周煦说完，又用一种半鄙夷、半怀疑的口吻说，"轮值你总该知道吧？"

"今天刚知道。"夏樵倒是很诚实,"轮值轮到这里来啦?好巧。"

大东哈哈干笑两声:"是啊,这边乱七八糟的传闻挺多的,是咱们家轮值的重点区域,不过一般是本家那边来,今天难得轮到我俩,确实是巧了。"

他刚把话圆上,周煦那个祖宗就来了一句:"你不是说我小姨给你俩派了别的活,要盯人吗?这就盯完了?"

大东:"……"

这话一出,闻时、夏樵、谢问和老毛同时转过脸来,认真地盯住了他们。那表情,混杂着"终于找到一个视线落点""如释重负"以及"你们尴尬不尴尬"的意思。

于是,大东和耗子在并不知道为什么的情况下,忽然背负了很多。

耗子从唇缝里挤出一句:"怎么办?我想死。"

大东心说,谁不是呢。

"要不……走吧?"大东挤出一句。

耗子立马转身直奔门口,似乎就等这句呢。

结果他撩开塑料门帘一看,原本荒废的地下通道已经变了模样。

通道两边长长的墙上,每隔几米就有一盏小小的灯,照在三米店张贴的海报上。灯光是细细的一束,照的位置也很特别。

乍一看,那些柜子、床板和厕所隔间都是逼真的、立体的,好像你就缩在其中一个狭仄的空间里,看着光从缝隙里透照进来,在脸上落下一道斜长的线,把人切割成不规则的两半。

通道里忽然有了行人,不知谁咯咯笑着,脚步声从通道这头传到通道那头,片刻后又追逐着跑回来。

还有稀稀拉拉的人影,从通道里慢慢走过。他们戴着帽子或是拎着包,也不说话。经过那些灯光的时候,可以看到那些煞白的脸瞬间清晰,又接着没入黑暗,像不断跳帧的恐怖电影。

其中一个路过的人影似乎感觉到了耗子的注视,缓缓回过头来。

他回头的动作很奇怪,身体还在往前走,但肩膀一点没动,只有脑袋转了整整九十度。灯光在那一瞬间自上往下打下来,他的脸一半在阴影中,一半在光里,就像被人横切了一刀。

他像是故意吓唬人一样,盯着耗子看了几秒,然后猛地探出头来!

那张脸突然清晰，几行深色的液体从他眼眶里流下来。

耗子甚至听到了淅沥沥的流淌声，接着"滴答"一声，有冰凉的液体从顶上淌下，"啪"地落在他鼻尖——非常腥。

那路人仿佛恶作剧成功一般，无声笑着，把头收了回去。

耗子默默把迈出去的脚收回来，放下门帘，拽着大东后退了三步。

"你退什么？"大东问。

耗子动了动嘴唇，压下刚刚一瞬的惊惧，强行冷静道："我们入笼了。"

"怎么可能？"大东滑开手机屏幕，"我刚刚还跟岚……"姐发了信息……

他看着空空的手机信号格，把后半截话咽了回去。

信息界面上是他给张岚发的那句：跟上了！三米店这边，我跟耗子都在，他俩跑不掉。

他当时发完信息就收了手机往地下跑，没注意发送成不成功，直到现在才发现，信息旁边是个红色的感叹号，表示这句话没能发出去。

"这下好了。"大东咕哝道。

"怎么？"耗子问。

大东给他看屏幕，轻声说："她连我们在哪儿都不知道。"也就不可能赶过来看看了。

常常在附近轮值的张家小辈知道，三米店其实是个很麻烦的地方，曾经出过好几个笼，每个都很凶。

也许是笼出得太多了，有时候只要靠近这边，就会感觉到一股让人不太舒服的劲。

那种感觉难以形容，就好像在这里待久一点，人就容易产生一些冲动，想做点什么危险的事。

这跟解笼的时候消融不掉笼主黑气，反倒被黑气侵蚀污染有异曲同工的意思。所以大东他们正常轮值，往往会避开这一带，因为知道自己可能解决不了。

像这种比较棘手的地方，被他们称为笼涡，一直是由本家几个厉害人物负责的，比如老一辈的那几个，还有张岚、张雅临他们。

但世间笼涡其实很多，光宁安就有九个，而且数量还在增加。所以他们不可能每时每刻都盯着，一般是隔一阵子来清一回。

最近张岚和张雅临的精力都在宁安西南那三个笼涡上，这点大东是知道的。

所以指望大佬来帮忙，就不太可能了……

这笼里都有些什么玩意儿呢？

大东默默回头看了一眼，看到了被除名的谢问，上不了名谱图的沈家俩徒弟，一个腆着肚子、一看就是饭桶的店员老毛，让往西一定往东的周煦，以及一个满头问号、小脸煞白的普通中学生……

"我想改行。"大东说。

耗子吞了口口水，说："……你别犯病。"

两人哭丧间，手机忽然嗡地振动了一下。

大东低下头，眼睁睁看着在没有一格信号的情况下，他的手机上来了一条新信息。

发件人是"姑奶奶张岚"，内容居然是在回复他那句发送失败的"他们跑不掉了"。

"张岚"说：哈哈，你们也跑不掉了。

大东头皮一麻。

下一秒，一只冰凉的手摸上了他的肩。

大东一个激灵，猛地转身，就见那个负责收银的长发女生笑眯眯地看着他："你们玩吗？"

大东声音颤抖地说："……我能不玩吗？"

女生还是笑，一言不发。

他跟耗子好歹有经验，还算能稳住，那边周煦无辜的同学孙思奇和胆小鬼夏樵身子已经开始往下滑了。

女生抓着对讲机说："小花，小花，准备好了吗？这拨客人到齐了。你速度快一点，不然客人要走啦。"

对讲机"呲呲"响了一会儿，还是那个幽幽的男声说："好了，上一拨客人结束了。他们可以进来了。"

这话说完，屋里寂静了几秒。

孙思奇盯着往密室去的那条幽深走廊，咽了口唾沫，说："上一拨结束了？"

女生点了点头："对啊。"

孙思奇问："那人呢……"

女生也笑着看他，漆黑的眼睛弯着，像两条细细的缝。

"我不玩了，大仙。"孙思奇扭头就想往门口跑，"我不行了，我先走了，我……我去找老陆他们。"

"哎……"周煦出声叫道。

孙思奇充耳不闻。就在他要撩开门帘的一瞬间，一只手抓住了他的肩膀。

他尖叫一声，魂都要飞了。

孙思奇能感觉到那只手是温热的，又稳又有力。它只是这么平静地摁着，他就一点都动不了。

他屏住呼吸，动作僵硬地偏了头，看到了干净好看的指节。

他听到一个冷冷的嗓音说："别跑，出去更怕。"

就因为这一句话，孙思奇就跟被点了"自动跟随"一样，牢牢钉在闻时身后，跟他钉一块的还有夏樵。

周煦本来想矜持一下，有点骨气，但他想了想上次笼里的场景，双眼在几个成年人之间巡睃了一下，最终也钉在了闻时身后。

于是，闻时一不小心多了仨尾巴。

收银的女生在尽职尽责地准备密室道具，她给这八个人塞了两个对讲机、两个蜡烛形状的小灯，嘱咐了一句"自己分配"，然后走到看不见尽头的走廊边，指着里面说："麻烦几位来这里。"

谢问倒是配合得很，早早倚在走廊墙边。

这人明明身形很好看，却很少会直直站在哪里，永远会找个地方倚着或者靠着。不过这也有好处，因为他个子很高，虽然病恹恹的，但在完全站直的情况下，会给不少人带来几分微妙的压迫感。

闻时带着三个人走过去的时候，就看见谢问远远看着这边，目光落在他身上，很深，也很沉静，静到像一种长久的注视，又好像只是在出神。

等到了近处，谢问已经敛眸看向了那个收银女生，在等她下一句话。

"走廊很窄，只能一个人过。所以你们得一个跟着一个，站成一列。"女生说。

这话说完，闻时身后的三个人陷入纠结。

孙思奇说："我不想站在最后。"

夏樵立马说："我也是。"

任何一个胆小的人，在这种情况下都不想站在最后，没人喜欢背后空无一人的感觉，谁知道会不会有什么看不到的东西跟在后面，想想都令人窒息。

唯有周煦这个处于叛逆期的不想随大流，反着说："那我不要站在第一个。"

大东看着这三个小子躲在闻时背后商量站法，有点无语。他心说：别人也就算了，周煦这小子究竟怎么想的？放着耗子不跟，跑去跟沈家那个名谱图都不认的徒弟？也是看脸。

大东想：等真出事了，有你们仨哭的。

"咱俩一个打头，一个殿后吧。"他对耗子说，"也没别人了。"

"那行，你打头吧，我在最后。"耗子叹了口气。

在这群人里，大东感觉自己得有点领头的样子，没有也得有，于是他直接走到了队伍最前面。

孙思奇很自觉，默默站到了闻时前面。

夏樵心想：这是我哥！

但他转而又想：算了，不跟他计较，就让一让吧。于是他非常自觉地要往孙思奇前面站。

结果他刚站定，周煦那个熊玩意儿横插一脚，把他往前挤了挤，自己挤进了他和孙思奇中间。

闻时对站位无所谓。他反正不动，其他人爱怎么站怎么站。比起这个，他更关心这个笼的怪处——它没有笼心，或者说，没有明显的笼心。

这里有且仅有一个建筑，就是这个建在地下的密室，而他们已经在里面了，没用任何技巧。要么这就是笼心，他们误入，就直接进来了。要么这次的笼心不是建筑，而是这里的某个东西。

"请您赶紧站进队伍里。"收银女生忽然提醒了一句，闻时回过神来。

他抬眼一看，发现前面都排齐了——

老毛站在夏樵前面，跟他一起把那三个胆小鬼夹在了中间。但他下一秒就发现，他自己也是被夹在中间的那个，因为谢问站在最后。

唯有那个叫"耗子"的方脸男人正一脸无语地杵在队伍外。

"我殿后吧。"耗子说。

"不用，我不喜欢背后有人。"谢问客客气气地说完，朝前比了个"请"的手势。

耗子拗了一会儿，在女生的催促下往前走，一路走一路插，结果谁都不想动，最后他被挤到了大东后面，排第二。

他们刚站好，那个女生就咯咯笑着说："把手搭在前面那人的肩膀上就可以了。"

走廊又窄又深,她的笑声带着回音,就像贴在人耳边。所有的灯都熄了,整个走廊一片漆黑,伸手不见五指。

那个女生也再没有声息。

大东杵了一会儿,忽然感觉前面有谁轻轻牵起了他的手,拉着他往前走。

大东:"……"

鸡皮疙瘩顺着他被牵的手一路爬到他头顶,他人都木了。

他咽了口唾沫,一边往前走,一边从口袋里掏出一团棉线,单手往自己手指上缠。

操橦线对学橦术的人来说,就是胆量和命。

缠好线,大东心神便定了不少,胆子也大了一些。他想试试前面的是什么人,于是用没被牵的右手朝前探了几下,结果越探心越凉。

因为——

除了牵他的那只手,他没有摸到任何东西。

大东轮值很久了,也解过不少小笼,在名谱图上的排位不算太低,至少比日渐边缘化的周煦他妈妈张碧灵要高几位。

但他其实并不沉稳,胆子也不大。

每次入笼碰到一些情景,他依然会慌,唯一锻炼得越来越好的,是表面演技。

值得庆幸的是,他从来没有单独轮值过,每次入笼,都有耗子或者另外一个搭档跟着。

只要搭档在,他就还是一条猛汉。

大东默默收回抓空的右手,深呼吸了一下,然后抬了抬肩膀。耗子搭在他肩上的手跟着动了一下,悄声问他:"你干吗抬肩膀?"

"哦,没事。"一听人还在,大东的魂回了大半,哪怕手被牵着,也没那么可怕了,也小声说,"我就试试你害怕不害怕。"

"我有什么好害怕的?"耗子前面是大东,后面是老毛,确实没什么可怵的。他反问道:"别是你自己害怕了吧?"

大东啐了他一口:"不跟你说是怕吓着你,得亏我站第一个,咱俩要是换换位置,你现在估计气都喘不过来。"

耗子习惯了这"黑皮"强行装猛的劲,无语道:"牛皮歇歇再吹。"

"对了，其他人都还在吧？"大东又提高了音调，用所有人都能听到的音量问了一句。

这其实是典型的壮胆行为，但为了张家脸面，耗子没有拆穿他。

周煦、夏樵还有孙思奇都是老实孩子，陆陆续续应了一声，很给面子。

大东又问："后面的人呢？"

话音落下，他听见了两声闷咳。

谢问是个病秧子，这是众所周知的。

关于他那病恹恹的体质，各家上下流传着两种说法。

一种说法是他灵本不稳，所以体虚。

还有一种说法是他身上黑雾太重，注定了身体常年抱恙，大大小小全是毛病。这样的人是最不适合入笼的，每入一次都费神费灵，出来只会更糟糕。

大东想想他们眼下就在笼里，觉得谢问是真的衰星。

"行了，都跟紧了啊，丢了可没地方找你们。"大东跟着咳嗽一声，说了一句。

他们应该还在长廊里，因为漆黑一片，脚也不敢抬太高，都擦着地面走，发出拖沓的摩擦声。

伴随着说话的回音，整个空间显得幽深而寂静，阴森森的气氛更重了。

大概就是因为这点，大东说完之后，其他人都没再开口。走廊里又只剩下缓慢的脚步声，听得多了，甚至觉得不像自己发出来的。

闻时排在倒数第二，跟着队伍往前走。但他的注意力并不在脚步声上，而是在肩膀上搭着的那只手上。

其实以前夏樵害怕的时候，也会抓着他不撒手。他只当身上挂了个秤砣，除了重一点，没别的感受。

可这次不同。

谢问的手明明不重，只是正常地搭着他，存在感却很强烈。

闻时能感觉到身后人微凉的体温，隔着一层薄薄的T恤布料透进来，也能感觉到谢问微屈的手指瘦而长，指节握抵着他的肩骨。

那种触感实在微妙，闻时在黑暗里眯了一下眼。

他想，自己果然还是不习惯跟人长时间皮肤相触……太亲近了。

某一瞬间，他想动一动肩膀，让谢问的手松开一些，让那种微妙感淡一点，但他最终什么也没做。

也许是走廊太暗了，周围太静了，他任由身后那个人握着自己的肩。

背后又传来几声低低的咳嗽，像谢问平日一样压在嗓子里，有点闷。

闻时垂眸听着，步子未停。

又走了两步后，他忽然刹住了脚！

因为他肩上那只手纹丝不动。

谢问一直在闷声咳嗽，但搭着他的那只手连一丝振动都没有，就好像那只手和身体是割裂的，并不相连。

又或者，连声音都是假的。

闻时皱着眉，一把抓向肩上的手，却抓了个空。

肩膀上的触感在他反应过来的瞬间消失了，咳嗽声也戛然而止。

"谢问？"他压着嗓子叫了一声。

可除了他的回声，没有任何应答。

他身后是空的，仿佛从来没有站过谢问这个人。这一瞬闪过的念头让他有点不舒服，他在原地怔了片刻。

紧接着，他又意识到一件事：他已经松手停下了，但前面的孙思奇他们一无所觉。

脚步声不知什么时候也消失了，走廊里一片死寂。

忽然，闻时背后传来了"吱呀"一声响，就像有人打开了一扇老旧的门。

……

大东还被那只冰冷的手牵着，他一边心想这走廊好长，一边自我安慰：耗子还搭着我呢，没事。

为了确认对方的存在，他每走几步就要叫一句："耗子？"

然后耗子会回答一句："在呢。"

不知过了多久，大东忍不住说："我脚都走酸了，还不到头，也没别的动静。这笼不会就这么一直走吧，走个十天半个月的，活活耗死咱们？你说我要是这时候放个樘会怎么样？"

耗子的声音又幽幽响了起来："在呢。"

大东："……"

那一刻他是什么感受，实在很难形容。

大东只觉得自己的天灵盖仿佛被劈了一道，冷汗顺着发麻的头皮就下来了。

他想再叫一叫其他人，但嗓子里仿佛卡了鸡毛，一个字都挤不出来。他僵在原地，一动都不敢动。

他上一秒还觉得肩膀上的手是心灵慰藉，下一秒就觉得那玩意儿怕不是想他去死！

他费了好一番功夫，才找回知觉。

右手的棉线缠得一团乱，大东匆忙扯动了几下，然后猛地把线甩了出去。

线的另一端仿佛有灵，带着强劲的力道在走廊里抽了一圈，呼呼生风，抽在墙壁上啪啪作响，听着比鞭子烈。

很快，他手中一空，那个牵着他的东西消失不见了，搭着他的耗子也没了。

大东操着棉线一通乱扫，直到手指都酸了，才满脸警惕地停下来。

至此，他终于确定，走廊里除了他以外，空无一人。

跟在后面的那几个，早就不见了。

他紧捏着手里的线，在原地喘着气，正纠结自己是继续走还是按兵不动，就在死寂中听见了"吱呀"一声响。

有扇门开了。

大东惊了一跳，竖着耳朵想确认门的方位。

忽然，一阵风从脖颈后扫过……像人的呼吸。

大东在心里骂了一声，刚想转身，就被一双手猛地推了一下！

他没站稳，朝前踉跄了好几步。

下一秒，背后传来"砰"的一声响！那扇门在后面关上了——他被推到了一个房间里。

这要是换个胆小的，当场就该哭了。

我还可以！大东咽了口唾沫，自我宽慰。

他一个人的时候容易现原形，得稳住自己。

大东保持着踉跄后刚站稳的姿势，半佝着身体，手里绷着线，一点点往后挪，企图挪到墙边，这样起码有点安全感。

然而他刚退了几步，就感觉碰到了一个身体……

与此同时，头顶忽然传来"呲呲"的轻响，像是老式灯泡接触不良发出的动静。接着，屋内有光闪了几下。

大东在光线闪动中回过头，看到背后站着的人影。

"啊啊啊啊啊啊啊啊——"

他跟摸了电门一样弹起来，一个人搞出了四散奔逃的效果。

灯泡终于正常亮起来，照得屋里一片冷白。一道嗓音横插进大东的尖叫声："闭嘴，别叫。"

大东有延迟，又"啊"了一会儿才反应过来，这声音应该是人发出来的。

他犹豫着停住，放下挡脸的胳膊肘定睛一看——

好吧，确实是人，是沈家那个冰块似的大徒弟。

"你他……"大东一句粗话差点脱口而出，又堪堪刹住，憋了半天才挤出一句，"你一声不吭站在那儿吓唬谁啊？！"

那人皮肤本来就白，被老式的白炽灯一照，就更没有温度了。他似乎无奈，面无表情地打量了大东一番，然后反嘲道："我也没想到我只是站着，就能把人吓得夺门而逃。"他抿着唇想了一下，补充道，"还找不到门。"

大东："……"

他想反驳两句，但是低头一看，自己正以极其不雅的姿势缩在墙角，一副打个洞就能钻出去的模样，实在没有反驳的底气。

大东黝黑的皮肤难得泛了点红，贴着墙站起来，整了整衣服。他迟疑片刻，还是给自己辩解了一句："你是不知道我经历了什么。你要是刚刚走在第一个，只会叫得比我还惨。"

对方瞥了他一眼，压根懒得理他，而是看起了屋内的布置。

这是一间书房，有着一整面墙的红木书柜和一张厚重、宽大的书桌，桌上是日历、皮面本子、钢笔以及一盏翡翠色的台灯。

桌后搁着高背椅，样式不中不西，地上是灰褐色带织花的地毯。

"有点小洋楼的风格。"大东说。

他其实不想跟那个沈家大徒弟聊天，毕竟对方看着就不像爱说话的人。但他需要一点话题，来缓解刚刚的失态和尴尬。

果然，对方没吭声。

倒是屋里，哦不，应该是整个房子里都响起了一个女声："这个密室是根据真实事件改编的……"

"这声音有点耳熟。"大东嘀咕。

这次，沈家那徒弟理他了，皱着眉"嘘"了一声，示意他老实听着别打岔。

大东快憋死了。

他心说：我好歹也算你前辈，比上不足，比你还是绰绰有余的吧？怎么就一副嫌弃死我的样子？真是一点数都没有。

胆子大了不起啊？

他觉得他还是脾气太好了，看着没架子，否则也不会让这个空有长相的绣花枕头甩脸色。

等出了这个笼，给张大姑奶奶反馈的时候，他一定要给这人的评价加一句"不知天高地厚"。

"当年，三米店这座洋房别墅里住着一位姓沈的富商，经营茶叶生意。夫妻俩应酬繁忙，常去燕平和津港，一待就是好几个月，很少在家。家里常住的是他四个孩子——一个儿子、三个女儿，还有管家、奶妈、教书先生、做饭婆婆以及奶妈的儿子。"

"孩子们从小就在一起玩，楼上楼下、院前院后都有他们的踪迹。"

"直到某一天，有人不见了。"

"失踪的是富商大女儿，叫沈曼怡，十一岁。"

"管家和奶妈在书房里焦急打转，其他人被恶作剧锁在了不同房间里。管家说，先把其他人放出来，一起想想办法。奶妈表示同意。"

这段话说完，屋子里安静下来。

大东四下看了一圈，无语了："我们不会真得跟着密室流程走一遍吧？"

闻时走到门边："先把其他人放出来。"

大东点头同意，点完又觉得哪里不对。

这话听着有点耳熟，跟刚刚广播里的一模一样，而他一不小心走进了奶妈的角色。

"黑皮奶妈"感觉到了一丝愤怒。

而闻时压根没看大东这个"奶妈"。

他拧了一下门把手，意料之中地打不开。于是他扯紧了手指上缠绕的白棉线，正要动，就听"黑皮奶妈"开口道："你别乱搞！"

大东以前"有幸"见识过一些半吊子，橦术学个一知半解就瞎用，经常弄巧成拙，甚至还有把自己捆住差点勒死的。

他自己刚学橦术的时候也常犯错，教训丰富，所以对新人敬谢不敏。

"你这线缠得也太敷衍了。"大东盯着闻时的手指。

橦师缠线其实是有讲究的，哪里交叉，哪里绕几道，都有说法。这就好比人家画金纹纸的笔法，不能乱来。

当然，顶级橦师除外，毕竟有种说法叫"无剑胜有剑"，那又是另一个境界了，随便缠根线就能操橦，甚至不用线都行。

但那不在他的考虑范围内。

"这根应该先绕在食指上，在无名指上缠三圈，再绕回食指上，你这……"大东已经没话说了。

线光缠得好看有什么用？

他翻了个白眼，问闻时："你实话告诉我，你学了几个月？"

闻时默然不答。

"黑皮奶妈"胆子小，说实话容易吓到他。

不过大东显然只是想嘲一句，并没有期待答案。他朝旁边摆了摆手，一脸头疼地说："让一让吧，别裹乱了，我来。"

闻时还是没吭声，用一种奇异的目光看着对方。

几秒后他垂了手，侧身退开一步，让"奶妈"自由发挥。

大东也就二十出头，年纪不算大，架势倒挺足。可能是有人在旁边看着的缘故，他出手之前还起了个范儿。

白线有灵一般直甩出去，争先恐后缠上了书房的门锁。

那是一种老式的圆形门把，黄铜制的，下面有一个小小的钥匙孔，没现在这么多棱纹。

"像开个门啊，捆个人啊，或者借着线去控制一些东西，这么缠是最好的。"大东爱面子，好表现，但人其实不坏。

他想想沈家这徒弟也挺可怜，师父没了，凡事都得自己摸索，错了也没人纠正，以前上不了名谱图，以后恐怕更难。于是他一边动作一边讲解，不吝教这个"陈时"几句。

"食指主灵，中指主形，无名指主力，拇指和小指主橦师和橦之间的联系。"大东操着线探进孔里，转头对一旁看着的人说，"像这种小事，就用不着把橦放出来。所以中指、拇指和小指可以不……"

线碰到了锁眼里的铜闩，发出"咔嗒"一声轻响。

206

忽然，门边响起了小女孩儿的笑声。

那声音脆生生的，带着缥缈的回音，既像在门外，又像在开锁人的旁边。

大东"啊"地一哆嗦，猛地缩回手，活像被烫了。

什么灵啊，力啊都没了，那些白棉线仿佛骤然失了生命，轻飘飘地挂在他手指上，另一端垂落在地。

他一动不动，瞪着圆溜溜的眼睛看闻时。

闻时："……"

大东从嗓子里挤出一句："听到笑声没？"

闻时说："没有。"

他很冷静，就显得别人有点尿。

大东犹豫片刻，怀疑自己可能幻听了。为了脸面，他清着嗓子凝了神，重新起了个范儿，再次把线伸进锁孔，轻轻一拨……

小女孩的笑声又来了，银铃一般。

大东触电似的把手缩回来，再次转头看向闻时，嗓子有点劈："你真没听见？"

闻时："……"

他沉默两秒，然后说："要不你去旁边听吧，我来。"

这话比什么都有用，大东下一秒就把线捅进了钥匙孔。

小女孩咯咯的笑声就贴在耳边，仿佛她就趴在他背上，手臂环着他的脖子。他甚至能感觉到脖子边有一阵很轻的风。

大东憋着一口气，努力稳住了。

结果那个小女孩跟他说起了悄悄话："蔡妈妈，我想买头花。"

"……"

大东那口气当场就没了。

买什么头花啊！头给你！

他的手指又是一抖，眼看着白棉线软下来，快要滑出锁孔……

忽然，他的食指抬了两下，快得像是抽筋，连他自己都没反应过来。

食指主灵，那根软绵绵的白线被他一钩，又有了生命力，骤然紧绷起来，直捣锁芯。而另外几根则从四方伸进了门缝里，上下左右各有一根，像一张简易的网，紧紧扒住了整扇门。

锁芯里的簧片咔嗒咔嗒抖动着，像两方在拉锯较劲。

与此同时，大东的无名指又抽动了几下，扒着门的线猛地一紧。

就听"嘭"的一声重响，像门炸了。

大东惊了一跳，张着嘴抬头。

下一秒，金属和木头断裂的声音交错响起。

他只感到手上的线倏地一松，整扇书房门都被他强拽下来。

他下意识连退几步，看着厚重的老式木门轰然倒地，在巨响中砸起一片蒙蒙的灰尘。

金属门轴叮当掉落，螺丝滚在木地板上，一路滚进幽深的走廊。

屋里复归死寂，大东目瞪口呆。

"我……"

他看着自己的手指，陷入深深的疑惑中。

他脑中闪过的第一个念头，是自己被人短暂地操控了，就像橦师对待橦一样。

但是可能吗？

古早时候确实有过橦师可以操控活人的传说……但那也只是传说啊。

当然，传说是有理论依据的。

理论上，在带有天然压制的情况下，这种操控也不是完全不可行。

但他又不是普通人，他自己就是橦师，要对他有天然压制，起码……起码得是他师父那个级别的吧？

他自己天赋有限，学艺不精，但他师父还是很厉害的。

什么概念呢？撇开本家不谈，张家旁支那么多，他师父能在里面排前三。放到稍小的家族里，诸如程家、汪家，他师父能当家主。

大东猛地转过头，看向了屋里除了他以外唯一存在的人。

闻时垂着手，表情有一丝浅淡的不耐烦，可能是等久了。他手上的白棉线还没收，交错着绕在长指间，有些绷得很直，有些垂坠着，像是某种凌乱的装饰。

这小子学橦术是为了讨小姑娘喜欢吧？！

大东脑子里忽然闪过一个念头。

他把这没头没尾的念头清了，慢慢冷静下来。他想，刚刚那一瞬间的爆发，可能是自己情急之下的条件反射，毕竟兔子急了还咬人呢。

闻时忍着不耐烦的情绪，在旁边等了一会儿。见"黑皮奶妈"居然发起了呆，他等不下去了，抬脚就走。

在他出门的一刹那，书房里的灯忽然自动熄了，一串脚步声从他身边经过，就像有个小孩穿着黑皮鞋，跑进了走廊深处。这次，他听见了大东说的笑声。那笑声在走廊里轻轻回荡了一圈，消失了。

这栋洋房设计得很压抑，走廊是个四方形，俯瞰应该是个"回"字，外围是一圈房间，里面是楼梯。

这间书房就夹在转角，往左是一条路，往右又是一条路，长而幽深。

闻时以前见过类似的房子，当时就觉得设计的人跟房主一定有仇，毕竟这格局太诡异了。

他没找到走廊灯的开关，只能借着楼梯间里透出的一点光往前走。

没走几步，他就感觉走廊尽头有个人影，直直地站在那里看着他们。

"我的妈呀！"身后的大东突然叫了一声，又立刻压住了嗓音。

"你叫什么？"闻时低声问了一句。

"右边！你看右边。"大东将嗓音压得很紧，在努力掩饰惊惧。

闻时转头一看，发现他们身边不知什么时候站着两人，同样无声无息的，就那么一动不动地看着他们。

闻时瞳孔缩了一下。

他缠着线的手指已经抬起来了，又很快放下——因为他看见身边的人影也抬了手。

那不是什么突然出现的人，而是镜子照出的他们自己的身影。

大东也发现了这一点，惊慌立刻变成了辱骂："傻子吧，在这里嵌镜子！"

其实不止这一面镜子，整面墙都是镜面的，像衣柜一样被雕花木框切割成了窄长的竖条，成了一种繁复、华丽的装饰。

人从这里走过，镜子里便影影绰绰。

闻时再次抬头看向走廊尽头，意识到那边的墙上也有镜子，那个直直站着的人影可能就是他自己。

"早知道留个蜡烛灯在手里了。"大东骂骂咧咧了一会儿，懊恼道，"对讲机也行啊。"

"先找人。"闻时没再管那些影子，径自往前走。

"噢。"大东问道，"你玩过这东西吗？"

"什么？"

"密室啊。"

"没有。"

他哪能玩过这种东西，但他进过的很多笼都跟这里差不多，所以他没觉得不适应。

大东嘴巴闲不住，碰到闻时这种不爱说话的，他只能自己说："笼跟密室一结合，估计挺不讲道理的。刚刚那个广播不是说吗，要管家和奶……要咱们两个去找齐其他人，那很有可能其他人的房间根本没法从里面打开，没准连门把手和锁孔都没有。"

果不其然，他的话很快得到了印证。

闻时经过一堵镜面墙，终于看到了一扇房间门。他摸了一下，没有摸到门把手和锁眼，整扇门就像一个木块，严丝合缝地嵌在墙里。

"看，我说什么来着？"大东得意完，又说，"不过这设计也太恶心了，怎么会弄这种门？"

闻时说："有阵子流行过。"

衣柜里藏个卫生间，墙推开其实是扇门之类的。

"哪阵子？"大东下意识问。

闻时没答，而是敲了敲那扇门。

大东后知后觉地意识到，他说的应该是辅历九几年那阵子，毕竟是密室的背景时间。但是……那时候的事，他上哪里知道的？从书里看来的？

大东正纳闷，就听见门里一阵乒乓作响，可能是谁被吓了一跳，撞倒了东西。

过了片刻，一个哑声哑气的嗓音在门后响起："谁？！"

大东一听，立马叫道："周煦？是你吗周煦？"

"大东？"周煦立刻活了过来，在里面叫道，"你出来了？你怎么出来的？我这门连个把手都没有！我找了半天铁丝，捅都没地方捅。"

"等着啊，我给你开门。"大东手指一动，下意识就要去钻锁孔，棉线都甩出去了，才反应过来这里没锁。

他临时改了道，让那些白线顺着四边门缝钻进去，就像刚刚在书房一样，扒住了整扇门。

他无名指一钩，加了力道猛地一拽……

门，纹丝不动。

大东:"……"

"我看到你的线了。"周煦在屋里叫着,"但这门四边都是铁楔子,我刚刚数了一下,得有十七八个,你真能拉开?"

这"中二病"别的不行,说话是真的拉仇恨。

大东咬了咬牙:"……能。"

"那你得用点劲,墙可能会崩。"周煦又说。

大东又咬了咬牙:"行。"

可他无名指都快拗断了,也没法光凭绳子把门弄开。于是无奈之下,他把手伸进口袋掏起了金纹纸,掏的时候还看了闻时好几眼。

他之前跟沈家这个大徒弟说,开门这种小事,根本用不着幢,这才过去几分钟,他就跪着把这话咽回去了。

他师父总说他气有余,力不足,手不够稳,神不够定,所以线在他手里永远是线,只能拉拽捆缚,做不到别的。

他一直很纳闷,线还能怎么变,直到看见他师父的棉线可以断刀削铁。

如果他也能做到这一点,别说十七八个铁楔子,就是一块整铁,他都能给卸了。

大东折了金纹纸送出去。

下一秒,整个走廊卷起大风,风涡就在大东身前,烈烈旋转,发出嗡鸣声!

在嗡鸣声之中,忽然传来了两声鸟叫,清朗有力,在走廊里久久回荡。金纹纸带着火星蹿出去,在鸟叫声中蓬然延伸,先有了头颈,再有了暗金色的双翅。

它带着满身锁链,虚影一般盘旋两圈,然后猛地撞在那堵门上,尖爪扒住门沿,顺着划了一周。

顷刻间,火星四溅,铁楔子接连发出断裂之声,震得人耳麻。

那鸟又叫了一声,扑扇着翅膀退下来,再度变成了虚影,毫无阻碍地在墙与墙之间盘旋。

大东叫了一声:"周煦,让开!"

屋里脚步声匆匆忙忙。

他听了一会儿,而后抬脚在门上一蹬,就听"砰"的一声响,那扇钉满铁楔子的门就这么倒在地上,露出屋里的场景。

这是一间卧室,应该是个小女孩的,满眼都是藕粉色,床上还挂着纱帘,十分梦幻。

周煦就站在这片梦幻里。

他看着倒下的门，半晌后才反应过来，讶异地看着大东："我的天哪！"

大东在这四个字里感觉到了爽，抖了抖身上的灰，说："怎么样，哥还成吧？"

周煦点了点头。

大东更爽了。他拽了一下手里的线，那只徘徊的鸟影就滑翔到了近处，虽然此刻没有实体，但掀起的风是真真实实的。

周煦第一次看见大东的橦，抬手挡了风，问道："这是什么鸟？"

大东说："看见翅膀尖上的那点金色没？"

虽然颜色很淡，但还是能看见一些的。周煦点头说："看到了。"

大东骄傲道："这是金翅大鹏。"

闻时："……"

他感觉这个"黑皮"在讲笑话。

周煦都惊呆了。

他憋了半天，憋出一句："你的橦居然是金翅大鹏？"

大东说："怎么了？不行吗？"

周煦问："你知道上一个用金翅大鹏做橦的是谁吗？"

大东说："知道啊，我又不是文盲。不就是那个……"他结巴了一下，然后说道，"那个……祖师爷嘛。"

后世的解笼人都知道尘不到最后成了什么样，人人都默契地对这个祖师爷闭口不提，偶尔说到，也是一副含含糊糊的语气，好像那是什么妖邪魔头，忌讳、排斥，还有点怕。

但在这之余，大家又忍不住把他当一个标杆。他做过的事，如果现世也有人能做到，那就是翘楚。

就连尘不到用过的橦，都比其他要显得厉害一些。

周煦看着那只鸟，目光带着三分诧异、六分艳羡，还有一分怀疑："这真是金翅大鹏吗？感觉跟我想象的不太一样。"

"施展的地方有限，不然还得比这个大一点。"大东仗着鸟在，说话气势都足了很多，招了招手说，"走！先把其他人放出来。"

他们刚抬脚，房间里的灯也忽然熄了。

走廊再度变得一片漆黑，好在周煦手里有个蜡烛形的小灯，再加上金翅大鹏在前面开道，翅膀边缘是若隐若现的金色，显得没那么可怕。

周煦隔壁还有两间房，一间位于墙中，一间在拐角。

闻时和大东各自敲了门，等屋里的人回应，结果等了几秒，没有任何动静。

"会不会是害怕？"周煦没好意思说，刚刚在房间里突然听到敲门声，别提多瘆人了。他是第六感比较灵，感觉外面是认识的人才会应答。要换成其他胆小鬼，还真不一定，比如那个夏樵。

"人呢？谁在房间里出个声，不然不给开门。"周煦的公鸭嗓嘎嘎叫着，想给屋里的人一个提醒。

可是里边依然一片死寂。

"会不会这里没人？"周煦问，"如果每条长廊格局差不多，这里的房间还挺多的，关人绰绰有余。"

刚说完，闻时感觉不太对，伸手推了一下那扇门。

就听轰然一声，大门板板正正地倒在地上，很显然，已经被人开过了。

这下变成大东惊呆了，他依葫芦画瓢，也推了一下自己面前的门。

果然，门也倒了。

周煦大叫一声，撸起了手臂上的鸡皮疙瘩。

"灯借我用用。"闻时说了一句，正要去拿他手里的小灯，查看一下铁楔子的边缘，就听见侧边走廊传来了说话声。

"大东？我正找你们呢。"

金翅大鹏从那边扫过，暗金色的光落在那个人影身上。闻时勉强看清了他的模样，是耗子。

"你怎么把金翅大鹏都祭出来了？"耗子小跑着从那边过来，脚步声在走廊里回荡着。

大东听了这话，放下心来："还真是你？这门你开的啊？"

耗子朝那两扇门扫了一眼，点头道："对啊。"

"我说呢。"大东长出了一口气。

他自己明明害怕，却总要装出一副老神在在的模样安慰别人。他转头对闻时和周煦说："他水平跟我差不多。"

闻时看向耗子，他手指脏兮兮的，还抓着一只对讲机，俨然刚脱离困境，在找人。

"那你还放了谁出来?"大东指着两扇门问。

大东正要开口,闻时就听见了拐角后面有脚步声。

他胆子大,转身就要绕过拐角去看,结果跟那边过来的人撞了个正着。

两边都堪堪刹住脚步。

"当心。"闻时的肩膀被人轻握着扶了一下,一股熟悉的气息扑面而来,又倏然让开。

是谢问。

他站稳了,抬眸一看,果然看到了谢问微垂的眉眼近在咫尺。

闻时怔了一下。

"谁啊?"周煦的声音从后面传来。

大东也探头道:"谁过来了?"

闻时朝后撤了半步,让他们看见来人。

"吓到你们了吗?"谢问把手从闻时肩上松开,对其他人说,"我还特地落脚很重,脚步声应该挺明显的。"

他说着话,身边又过来一个人,是总跟着他的店员老毛。

大东转头问耗子:"他俩的门也是你给开的吧?除了他俩,还有别人吗?"

耗子摇头说:"没了。"

闻时看向倒下的门,又朝谢问和老毛身后的走廊看过去:"你们怎么会从那边过来?"

那是书房的方向,就是他和大东刚刚被关的地方。

"想看看走廊布局,绕了一下。"谢问说。

比起对方从哪里来,他对走廊里盘旋的鸟似乎更有兴趣。

"你放的?"他问闻时。

"不是。"闻时否认道。

谢问也不觉得意外,点了点头。

倒是旁边的大东按捺不住,显摆道:"你是说这金翅大鹏吗?我放的,我的幢。"

谢问挑了一下眉。

他还没开口呢,老毛就说话了。老毛可能耳背,指着那只鸟,大着嗓门问大东:

"这什么鸟？"

大东说："金翅大鹏。"

老毛："……"

他仰头看着金翅大鹏，可能是震惊，也可能是开了眼吧，反正脸被映得绿绿的。

耗子的对讲机忽然发出了"呲呲"的响声，他低头看了一眼，提醒众人道："继续找人？"

"对，先把人找齐了要紧。"大东带着鸟在前面开道。

虽说耗子也能开门，但他压根没给耗子出手的机会，充分展示了一下他威风的橦。

这层楼一共有大大小小十二个房间，他们运气还不错，只敲了四扇门，就找到了夏樵和孙思奇。

这俩人本来就胆小，又被关得有点久，吓得不轻。

夏樵脸色煞白，孙思奇更严重，都开始说胡话了。

但这不怪他，因为关他的房间有点吓人。

说是房间，那更像一个储藏室，很小，但里面并没有堆放杂物，而是放着一张供桌。

桌上一共有九个牌位，牌位上写着不同人的名字。

闻时一眼就看到了其中的沈曼怡，估计沈家几个孩子、保姆和做饭婆婆等等，都在这里面。

其中两个牌位上的名字被划花了，看不清字。

每个牌位前都供着一盏长明灯，幽幽地烧着。

"看这架势，是灭门啊。"大东说。

耗子应了一声，叹了口气。

周煦说："这好像是真事改编的？"

夏樵终于缓过来一点，他可能并不希望这句话是真的，反驳道："好多恐怖密室都这么说，噱头。"

他朝闻时身边缩了缩，念佛似的咕哝道："最好不是，不然多惨，那是一整家啊。"

闻时四下扫视了一圈，本想说找找跟沈曼怡相关的线索，却见谢问倚在门边，看着满桌长明灯,眸子微垂,似乎在出神。

他忽然就忘了要说什么。

还是大东发挥了领头作用,提议道:"沈家那个大女儿不是失踪了吗?想想怎么找吧。而且这间洋房具体什么样,还得看看。咱们是分头还是一块?要是分头的话,我跟耗子可以一人带一组,这样也能……"

"放心点"三个字他还没说出口,耗子和孙思奇手里的对讲机又"咝咝"响了起来。

房内瞬间安静下来,所有人的目光都落在了那两个机器上。

两个对讲机都在这里,为什么它们还会响?

孙思奇抓着对讲机活像捧着炸药,仿佛过了一个世纪那么久,对讲机里忽然传来了一个男人的声音。

他说:"喂?另一个对讲机在谁那里?是不是小孙?我刚开了我这边的门,你在哪儿?我去找你。"

电磁音"咝咝"响了一会儿,然后停了。房间再度陷入一片死寂。

有那么几秒,没有一个人动,或者说话。

因为所有人都听出来了,对讲机里说话的人……是耗子。

如果对讲机里的人是耗子,那么房间里的这个呢?

闻时转头看向大东身边的方脸男人,问:"你是谁?"

这话问得直接又突然,别说被问的人,就连屋里其他人也都愣住了。

大东愣了几秒,猛地弹开,离那张方脸八丈远,紧张地说:"对啊,你是谁?"

"我是耗子啊!"

这个耗子着急起来,脸都白了,看上去不像作假:"我……我真是耗子,你们别这么看着我,我也怕啊!"

"大东!大东你不信可以来检查。"耗子要往大东的方向走。

他刚动一下,周煦、夏樵他们就呼啦一下作鸟兽散,然后都缩到了闻时身后的墙角。

"你就站在那里说,你别动!不用过来。"大东满脸拒绝。

耗子面露无奈:"大东,咱俩总在一块儿的,你要跟其他人一样这么躲我,我就真没办法了。"

听到这话,大东又有点迟疑了。

闻时忽然问道："你手为什么那么脏？"

所有人的目光都落在了他的手指上，但其他人离得远，看不太清。只有闻时离他近一些，能看到他十指指尖都是灰和擦伤，指甲缝里也有血迹。

那种灰不是平常积余的灰尘，得用力扒墙或者水泥质地的缝隙才会留下。

耗子愣了一下，看向自己的手指："你说这个？出不来抓的呀。我总得试试那些缝吧？"

这话引起了孙思奇的共鸣，他下意识点点头，默默看向自己的手指。

"你也扒了？"夏樵问。

孙思奇把蹭破皮的手指给他和周煦看了一眼："我想试试那个门能不能开。"

到这里，大东他们已经有点信了。

但闻时又问了一句："你学奇门遁甲的，为什么开门要用手扒？"

这次耗子还没开口，大东就说了："这个我还是要帮他说一句。奇门遁甲这东西，你可能不太懂，也不怎么认识学这个的人。它不适合单打独斗，施个障眼法隐蔽一下自己，或者给别人使点绊子都没问题，但是碰到操控性的事情就很难，越小的、越精细的越难。这点就不如橦术。"

闻时想了想，还是闭嘴不说话了。

他认识的人确实有限，主修奇门遁甲的人里，跟他同一辈的是卜宁，再往上数，就是尘不到了。

可不论是卜宁还是尘不到，他都记不清了，自然没什么可说的。

他只是下意识觉得，奇门遁甲没这么多劣势和限制，真会的人，可以玩出花来。

但他举不出例子，也无意跟无关的人多提，就算了。

可能是耗子的表现还算正常，大东他们稍稍放下了警惕。可没过两秒，对讲机又"呲呲"响起来，里面依然是耗子的声音："喂？能听见吗？小孙？怎么不回话？"

电流声夹在他的声音中，让他的声音跟平时有细微的区别，本来是正常现象，但在这种氛围下，就显得无比诡异。

"要回吗？"孙思奇惊恐地问。

"别！"大东说。

听到这话，桌边的耗子脸色略微好了一些。但他转眼就发现闻时还在看他，表情又苦丧起来。

静默中，对讲机又响了："喂？小孙你还好吧？"

没等到回音，对讲机那头的人又道："算了，我去找你吧。"

我去找你吧……

这话瞬间有了阴魂不散的效果，孙思奇他们悚然一惊。

房间又陷入紧绷的死寂，大东没憋住，低低唾骂了一句，远远盯着耗子说："所以为什么是你？为什么有两个你？"

耗子白着脸，缓缓摇了一下头："我也不知道。"

倒是夏樵，忽然举了手。

"你说话就说话，举什么手啊？上课呢？"周煦道。

"我怕突然开口吓到你。"夏樵认认真真地回了他一句。

"你！"周煦气结。

闻时转过头，夏樵说："哥，我刚刚被关的那个好像是沈家那个小少爷的房间，我在那边翻到了一本日记。"

"日记？"闻时问。

"对。"夏樵点了点头。

"你那米粒大的胆子，还敢在屋里翻东西呢？"周煦一脸难以置信的表情。

夏樵脸皮发红，尴尬地说："不是主动翻的。我当时缩在床头柜跟墙的夹角，保证背后和两边都有东西抵着。那个本子掉在床头柜背后，我就抽出来看了一下。"

闻时问："本子里写什么了？"

夏樵说："有一页说，沈曼怡喜欢玩什么真假新娘的游戏，经常缠着人玩。"

说完，他自己先打了个寒战。

孙思奇抖了一下，声音都劈了："那个沈曼怡不是失踪了吗？所以……这是她来找我们玩了？"

闻时皱起了眉："还写别的了吗？"

夏樵声音越来越小："写了，但我吓死了，没记住。"

闻时问他："日记本呢？"

夏樵说："床头柜后面。"

闻时顿了一下，问："……你放回去了？"

夏樵哭丧着脸："我从小有个习惯，看完书放回原地。"

闻时服了。

夏樵看着他哥木然的脸，说："要……要不我去拿来？"

闻时摆了一下手："待着吧，我去拿。"

他是真的胆子大，单枪匹马就往门口走。周煦难得做了回人，把手里的电子蜡烛灯扔过来，说："你还是带个灯吧。"

闻时接了。

当闻时经过门口的时候，谢问侧身让开路。两人擦肩而过的瞬间，他忽然问了一句："你自己去吗？"

闻时愣了一下，想说"不然呢？"，但不知怎么回事，话到嘴边就变成了单调又沉闷的"嗯"。

走廊长而幽深，因为太暗，一眼望不到头。

闻时抓着蜡烛灯走了几步，背后的声音就变得邈远起来，像隔了一个世界；再走几步，声音就消失了，只剩下他的脚步声在走廊里回荡。

这会给人一种错觉，好像他在这里，不管发生什么事，其他人都看不见也听不见似的。

要是换个人这么走着，也许会有恐惧甚至孤独的感觉，但是闻时习惯了。

他每一次醒来，走出无相门，走进全然陌生的人世间，都是这种感觉——背后永远是幽深无尽的黑，没有来路，也没有归处。

他这样走了好多年。

只有在极少数的时候，他的脑子里会毫无来由地冒出一个念头，觉得长路后方应该有过一个人，看着他，送过他。

他常会在那个刹那间忽然回头，看到的却总是一片空。

夏樵被关的房间就在几步之外，被强开的房门依然倒着，铁楔子和金属门轴散落一地。

那个念头又一次冒出来的时候，闻时正绕过那堆杂物。

他的手指捏玩着蜡烛灯，进门前抬眸朝来的地方扫了一眼。

他本以为又会看到一片空，却见一个高高的人影倚在门边，背对着模糊成片的长明灯火，隔着幽暗、狭窄的长廊，远远地看着这里。

闻时停了步。

有那么一瞬间，他的心脏倏地跳了一下。

他在黑暗里眯了一下眼，想继续往前走，但双脚没有动，像是在等着什么人，又好像不是。

过了片刻，走廊里响起了脚步声，由远及近。

是谢问。

他一路过来都没有出声，绕开地上的门板和铁楔时也没有开口。这种安静和沉默有种微妙的感觉，但只持续了很短的几秒。

"怎么不进去？"谢问终于还是出了声。他朝房间里看了一眼。

闻时没答，只是捏着蜡烛灯抬脚进了屋。

他试着按了两下开关，房间里的灯果然毫无反应，只能借着蜡烛灯那点微弱的光来看东西。

谢问跟在后面进了门，也四下扫视了一圈。

闻时给他照了一下脚前的路，忽然问道："你为什么过来？"

谢问动作顿了一下。他走到床边，拨开帷帐，又把床头柜往外拉了一下，弯腰捡起夏樵口中的日记本，这才说："不放心，来看看。"

他随手翻了几页，拍了拍灰，把日记本递过来。

"不放心？"闻时看了对方一眼，接过本子，"不放心什么？"

他用空余的几根手指翻着页面，刚翻两下，蜡烛灯就被另一只手接了过去。

谢问握着蜡烛灯在闻时身边站定，一边给他照明，一边低头看着本子上的字："我不放心的多了，比如……"

他眼也不抬，笑了一下："你弟弟胆子那么小，万一你这镇定是强装的，实际上一吓就没声没息掉眼泪呢？"

闻时："……"

他正翻着纸页，翻找跟"沈曼怡"相关的内容呢，闻言手指一抽，差点撕下半张纸。他默默抬起头，顶着五分麻木、五分冷漠的表情盯视谢问："你在说什么梦话？"

这距离实在很近，谢问低垂的眸光从他脸上一扫而过，又落回到纸页上，没再多看，嘴角却噙着笑："嗯，梦话。你忍着点脾气，别撕本子。这可是重要线索，坏了可就没了，你赔吗？"

闻时面无表情地收回视线，手指又翻了几下，终于找到了夏樵说的那段。

辅历一九一三年五月十九日 雨

　　沈曼怡实在是个令人厌烦的姐姐，李先生教背的书，从来不见她念，蔡妈妈教的女红，也从不见她学。她只会笑。
　　她整日都在笑，哪里都是她的声音，并不好听，十分吵闹。她总会痴心幻想一些很无趣的事情，做一些无趣的游戏。
　　比如她近两年就热衷于真假新娘的游戏，扯一截红床单，逼着旁人配合她，盘腿坐在帷帐里，再叫余下的人猜谁真谁假，掀她的公主盖头，叫她的名字。
　　别人猜对了她就笑，猜错了她会乱发脾气，很没道理。
　　她拽着女孩儿扮新娘也就罢了，还常拽着峻哥。峻哥人好，不发脾气，其实都是忍着，因为很没面子。
　　我真的受够她了，一日都忍耐不了，想让她闷一会儿，别笑也别闹，让我清静清静。

　　这后面接连两张都是空白页，什么都没写，夏樵看到这里就没继续看了。
　　闻时多翻了一页，在那页背面看到了一行字——
　　我明明把她藏起来了，怎么家里还到处是她的笑声？好吵。
　　什么叫藏起来？藏在了哪里？
　　这句话冷不丁出现，真的会让人悚然一惊。
　　闻时深深皱起了眉。
　　他倒不是害怕，而是日记本上的字虽算不上多好看，但一笔一画，十分工整，像刚学字不久的人写的。
　　用稚嫩而认真的笔触写出这样的内容，看得人实在很不舒服。
　　闻时抬起头，正想说点什么，却撞见了谢问的视线。下一瞬，对方的目光已经轻扫而过，平静地落回纸页上。
　　闻时怔了一下，抿着薄唇，也垂了眸。
　　他的拇指捻了一下纸页。这几秒的安静便被突显出来。
　　谢问抬起空余的那只手，又朝后掀了几页纸，才忽然笑了一下，说："你好像是真的不怕。"
　　"不然呢？"闻时眼也不抬，"谁吃饱了撑的装这个？"
　　谢问轻轻挑了一下眉，未置一词。
　　他先于闻时翻到最后，指背弹了一下末页那张纸："幸好你那个弟弟只翻了几页就放回原地了，不然……我们找到他的时候，他可能已经吓晕过去了。"

闻时直接翻到他弹的那页，就见上面写着：

辅历一九一三年五月二十二日 晴

李先生说家里有股怪味，他鼻子可真灵。

我午睡的时候摔了妈妈从广州港带回来的香水瓶，这下他便换了件事情唠叨。

他虽读了很多书，但并不晓得公平，是个刻薄但爱奉承的人。他常夸沈曼妹哭声嘹亮，是个健康的姑娘，夸沈曼珊脸圆有福相，夸沈曼怡戴眼镜有书香气。可那眼镜常丢，丢了大伙都得跟着找，是个麻烦东西。峻哥也跟着他学些书写，他就是另一副模样，总是挑刺。所以他毫无来由地夸赞我们，就更使人厌烦了。

蔡妈妈换了地毯都没能把香水味清理干净，李先生下午一直在打喷嚏，齐叔也有些晕，他们夜里换到了楼下小房间去住。

这样他们就闻不到沈曼怡的味道了，我也能多清净几天。

只是沈曼怡还是喜欢让我猜真假新娘，以前是白天，现在是夜里。她跟我说，猜错了，我就得永远陪她玩。

真的好烦。

日记断断续续，好像主人隔几天才会想起来写两句。

这页之后应该还有很多张纸，但都不见了，被人用裁纸刀裁掉了，断口整整齐齐。

"最起码还有一半。"闻时摸着断口说。

谢问握着蜡烛灯看向屋里其他地方："应该分开放了。"

沈家小少爷的屋子很大，但布置不算复杂，除了沙发和一些衣橱，就只有两张床：一张柔软宽大，带着帷帐；另一张就简易许多，搁在大床旁边，像是家佣或者陪床的人睡的地方。

不过简易的床上几乎没有睡过的痕迹，倒是大床上齐齐整整摆着两床被褥。

他们连床垫都掀开看了，并没有找到剩下的日记，便决定先回一趟之前的小屋。

临走前，闻时盯着那两张并列的床，微微出神。

直到蜡烛灯在他眼前晃了一下，他才回过神来。

谢问说："发什么呆？"

"没。"闻时收回视线,沉声咕哝了一句,"感觉在哪儿见过。"

他抓着日记本若有所思地往外走,没注意谢问在听到这句话的时候停了一下步。

闻时刚出门就听到了脚步声,还有窃窃私语声。

他转头一看,居然是等在屋里的那帮人。

"你们怎么来了?"闻时不解。

"在屋里干坐着也是等,还不如出来看看情况。"大东有几分领头的架势,"况且就你们两个半……"

他把差点出口的"半吊子"咽回去,咳了一声,说:"就你们两个人出来找东西,谁知道会不会碰见什么招架不住的东西,把自己也搭进去。我想了想,还是一起行动比较保险。这里发生什么都很难说,你们最好都别离我太远。"

老毛在他说话的时候,挪到谢问身边,用极小的声音给老板告状:"他在屋里待着更怕,疑神疑鬼,缩着不动老半天才决定出来把人凑齐。"

闻时离得近,听到了大半,转头瞥了老毛一眼。

谢问直起身,看到闻时的目光,低声说:"老毛胆子大,我让他看着点。"

闻时"哦"了一声。

"哦"完他又忽然纳闷,自己为什么会管老毛?而谢问居然还好脾气地给他解释了一番。

他轻蹙了一下眉,神情变得有些古怪。

还是夏樵问了一句:"哥,日记本找到啦?"

"嗯。"闻时晃了晃本子,"但被裁过,内容不全。"

"裁过?那剩下的呢?"夏樵拿过去翻了起来,大东和孙思奇也凑了过去。

"可能藏在其他房间,还得找。"闻时说。

"那我们岂不是来得很及时?"大东骄傲于自己英明的决定,一边用蜡烛灯照着日记内容,一边说,"过会儿每个房间都搜一搜。"

那日记内容实在让人心惊,他们看了几行,很快没了声音,脸被蜡烛灯映得一片煞白。

耗子就站在他们后面,勾着脖子往前探。走廊的镜子映着他的脸,明明挑不出问题,却有种说不出的怪异感。

闻时便默不作声地盯着他。

223

没过几秒，老毛跟谢问说完话，又回到了人群里，多注意一下就能发现，他站在耗子斜前侧，一旦有什么问题，脚步一挪，就能把其他人跟耗子隔开。

这个站位细想起来耐人寻味，好像他已经默认了这个耗子有点问题。

或者说，不是他默认，而是他的老板默认。

闻时把这些都看在眼里，忽然觉得谢问实在有些特别。

他明明是个被除名的人，没进过几回笼，那满身黑雾也摆明了他解不了笼，但他在笼里显得比其他任何人都淡定，也清醒。

如果不是黑雾缠身，他能做的，可能远在多数人之上。闻时心想。

夏樵他们终于看完了几页日记，神情惊恐，半天没说出话来。

周煦默默抬头，不小心看到镜子里众人惨白的脸，突然惊叫一声，一把薅住夏樵的胳膊，结果把夏樵给吓跪了。

孙思奇紧随其后，也是"扑通"一声。

大东也软了一下，但撑住了。

"大仙你干吗啊？！"孙思奇抚着心口，魂都没了。

"没。"周煦用力眨了眨眼，默默挪了几步，"看错了，被镜子吓了一跳。"

这其实是一种心理作用，一旦感觉自己人里有一个不对劲，就看谁都觉得好像是假的。他们现在就处于这种一惊一乍的状态里。

"别乱叫唤。"大东强装镇定，分析道，"这是沈家小少爷的日记？看日记里的意思，应该是他把他姐姐害了。"

他说着也皱了眉，感觉这小少爷年纪不大，却实在有些变态。

"剩下的日记说不定也有重要东西，再找找吧。"大东说着把日记卷了，塞进自己口袋里，然后招呼众人往下一个房间走。

转过拐角的时候，夏樵多了一分心。

他抓着蜡烛灯，往走廊里照了一下，眯起眼睛伸手数着。

"你在数什么？"周煦纳闷道。

"倒在地上的门。"夏樵说。

"你这都能看清？"周煦跟着眯起眼，隐约瞄见了地上门板的轮廓，"怪不得你一路过来嘟嘟囔囔的。"

大东还没反应过来，问他："你数这个干吗？"

夏樵数完这一条长廊，咽了口唾沫，默默朝闻时和谢问身后缩了缩。

"缩什么？"闻时问。

"要是我没数错的话，倒下来的门跟之前是一样的。"夏樵说。

"什么意思？"大东还在纳闷。

倒是周煦先反应过来，他虽然叛逆又"中二"，但脑子很灵："哦！你是说走廊里面被打开的门，跟之前一样？"

夏樵点头："对！"

孙思奇顺着这话琢磨了一下，忽然头皮一麻："那个拿着对讲机的耗……耗子哥不是说他刚把门打开，要来找我吗？如果被打开的门一扇都没有多……"

那么，那个耗子开的是哪扇门？

大东叫了一声，终于明白过来。

"那这就很明显了！那个耗子有问题，咱们这个确实是真的。"大东打完激灵，立马搂上了身边那个方脸大汉，说，"兄弟！差点冤枉你了。"

"哎哟，刚刚我是真的看谁都起疑。"大东钩着耗子的脖子，长长出了一口气，又有种劫后余生的亢奋感，"你可千万别记仇怪我，要怪就怪那个小……"

"姑娘"两个字还没出口，大东就听见身后有人忽然说了一句："哎，这边花格里有副眼镜，你们谁又忘了拿？"

那声音一听就是谢问，语气不慌不忙，自然极了。

所有人第一反应都是朝他看过去，唯有大东搂着的耗子下意识往颧骨那里摸了一下。

大东他们余光瞥见了那个动作，大脑有一瞬间的迟钝。

下一秒，他们忽然意识到，那是一个习惯性地推眼镜的动作。

而耗子，根本不戴眼镜。

大东瞳孔骤缩，钩着耗子的手像被烫了一般，猛地缩回来。

在其他人根本来不及做出反应的时候，一只瘦白的手干脆利落地拍上了"耗子"的肩，长长的食指一勾，凭空做了个挑盖头的动作。

接着，闻时的嗓音在"耗子"背后响起，叫了"耗子"一声："沈曼怡。"

"耗子"扭过头看着他。

两个蜡烛灯跳了一下，熄灭了，整条走廊骤然陷入伸手不见五指的漆黑。

小姑娘咯咯的笑声响了起来，就在众人之间，"耗子"站着的地方。只是很快，那声音便远了，伴着吧嗒吧嗒的皮鞋声，不知去了哪里。

等到蜡烛灯重新亮起来的时候，七个人跪了五个。

大东扶着墙，虚弱地问："你俩怎么反应那么快？不会之前就看出来了吧？"

谢问依然不慌不忙，很谦虚："有一点吧。"

滚！

看出来了就是看出来了，还分一点两点？

大东捂着心口："你看出来了，为什么不早说？！"

他又转头冲闻时叫："拍一下就结束的事，你为什么不早拍？！"

闻时讥嘲道："本来想留一会儿，看能不能提供点线索。谁想到你居然能搂上去！"

大东看着自己的手，就地凉了。

闻时伸手把他口袋里的日记本拿出来。

"你干吗？"大东护了一下。

他翻到最后一页，把日记内容重看了一遍，不冷不热地说："赶紧吧，不然她还来找你玩。"

大东在心里骂了句粗话。

闻时一语成谶。

没过多久，沈曼怡就又来了，但不是找大东的，是来找他的……

彼时他正拿着一盏蜡烛灯，仔细照着那条走廊的地毯，结果一抬头，看到了两个谢问：一个刚从沈家少爷房间里出来，也拿着一盏蜡烛灯，而另一个……就站在他身后。

闻时："……"

他感觉沈家这个小姑娘在搞事情。

拿着蜡烛灯的那位在房间门口停住脚步，他先看了闻时一眼，又越过闻时看向另一个自己，很轻地挑了一下眉。

这个神情确实很像谢问，看得闻时都愣了一下。他将这个谢问上下打量一番，没说什么，而是转头看向背后。

背后的那位直接笑了。

其他人拐过来的时候，看到的就是两个谢问面对面，中间还杵着个闻时的场景。

他们当场一个急刹车，缩在了拐角处。

老毛满头问号，心说：这都敢复制？

他还没张口，夏樵就是一句"妈呀"，周煦紧随其后，叫了一声："啊！"

大东："……"

大东心态已经崩了。

他刚刚才扶着墙送走一个假耗子，这就来了一个假谢问。怎么办？

让他无法启齿的是，两个谢问站在面前，明明什么也没做，他居然下意识想往后撤几步。

一时间，他不知道该承认自己是怕谢问，还是怕什么。

"老毛，你家老板你去认。"周煦伸着手指把老毛顶出去。

结果老毛腆着肚子又退回来，说："用不着我。"

周煦问："为什么？"

他们正疑惑，就见闻时看了一眼自己身后的人，又把目光投向拿着蜡烛灯的那位，不咸不淡地问道："你真是谢问？"

拿着蜡烛灯的点了一下头："我是，所以我很好奇……你呢？"他的目光落在闻时身后。

闻时没回头，听见背后的人笑了一声，说："那我就是假的吧。"

拿蜡烛的："……"

墙后的几人都傻了。

大东脱口而出："这也行？"

这还真的行。

没过几秒，走廊里就响起了沈曼怡跑远的皮鞋声，闻时拍着肩膀毫不客气地把她送走了。这次小姑娘没笑，可能是气的。

光线恢复的时候，众人感觉走廊比之前亮了一点。

大东眼尖，看见闻时手里多了一盏蜡烛灯，问道："这灯哪儿来的？"

闻时看他的目光仿佛在看智障："从沈曼怡手里拿的。"

大东难以置信："你连这种东西都要？"

闻时更不能理解："能用，为什么不要？"

大东疯了，谢问却笑了。

鉴于这种天差地别的反应，闻时把抢来的蜡烛灯扔给了后者。

谢问抬手接住灯，看见闻时偏了偏头说："过来翻地毯。"

谢问怔了一下。

闻时做事喜欢自己闷头干，很少主动拉上别人，一来怕有麻烦，牵连无辜；二来不想费口舌解释某件事应该怎么做。最理想的状态就是能解决的他一并解决，其他人旁边待着就行。

这点谢问比谁都清楚。这是他从小就有的毛病，顽疾，对谁都一样，只有一个人曾经是例外。

闻时朝前走了两步，转头却见谢问没有动，而是捏转着那盏蜡烛灯，不知在想些什么。

过了几秒，他终于注意到闻时的目光，弯了一下眼睛，随即走过来。

"发的哪门子呆？"闻时咕哝了一句，眸光扫过走廊的地毯，默数着块数。

刚从来处数到脚下，他就听见谢问说："没什么，就是忽然想起一些……"谢问似乎没有找到合适的词，顿了一会儿才道，"往事。"

闻时正弯腰掀开最近处的方形地毯一角，听到这话抬了一下眼，等着下文。结果谢问并没有要继续说下去的意思，而是握着蜡烛灯扫过地毯接线和边缘，问："你刚刚看到哪一块了？"

他的话题转得太快，闻时怔了一下才指着其中一块地毯说："这边。"

谢问点了点头，弯下腰，以那块地毯为起点，扫视起来。

那本残缺的日记提到了几个人，姓李的那位应该是沈家的教书先生，蔡妈妈是奶奶，齐叔是管家。

日记里说，李先生闻到了怪味，所以那位小少爷摔了一个香水瓶，来掩盖那股味道。

既然是为了掩盖怪味，那么香水瓶必然会摔在离怪味很近的地方。日记里又说，蔡妈妈换了地毯，那么，那块地方应该有更换过地毯的痕迹。所以，只要找到那块被换过的地毯，就离沈曼怡很近了。

谢问什么都明白，闻时本来要解释的话便省了。

他应该走到走廊左侧，继续看地毯另一侧的边缘线。但谢问忽然抬了一下眼，含着笑意低声问他："你要给我当监工吗？"

闻时垂眸看着他，有一瞬间真的没有动。

他就这么在谢问身边站了一会儿，直到听见后面大东的说话声，才捏着手指关节转到走廊左侧，沉声回道："搜你的吧，我看这边。"

"你们找日记，扒什么地毯？要是藏在地毯下面，肯定会凸起一点，踩过去就知道了。"大东以为他们正在到处找日记剩下的部分，没好气地嘟哝了一句，但他也没拦着，而是跟在后面翻起了走廊的镜面装饰柜。

那是一个个镶在墙上的玻璃格子，格子里摆放着一些艺术装饰品，比如木质微雕、小型盆景和杯盘瓷器。

夏樵是个做什么事都挺认真的人，搜找东西的时候尤其如此。

他一边念经似的自我洗脑"我不害怕，我就看看，我在玩密室"，一边把每个玻璃格的门都拉开，伸头进去细看，边边角角一概没放过，鼻尖都快贴到墙壁上了。

照他们这种搜法，没准也有收获，所以闻时只是看了一眼，没说什么。

走廊里一时间只有沙沙移动的脚步声、玻璃格子门打开又合上的轻轻磕撞声和夏樵嗡嗡的念经声，听久了便有种机械的节奏。

闻时在这种沉闷的节奏里一块一块筛着地毯。

在闻时不知看到第几块地毯的时候，夏樵忽然轻叫了一声："这里有东西。"

"什么东西？"众人纷纷朝他聚过去。

闻时也直起身，走到夏樵身边。

那个玻璃格里放着一个方形画框，框里装裱着一块漂亮的织毯。这画框卡得很紧，拿出来都难，夏樵居然从它背后抠出了一张被人塞在这里的照片。

这是一张黑白合照，受过潮，被人撕过又拼上了，四分五裂的痕迹交错蔓延，左上角还缺了一大块，以至于边上的几个人都没有脸，像是脖子以上被人齐齐切断了。

即便是完整的那几个，也磨损得厉害，只剩一个个大白脸盘，鼻子、嘴唇都看不大清，眼睛也只剩下黑点。

闻时翻到照片背面，裂缝被涂了糨糊的纸封贴着，纵横交错。在那之间，隐约可以看到一行批注，字被纸挡了，不全，但可以拼凑出原句——

与蔡妈妈、齐叔、曼殊、曼珊、李先生、曼怡、峻哥在家门前的合影，等爸爸妈妈回来可以再照一张。

这句应该也出自那个小少爷之手，单看批注一笔一画，平和认真，但跟撕扯的痕迹放在一起，就有种诡异的分裂感。再想想这位小少爷用同样认真的笔触写的日记，令人不适的感觉就更强烈了。

"好变态啊。"孙思奇没忍住说了一句。

"先收着,没准有用。"谢问淡淡的嗓音从后面传来。他不爱跟人挤,向来不远不近地站在人群外,但他个子高,该看的都能看到。

夏樵点点头,把照片揣进了口袋,刚塞好,就听见了几声闷咳。

众人愣了两秒,动作同时僵硬了,因为闷咳声跟刚刚的说话声并不在同一个位置。

闻时拧着眉转回头,果不其然,又看到了两个谢问。

"……"

沈曼怡小姐可能跟某人杠上了。

有了上次两句话直接被拆穿的教训,这次沈曼怡学得更像了,不论是说话语气、神态还是动作都十分相似,几乎滴水不漏。

夏樵他们背抵着镜面墙,看看左边又看看右边,下不了定论,也不敢动,就连老毛都有一丝丝迟疑。

大东本来还想推老毛出去认人,一看老毛的神情,当场便生出了一丝绝望。结果他转过头,发现还有一个人没有往后缩——正是沈家那个大徒弟。

"干吗?你能认啊?"说实话,大东十分怀疑,毕竟总跟着谢问的人都没有完全的把握,"我记得日记里说过,认错了就要永远陪那个什么沈曼怡玩的,有可能就一辈子被困在这个笼里了。"

一辈子被困在笼里对任何一个解笼人来说都是一件可怕的事。大东觉得这个提醒相当有分量了,谁知沈家大徒弟只是"哦"了一声。

倒是夏樵被唬住了,担心地叫了一声"哥"。

结果他哥头也不回地扔了一句:"没事,能认。"

夏樵看了看老毛,蒙了:"怎么认?"

他哥冷静地说:"我尝一下。"

夏樵:"……"

噢对,他差点忘了,他哥靠吃谢问的黑雾为生呢。

夏樵一脸木然地想。

"他什么一下?"大东和周煦他们在后面茫然对视。

闻时已经凝神闭上了眼,两个谢问在他眼中都只剩灵本。

也不怪老毛迟疑。面前这两个人,一样阖着眼眸,一样满身黑雾,甚至半边脸上流动的梵文和手上缠绕的东西都如出一辙。

就连他这个能直接看灵本的人都愣了一下，更何况老毛呢。

但闻时很清楚，一切虚假的存在，永远只能做到形似。

所以，他垂着的手指动了一下，两边腾然四散的黑雾便像卷龙入水一般朝他涌来。

黑雾顺着指尖进入他身体的瞬间，一切就很清晰了。一边是熟悉的气息，另一边空有虚像。

左边这个才是谢问。

可能是一实一虚的对比太过明显，也可能因为左边是心脏的位置，闻时第一次如此清晰地感觉到那些东西顺着手指涌进躯壳，再一点点填满空处。

这个过程被拉慢拉长，闻时垂在身侧的手指蜷了一下。

他下意识想打断这个过程，但出于本能又有些迟疑。就在他准备收手指出真假的时候，左边的谢问忽然睁开了眼。

灵本状态下的他比平日更显苍白病态，注视着谁的时候，让人想后退，却又挪不开步。

他弯了一下眼睛，在闻时撒手出声前，伸出食指比了个噤声的动作。

很奇怪，看到这个动作的瞬间，闻时脑中忽然闪过一个模糊的声音："听话，等会儿再说。"

闻时怔了一会儿，倏然睁开眼。

"你……"他定定地看着面前的人。

谢问问："怎么了？"

因为总会咳嗽，他的嗓音透着微微的沙哑。

闻时抿了唇，片刻之后摇了一下头："没什么，听错了。"

他差点以为那句话是谢问说的，但现在想来，谢问只是用食指抵了一下唇，根本没开口。那句模糊的话，只是他脑中忽然闪过的回忆而已。

况且"听话"这样的词太过亲昵，从谢问口中说出来实在是……

闻时收回视线，垂着的手动了一下。那些不断涌入体内的黑气就此被截断，但并没有立刻散开，而是绕在他手指间。

他睁着眼，所以看不见什么，只有触感。他能感觉到谢问身上的黑雾丝丝缕缕地缠着他的手指，退散的时候又扫过指缝。

正因为看不见，这种触感才变得很微妙。

夏樵正屏息等着他哥的结论呢，却见他哥站了一会儿，垂着的手指忽然蜷了一下。他像是刚回神，转身的时候，拇指摁着食指和中指关节，咔咔作响。

他皮肤白，被揉摁过的指关节泛着红，在白棉线的衬托下格外明显。

夏樵知道他哥时常有些小动作，一般是走神之后忽然回神的时候会做，无意识地，就是不知道他哥想到了什么。

"怎么样哥，认出来了没？"夏樵问道。

闻时"嗯"了一声："认出来了。"

众人松了一口气，大东连忙说："那还等什么？哪个是假的？我来送她一程再……"

他撸起了袖子，打算当一回勇士，去掀沈曼怡的盖头把她送走，结果话还没说完，两个谢问同时把目光转过来，静静地看着他。

大东咕咚咽了一下唾沫，把袖子又放回去了。

闻时是真的不怕，后背冲着那两位也完全不怵。他朝夏樵这群人走过来，大东不死心地压低声音对他说："赶紧的，把沈曼怡送走再说。"

结果闻时来了一句："不急。"

大东都呆了："不急？"

不你个头啊！

大东差点骂出来。

闻时却又开口了："先放着吧。"

"什么玩意儿你就先放着了？"大东难以置信，"你放个不是人的东西在队里干吗？你疯了，还是你觉得我疯了？"

结果闻时眼都不抬，怼了他一句："我没疯，你我不知道。"

大东被噎了一下，忽然若有所思，睨着他说："你是不是压根没认出真假？"

闻时终于撩起眼皮看了他一眼。

大东感觉自己猜对了："要是没认出来，麻烦你直说，别在这儿装好吗？"

闻时有点无语。

背后有个沈曼怡看着，他本来不想说得太明白，奈何这个大东脑子有点问题，他只能稍微直白点："送走了等会儿再来，你跟她玩？"

大东坚决地说："不！"

闻时自己送了两次沈曼怡，算是摸清楚了，这位沈曼怡小姐有股百折不挠的精神，你送几回，她就来几回。

最麻烦的是，她还知道进步，一次比一次装得像。等下一次她再来，谁知道会变成什么样？

刚刚谢问嗫声的手势和那句一闪而过的话提醒了闻时。趁着这次好分辨，他完全可以不送沈曼怡走，把她扣下来。

周煦这小子聪明，是第一个想明白的。

这个笨蛋用一种"你丧尽天良"的口气对闻时说道："她才十一岁。"

闻时觉得他有病。

夏樵、老毛和孙思奇都跟着回过味来。

孙思奇不懂什么笼不笼的，只把这里的东西都当怪物。他好好一个大活人，完全不能理解把怪物扣下来是个什么令人迷惑的操作。

老毛揣着袖笼没说话，这事他见怪不怪了，一看就知道是谁家的作风。

唯有夏樵心好，冲着大东一顿挤眉弄眼，终于让大东弄明白了。

看到大东露出恍然大悟的表情，闻时冲他伸出手，言简意赅："线给我。"

"什么线？"大东愣了。

闻时朝他手指上缠绕的白棉线一瞥。

大东立马把手缩到背后，警惕地问："你要干吗？"

他这反应把闻时弄得愣了一下，然后闻时才想起一个规矩——橦师的线，别人碰不得。

其实橦线没有固定的说法，有人用棉，有人用丝，常常是就地取材，没什么讲究。它放在那里，就是个平平无奇的普通物件，谁都能用。可一旦绕到橦师的手指上，它就变得特殊起来。

橦师以灵控线，在那期间，线和橦师本人是相通的，别人动线，橦师也会有触感。越厉害的橦师，这种相通感越深，也越敏感。

最厉害的，线就好比身体的一部分，甚至灵本的一部分。

不过橦线也不是别人随随便便就能碰的，一般人还没碰到，就先受伤了。旁人想要动橦线，要么纯粹靠压制，要么是橦师自愿。

像闻时这种级别的，正常情况下，没人碰得了他的线。所以要不是大东，他真的忘记这一点了。

"那你自己去。"闻时改了口。他对大东的线没兴趣,无意压制也无意冒犯,能不碰他也不想碰。

"去干吗?"大东看着闻时指的方向,两个谢问站在那里,一左一右,不知道的还以为他们中间插了一面镜子。

"一人一个,免得你们分不清。"闻时绕着自己手里的白棉线,意思就很明白了——他跟大东都有橦线,一人挑一个谢问系上,可以做个区分,免得大家一转眼就弄混,还得不断地重新认人。

闻时是不介意多吃几顿,但也得考虑一下谢问愿不愿意。

况且,万一沈曼怡想走呢?用橦线拴着也能防止她乱跑吓唬人。

闻时想得很周全,但大东有点崩溃。他心说:我不仅要留一个不是人的小姑娘在队里,我还得牵着她?

我疯啦?

闻时在谢问和沈曼怡扮的谢问身上扫视了个来回,迟疑片刻,还是指着真谢问对大东说:"你扣他吧,我扣右边那个。"

相比而言,还是沈曼怡危险一点。闻时想了想大东那个胆子,选择把小姑娘留在自己手里。

结果大东会错了意。

他以为闻时会把真的占了,假的指给他。于是他一弹而起,说了句"我自己挑",然后操着自己的橦线,拴到了右边那位的手腕上,成功牵走了沈曼怡。

闻时被这蠢货的行为折服,无话可说。

他转开眼,跟谢问的视线撞上了。对方刚从大东和沈曼怡那里收回视线,可能觉得有点意思,看向闻时的时候,眼里便带了笑意。

他直起身朝闻时走过来,主动抬了手,说:"要捆吗?"

有一瞬间,他微弯的食指朝闻时的橦线伸过来,似乎要自己把线系在手腕上。直到旁边的大东投来怀疑的一瞥,他才忽然想起什么般,在触碰到橦线的前一秒,收回手指。

"差点忘了。"谢问眼眸微垂,看着那根线,片刻后才抬眼对闻时说,"我学艺不精,用得少,不太记得那么多讲究。你自己来吧。"

闻时"嗯"了一声。

他的无名指动了一下,雪白的橦线抖落下去,很快缠到了谢问的手腕上,绕了几圈。

"我能收紧一点吗？"大东忽然出声，他非常难受地攥了一下拳又松开，活动着自己的右手，"平时捆着什么东西都是往死里用劲，勒断了算完，这么温和的捆法我还是第一回，又不是来逛街的，好难受。"

他抓了周煦手里的蜡烛灯，照着自己的手臂，说："看见没？鸡皮疙瘩都起来了。我很敏感的。"

这话在懂行的人听来，就好比吹牛说"我很厉害的"。对他知根知底的周煦先偏开了脸，听不下去了。

谢问不太在意地说："松点紧点没关系。"

他这话其实是说给闻时听的，结果沈曼怡小姐正在专心搞模仿秀，听到他这么说，跟着哂笑一声，说："小事，你随意。"

大东一听这话，连动了三下无名指，这根手指主力道，三下下来，铁门都能生拽开。

樟线猛地一收，沈曼怡差点在原地被送走。

走廊里蓦地响起了一声小姑娘的啜泣，听起来既像贴在耳边，又像浮在虚空中，三盏蜡烛灯都闪了一下。

大东一个激灵，吓得手指一抽，樟线更紧了。

沈曼怡又哭出了声。

大东再次受到惊吓，手指再次一抽。

沈曼怡……

沈曼怡已经不想玩了。

闻时也有点后悔。他现在觉得一人牵一个这个主意简直不能再馊了。

大东那个笨蛋不做人，手里扣着的也不是人，勒一勒就算了，但他不一样。

他知道自己扣着的是真谢问，力道就得有所收敛，樟线也不能扣太紧，否则他走着走着，线上就只剩下断手了。

但线太松了又真的很奇怪……

谢问垂下手的时候，缠绕的樟线顺着他的手腕往下滑了一些，不松不紧地搭在他突出的腕骨上。

闻时："……"

论敏感程度，樟师里面他可能是祖宗。

余光里，谢问正垂眸看着自己腕上的橦线，不知在想些什么。良久之后，他抬了眼，似乎想开口，却被闻时抢了先："走了。"

他的声音很冷淡，素白的脸上看不出任何情绪，更看不出他正经受着橦线的困扰。

不知情的人，只会觉得他的水平不怎么样，跟线之间的联系太浅，所以牵着一个人还这么冷静。

他们一路搜到了最大的那间房。看房内布置和衣橱里的东西，这个房间应该是沈家的主人，沈先生跟他妻子所住的地方。

屋内整洁得像个样板间，没有什么人气，看得出来很少有人在。钢琴、沙发以及一些容易落灰的装饰柜上封着白色的麻布罩，防灰尘，但是蜡烛灯粗略一扫，实在很像灵堂。

"啊！"周煦忽然叫了一声，转头揪住了夏樵。

夏樵衣领差点被他扯垮，连忙捞了他一下，说："怎么了？"

"人！"周煦指着一个角落。

闻时举着蜡烛灯扫过去，就见那个墙角直挺挺地立着一个人形的东西，裹着防尘布。

周煦他们又叫着抱成了团，根本不敢看第二眼。

闻时被他们叫得头疼："那是衣架。"

"衣架？"周煦将信将疑地扭头去看。

大东脸上刚恢复血色，立刻马后炮道："对，你再仔细看看呢，那玩意儿最起码两米，正常人谁有那个个子？"

夏樵他们松了口气："也是。"

孙思奇说："那顶上应该有个帽子，所以就很像一个人站在那儿。"

众人虚惊一场，放松下来。

大东带头在屋里翻箱倒柜地找起了日记后半部分。这项工作本来没什么难度，但是他牵着的"谢问"不着调，总是走着走着就距离他很远。

他人都进门了，"谢问"还在走廊外徘徊，像只特别容易上天的风筝，拽得他手都疼了。

真谢问倚在门边看戏，看着沈曼怡顶着自己的模样远远站在走廊一角。可能是因为其他人不在，也可能是因为大东时不时地勒她一下，弄得她快疯了，

236

她扶着墙，以一种暗中观察的姿态看着这边。

"你是不是特别怕这个房间？"谢问说。

沈曼怡说："不怕。"

"会不会这里就是你在的地方？那两块地毯有换过的痕迹。"谢问又说。

沈曼怡答："不是。"

"那你走过来。"谢问又说。

沈曼怡依然倔强："不走。"

谢问转头就冲屋里说："大东，你牵着的'人'又走远了，是不是橦线有点控不住？"

他说得很温和，但大东最听不得这种话，当场拉了一下手里的线。

下一秒，沈曼怡直挺挺地被线控着走过来了。

"你可以走得好看一点，这么僵硬，很容易被人认成假的。"谢问给她提意见。

闻时找到了地毯更换的痕迹，正在翻看地毯的时候，听到的就是这么一句。他有点无语地看了谢问一眼，又转头看向沈曼怡，却见那小姑娘连装都不装了，崩溃地跟他说："我是假的。"

闻时说："没看出来。"

沈曼怡："……"

"我真是假的！"她又说，"你叫一下吧，叫一下我。我想走了，我不想玩了。"

闻时又说："你证明一下。"

沈曼怡有点不愿意，她好像很贪恋别人的躯壳和模样，死死地瞪着闻时。但捆着她的橦线还在往里收，拽着她，控着她。

眼看着要踏进屋内了，她才不甘不愿地咕哝道："可是，我现在不太好看。"

"你现在挺好的，原本什么样就不知道了。"

闻时下意识回了她一句，回完才意识到这话怪怪的。

谢问转头看着他。

闻时木着脸说："别看我，不是那个意思。"

谢问看着他的表情，倚着门沉笑起来。

有什么好笑的！

闻时没理他。倒是沈曼怡明白过来，纠正道："我以前挺好看的，后来就不好看了。"

"你们要看吗？"沈曼怡轻声说。

话音落下的瞬间，她就褪下了谢问的样子，就像蟒蛇蜕皮一般。那过程实在触目惊心，看得闻时皱了眉。

之后，她像一个折叠椅一样，从一小团翻折开来，先是腿，再是胳膊，最后"咔"的一声直起了脖子。

大东一把橦线收到底，转头就跟这样的沈曼怡来了个面对面。

他一口气没上来，当场又凉了。

孙思奇和夏樵两个倒霉蛋刚好在大东旁边。沈曼怡晃动的裙子从他们腿上扫过，可能是心理作用，扑面便是一股怪味。

孙思奇双手捂着脖子："哕——"

他第一次碰到这种场面，也是第一次闻到这种味道，生理反应压都压不住。他这动静比大东还大，沈曼怡两只眼珠慢慢转向他，目光有些幽怨。

夏樵吓疯了，但他的脑回路很清奇，自己被吓坏了，还不忘把孙思奇往后拽，同时还正儿八经地给沈曼怡道歉："对不起对不起对不起，他没有那个意思……"

孙思奇又是一声荡气回肠的"哕"。

夏樵："……"

"快别吐了，憋着！"周煦一把捂住他的嘴，跟夏樵一起把他往闻时身边拖，结果脚步太乱，三个人跌跌撞撞被绊倒在罩着白布的沙发里。

白布被风掀高又落下，把他们盖住了。

"这破沙发，硌我肋骨了！"周煦叫了一声。

"哎哎哎别坐，这是我的脸，你等我起来。"夏樵也哀叫着。

"我也不想吐，但我控制不住。"孙思奇快哭了。

沈曼怡盯着他们，想往前走，就见大东手忙脚乱地拽着另几根橦线。随着一声清啸，那只暗金色的大鸟便扑扇着翅膀，猛地挡在了众人前面。

它掀起的风很有劲道，扑得沈曼怡直挺挺地朝后退了两步。大东这才缓过来，哆哆嗦嗦松了一口气。

其实真不怪他们反应大。

这位沈曼怡小姐的模样确实吓人。闻时想到她刚刚折叠成一团的模样，总觉得她真正的身体应该被人塞在某个狭小的空间里，不得舒展。

她大概闷了很久，根本看不出原样。

她的肩带烂了一根，连衣裙整个歪斜在身上，露着半边肩膀。布料破得厉害，如果再多扯两下，可能就衣不蔽体了。

沈曼怡低下了头。

受惊吓的人太多了，她在打量自己。

"真难看。"她细声细气地咕哝了一句。

下一秒，浓稠而漆黑的烟气便从她身体里源源不断地涌了出来。

三盏蜡烛灯忽闪了几下，所有人都能感觉到这个房间开始变冷，而且越来越冷。

沙发白布下的三个男生敏锐地感觉到了陡然变重的阴森气息，纠缠着僵在那里，不敢动了。

大东咽了口唾沫，控着金翅大鹏的手指绷得紧紧的，一边提防着沈曼怡，一边给沈曼怡身后的人使着眼色。

眼看着这小怨灵要爆发了，沈家那个大徒弟却毫无所觉，不知避让。

大东不敢出声，只能趁着沈曼怡没抬头，用夸张的口型对沈家大徒弟说：你过来！到这边来！

但沈家大徒弟可能瞎了，根本不动。

沈曼怡个子不高，谁站在她身后都可以俯视她的头顶。

她头发漆黑，但毫无光泽，梳着双麻花辫，中间的那条缝歪斜着，有一块秃着，应该是在拉扯中被揪坏了。

她有时候觉得那里有点凉，有时候有一点隐隐的痛，但更多时候，都是无知无觉的，就像已经习惯了。

她揪着自己的裙摆，正在努力回忆它原本的颜色，忽然感觉有一只手伸过来，给她把滑到肩头的裙子往上提了一下。

接着，一根细长的棉线穿过了布料。它像有生命一样，动起来很灵活，在两边各打了个结，吊住了摇摇欲坠的裙子。

然后它就失去了生命力，成了一段普通的棉线，勉强替代了那根烂掉的肩带。

沈曼怡盯着那根棉线，愣了好一会儿，然后仰起了头。

她的脖子应该也扭折过，仰起来的时候几乎是整个儿翻过去的。她咯咯笑着，可能是想故意吓唬人，却发现被吓唬的那位无动于衷。

她看到了闻时瘦削好看的下巴，看到他缠着线刚收回去的手指。因为他个子很高，她看不见他的脸。

于是沈曼怡的脑袋朝后翻折着挂了一会儿，又慢慢直回来。

她又换成转头的姿势，朝身后看了一眼，看到了闻时没什么表情的脸，跟"温和"这个词毫无关系，但帮她提裙子的，又确确实实是这个人。

"你这结没有蔡妈妈打得好看。"沈曼怡忽然说。

"……"

闻时无话可说。他并没有兴趣跟什么蔡妈妈比缝补手艺，毕竟千百年来，他手里的线只管操幢和绞杀，凶得很，没干过这种活。

他跟小孩没话说，另一个人却有——谢问迤迤然走过来，弯腰对沈曼怡说："说给我听听，哪里不如你蔡妈妈弄得好看？"

沈曼怡不高兴地撇了撇嘴，指着烂了的肩带说："这裙子是鹅黄色的，这里应该是个蝴蝶结，很大，蔡妈妈给我弄的。"

谢问点了点头，直起身对闻时说："还缺个蝴蝶结，你给她系一个。"

闻时眼也没抬，沉声吐了一个字："滚。"

沈曼怡闷闷地说："不要他系，我的蝴蝶结只是掉了。"

谢问问："掉哪儿了？"

沈曼怡沉默了很久，然后说："不知道，我一直在找，但是没人帮我。蔡妈妈、李先生他们都不见了，没人陪我玩，也没人帮我找。我只能跟你们玩。"

谢问又问："什么时候掉的？"

沈曼怡低头想了一会儿，又慢慢抬起头。

她说："把我折起来的时候。"

屋里静了一瞬。

又过了片刻，闻时忽然出声问："谁折的？"

沈曼怡漆黑的眼珠骤然转向他，一动不动地盯着。

闻时又问了一遍："谁折的？"

沈曼怡张了张口，那一瞬间，她圆圆的口型似乎要说"我"，但还没出声，又把嘴抿紧了。良久后，她摇了摇头，说："不知道。"

闻时皱起眉来。

我？还是我弟弟？

他总觉得那本日记有点诡异，想在沈曼怡这里再确认一下。但从她的口型来看，事实可能跟日记的指向是一致的。

原先他以为这可能是沈曼怡的笼，但看她这吞吞吐吐，说话都受限制的模样，应该不是。

至少不完全是。

难道这又是"双黄"笼？可如果是"双黄"笼，沈曼怡明显不占上风，哪能安安稳稳地站在这里？

疑问归疑问，既然沈曼怡先出来了，就得把她先解决。

"我想要我的蝴蝶结，我想要漂漂亮亮的。"沈曼怡认认真真重复了一遍，尖细的嗓音在整个房间里回荡，"为什么蔡妈妈他们不来帮我？我找了好久，他们为什么不来？"

"别，他……他们不来我们来。"一看她周身黑气越滚越厉害，说话的语调也越来越诡异，大东攥紧了自己的金翅大鹏，连忙说，"我们找，我们找。你别急。"

他匆匆忙忙就在屋里转起来，却听见老毛说了一句："咱们刚刚一路过来，每个房间都翻过，可没有什么蝴蝶结。"

大东皱着脸指了指他，示意他千万别乱说话："万一还有漏的呢！别急啊，这么多人一起找，还怕找不到吗？"

老毛又说："她说她找了好久，一样没找到。"

大东气急："你……"

——你究竟是哪边的？

他瞪着老毛，用口型说着，生怕被沈曼怡看到。

说完，他转头看向谢问，本来也想瞪的，但是对着谢问，他莫名不太敢瞪。

"你家店员，你管不管啊？"大东说，"我解笼呢，有这么捣乱的吗？"

谢问却说："管是可以管，但我觉得老毛说得对。"

他虽然看着大东，但说话的时候微微偏了头，显然是说给闻时听的。

"我知道。"闻时低声道。

确实，他也觉得老毛的话没问题。

如果蝴蝶结在什么正常地方，比如床底、柜底之类的，沈曼怡何苦长久地被困着，怎么都拿不到？

"你确定还在这里？"闻时试了沈曼怡一句。

小姑娘点头："在的。"

她的回答太笃定了，就好像她在潜意识里一直知道那个蝴蝶结在哪里，只是她不想拿，或者说不敢拿。

她近乎笼主，在这里来去自如，遛着一群人玩，有什么地方是她都不敢去的？

闻时经验丰富，想到这里，答案就很明显了——几乎所有死去的人都会害怕一个地方，那就是自己尸体在的位置。

因为没有人想看到死去的自己。

这跟他们的目标不谋而合。他跟谢问之所以找到这间卧室，就是因为这里有地毯更换过的痕迹，不出意外，沈曼怡真正的身体就在这个房间里。

但哪里算是狭小、拥挤的空间，需要把沈曼怡折成那样？

橱柜里？镜子后面？墙里？

闻时正顺着痕迹寻找源头的时候，沙发那边忽然传来一声惊呼。

"啊！"周煦粗嘎嘎的嗓门把沈曼怡的注意力都吸引过去了。

就见那片白布一阵乱抖，三个男生从里面挣扎出来，夏樵和孙思奇直接滑坐到了地板上，满脸惊恐。

"哥，你看！"夏樵叫了一声。

周煦高高举起了手，他的手指间捏着一个东西，丝丝缕缕，很长。

他瞪着眼睛说："头发！"

他这么一说，闻时借着光看清了。

"哪里找到的？"闻时问。

周煦指着脚边："地板缝里夹的！"

沈曼怡盯着那片头发，专注地看了好几秒，然后摸了一下自己的后脑勺，忽然开始尖叫。

声音持续不断，凄厉极了。

她浑身的黑气在疯狂四散，整个房子开始颤抖。

孙思奇连滚带爬往后退让，死死贴着墙壁，结果感觉有湿漉漉的东西顺着墙往下流淌。

他闻到了一股异味，转头一看，所有的墙上都是深色的液体。

沈曼怡的尖叫变成了哭，整个房子都在跟着她哭。

四散的黑气扫到了人，周煦"咝"了一声，摸了一下脸，被黑气扫到的地方破了好几道伤口。

大东的金翅大鹏一个滑翔，横到了众人身前，长翅一张，掀起了劲风，试图挡住那些黑雾。

但它的遮挡终归是有限的，而且没过几秒，它的翅膀、躯干上也开始出现伤口。

"快找快找，我得再快一点，这小姑娘疯了。"大东碎碎念着，另一只手也抖出了橦线，试图去扒屋里一切有可能藏人的地方。

但无论如何，这样翻找都太慢了。

他的金翅大鹏因为伤口过多，开始颤抖，慢慢变得不受控制。

就在大东焦头烂额的时候，他的余光里忽然出现了密密麻麻的白线，纵横交错着直甩出去，像一张巨大又复杂的网。

明明是最普通的白棉线，却泛着金属似的光。

那一瞬，大东忽然想起他师父用一根橦线削断一把铜锁的场景，当时那根橦线也是这样，像最利的刀刃。

这是谁？！

那一瞬间，大东没有反应过来。

直到他听见闻时的声音在背后响起："让你的大鹏护一下人。"

大东下意识照办，手腕一转，金翅大鹏猛地退回来，巨大的双翅横向一扫，将周煦、夏樵他们包拢在翅下。

然后呢？！

大东从翅膀缝里抬起眼，看见黑雾包裹下的那个人，这才终于反应过来——

那些闪着寒芒的橦线，居然来自闻时。

他十指紧绷，手背骨骼根根分明，那些橦线一头缠在他手指间，另一头则死死钉在了四面墙壁、橱柜、镜子、地板上。

就见他手腕一转，拢了线猛地一拽。

房间里瞬间响起无数爆裂之声。

大东终于明白为什么他要让大鹏护一下人了——在金翅大鹏的翅膀下，众人眼睁睁看着房间里所有能藏人的地方，在橦线的拉拽下同时炸裂。

一时间，玻璃、木屑、金属以及砖泥四散迸溅，多亏有大鹏翅膀挡着，否则，在场的人浑身上下都会受伤。

这个动静实在太大，沈曼怡都愣住了。

尖叫声和哭声骤然停歇，那些气势汹汹的黑雾在那一瞬几乎静止，像流云一般浮在闻时四周。

整个房间一片狼藉，床、沙发、钢琴……几乎所有重物都被震得挪了地方，除了墙角的几个衣架有个支撑，还勉强站着，轻一些的东西全部四脚朝天。

闻时抬起手背，擦掉了侧脸被黑雾划出的一道血印，目光四下扫了一圈，找寻着沈曼怡的身体。

"那边。"他的肩膀被人轻轻拍了一下，谢问指着某一处角落说。

闻时愣了一下，第一反应是诧异于谢问居然还在这里站着，没有躲进大鹏的翅膀里。

但下一秒，他的注意力就被他看到的东西吸引走了。

谢问所指的地方，那个周煦、夏樵和孙思奇挤过的沙发堪堪压在一片隆起的地板上。

那片地板在一片沉寂中嘎吱嘎吱地响了几下，终于不堪重负垮塌下来，于是那张沙发也轰然落地。

因为猛震了一下，沙发底下的缝隙里忽然多了一片黄色，就像是谁的衣服滑落下来。

闻时一眼就认了出来，那是沈曼怡的裙子。

房间里再度陷入死寂，个子小小的沈曼怡就站在闻时身前，一动不动地看着沙发。闻时皱了一下眉，正要再抖出一根橦线去拽沙发，却听见谢问温声说："别拽了，我来。"

房间里到处是断裂的木板和碎裂的玻璃碴，谢问踩在上面，脚步却很稳。

他掀开那层白罩布，布上是积年已久的尘埃。他半弯着腰，伸手卸了厚重的沙发垫，露出垫子下小姑娘的身体。

她被折叠着塞在沙发底下方形的木框里，手臂抱着膝盖，以一种极没有安全感的姿态蜷缩着。

那个鹅黄色的蝴蝶结就被她攥在手里，攥得死死的，确实很漂亮，是小姑娘会喜欢的式样，只是脏污不堪。

但谢问没有皱眉，也没有像平时咳嗽一样手抵着鼻尖。

他只是垂眸看着，然后把那个蝴蝶结抽了出来。手指拂扫过的瞬间，斑驳污迹便不见了，蝴蝶结骤然变得干干净净，只是落了一层浅浅的灰。

谢问直起身，往沈曼怡和闻时的方向走回来。

身后的沙发年代已久，又承载了一个小姑娘太多年，终于在断裂声中散了架，那一团裹着破旧连衣裙的躯体滚落出来。

在那个躯体闷声落地的同时，谢问看见闻时伸出手，挡住了身前那个小姑娘的眼睛。

他忽然想起不知多少年以前的某一个笼，也是满目疮痍，只是比这凄惨得多，也寂静得多。

那应该接近傍晚了，到处是昏暗的金红色。

闻时手上缠着就地取用的雪白绸带，指根缠得很紧，末尾被扯过，松松地垂挂着。他个子很高，头发束得一丝不乱，明明衣袍和绸带上都沾着血，却显得干干净净。

谢问过去的时候，看到他蒙着一个老人的眼睛，垂眸抿着唇，将蜿蜒成河的血遮挡在外，冷静可靠。

那一瞬，谢问终于意识到，那个小时候被他捂着眼睛护着的人，已经长成了高山一般。

沈曼怡感觉眼前多了一抹白，那是一只很好看的手，手指上缠绕垂挂着干净的白棉线，轻飘飘地扫过她的鼻尖。

那只手并没有直接捂上她的脸，没有碰到她的皮肤，而是隔着几厘米挡在她眼前，悬得稳稳的，一点都不抖。

她记得教书的李先生说过，这叫端方和分寸。

他们以前总是不懂，姊姊妹妹追逐玩闹起来揪辫子、扯裙子，像一群小疯子。每次李先生都会把这两个词掏出来讲上半天，最后又摇头说："算了算了，等你们再大几岁就懂了。"

可惜她一直这么大，再没长过了。

沈曼怡眨了眨眼，忽然说："你这个线上有味道，很好闻。"

身后的人并没有哄小孩的意思，语气也并不热情，应了一句："什么？"

连疑问都很像陈述句，好像对方回不回答随意。

小姑娘认真想了想："我家的味道。"

身后的人默然几秒后说："你家拿的。"

小姑娘："……"

她其实不是那个意思，但她年纪小，表达不出来。她甚至不确定那个味道是来自线还是来自手。

她又皱着鼻子嗅了几下，却闻不到了，回想起来，就像冬天的冷风穿过后花园。

她以前很喜欢去那里玩，齐叔在那里架了一个秋千，两边都是一种鹅黄色的像蝴蝶一样的花，也像兔子耳朵。蔡妈妈扎的蝴蝶结就是那样来的。

但她已经很久没有见过那座后花园了。

她夜夜徘徊在这条回廊里，看到的总是黑色，黑漆漆的门、黑漆漆的柜子、黑漆漆的影子……所有见到她的人都哭叫着离她远远的，好像她是什么脏东西。

"我以前不脏的。"沈曼怡咕哝。

她一低头，额头就磕到了闻时的手心。小孩子的额头总有些圆，像某种小动物，但沈曼怡的就有些奇怪。

闻时没有抽开手，任她抵着。

他看见谢问走过来，弯腰把蝴蝶结递给沈曼怡，说："没人说你脏。"

谢问说完便抬起眼，用只有闻时能听见的音量低声说了一句："先别动。"

然后他转身朝人群聚集的角落一瞥，指了指那个破旧沙发。

老毛立刻明白了自家老板的意思，走到床边扯了一床干净被褥，把那个从沙发里面滚落出来的躯体裹了起来。

其他人还处在震惊的余波里。

他们机械地看看闻时和沈曼怡，再看看谢问和老毛，又机械地意识到老毛要做什么，然后机械地走过去想搭把手。

大东嘴巴张着，脸是木的。他蹲下身，帮老毛把那个躯体包得严严实实，搬到那张大床上，就好像那个叫作沈曼怡的小姑娘，在某个午后跑进了爸妈房间，玩了一会儿，感到困倦，便爬上了大床，卷着被子睡着了。

直到他们做完所有，闻时才收回了自己的手，谢问也直起身。

沈曼怡揪着蝴蝶结，好像又看到了春末夏初的后花园。

蝴蝶结后面有个老式别针，生了锈。她将沾了锈迹的手指在背后蹭了蹭，然后把蝴蝶结认真地别到了连衣裙上，又像拨弄兔子耳朵一样，拨了拨蝴蝶结半垂的边缘。

墙壁上的痕迹慢慢变淡，仿佛水痕，洇进墙里，干了便没了踪迹。充满整个房间的黑雾也重新流动起来，变薄变淡，丝丝缕缕地绕着她，不再那么锋利如刀了。

黑雾抽回去的时候，扫过大东的脸。

他刚把帷帐放下来，遮挡着床上那一卷被褥。被这黑雾一撩，他摸着脸忽然僵在原地。

刚刚是怎么回事来着？

他在脑中飞速地回忆——从沈曼怡拿到蝴蝶结开始，一路往回追溯，追到了这些黑雾疯狂散开的瞬间。

白棉线纵横交错钉满整个房间的画面实在震撼人心，哪怕只是回想，他也下意识屏住了呼吸。

他屏息了一会儿，终于回过味来。

拽一下线，能把房子掀成这样，力道大吗？

大。

能同时管住这么多线、这么多方向，控术强吗？

强。

那些线根根分明，钉进墙里的时候灰土迸溅，好像削铁断金也不成问题。这样的人在橦师里面能排上号吗？

能，而且是个师父辈的。

干出这些事的人是谁？

沈家大徒弟。

我的天！

这是大东脑子里蹦出来的第一句话。

他转头的动作太猛，脖子发出咔的一声响，听得旁边的老毛都愣了一下。

"你干吗呢？"老毛见他眼睛都看直了，一眨不眨地盯着闻时的方向，那架势，看起来很吓人。

大东已经麻木了，不知道是过于恍惚还是难以置信，反正声音很轻，气也很虚："我问你个事。"

老毛是个不太热情的性子，跟大召、小召截然不同。他看了大东一眼，想理又不想理，没好气地说："什么事？"

大东幽幽地说："沈家那个大徒弟,你认识的吧?"

老毛问："谁?"

他愣了一下才反应过来沈家大徒弟是指闻时。

老毛默默看了大东一眼,心说:现在的人可真是勇,指着祖宗认徒弟。你们敢指,人沈家敢认吗?

老毛挠了挠脸,一言难尽地"啊"了一声:"认识啊。"

大东的语气还是幽幽的:"你们以前见过他使橦术吗?"

老毛说:"见过。"

从小见到大呢。

大东用一种相当朦胧的语气说:"我刚刚第一次见,现在有点上头。"

老毛:"……"

大东说:"有句话叫当局者迷,我怕我判断有误。"

老毛:"……"

老毛忍不住了:"你有话直说。"

大东说:"好,那我问你,以你旁观者的角度来看,他的橦术跟我相比,怎么样?"

老毛:"……"

这话谁听谁上头。

老毛眼珠又圆又黑,透着一种深沉的疑惑感。他眯着眼睛看向大东说:"你心里这么没数吗?"

大东说:"我有,所以我现在有点蒙。"

别说蒙了,他回想起自己刚进笼时说的话,差点疯了。

他居然在一个水平能当他师父的人面前横刀立马,特有气势地说"你一边儿去,我来"。

他喷过人家线缠得乱七八糟,试图教人家最基本的橦术和规矩,还指着自己火候不够的鸟说那是金翅大鹏。

如果现在给根绳,他都能吊死在这里,反正也没脸见人了。但他又想起来另一件事……

他指着闻时,用一种怀疑人生的语气说:"他的橦术怎么看都比我强吧?就这个水平,上不了名谱图?这是嘲讽谁呢?"

大东终于把疑惑吐了出来，结果一不小心激动了一点，嗓门有点大。

于是整个房间都静了一瞬，就剩他那句"嘲讽谁呢"在屋里回荡。

周煦、夏樵和不明所以的孙思奇都看着他，谢问和闻时也抬了眼，就连沈曼怡的注意力都从蝴蝶结上转移了，眨着眼睛望过来。

过了几秒，周煦率先出声，说了句："终于有人跟我一样疑惑了。我上次出笼之后就琢磨这个，一晚上没睡着！"

他指着闻时，用一种告状的语气对大东说："他上次解笼，放了个橦出来，特别……"

他顿了一下，回头看了闻时一眼，改口道："有点……还算可以吧。"

让这"中二病"当面夸人一句，不如杀了他。

"反正我怎么都想不明白，为什么他这个水平还上不了名谱图。"周煦说。

他想起之前张岚和张雅临对闻时下的定论，说沈家这个大徒弟应该是实力不稳，偶尔有爆发，总体水平还不达标。

但是……

如果进一次笼就爆发一次，还叫实力不稳，那他也想要这么不稳的实力。

大东见周煦跟自己一条战线，登时来了劲头，直截了当地问闻时："所以你为什么没上图？"

要是只有他这么虎也就算了，偏偏谢问这个浑蛋看热闹不嫌事大，居然挑了一下眉，跟着看过来，学着大东的语气问道："是啊，你为什么没上图？"

闻时："……"

——你有毒。

闻时不是个擅长说谎的人，话能不能圆过去基本看命。流程基本是这样的——绷着脸找借口，越找洞越多，放弃挣扎，爱信不信，滚。

如果是一个了解他的人，看他经历这个过程其实是件很好玩的事情。不过了解他的人，几乎没谁敢逗他。

浑蛋谢问跟着起了一会儿哄，不知想起什么事，笑了一下，笑完就倒了戈，转头问大东："说起来，名谱图谁弄的？"

大东直接被问蒙了。

还是周煦这个理论性人才替他答道："我家。"

"谁？"大东还是很蒙。

周煦翻了个白眼,不太高兴地说:"张。"

大东"哦哦"两声,反应过来。

这话不算全对。

其实名谱图追溯起来,能追溯到尘不到的徒弟那代。最早的一张图是众人决定,一人动笔,动笔的那位是卜宁。

最初画这张名谱图并不是为了排位,也不是为了显示某个家族庞大显赫,只是因为卜宁他们那群人也要收徒了,怕将来枝枝蔓蔓太多,几代之后可能就理不清了,就有了这么一张图,以表传承。

那时候也有排位,但不像如今这么精确敏感,只有个大概的范围。卜宁做这个也不是为了引起竞争,只是想着后世的徒子徒孙,如果有谁不慎碰到了解不了的大笼,可以依照名谱图,于尚在人世的同辈解笼人里,找到能帮忙的人。

后来张家坐大,考虑到名谱图上的人越来越多,分支越来越复杂,为了更好地区分,就在卜宁那张图的基础上做了点改动。

其实他们加不了东西,也减不了东西,只能把排位弄得更细致一些,说白了,就是让这张图更灵一点、更敏感一点。

这图传着传着,在一部分人口中就成了"张家做的图"。

周煦其实听张雅临说过来龙去脉,但为了省事,他总是跳过老祖宗,直接说张家。

"对,我差点忘了,是张家。"大东不想显得无知,连忙补充了一句,却见谢问点了点头,说:"那为什么上不了名谱图这种事,你问张家去,问他干什么呢?他又不是画图的。"

大东被噎了个正着,居然找不出理由反驳。

也是啊,众所周知,没人能往那张图上强行添补自己的名字,除非你是卜宁再世。

大东感觉自己问了个蠢问题,再看沈家大徒弟沉默的样子,估计他自己都无计可施。

"那……"大东讪讪地摆了摆手,"那当我没说,当我没说。"

不过这种情况实在少见,他打算回去问问他师父,也问问张大姑奶奶。名谱图这么大一个漏洞,没人管管的吗?多吓人啊!

这么一段插曲,以尴尬的大东为始,又以尴尬的大东为终。

在难得说人话的谢问的帮助下，闻时不战而屈人之兵，连蹩脚的借口都不用想，就把名谱图这个话题揭了过去。

他收回目光，问了沈曼怡一件正事："你家就这么大？"

沈曼怡摇了摇头："我家很大，有两层楼，有前院，还有后花园。"

闻时问她："这是二楼？"

沈曼怡说："嗯。"

闻时又问："要去其他地方怎么走？"

沈曼怡下意识说："走楼梯。"

说完她愣了一下，又摇了摇头说："哦，楼梯走不了了。"

她这话没说错。闻时刚进笼就看过，沈家这个二楼是回字形的，外围是房间，里面是楼梯。但他们绕着这个回廊走过好几圈，始终没有看到楼梯的入口。

不论他们走到回廊的哪里，看到的都是同样的楼梯形状，入口永远在他们左手边拐角后。

而楼梯的另一端永远淹没在黑暗里，一丝楼下的情景都看不到。

正常情况下，会出现这种场景只说明一件事——这个笼就这么大，只包含二楼，所以没有通往一楼的入口。

但这次显然特殊，毕竟他们把二楼转了个遍，却没见到过真正的笼主。这只能说明这个笼还有其他区域，只是他们没找到进去的方式。

"还有别的路吗？"闻时问。

沈曼怡垂着脑袋说："不知道。"

"再找找吧。"谢问说。

沈曼怡揪着蝴蝶结，闷头站了好一会儿，忽然小声说："我能跟着你们吗？"

啥？

周煦他们猛地看向她。

小姑娘踌躇片刻，仰脸看着闻时和谢问，可能把他们当成了可以依赖的人。她认真地解释说："以前家里人很多，很热闹。后来他们不见了，我只能找别人玩，但是别人都不带我，看到我就跑。"

只有装成别人的样子，她才能混在很多人里，才有人愿意跟她说话。

"我不想一个人待着，我害怕。"沈曼怡委委屈屈地说。

夏樵他们都听醉了，心说：我们更害怕啊小妹妹。

闻时第一次面对这种要求,也有点蒙。

谢问被他的表情逗乐了,垂眸问沈曼怡:"也行,那你还玩真假新娘吗?"

沈曼怡撇了撇嘴,摇头说:"不玩了。"

她这会儿老老实实、乖乖巧巧,垂着头的模样甚至有些可怜,俨然是个听话孩子,跟之前黑气四散的模样判若两人。

大东都看服了。

闻时没有反对谢问的做法,而是问了沈曼怡一句:"那现在二楼没有你动过的人了吧?"

沈曼怡又老老实实点了一下头:"没有了。"

"行。"闻时点了一下头,对大东说,"问下你同伴在哪儿。"

大东问:"同伴?"

他愣了一下,终于想起了耗子。他们最后一次通话,还是沈曼怡在其中搅和的时候。因为真假难辨,所以他一直不敢跟对方多联系,总觉得有点诡异。

现在沈曼怡不捣乱了,至少能确定对讲机那头的耗子不会再有问题,联系起来也就没什么负担了。

况且对方确实有一段时间没动静了,难道他不在这楼?

大东有点愧疚,灰溜溜地过去拿了孙思奇的对讲机。他摁了按键,冲着对讲机说:"耗子耗子,我是大东。你人呢?半天没动静了。"

他语速很快,说完便松开了按键。

下一秒,屋内忽然响起了"呲呲"的电流声,声音有些刺耳,在无人说话的时候显得异常清晰。

接着,大东的声音伴着电流声在卧室里响起:"耗子耗子,我是大东。你人呢?半天没动静了。"

那个瞬间,卧室里一片死寂。

大东茫然片刻,背后起了一片鸡皮疙瘩,直通天灵盖。他朝声音传来的方向看过去,看到了一个罩着白布的衣架。

他这才想起来,刚进门的时候,周煦还被这个衣架吓了一跳,以为是个人。

一时间,所有人都看着那里,但没有人动。

夏樵他们可能也想起了周煦那句话,脸色一片煞白。

大东瞪着眼睛咽了口唾沫,再次抓起对讲机,摁着按键又说了一句:"耗子,你在哪儿?"

衣架那里再次响起了他的声音:"耗子,你在哪儿?"

"白布掀了吧。"谢问淡声说。

闻时已经走了过去,一把拽下了白色罩布。

就见一个男人站在衣架底座上,看衣裤,应该是耗子。只是他低低地垂着头,软绵绵的。

但很快闻时就意识到面前这个人并不是站在衣架上的,仔细看,其实他是挂在上面的,肩膀里有衣撑,脚尖堪堪抵着底座。

大东连滚带爬跑过来的时候,刚好看到闻时把那个挂着的人的脸抬起来。

大东当时就坐地上了。

"假的。"闻时说。

大东并没有立刻缓过来,他不知道闻时是安慰他还是说的真话。

他在地上坐了好几秒,才终于从大脑空白的状态恢复过来,看到了那个人左耳上的胎记。

大东这才放松下来,低声说:"吓死我了。"

耗子的胎记在右耳上。

但不管怎么说,一个人这么挂在这里实在让人瘆得慌。众人壮着胆子,手忙脚乱地把这人放下来,不小心瞥到角落的窗帘。

谢问眼尖,看到了墙边缝隙里卡着一小团纸,看颜色,跟日记本的内页有点像。他拾起来,扫了灰,展开纸页看了一眼,便递给了闻时。

就见上面写着:

辅历一九一三年五月二十六日 雨

最近总下雨,家里太潮,东西容易烂。沈曼怡藏不住了,李先生发现了。

唉,他运气真坏。

什么叫他运气真坏?

闻时皱起了眉,忽然感觉面前有人在看他。

但他正对着房间的窗户,总不至于有东西吊在二楼窗外看他吧?

他倏然抬头,夜晚的窗玻璃上蒙着一层模糊的雾气,映照着屋里,隐隐约约有人影。

闻时盯着那处看了一会儿,而后抬手拉开了窗户。

窗外还是一片浓稠的黑色，隐约能听到虫鸣声，像偏远的荒村。他想起什么般，朝外探出身。

……

夏樵正忍着害怕做苦力呢，忽然被人从背后拍了一下。

他吓一大跳，惊呼："谁啊？"

就见周煦指着某处问："你哥干吗呢？"

夏樵顺着周煦指的方向看过去，就看见他哥从窗户里跳出去了。

跳出去了……

"什么情况？！"大东一个箭步蹿过去，扒着窗边往下看，把同样跑过去的夏樵都挤开了。

在他眼里，跟他师父水平相当的人就能被称为厉害人物，沈家这个大徒弟显然算一个。有这样的人坐镇，他多多少少有点安全感。他好不容易找到一条"金大腿"，不想这么快尝到失去的滋味，但架不住"大腿"自己骚，什么地方都敢跳。

"完了完了。"大东白着脸嘟囔。

夏樵被他的反应吓死了："你别唱衰我哥啊，怎么就完了？"

"笼里危险的地方太多了，尤其是封闭的、未知的，摸不清状况，千万不能乱来，很有可能掉进死角或者陷入死循环，困在里面，再也出不去。"大东表情很严肃，"你们师父没跟你们说过吗？每个做师父的，肯定都会告诉徒弟这一点。"

夏樵知道他哥很厉害，可能比在世的哪个师父都厉害，但听了大东的话，还是有点慌。

窗外伸手不见五指，黑得像染了浓墨，连屋里的光都照不出去，不像是夜色，更像是虚无——没有东西存在，所以一片漆黑。

夏樵整个上半身都探出去了，又被大东揪回来，他骂道："我才刚说完你就忘？！你金鱼脑子啊？"

"这边根本看不到底。"夏樵满脸不安。

"废话，不然我喊什么完了。"大东咕哝。

夏樵冲着窗外喊了几声"哥"，发现声音还没传出去就没了，闷闷的，听在耳朵里，甚至都不像他自己的声音。

他越发觉得毛骨悚然。

这种感觉让他想到每次入笼的瞬间，走着走着，旁边的某个人不知不觉就消失了，一切都很诡异，阴森森的。

他们几人趴在窗边听了一会儿，没有听到任何回音。

夏樵有点待不住了，他转了一圈，皱着脸说："不行。要不我也跳吧？我不能让我哥一个人没了。"

大东说："……你听听你这说的是人话吗？就得你俩一起没了才对？"

他揪了揪头发，愁得不行，禁不住有了点抱怨的意思："看着挺稳重的人，怎么还闷着炸？跳之前也不留条后路！"

这话刚说完，他就听见有人开了口："留了，你们在后路旁边来来回回走了五六圈，没一个人看见，你倒是说说看，谁更不稳重？"

大东转头一看，说话的是谢问。

他抱着胳膊倚在窗边，可能是窗外的阴湿气息太重，让人周身发凉，他说完话就用手抵着鼻尖闷咳起来，好像只是眨眼的工夫，脸上的病气就更重了。

这人说话总是不紧不慢、客客气气的，但有耳朵的人都能听出话里的责备意味。

只是这种责备很奇怪，莫名带着一种长辈的语气，还是那种极有距离感的长辈。

大东被这话弄得一愣，差点条件反射般低头认错，好在意志力足够顽强，在低头之前撑住了。

他"啐"了一声，想怼谢问，又觉得眼下不是计较这个的时候。

还是夏樵挤开其他人，冲过来问道："谢老板，我哥留东西了？在哪儿？"

谢问指了指窗框一角。

众人定睛一看，发现那里有一根白棉线。

那线太细了，又刚好卡在窗框的缝隙里，余下一截悬垂在墙边，又跟白色的墙壁融为一体，要不是刚巧有风扫过，垂着的那段晃了晃，连带着影子也动了，大家可能还得找上一会儿。

"是橦线！"夏樵松了一口气。

大东黝黑的脸皮又有些发热。作为橦师，他应该对橦线最为敏感。这玩意儿就卡在面前，他居然一直没发现，还得谢问这个半吊子来提醒他。

他摸了摸脸皮，讪讪地说："吓我一跳。留了退路就好。"

说完，他悄悄瞄了谢问一眼，发现对方压根没看他们。

谢问这个人跟张家不亲，准确而言，他跟谁都不亲。这点大东是听说过的，但大东以前跟他接触不多，这是第一次这么长时间地和他处于一个空间里。

据大东粗略观察，谢问百分之八十的时间都处于这种"压根没看他们"的状态，俗称"划水"，最大的存在感就是咳嗽声。

就好比此时此刻，他明明没跑没跳，没扛重物，只是倚在窗边，垂眸看着窗外……不，准确地说是看着漆黑一片的窗下，咳嗽就忽然变得厉害了，声音闷闷的，好一会儿才停。

不知道的，还以为他悄悄干了什么麻烦活呢。

大东腹诽。

不过他也只敢腹诽，不敢出声。因为谢问垂眸看着窗下的模样，莫名有种凡尘莫扰的气质。

谢问看了好一会儿，忽然在闷咳的间隙里含糊地笑了一声，目光从窗外收回来，转到了屋内，像是看到了什么有意思的东西。

大东怔然回神，这才意识到自己居然顶着一副"不敢高声语"的姿态，盯着一个病恹恹的半吊子看了半天。

有病吗？他一边在心里骂自己，一边跟着谢问看过去，然后看到了令人迷惑的一幕——

沈家大徒弟卡在窗框上的那根橦线忽然动了一下，像是被人从那头拽了一下，操控着绷紧了。

大东以为要不了几秒，沈家大徒弟就会顺着这根橦线爬上来，结果并没有。

那根银丝一般的橦线忽然灵活地动了几下，垂悬着的那段就绕出了一个轮廓。

可能是大东的表情过于离奇，夏樵他们的注意力也被吸引过来。

"这……绕的是个什么？"孙思奇小心翼翼地问。

"枫叶？"大东一脸古怪。

"不对吧，比枫叶长。"

"手！"周煦说。

"好像真是。"

众人恍然大悟，然后氛围就更古怪了。

因为那段线并不长，绕出来的手便有点小，怎么说呢……怪萌的。

然后那只不大的手就冲他们招了招。

大东问："……你们觉得这玩意儿什么意思？"

周煦说："好像是让我们过去。"

大东继续问："去哪儿？"

周煦瞥了他一眼："这不是废话吗，去下面啊。"

孙思奇都蒙了："怎么去？"

周煦说："跳啊。"

众人静了一瞬，大东盯着那只手，忽然说："我怎么觉得瘆得慌呢？你哥……看着挺冷的一人，还会这样呢？"

夏樵默然片刻，然后连忙摇头说："不不不不，绝对有问题，我哥不这样。"

结果他刚说完，谢问的嗓音就响了起来："是他。"

"谁？"夏樵茫然回头。

谢问看着那只手，又转头咳了几声，转回来的时候眼里含着未消的笑意，只是抬眼说话的时候笑意淡了一些："还有谁？你哥。"

"你确定？"夏樵还是不太相信，看着那只手。

谢问说："确定。"

老毛是个特别配合老板的人，谢问一点头，他已经走到了窗边，看那架势，就要往下跳了。

大东拽了他一把，怀疑地冲谢问说："你怎么知道？"

他怎么知道？

他教的。

老毛把自己的手抽回来，木着脸在心里答道。

准确来说，那不叫教，叫哄骗。

闻时小时候很闷，因为曾经很长一段时间里，总有人管他叫"怪物"。

山上的几个亲徒知错就改，被尘不到点过一回，便没再传过类似的话，但山下人多，悠悠之口堵是堵不住的，总有那么一些不知实情的人，一传十，十传百，悄悄地说着那些不中听的话，又总有那么几句会传进闻时的耳朵。

小孩儿很灵，也很倔，听到什么都藏在肚里，从来不说，只会在练完橦术功课之后，在听松台最高的石块上闷头坐一会儿，薅金翅大鹏的鸟毛。

尘不到以前放橦没有定数，需要的时候信手拈来，什么东西都能操控驱使。一片叶子、一根枯枝、一朵花，甚至一抹霜雪，他背手一捻就能成移山削物的橦，连线都不用。不过大多数情况下，他不需要橦。

老毛是他第一个长久放在身边的橦，为了哄一个掉眼泪的小徒弟，以至于堂堂金翅大鹏，翅膀一扇能掀半座山，利爪如刀，威风凛凛，初亮相却是以一只幼鸟的形象，不足半个巴掌大。

其实橦这种存在，并没有长大这种说法，该是什么样，放出来就是什么样。但他这只金翅大鹏，愣是体会了一番缓慢生长的感觉。

老毛记得很清楚，那时候他被迫伪装成毛茸茸的一小团，闻时年岁不大，坐在山巅的石块上，也是一小团，因为皮肤白，像个雪堆的小人。

他就站在"雪人"的肩膀上，蜷着脑袋打盹，总是没打一会儿，就被"雪人"薅下来摸头。

闻时小时候不爱说话，但有很多小动作，闷闷不乐的时候、开心的时候、馋什么东西却不吭声的时候、不好意思的时候。

那些小动作都是无意识的，他自己不知道，尘不到却看得清清楚楚。

别说尘不到了，时间久了，老毛都能懂。

老毛看得懂却从来不说，他一直兢兢业业地扮演着一只会长大的小鸟，没到时候坚决不说人话。

但尘不到不同，他以逗小徒弟为乐。

每隔一段时间，尘不到就会在某个不经意间，以一种"又被我抓住了"的口吻，戳穿闻时的某个小动作。

"雪人"脸皮薄，一被戳穿就红脸了。但他讲不过别人，只能仰着脸跟师父无声对峙，然后过几天，闷不吭声把那个小动作改掉。

但再过几天，他又会多出一个新的小动作。

薅金翅大鹏脑袋的习惯，就是这么来的，还持续了很久。那段时间里，老毛总是庆幸，还好橦不会秃。

不过闻时每次闷闷不乐都撑不过半天，因为尘不到会以各种方式引开他的注意力，有时是教一些新的东西，有时是拿好吃的馋他，有时干脆袖摆一垂，扔下几只猫猫狗狗，闹作一团，挤挤攘攘去拱他。

老毛亲眼见过五只小猫钩着闻时的衣服把他当树一样爬，而他一动不敢动，幽幽地看着尘不到,什么"怪物""脏东西"都被抛在脑后。

而尘不到总是倚在榻上,煎着茶或松醪酒,支着头看戏,反正就是一边逗着他,一边惯着他。

闻时很小就被尘不到带着进笼了,当然老毛也在。

常常是尘不到迤迤然行在前面,闻时一步不落地跟在后面,老毛还是站在他肩上。

小时候的闻时就喜欢绷着脸,练幢术是,走路也是。尘不到的长袍薄衫拂扫而过,闻时总怕踩着,连走路也闷不吭声,格外认真。

不过他走不了几步,尘不到就会伸出手来给他牵着,免得一个没看住,他就摔一跤或是人没了。

那次应该是尘不到第三次带他进笼吧。笼里发生过哪些事,老毛已经印象不深了,只记得那笼里有块死地。

死地就是一不注意就会把解笼人困死在里面的地方,有时候是深渊,有时候是狭缝,有时候只是一个柜子、一口枯井,因为一些特殊事件,变成了笼里的大凶之处。

闻时当时不懂,差点踏进去,所幸被尘不到捞了回来。

那之后,有好几个月吧,尘不到再没带过闻时进笼。

最后闻时先憋不住了。他的骨子里还是有股孤零零的劲儿,不喜欢麻烦人,所以想要什么东西,想做什么事,他往往说不出口,只会睁着乌黑的眼睛,一眨不眨地盯着尘不到。

尘不到被他盯了三天,终于轻拍了一下他的头,说:"说话。"

闻时憋了半天,憋出一句:"你不出门吗?"

尘不到垂眸看着他的头顶,有点想笑,片刻后又托了一下他的后脑勺,说:"小小年纪,人还没我腿高,就管天管地管师父出门了?"

闻时又憋了半天才憋出一句:"我没有。"

能让他主动开口,已经进步了。尘不到终于还是没为难他,点破了他的心思:"你想进笼?"

闻时点了点头。

尘不到说:"那得先学一件事。"

闻时抬头:"什么?"

"下回入笼，无论走哪条路、进哪间屋，一定留根橦线在后面。"尘不到想把话说得重一些、吓人一些，但最终还是点到即止。

倒是闻时追问了一句："留线做什么？"

尘不到说："要是你走丢了，我好顺着线去捉你。"

这个要求闻时答应得很痛快，还应他师父的要求，当场试了一下。他放了一根线出来，然后走到门外，把门关上了，还有些奶气的声音在门后显得有点闷："这样吗？"

尘不到看着地上干净的橦线，逗他："你这线像一潭死水，不注意就叫人踩过去了。"

老毛就站在鸟架子上，默默看着这位老祖胡说八道，明明那线灵气十足，有点灵性的人一眼就能看到，更何况尘不到呢？

门外的小徒弟沉默片刻，"哦"了一声。

接着，地上的橦线像小蛇一样抬起了头，点了点。

尘不到支着头赏了一会儿，又说："还是不够显眼。"

老毛已经要翻白眼了。

门外的小徒弟又沉默了。

过了一会儿，地上的橦线再次动起来，绕了个手的形状，大小就跟闻时自己的巴掌差不多，然后冲着尘不到一顿招。

那个招手的频率很高，看着十分活泼，弄得尘不到都愣了一下。

他的手指一勾，屋门吱呀一声打开来。

活泼招手的橦线背后，是面无表情的闻时。

尘不到沉声笑了好一会儿，起身走向门口，经过小徒弟身边的时候垂手拍了一下他的头，说："带你下山。"

闻时说："进笼吗？"

尘不到说："吃东西。"

那之后，闻时每每进笼，只要单独去一些地方，必定会留根橦线给一个人。哪怕从小小一团长成了少年、青年，哪怕知道那是尘不到在逗他，他也只是招手招得敷衍、矜持一些，这个习惯却再没改过。

哪怕，他什么都不记得了。

尽管谢问说，招手的是闻时本人，其他人还是有些迟疑，毕竟他们真没见过闻时这样。

大东把老毛拉开:"你别急着跳!我知道你家老板跟沈……跟那位陈时小哥认识,但人家弟弟都觉得有问题呢,你这么莽干什么?"

他之前一直管闻时叫沈家大徒弟,有点称呼无名后辈的意思。可他现在开了眼,再这么叫人不合适,于是沈家大徒弟在他嘴里终于有了姓名。

"万一又来一个沈曼……"大东第二次卡壳,看着当事人的脸默默改口,"又来一个小姑娘那样的,伪装成小哥来骗我们跳楼呢?"

沈曼怡眨着眼睛,一脸无辜地看着他。

这话本质没错,所以大东说完,孙思奇还跟着点了点头。

一看有人附和,大东底气便足了,说:"这样吧。我再看看这线有没有问题,实在不行,我让我的金翅大鹏下去探个路,保险一点。"

说完,他的鸟还长啸了一声。

老毛本来都让开了,一听"金翅大鹏",脸又绿了起来。他正想骂人,忽然听见窗外浓稠的黑暗里响起了某种动静,叮叮当当的,像是金属在摩擦撞击。

"什么声音?"大东纳闷道。

他探身出窗,想要听得仔细一些。

下一秒,飓风扑面而来,差点把他的头盖骨掀掉。

"我去!"大东叫骂一声,死死扒住窗框。他在狂风中无法直立,只得半蹲下来,用手肘掩住被风吹得变形的脸。

"趴下,找东西挡一下!"大东在飓风中吼着。紧接着,金属摩擦撞击声越来越响、越来越急促,还有点耳熟……

大东"咝"了一声,从手肘间勉强抬起头。

刹那间,就见一条巨蟒破风而来!它通体漆黑,但每一片鳞都泛着冷冰冰的光泽,像密密麻麻的刀刃。

深不见底的黑暗根本挡不出它!它体型极大,蹿起的速度又极快,众人只看到它泛银的腹鳞从窗边翻转而过,生锈的巨型锁链缠绕在它身上,随着它的动作绞紧摩擦。

一时间火星迸溅,风涡四起。

黑蟒带着满身流火,翻转着盘了一圈,巨大的头颅吐着信子,带着呼啸风声朝窗户探来。

它的瞳孔是烟金色，细细一条缝，盯着屋里的人看了几秒，然后猛地张开了口，那尖牙比一个人还长。

更猛烈的风在它张口的瞬间朝屋里冲击而来，像冷血动物在哈气恐吓猎物。

大东当场就抱着头蹲下了。

他条件反射般猛勾手指，想把自己的橦招过来壮一壮胆，却见他的金翅大鹏被黑色巨蟒一吓，扭头就跑，屁滚尿流。

它的翅膀差点扇断了，虚无的鸟毛掉了一地。

它本来挺大的，乍一看威风十足，但在巨蟒的对比下，瞬间就成了一只小鸟。

"啊！是那条蛇！"周煦在他身后叫起来。

大东在心里狂骂：这叫蛇？

"你认识啊？！"大东蹲在那里，头也不回地喊道。

周煦又喊回来，声音几乎被狂风打散："认识！我见过！当然认识！"

大东问："这是什么？"

夏樵说："我哥的橦。"

大东："……"

大东崩溃了："你哥好好的冲我们放什么橦？！"

这个问题很快就有了答案——

他们眼睁睁地看着那只橦线绕成的小手不招了，估计是控线的人迟迟没听到回音，本来就不多的耐心彻底告罄。

巨蟒金色的瞳孔居高临下地盯着屋里的人，忽然开口说："下面是一楼和院子，等你们半天了，跳不跳？"

这条巨蟒的嗓音很哑，夹在飓风声里，"咝咝"的，带着吐信的感觉，听得人不寒而栗。

众人愣了一秒，二话不说就往窗子上爬："跳跳跳。"

谁敢不跳？

他们只是犹豫了一下，小手就变成了黑蟒蛇，再不跳，谁都不知道会发生什么。

夏樵担心他哥，第一个翻出去。孙思奇扒着窗子还有点怕，被周煦直接拽下去了，尖叫声瞬间被黑暗吞没，再无动静。

大东蹲在窗框上，像个送机的。他一只手抓着窗栓，对老毛和谢问说："你俩谁先跳？我反正最后一个，我……"

"殿后"两个字还没说出口，他就被谢问轻推一把，送出窗外。

啊！

大东是仰面掉下去的，被黑暗淹没前，他看到被遗忘的沈曼怡爬上了窗框。

他忽然想起一个问题——如果这扇窗户是通往楼下的路，那说明这个笼是割裂的，分不同的区域，每进一个新区域，都要经历一遍入笼式的过程，就像往一只碗里敲了好几个鸡蛋，蛋黄与蛋黄之间并不相融。

整个二楼就像其中一颗蛋黄，沈曼怡作为二楼的主人，应该是受限制的。她真的能下到一楼吗？

应该不能吧……

大东经验有限，并不十分确定。这个念头从他脑中闪过的同时，他看见谢问抬手，隔空在沈曼怡额心叩击了一下。

他只觉得这个动作有点眼熟，但还没想明白，就彻底沉入黑暗。

沈曼怡缩在窗框上，看着下面的黑暗，有些瑟缩："我下不去，我很久没有下过楼了，我下不去。"

谢问说："你现在可以了。"

沈曼怡愣了一下，有点委屈又有点茫然："为什么？因为你刚刚敲了一下我的头吗？"

她摸了摸自己的额头。

谢问点头。

沈曼怡还是很茫然："为什么这样就可以？"

在许多人眼里，对这个小姑娘解释某件事其实是一种毫无意义的行为，但是谢问还是开了口："帮你换了个身份。"

沈曼怡问："什么身份？"

谢问不答反问："玩过木偶吗？"

沈曼怡点头："玩过，我喜欢。"

谢问说："你现在就在假扮木偶。"

刚刚那个叩击额头的动作，在撞术里有种专门的说法，叫作定灵，可以让活人活物在一段时间里转化为撞。这样一来，沈曼怡就能在各个区域来去自如。

小姑娘开心得直拍巴掌，只有老毛认认真真在提意见："我可以多一句嘴吗？"

谢问瞥了他一眼："说。"

老毛继续说："名谱图上被除名的半吊子，一般做不来这种事。咱们带着她下去，要怎么解释？"

谢问说："那你说晚了。"

老毛："……"

——我早点说，你就不干了？

老毛心里不大信。

他家老板行事随心惯了，从前就这样。

也许是因为实在没什么在意的事，也没几个在意的人，他总是不拘小节，顺手的事做了便做了，不会顾虑太多。

但这不代表他是一个大意的人。如果他真的想瞒一件事，可以十几年乃至几十年云淡风轻、滴水不漏，老毛是见识过的，所以这次才更觉迷惑。

从谢问找到闻时到现在其实并没有多久，大多数时间他们之间的相处老毛都看在眼里……

因为谢问无法久留，索性免了重逢。

谢问不打算让闻时认出他是谁，这点老毛比谁都清楚。

但有时候，某些极少数的时候，谢问的一些做法会让老毛产生一种错觉，就好像……他的行事与他的打算会有一瞬间背道而驰，不过只是一瞬间而已，很快就会归于正轨。

而此时此刻，老毛面露担心的时候，闻时留在窗框夹缝间的那根橦线忽然动了起来。

它在窗沿扫了一圈，精准地找到了沈曼怡的位置。它循着主人的意思，先在沈曼怡额心点了一下，然后缠绕上了沈曼怡的手腕。

这是一套完整的定灵法，跟谢问想到了一起去。

这说明闻时虽然隔着黑暗等在楼下，但并没有落下这个不能下楼的小姑娘。

谢问看着沈曼怡手腕上的橦线说："我以为他把这小姑娘给忘了，没想到记性还可以。"

见闻时给沈曼怡定了灵，老毛便松了一口气。

也许是他放松的动作太明显,谢问抬眸看了他一眼:"现在不用担心我露馅了。"

老毛点头:"是啊。"

谢问收回目光看着窗外,不知想到什么,失笑了一下。他拍了拍老毛,转身没入黑暗里。

沈家一楼的构造跟二楼很像,只是正前方少了一个房间,多了一扇大门,后面也少了一个房间,多了一个客厅和一扇通往后院的门。

客厅里有一组富丽堂皇的会客沙发和一张雕花茶几,茶几上方悬着不中不西的吊灯,红棕色的木架和水晶吊饰相结合,是那个年代富商间流行过的装饰,只是现在看来,死气沉沉。

沙发边有一盏落地灯,同样是红棕色的木架,四面蒙着绣花绢布,照得地上人影绰绰。

闻时手里拿着茶几上的一张纸,就站在这块等人。

其实刚下来的时候,他已经独自把一楼转过一遍了。

据以往的经验,像这种区域与区域之间存在缝隙的笼,每跨一个区域,都类似于重新入一次笼。

照理说,他应该会在下落的过程中碰到一些麻烦东西,比如当初入沈桥那个笼时在大巴车上碰到的假夏樵,或是西屏园外那条街上与他并肩同行的两个假人。

在缝隙里碰到那些其实很危险,因为周围一片虚无,没着没落。如果因为干扰不小心搞错了方向,或是误以为已经落地,结果跟着那些东西去了别处,很可能就进死地了。

闻时一路都很警惕,但很奇怪,整个下落过程清净极了,没有任何东西来骚扰他。

这让他有点意外。所以到了一楼之后,他又独自待了一会儿,确认真的没有污秽东西来找麻烦,才给楼上的人传了信,告诉他们可以下来了。

没过一会儿,楼梯处忽然响起了脚步声。

闻时转头看过去,夏樵最先从那边拐过来,一见他就叫了声"哥",小跑过来。第二个出现的是周煦,然后是孙思奇、大东,最后是沈曼怡、老毛。

闻时一路数过去，目光落到老毛身后："谢问呢，还没跳？"

老毛也愣了："老板不在这儿？不应该啊，他比我先下来。"

大东他们面面相觑："那他人呢？"

闻时拧着眉，心头一跳。

就在这时，柜子上的留声机忽然动了一下，针尖在黑胶面上"嗞嗞"刮着，老式音乐在屋子里响了起来，偶尔几个音歪了，带着一种诡异的变调感。

接着孙思奇手里的对讲机沙沙响了几下，灯也亮了，他们在楼上听到过的那个女声又出现了。

她在变调的音乐声中温声说："沈曼怡失踪数天后，沈家教书先生忽然留书说家中有事，暂归。管家给津港那边发了电报，也给李先生老家发了一封，但均未收到回信。"

"沈家这几天没人睡得好，二楼已经空了，大家都搬到了楼下。两个小姐跟着奶妈睡，少爷跟妈妈的儿子挤一屋，管家和李先生挤一屋，现如今空了一张床出来。"

"有天夜里，管家翻来覆去睡不着，打算第二天天一亮去警署。他翻着衣柜，打算把明天要穿的衣服和鞋摆放好，忽然发现李先生的几双鞋都在柜子里，一双都没少……"

"那他穿了什么回家？"

"那天之后，沈家便频繁闹起了脏东西。只要大家一入睡，李先生就回来了……"

那个女声说完，留声机也没有停，咿咿呀呀继续放着古怪的歌，角落一片死寂。

周煦忽然轻声说了一句："我懂了，我们每个人对应一个沈家人，故事里失踪一个，我们就少一个。之前说沈曼怡失踪了，耗子就至今没出现。现在教书的李先生也失踪了，所以……"

"所以最后我们都会消失？"

所以笼主可以炸了。

闻时冷了脸。

他几乎是下意识地动了手指。数十根橦线游蛇般直蹿出去，钉在一楼每一扇门上。

吱呀——

十多道令人牙酸的开门声交叠在一起，然后"砰"的一声，十多扇门一齐重重地撞到墙上。

众人猝不及防，吓了一跳！

胆小如孙思奇、夏樵，肉眼可见地在开门声中抖了一下。

一楼所有空间被强行打开了。

黑漆漆的门洞像一只只眼睛，带着尘封的气息，幽幽地盯着所有人。三个男生同时往闻时身边缩了缩，不安地回头看向身后，总觉得某一扇门里会蹿出个什么东西。

结果蹿出东西的地方是闻时那儿。

就听金属锁链一阵铿锵作响，那条足够盘下整栋房子的黑蟒又出现了。

这次距离极近，它经过众人身边时，锁链间迸溅的火星贴着头皮飞过。那并不是真的火，但大家还是护住了脸。

黑蟒甩尾而过，众人还没反应过来，它就已经巡完了所有房间。

它动作太快，回来的瞬间掀起了罡风，扑得大家一个趔趄。如果橦能反映橦师的心情，那在场所有人都能感觉到闻时此刻心情不爽……除了闻时自己。

他所有的反应都是下意识的。

黑蟒吐着信子盘踞起来，散发着冷冷的肃杀感。大东的鸟远远扑腾了好久，才敢靠近一些。

夏樵试探着叫了一声："哥？"

闻时拽着橦线抬起头，看到了周煦他们惊疑不定、小心翼翼的目光，又从走廊的镜面里看到了自己紧蹙的眉心。

直到这时他才意识到，他是真的很不高兴，不是那种遭受挑衅的、纯粹的不爽，而是一种难以形容的不舒服，就像走在楼梯上，忽然一脚踏空，或是弄丢了东西，就因为谢问不见了。

这种感觉其实很奇怪。因为闻时进过太多次笼，有人失踪的事并不少见，而他跟谢问认识的时间并没有很久。

也许这是因为之前在那条长而深的走廊里，他忽然回头，谢问就站在刚刚好的地方。

也许这是因为他们一起进了三次笼。笼里日夜轮转不休，又常含生死离别，会给人一种错觉，好像他们早已相识，见过好几次轮回。

又或者……这里面还有些别的原因。

闻时转眸，看到了欲言又止的老毛。

"你刚刚这么急……"大东被闻时的目光扫过，卡顿了一下，"不是，我是说一把开了这么多门，是在找人吗？"

闻时点头："嗯。"

大东问："那你找到没？"

闻时："……"

这说的简直是废话。

"没有。"闻时那股不爽的劲又放在了脸上，"不在明面上。"

橦可以顺着已知气息追踪活人。"不在明面上"的意思就是，笼里可以直接翻找的地方，目前都没有谢问和耗子的存在。

夏樵满脸担心："那怎么办？"

大东他们也有些失望，不过相比其他人而言，大东的经验还是足一些。他讪讪地看了闻时一眼，劝慰道："也没必要这么早唱衰，其实只要最后笼能解，他们就都能出来。"

这一点闻时再清楚不过。

以前碰到这种情况，他惯来是最冷静的那个，没想到有一天居然要被大东这样毛手毛脚的人提醒。

闻时应也不是，不应也不是，只能默默盯着大东。

大东被他盯毛了，退了一步，没再多嘴。

只有孙思奇最不懂情况，还问道："那……那要是解不了呢？"

他不敢多嘴，只敢小声说。

周煦看在他是自己好兄弟的分上，幽幽回了他一句："那就一起在这儿被困到死。"

孙思奇吓蒙了，此后再没出过声。

这一刻，所有人里最不受干扰的一个是老毛，毕竟橦的情绪本来就不如人丰富，他又是被"雪人"薅大的千年老橦了，淡定一点很正常。

他适时地咳了一声，插话道："其实，刚刚有句话，不知道你们听见没。"

"什么话？"

"说是只要大家一入睡，李先生就回来了。既然老板对应的是李先生，那……这话没准儿对他也有用呢。"

"不是吧？"大东道，"耗子对应的还是沈曼怡呢，也没见他被塞进……"

"他确实做了沈曼怡做的事。"闻时打断道，"真假新娘的游戏他玩了。"

而且他是第一个玩这个游戏的，跟沈曼怡同步。

"噢！"周煦恍然大悟，"所以搞了半天，他当时的身份不是被玩的，而是陪玩的？咝……"

他不知想到了什么，说到一半又拧巴着不吭声了。

其他人没注意到，还处在恍然大悟的阶段，细细一想，只觉得恐怖至极。

只有闻时蹙了一下眉。

他也想到了一个问题——现在看来，耗子当时对应的角色就是沈小姐，所以沈曼怡要玩真假新娘，他也要玩，只是刚巧第一轮沈曼怡挑中的人是他自己。

这就相当于当时他是以沈曼怡的身份模仿自己。

这也是为什么，对讲机里的耗子明明应该是本人，却处处透着一股诡异的感觉。

如果这个逻辑成立，那么第二轮就很奇怪了。

第二轮沈曼怡挑中了谢问，照理说，耗子应该跟她同步，也挑中谢问，模仿得像不像另说，反正在当时的情况下，谢问应该有三个。

可实际只有两个谢问，耗子没了。

为什么？是耗子作为沈曼怡的对应者，只能短暂地跟她同步一次，还是……她挑中的人，耗子动不了？

闻时忽然想起二楼衣架上挂着的人。

他当时看到那个人，心里其实有点纳闷。他当时觉得那个耗子是假的，后来大东也证实了胎记位置反了，但为什么假耗子的手里有真耗子拿的对讲机？

况且那时候沈曼怡乖乖巧巧，何必在临走时搞一个假人来吓人，不是多此一举吗？

现在想来，这可能是另一种情况。

如果当时的耗子是想借笼里的镜子去模仿某个人，结果出了问题失败了呢？

闻时曾经在某个笼里见过类似的事，只是时间太过久远，他有点想不起来了。他只依稀记得也有人试图伪装成谁，但因为对方威压太盛，那人自己水平又不稳，最后弄巧成拙，搞得自己连人样都没了。

如果耗子也是这种情况，那么……他为什么模仿不了谢问？

"所以我们得试着睡一下，看能不能让李先生和谢老板出来？"夏樵问，"是这个意思吗，哥？"

"哦。"闻时松开眉心，一边往最近处的房间走，一边面无表情地摸捏着喉结，含糊道，"差不多吧，先看下是哪几间房。"

沈家这栋房子虽然构造诡异，但真的很大，房间也是真的很多。楼上已经有那么多卧室、书房、衣帽间、储藏室了，楼下依然不缺这些，只是多了厨房。

"蔡妈妈就住这里。"沈曼怡忽然指着厨房隔壁的卧室说。

"我感受到了带这位大小姐的好处。"大东说，"省得我们翻箱倒柜认屋主了。"

话虽这么说，他们还是走到了衣柜前，想确定一下。

"这奶妈待遇不错啊，房间比我住的都大。"大东依然习惯性走在第一个，边说话边拉开了衣柜门，结果下一秒，他的手就抖了一下。

蔡妈妈偌大的衣柜里只挂着一套衣服，鲜红色，丝绸质地，上面绣着喜庆的团蝠图案。

衣服下方搁着一床被褥，很薄，叠得方方正正、齐齐整整，跟衣服相衬的图案露在最上面，同样是鲜红色，丝绸质地。

孙思奇搓了搓胳膊："这是旗袍？颜色看着瘆得慌，是喜服吗？"

"傻啊？"周煦毫不客气地驳斥道，"奶妈放喜服在这儿干什么？"

夏樵喃喃道："这是寿衣。"

他又指着那床被褥说："这是包被，也是拿来裹……"

他的话还没说完，孙思奇的脸色已经煞白一片。

闻时撩开那件悬挂的鲜红寿衣，露出了后面摆放的帽子、枕头、棉布袜。

"还缺一样。"向来胆小的夏樵在这件事上反应还好，可能因为他帮爷爷穿过一整套。他这时候的气质，跟小时候有点接近。

夏樵探头进柜子找了一下，咕哝说："哎？哪儿呢？"

"你找什么？"大东问。

"鞋呢？没有寿鞋。"夏樵说。

"鞋在那边。"闻时指着他们身后的某处。

众人一愣，顺着他的目光转过身，就见一双同样鲜红的绸布绣花鞋就摆在床边。鞋尖冲着他们所在的方向，就好像有谁穿着那双鞋，坐在那里静静地看着他们，已经看了很久。

刚冷静没几秒的夏樵细品了一下，魂都吓飞了。

他跟周煦、孙思奇挤挤攘攘在一块，像三只凑窝的鹌鹑，抱团挪到了离闻时最近的地方，才有了些许安全感。

"挂这个是吓唬人的吧？"大东强作镇定。

闻时转头看向沈曼怡，问："你说的蔡妈妈平时穿什么？"

沈曼怡缓缓抬起眼睛，指着柜子里的寿衣，轻声说："这个。"

房间里陷入寂静。

闻时想了想，又打开了另一边衣柜，里面整整齐齐挂着很多小女孩儿的裙子和衣裤，跟蔡妈妈的衣柜截然不同。

他又抬脚往门口走，沈曼怡亦步亦趋地跟着，"三只鹌鹑"和大东紧随其后，愣是让老毛殿后了。

"你弟弟和奶奶的儿子住哪儿？"闻时又问沈曼怡。

沈曼怡瑟缩了一下，好像听到"弟弟"两个字就不太好。她迟疑半天，然后指了指天花板。

"我说楼下。"闻时说。

沈曼怡摇了摇头，又指了两间房，说："可能是那边。"

闻时忽然想起来，沈家小少爷原本是睡在楼上的，因为沈曼怡失踪，才搬到了楼下。至少故事里是这么说的。

那时候沈曼怡已经死了，当然不知道他们住哪间房。

闻时走往那两间房的脚步顿了一下，沉声对跟着他的沈曼怡说："对不起。"

小姑娘愣了一下，过了半天才反应过来他是在跟自己说话，仰起脸，一边跟着他的脚步，一边怔怔地看着他，糯糯地应了声："没关系。"

沈曼怡没指错，那两间都住着人。

他们同样打开了衣柜，在其中一间屋里看到了斯斯文文的长布衫、两套带点儿西洋风的西装，以及几件中式绸布短打。

床头柜上还摆着几本书。不出意外，这就是管家和李先生住的地方。

另一间屋里挂着年轻男孩的衣服，大多是洋风的西装、马甲，大小不一。

这应该是小少爷和奶妈的儿子住的地方。

"所以……"周煦喃喃地说,"所有人的衣物都是正常的,只有奶妈的是寿衣,什么意思啊?她早就死啦?"

闻时说:"差不多。"

"可是不对啊,沈曼怡话里话外都是蔡妈妈,听着就跟她活着一样。那个小少爷的日记里也提到过蔡妈妈,换地毯什么的……"

夏樵说着说着,声音就小了。

"……就算前面是臆想吧,还有故事背景介绍呢。第一次说这房子里住着的人有奶妈,刚刚那次又说沈家两个小姐搬到楼下跟奶妈住。"

闻时问:"这个介绍有问题?"

好像……没问题。

这话不能细想,越想越瘆得慌。

"难道笼主是蔡妈妈?"大东声音都虚了,"不甘心死得早,所以假装自己跟他们一起生活?"

闻时皱着眉想了想,觉得不对。

他摇了一下头:"先分房间,这个再说。"

"一定要分房间吗?不能大家都凑一起?"夏樵说。

孙思奇的思维依然停留在常态,他说:"要是密室游戏的话,既然说了哪几个人睡一间,肯定要按照提示来的,不然开不了新剧情。"

说完他就想给自己一巴掌,因为闻时点头了,觉得他说得没错。

于是他们就颤颤巍巍分成了三拨。

大东扶着蔡妈妈的房门,崩溃地说:"我为什么是这间?"

闻时不客气地说:"因为你对应奶妈。"

大东激动地说:"她都死了!"

闻时淡定地回:"但是她在。"

这话更可怕,大东快疯了:"那跟我睡的两个沈家小姐呢?赶紧滚过来。"

周煦、夏樵、孙思奇整整齐齐往后退了一步。

孙思奇说:"这儿有个真的沈家小姐,你要吗?"

大东脸都绿了,看向沈曼怡。结果沈曼怡也往后退了一步。

"完了,真的都嫌弃你。"周煦说。

闻时没了耐心，拍板道："安全起见，你会橦术，挑两个完全不会的吧。夏樵可以另住。"

老毛觉得这主意靠谱，刚想说要不他带着夏樵住沈家少爷和奶妈的儿子那间，就听见大东指着他说："完全不会？那就小孙和老毛吧。小孙就一学生，老毛店员。"

老毛："……"

他还不能反驳，他堂堂金翅大鹏，还得在山寨的面前装弱。

于是他们三个一间，周煦和夏樵一间。

闻时则带着谁都不敢带的沈曼怡进了管家和李先生的卧室。

卧室里有两张床，靠窗搁着书的是李先生的，里侧那张是管家的。

闻时原本已经在管家的床上坐下了，想想又换了一下，让沈曼怡睡了管家的床，自己在李先生床上和衣躺下了。

毕竟故事里说，李先生，没准儿还有谢问，在众人睡着后是要回来的，谁知道他们会以什么形式回来。让一个小女孩孤零零地睡在这张床上，就太不像话了。

闻时刚躺下，忽然听见沈家客厅那座落地钟"当当"地敲了起来，接连敲了十二下。

钟声结束的时候，三间屋子里的人都睡着了。

闻时居然做了个梦。

在笼里做梦其实是一件很冒险的事情，意志力和防备心稍弱，就极其容易受到笼主干扰，陷入编造出来的梦境——会误以为自己是另一个人，在梦里过着另一种人生。

敏感一些的，会在某一瞬间意识到自己在做梦，就算能挣扎着醒来，也会吓个半死。不敏感的，会把梦当作现实，再也出不来，就算最后笼解了，也会落得一个疯疯癫癫的结果。

好在闻时梦到的是自己。

梦里的他年纪依然不大，因为视角还是很低，也就跟桌子一般高。

那间屋子的布置并不特别，就是一张茶案一张榻，茶案上有一盏油灯，榻前搁着垫脚凳，角落里立着一个方正的木柜，柜边吊着一根细细的枯枝，除此以外别无他物，干干净净。

　　唯一特别的是屋里有股天然的松木香，安安静静地浮着，很淡，但闻时嗅到的那一瞬便知道，他又见到了松云山。

　　这也不仅仅是一段梦，是忽然而至的陈年往事。

　　很奇怪，他最近梦到往事的频率有点高，明明之前那么多年都没能想起一分一毫，为什么？是有什么诱因吗？

　　这是彻底入梦前的最后一刻，闻时脑中闪过的念头。

　　那是多年以前的某一个长夜。

　　夜里的松云山巅很冷，即便山下已经早早入了夏，换了草席，山上的凉气依然足够让人揣着手打哆嗦。

　　在那种凉意之下，裹一床不薄不厚的干净被褥，有一种恰到好处的暖和，其实应该很容易犯困的，但闻时就是睡不着，因为白天他跟着尘不到入了一个笼。

　　小时候的闻时胆子其实很小，跟后来判若两人。但碍于他喜欢绷着脸，难过了或是害怕了都打死不说，所以常人很难看出来。

　　钟思、卜宁他们虽然略长几岁，但是资深的受骗者，哪怕后来各自成年，也都始终以为他们那个最年轻却最冷静的师弟从小就是狠角色，胆子比天大，生来就是干这行的。

　　那天的笼，钟思他们其实也去了。笼本身并不算很麻烦，足够这帮小弟子学到东西，又不至于落入什么危险境地，唯一美中不足的，就是有点吵闹。

　　因为笼里有几处地方魑魅魍魉齐聚，让这帮小弟子见识了一下什么叫作真正的怪物，吓得他们全然忘了平日里学的"君子端方"，吱哇叫唤，像一群被夹了尾巴的小田鼠。

　　唯一没出声也没乱窜的，就是闻时。他始终跟在尘不到身后，听着尘不到所说的话，偶尔闷闷地点一下头。

　　怪物的脑袋滚到脚边，他也只是抿一下唇，像是怕沾到衣服一般后撤半步，然后把那玩意儿踢开。

　　这只是一个很简单的动作，但对小时候的钟思、卜宁他们来说，相当震撼。

　　小孩子之间的"爱恨情仇"很简单——觉得谁不好就不喜欢谁，觉得谁厉害，又会瞬间倒戈，尽弃前嫌。

于是,在那个笼里,他们对闻时佩服得五体投地。

出了笼后,他们又聊这个胆子奇大的师弟聊到了夜深。因为怕做噩梦,钟思他们把被褥抱到了一起,一边说着"师弟肯定睡得很香",一边挤作一团。

殊不知他们连梦都做两轮了,那个"胆子奇大"的师弟还在山顶睁着乌黑的眼睛。

他把自己卷裹在被褥里,因为身上没什么肉,侧蜷着就只有一小团,像只蚕蛹。"蚕蛹"就这么一动不动,默不作声地盯着那根悬吊在柜边的枯枝。

因为枯枝上站着这屋里第二个活物——半个巴掌大的金翅大鹏。

闻时的眼珠很黑,小孩的眼睫又总是深浓稠密,这么眼睛一眨不眨地盯着谁,总有种幽幽的感觉。

金翅大鹏不知道自己做错了什么,要被"雪人"这么看着。

于是闻时不动,老毛就不敢动。

他不转眼,老毛也不敢转眼。

就这么盯了一个时辰,老毛不行了,怀疑这小孩儿在熬鹰。

茶案上的油灯一直没熄,明黄色的一豆火安安静静地燃着,映在闻时的眼睛里,像松云山坳里明净的湖塘。

老毛作为一只很厉害的橦,忽然福至心灵,觉得"雪人"之所以这么熬它,是因为这天晚上油灯忘记灭了,照着眼睛睡不着,而夜里凉气深重,他怕冷,又不想出被窝。

于是老毛难得体贴一回,从枯枝上飞下来,落到茶案上。它准备小小地扇个风,把油灯扑熄。

就在它支棱起翅膀,准备扇的瞬间,床上的那个小鼓包忽然动了——

就见"雪人"很轻地眨了一下眼,纡尊降贵地从被褥里露出几根手指,下一瞬,橦线就从他手上直蹿出来,扣住了迷你金翅大鹏的脚,拖着它远离了油灯。

老毛简直一头雾水。

一来它没想明白,这小孩儿睡觉缠什么橦线,在梦里练橦术吗?二来这油灯是什么金贵东西吗,扇都扇不得?

直到它看见闻时迅速把手撤回被窝,再联系前两个没想明白的点,脑子里终于冒出了一个不太成熟的猜测——这小孩儿别是害怕吧……

像是在证实它的猜测,闻时睁着乌黑的眼睛一夜没睡,直到天蒙蒙亮,师父的屋里有了茶盏相碰的声音，他才把脸闷进被褥里，囫囵睡着了。

老毛虽然由闻时养着，但毕竟是尘不到的橦，趁着小孩儿睡觉，扑扇着翅膀飞去隔壁，当即把这个发现告诉了正主。

尘不到披着衣袍，正弯腰用新煮的山泉水淋天青色的茶盏，闻言愣了一下："一整夜没睡？"

老毛鸟声鸟气地说："可不是。"

但尘不到也没有过多反应，只说："还小，练一练便好了。"

他在正事上一贯是个严师，再纵着惯着，也不会毫无原则。他心里有套自己的标准，老毛虽然摸不明白，但知道有这么根线。

老毛以为在"害怕"这件事上，尘不到会严一些，毕竟真要走解笼人这条路，胆小可不行。

结果他这严师当了不到五日，小徒弟雪白的眼皮下多了两片青，熬出来的。

"这是谁家的竹熊崽子扔给我养了？"尘不到用指头抬起"雪人"的下巴，端详了一下，又垂了手，问，"夜里为何不睡觉？"

他知道闻时有事喜欢闷在肚里，常常明知缘由，还会再问一句，引着闻时开口。

结果小徒弟比谁都倔，打死不提害怕，被问急了就吐出一句"天冷"。

尘不到也不是第一天领教自家徒弟的嘴硬，就没直接戳破，只着人抬了一张小一些的床榻搁在自己屋里。

那之后，小徒弟每日来去许多趟，路过的时候乌黑的眼睛总会盯着那张多出来的床榻看几眼，却并不吭声。

反倒是旁观的老毛天天陪他熬，快急死了，恨不得替他开口。

直到好一阵过后，尘不到没带徒弟，单独进了一个大笼。那笼虽然棘手，但对他而言算不得什么，只是架不住误入的人多，作死的也多，他护着那群人的时候用左手承了点伤。

其实这不是大事，只是乍一看有些吓人——皮肉干枯，泛着灰青色，几道诡异的伤痕横贯筋骨。

那天晚上，惯来嘴硬的小徒弟忽然抱着被褥跑进了尘不到屋里。

尘不到煮着药浸手，他就坐在旁边当监工。

虽然他不会说什么乖乖巧巧的好听话，但差点把金翅大鹏的头撸秃。这个小动作的含义，不论老毛还是尘不到都太清楚了——

他不太高兴，他有点难过。

尘不到浸了多久的手，他就盯了多久。后来尘不到擦干净手指，准备睡了，他还是盯着，好像稍一眨眼，那只手就又会变成那副吓人模样似的。

最后还是尘不到拍了他一下，笑问道："你这是熬完鹰了就来熬我是吗？"

闻时说："没有。"

尘不到故作严肃道："那就睡觉。"

小徒弟顶着两个黑眼圈，闷闷地说："我不困。"

虽然他老老实实地躺下了，但目光依然落在尘不到垂在榻边的手上。没过一会儿，那只手就抖了抖袖摆，捂住他的眼睛，手的主人说："眼睛闭上，睡觉。"

松云山的夜里是真的很冷，风过明明有松涛，却显得山顶高而旷寂。闻时明明睡在小一些的床榻上，却总会在深眠之后无意识地往更温暖的地方挪，直到额头抵到另一个人，直到闻到熟悉的松木香。

这一场陈年旧事虚虚实实，忽而清晰，忽而模糊，明明不是什么大事，却一梦就是很久，以至于到最后，又有很多相似的场景交错着横插进来，闻时已经弄不清它们谁先谁后、谁真谁假了。

他只在梦里的某一瞬恍然想起，尘不到的那只手后来似乎又出过问题，伤口要比以前深得多，模样也可怖得多，仿佛只是枯骨一具。

那时候他应该成年已久，因为个子很高，看那人的手时，已经不用再仰着脸抬头了，而是垂着眸。

他垂着眸，看着尘不到袖摆下的手，左边的形如枯骨，潺潺往下淌着血，右边的却笔直修长、干干净净。

那只干净的手抬了起来，红色的罩袍顺着滑下一些，露出里面堆叠如雪的白衫和骨形好看的手腕。

他捂住了闻时的眼睛："听话，别看了。"

闻时任他捂了一会儿眼睛，然后抓住了他的手指。

梦境的最后一刻，闻时眼前覆着对方的手掌，一片温热。他什么也看不见，却嗅到了那股熟悉的松木香。他的手指上还缠绕着橦线，一半绕着他的指节，一半缠着另一个人，错乱纠葛……

然后他就醒了，因为他真的感觉到面前多了一个人的体温。

闻时倏然睁开眼,看到了一只瘦白的手。有那么一瞬间,他甚至有点分不清梦境与现实,差点以为自己还躺在松云山的那张床榻上,甚至连那股松木香味都还有余留。

那只手在他面前晃了一下,似乎在试他醒了没。

闻时顺手抓了一下对方的指尖,皮肤相触的一瞬间,他怔了一下,彻底醒了。他这才意识到自己还在笼里,就躺在沈家一楼的卧室中。

他蹙了一下眉,翻身坐起来,就见失踪的谢问不知什么时候出现了,就坐在他旁边,同一张床上。

谢问垂眸看着自己的手指,表情有些意外。

闻时这才反应过来自己刚刚抓的是谁。

手指尖的触感还有残留,闻时收回视线,抿了一下嘴唇,拇指无意识地捏着关节。他摸着后脖颈让自己清醒了一下,这才转头看向谢问:"你去哪儿了,什么时候来的?"

抓手的问题就这么含糊地略了过去。

谢问摩挲了一下指尖,也抬起了眼,说:"刚刚来的,你醒前一秒。至于去哪儿了,这个问题答起来有点困难。"

"可能得问他……"谢问朝旁边指了一下。

闻时这才反应过来,自己右边还有一个人。

他转头一看,发现那是一个面容浮肿、苍白的年轻男人,个子不高,很瘦,从侧面看,轮廓虚得像个假人。

他盘腿坐在床头,耸着肩膀,把自己缩成更窄小的一块,手指一下一下在床板上划着,发出嘎吱嘎吱的声音。

他慢半拍地感觉到了闻时的目光,转过头来的时候,脖子发出咔嚓的脆响。水顺着头发往下流淌,眨眼的工夫,就把床头弄湿了一大片。

不出意外的话,这就是那位李先生了。

他脖颈后面有一片暗绿色,像身上长出来的苔藓。闻时皱着眉,伸手想看一下那是什么,忽然听见背后的谢问沉沉问了一句:"你刚刚是做梦了吗?"

他问得突然,闻时怔了一下才转过头:"什么?"

"没什么。"谢问说。

屋里没开灯,但并不是一片漆黑。他们这个房间靠近沈宅后门,窗户正对着院子，冷冷的月光从窗外照进来，经过玻璃，晃着闻时的眼睛。

他眯了一下眼，听见谢问说："我只是在想，你是不是梦见了什么人，把我错认成了他。"

屋里很安静，只有李先生湿漉漉的头发往下滴着水，黏黏腻腻地顺着床沿流淌，淅淅沥沥淌成小水洼。

谢问说话的时候，眼睛还是微微弯着的，好像只是不经意间顺口问一句。

但他的嗓音很低，在昏沉夜色中显得有些模糊。

闻时的心脏仿佛被什么东西轻轻挠了一下，忽然他就不知道怎么答了。

两人陷入微妙的静默，那一瞬间被拉得很长。

过了许久，闻时动了一下嘴唇。

谢问原本看着闻时，这会儿却敛了眸光。他像是乍然回神，视线转向了窗外。

静了几秒后，他温沉的嗓音落在闻时耳里："随口一说的闲话，用不着答。你听见什么动静没？"

动静？

闻时拧眉噤声，本以为他只是随意转了话题，结果居然真的听到了奇怪的动静——

吱呀一声，打破了屋内的安静。

因为夜深人静的关系，什么声音都显得异常清晰，仿佛近在咫尺，但难以分辨它究竟从何而来。

吱呀。

又是一声，慢悠悠的，依然分辨不出来处。

吱呀。

……

闻时起初以为是哪个房间的门被风吹开了，三声过后，他便听明白了："绳子的声音。"

谢问的神情并不意外，口中却是另一番反应："你确定？"

"嗯。"闻时的注意力在声音上，所以他没注意到谢问从窗外收回目光时表情的微小变化。

"哪种绳子？橦线吗？"谢问指了指闻时的手。

"不是。"

——一拽就吱呀吱呀响,这种榜线给你你要?

闻时盯着他,话都到嘴边了,但碍于之前莫名奇怪的氛围,又把话咽了回去,解释道:"麻绳,那种拧成一股的。"

他实在很少能有这种耐心,所以声音很沉,语气干巴巴的。

对于这种毫无灵魂的解说,谢问却很有兴趣。

吱呀。

吱呀。

说话间,那声音又来了,而且异常规律,每两声的间隔都相差无几,就像是绳上吊着什么重物,左右摆荡。

谢问听了一耳朵,说:"拉拽出来的。"

闻时抿着唇忍了一下,没忍住:"你拽下试试。"

谢问笑了。

他可能觉得干巴巴的解说没听够,还想听凶巴巴的升级版,又问道:"那这声音怎么来的?"

"应该是绕在木梁或者木杆上,绕着的东西也结实不到哪去,所以……"闻时说到这里,忽然皱起了眉。

因为旁边的李先生有了新的动作——

他在吱呀、吱呀的声音中慢慢抬起头,仰着脸,眼睛一眨不眨地盯着自己头顶的位置。

闻时跟着抬起头,看到了一根长而直的房梁。

麻绳、木梁、拉拽的重物,这三者联系在一起,实在很容易让人想到一个结果——李先生是吊死的。

闻时又转头看向李先生的脖子。

他穿的不是洋服西装,而是中式的长布衫,领子立着,规规矩矩地扣到了顶,刚好裹住了所有。

之前他低头用指甲划着床板,闻时只能看到他的后脖颈,现在他仰起脸来,脖颈下那道深深的瘀痕便很明显了。

可如果是吊死的,他怎么会是这种模样?

吊在外面淋了雨?还是吊在浴室里?

但这话不能当着李先生的面说出来,至少在摸清楚他想干什么之前不能说。

闻时想了想，问道："能说话吗？为什么往上看？"

李先生依然仰脸看着头顶，除了那根房梁，屋顶空空如也，并没有什么可看的。过了好一会儿，他才慢半拍地看向闻时。

他似乎刚意识到自己床上还有别人，瞪大了眼睛。

当——

沈家客厅的座钟忽然又敲了一下，深更半夜，突兀得叫人心惊。

李先生虚幻的身体闪了一下，像过度曝光的老照片，仿佛下一秒就要从床上消失。

闻时蹙起眉，听见谢问轻声道："好像到时间了。"

"到什么时间？"闻时回头看他。

就见他的身体轮廓也模糊了一下，似乎要跟着李先生一起消失。

"不清楚，估计是该你们醒了。"谢问说。

闻时冷冷道："我已经醒了。"

谢问听着他的语气，不知为何想笑："你厉害点，你例外。我说正常人估计该醒了。"

闻时不太爽。

就这么点时间，李先生够做什么？

当——

座钟又敲了一下。

谢问说："看，已经开始催了。"

他的身影跟李先生一样越来越虚，又有细微的不同，不知是不是因为他还算活人。

"爱催催吧。"闻时拧着眉，一边说着，一边干脆地往李先生和谢问手腕上各套了一根橦线，然后抬手冲李先生额心敲了一下。

李先生的脑袋像个水分饱满的瓜，指节叩击上去，发出了空洞的脆响。

闻时脸都僵了。

但这声音落下的瞬间，李先生已经沦为虚影的身体忽然清晰起来，像是本来要走了，又被人强行拖拽回来。

他嘎吱嘎吱地转着脖子，茫然地看向闻时。

闻时冲他说："你走不了了。"

李先生："……"

闻时转头又要去敲谢问，却被谢问抓住手指拦住了。

对方抓得随意，也没有用太大的力道，手便不小心成了半扣半握的状态，莫名有些亲昵。

两人都顿了一下。

过了片刻，谢问才开口："你要把我变成樘吗？"

闻时看着他："你怎么知道这个？"

一个半吊子会知道怎么把活物变成樘？

谢问说："书里看过。"

闻时问："书里说过这是暂时的吗？"

谢问答："说过。"

闻时的眸光从他逐渐虚化的身上扫过，又扫向他："所以你宁愿人没了，也不能接受暂时当一下我的樘？"

谢问静默着，不知在想什么。

他看着闻时的眼睛，片刻后松开手，略带无奈地说："敲吧。"

把沈曼怡、李先生变成樘，和把谢问这样真正的人变成樘还是有区别的。毕竟这个过程顺不顺利，一来看对方的意志力，二来看樘师能不能全然压制对方。

闻时目前的状态不比当年，但是压制这些后辈并没有什么问题，更何况谢问还是个被除名的。

但他轻叩了一下谢问的额头，还是有些诧异。

因为他没有感觉到一丝一毫的阻碍，谢问跟沈曼怡、李先生他们竟然相差无几。

那一瞬间，他觉得有些不对劲，但没有时间细想。

最主要的是，还有另一个声音在捣乱——

客厅的座钟敲了四下，没能把李先生和谢问送走，当场发了疯，于是当当的敲击声响个不停。

隔壁两间房终于有人醒了，闻时已经听到了开门声，但他更烦这个直击灵魂的撞钟声。

"等下。"他给屋里三个新收的樘留了这句话，便开门出了房间。

沈曼怡和李先生端端正正地坐在床边，不敢动。但是那个姓谢的樘就很不听话，气定神闲地跟在了某人身后，看见某人走到客厅，拉了一根削铁如泥的橦线，闷头把座钟给切了。

谢问路过奶妈那间房的时候，听见房门吱呀一声响。

他转眸看过去，就见老毛从里面探了个头出来。

看见谢问，他愣了一下，咕哝道："还真给睡回来了？我以为你……"

"我什么？"谢问停下步子，等着他的下文。

老毛小心翼翼地往客厅看了一眼，压低声音说："我以为你又故意走开找灵本去了。"

谢问挑了挑眉，未置一词。

他朝屋里瞥了一眼，问道："都醒了？"

"还没呢。"老毛摇了摇头，"睡得跟猪一样。我等他们醒，免得显得就我一人睁着眼，太突兀。"

"不会就你一个的。"谢问朝夏樵和周煦的房间抬了抬下巴，"那屋不还有一个吗？"

橦在笼里最不容易昏睡，也最不容易受蛊惑，毕竟他们不是人。谢问指的显然是夏樵，但老毛是只聪明的鸟："他醒着，我就更不能醒了，这不是昭告天下我跟他一个体质吗？"

谢问说："你想太多，老人觉少。"

老毛："……"

他的胸脯都鼓起来了，不过没气两秒，他又想起了另一件事："对了老板，我刚刚有几秒感觉特别不对劲。"

谢问问："怎么不对劲？"

老毛说："说不明白，上一次这么不对劲，还是您出事。"

谢问淡淡地"哦"了一声，远远朝闻时所在的方向指了一下，说："那可能是因为刚刚他把我变成了他的橦。"

老毛恍然大悟，也"哦"了一声。

三秒之后，他猛然一个激灵，直接抖了两下，差点现出原形："他把你变成什么？"

谢问说："他的橦。"

老毛一口气没上来，离当场去世就差一点点。

谢问说:"演得有点过了,以前也不是没让他试过。"

——那是,你什么不敢让他试?

老毛默默呕了一口血。

那边座钟咣当倒地,被大卸八块,彻底没了动静。闻时一转身,老毛就把头缩了回去。

"在跟谁说话?"他隔着长廊就看到了谢问,走过来的时候,隔壁那间房的门刚好被人打开了,一个人影嗖地弹了出来,扒着闻时的胳膊就开始抖。

闻时转头一看,是夏樵。

"怎么了?"他纳闷地问。

夏樵小脸煞白,他咽了口唾沫,指着自己房间说:"鞋。"

什么鞋?

闻时走过去推门一看,瞬间明白了夏樵的意思——

那双本该搁在奶妈床边的鲜红绣花鞋,不知什么时候出现在了夏樵和周煦他们床边,鞋尖冲着床。

"什么时候来的?"闻时问。

夏樵缩在他跟谢问身后,说:"就那个钟响之后,周煦秒睡,怎么都叫不醒。但我就是睡不着,又不敢动,只能闭着眼睛在床上躺着,然后就听见房间门被人开了又关上,那个脚步声从门口一直来到床边,就停在我旁边。"

夏樵说着,身上就开始起鸡皮疙瘩:"我等了半天也没等到动静,就把眼睛睁开一条缝,瞄了一下,但是床边没有人!"

他当时出了一身冷汗,愣是在床上挺直着装死,装到钟声再次响起,越来越急,然后隐约听到了谢问和闻时的声音,这才从床上飞下来。

他下床的时候才真正看清,停在床边的是那双绣花鞋,就好像有个人从他们入睡起就一直站在床边,静静地看着他们。

"她来找谁?"夏樵问。

"这间房里总共就两个人,不是找你就是找他。"谢问指了指床上的人。

周煦还在熟睡,床头灯映照在他脸上,明明是黄色的光,却衬得他脸色灰青,不知道是不是翠绿色灯罩的缘故。

夏樵看着他,满脸羡慕:"他睡得真香。我为什么睡不着呢?睡着了就看不到这双鞋了。"

闻时说:"类别不同。"

夏樵头顶冒出一个问号,又很快反应过来,自己是橦,确实跟人不同类。

这么一想,他就更难过了:"别的橦都特别威风,长得大还能打,怎么到我这里就不一样了,胆子小还睡不着?"

当初那个不知姓名的橦师把他造出来是为了什么呢?当个摆设卖萌吗?

他难过了一会儿,抱着最后一丝希望问闻时:"哥。"

闻时道:"说。"

夏樵说:"我是不是缺少什么刺激?会不会哪天醍醐灌顶,就能变身了,变成大蟒啊金翅大鹏啊什么的?"

闻时:"……"

当然夏樵并非真的在幻想什么,就是寻求一下安慰。可惜他闻哥这方面的神经可能断绝了,并说不出什么安慰的话,脸上似乎还明晃晃地写着四个字——"你在做梦"。

倒是谢问搭理了他一下:"你说的大蟒,是指你哥之前放出来的那个橦吗?"

夏樵茫然:"嗯。"

谢问笑了。

夏樵没明白他笑的点在哪里,转头问闻时:"哥,你那不是黑色大蟒吗?"

大蟒……

闻时的表情凉凉的。

那当然不是什么黑色大蟒。那是奇门八神里烈火包身、能兴云雾的螣蛇,只是他现在用橦受限制,没有让它显出原本的模样。

"差不多吧。"他敷衍了一句,眸光却扫向谢问。

"看我干什么?"谢问和他并肩站着,隔着一步距离,说话的时候朝他微微偏了头,温温沉沉的嗓音便响在他耳边。

闻时摸了一下颈侧,半晌后忽然开口:"为什么那么肯定?"

谢问愣了一下:"肯定什么?"

闻时说:"我的橦。"

谢问解释道:"我看到它后背上有两个突出来的硬块,那里头应该包着东西。蟒的背上可没有这种构造。"

这话没什么可挑剔的,确实看仔细些就能发现端倪。他解释的时候,还用手指简单比了一下，点出来的位置也并不太准确。

可是……

闻时很轻地蹙了一下眉，从他脸上收回目光。

谢问问："所以那是什么？"

闻时说："长瘤的蟒。"

长瘤的蟒……

夏樵在旁边都听麻木了，心说他哥这瞎话也瞎得太明显了，简直是摆在脸上。他偷偷瞄了谢老板一眼，发现对方被糊弄了却并不介意，听到这个答案甚至还欣然点了一下头，脾气是真的好。

那为什么他还是有点怕谢问呢？

夏樵正纳闷，就听见谢问又开了口："这屋里本来住的是谁？"

他没有对闻时的撞刨根问底，而是转回了正题。

"啊？你不知道吗？"夏樵愣了一下。

谢问适当地提醒了一句："我不在。"

夏樵拍了一下脑门："哦对对对，介绍故事背景的时候，谢老板你不在场。这间屋子是奶妈的儿子和沈家那个小少爷住。"

说着，他又看了一眼一动不动的绣花鞋和沉睡的周煦，在心里咕哝道：那奶妈应该就是来看儿子的吧。

他正想着，谢问忽然问了他一句："确认过吗？"

夏樵被问得有点蒙，抬头道："什么意思？"

"没什么，就是提醒一句。"谢问说，"毕竟故事背景不一定全部是真的。"

夏樵愣住了。

他猛地意识到，密室逃脱的故事背景跟真实的事情本来就有出入，况且故事背景也是笼的一部分，也会受笼主影响。

而他之前完全被笼带着走，下意识听见什么就信什么，一旦出现矛盾点，他的思维就开始打结，比如活在日记和故事背景里，但实际又死了的奶妈。

听到谢问这句话，他背上猛地冒出了白毛汗。

是啊，如果连故事背景都在骗他们呢？那这笼要怎么解？

夏樵心态刚有点崩，他就听见闻时开口了，嗓音一如既往地十分冷静："何止背景，笼里哪句话都有可能是假的。"

"……"

好,听完他更崩溃了。

夏樵惶恐地看向闻时,却见对方抬了一下右手,对谢问说:"所以有什么带什么,信息凑到一起,哪句真、哪句假,瞎了都能看出来。"

啊,怪不得!

夏樵这才明白,在二楼的时候,为什么明明有方向了,闻时还让他们去找日记后半部分,明明是没什么意义的合照,还让他们拿上。最后沈曼怡的事情都解决了,他还把日记、照片甚至沈曼怡本人都带来了楼下。

夏樵朝闻时抬起的右手看过去,发现有三根橦线延伸出去,两根通向管家和李先生的卧室,一根……系着谢问?

长长的白棉线垂坠在地,像一种隐晦的牵连。

夏樵想起闻时刚刚说的有什么带什么,要把信息凑到一起,茫然地问:"所以哥,谢老板是什么信息?"

这话问完,谢问和闻时同时转眼看向他。

长廊一角忽然陷入微妙的安静,没人回答这句话。

夏樵眨了眨眼,虽然不懂为什么,但还是果断地说了"对不起",然后乖巧地换了个问题:"那两根,一根系着沈曼怡,还有一根呢?你又抓了谁啊?"

"抓"这个字就很有灵性,显得他哥好像才是大妖怪。

但闻时并不介意,他动了动手指,没一会儿,沈曼怡就小跑着过来了,后面是慢吞吞的李先生。

沈曼怡只在进门的时候踌躇了一下,反应不太明显。李先生就不同了,在门外突然停了步,眼睛不知是在看床边的绣花鞋,还是在看床上睡着的人。

他盯着那处看了许久,忽然做了个动作——抬起两只手,在脖子前攥成了拳,就好像……有人拿了绳子吊他,而他挣扎着去抓脖子上套的绳子。

他还真是被人吊死的吗?

闻时看着他。

如果李先生的反应是真的,那么这间卧室里就有害死他的人,是床边看不见的奶妈?还是床上躺着的周煦所对应的那个人?

夏樵忽然叫道:"噢,我知道了。"

谢问不知什么时候走到了衣柜边,正扶着柜门看里面的衣服,听到这话,先跟闻时对视了一眼，又转头看向他："知道什么了？说说看。"

夏樵指着李先生说："他这个动作，应该是被人……"

谢问又适时提醒道："有些词最好不要那么直白地说出来。"

"……你们懂的。"夏樵特别听话，立马把"勒死"这个词咽了回去，"他这个身材跟我差不多，个子不高，也很瘦。但想要把他那什么，也得有点力气吧？沈家那个小少爷多大来着？"

他又指了指沈曼怡："反正肯定比她小，毕竟弟弟嘛。这么小的人，怎么可能对付得了李先生？"

其实之前他就很疑惑了，沈曼怡虽然个子不高，但也不是一个比她更小的小男孩可以弄死的吧？

他在自己身上比画了一下，估算道："要对付李先生，怎么着也得十几岁的男生。所以我觉得肯定不是小少爷干的，是奶妈的儿子。日记里是不是提过他？叫峻哥对吧？"

在二楼翻找出来的那本日记里确实经常提到峻哥。

按照日记里说的，沈曼怡常拽着峻哥扮新娘，时常弄得他有些尴尬，很没面子；李先生又似乎总挑他的刺，也许因为他是奶妈的儿子，相比少爷、小姐有些区别对待。

但是沈小少爷跟他很亲近，看二楼少爷房间的布置，那张简易的床没人动，倒是大床上有两床被褥。

小少爷不只跟他关系不错，甚至还替他叫屈，连带着看沈曼怡和李先生都很厌烦。

"会不会是小少爷有那个念头，然后峻哥动的手？"夏樵越想越觉得是这么回事，"那个峻哥多大？日记里有说吗？我看衣柜里的衣服有大有小，不像一个年纪的。"

谢问欣然朝旁边让了一些，扶着柜门的手又把门拉开了一些。

确实如他所说，里面的衣服大小、长短不一，小的大概是九岁或十岁那么大的孩子穿的，大的少说也有十五六岁。

"小的这些肯定是沈家小少爷穿的，大的应该就是峻哥的。"夏樵取下一件在自己身上比了比，"我都能穿。如果是这么大的男生对沈曼怡和李先生下手，倒是比较符合逻辑。"

他分析了一大通，又有点赧然，红着脸皮挠了挠头，冲谢问和闻时说："我是这么想的，就是不知道对不对。"

闻时未置一词，只从牛仔裤口袋里摸出了一样东西。

那是一张照片，没弄错的话，就是夏樵他们在二楼找到的那张。

闻时把它夹在指间，翻转了一下，正面冲着夏樵，说："看这个。"

"怎么了？"夏樵凑过来，一时没明白他哥的意思。

"你看这两个人。"谢问也走了过来，手指越过夏樵，轻弹了一下照片最右侧。

夏樵终于反应过来——

照片最右侧，沈曼怡的旁边还站着两个人。虽然照片缺了一大块，边上那几个人都没有头脸，但看衣着和身高也能认出来，他们是两个男孩。

他们一个穿着西装小马甲，仪态很正；另一个穿着短褂长裤，背着手。

整个沈家能对应上这两个身份的，只有小少爷和峻哥。

但这两个人胖瘦差不多，肩也一般高，很显然，年纪相差不了多少。如果沈家小少爷年纪太小，搞不定李先生，那峻哥一样。

夏樵呆了："怎么会这样……"

他分析了一大通，原本觉得很有道理，结果一张照片毁所有。

就在他茫然的时候，闻时收了照片，很干脆地走到门口问李先生："为什么不进来？你怕谁？"

还能这么问啊？

夏樵觉得他哥在搞事情。

他诧异地说："李先生怎么可能这么听话？"连沈曼怡最开始都挣扎、反抗过呢。

闻时却挑了食指上的幢线，说："他现在是我的幢，不听我的听谁的？"

事实证明，变成幢的李先生是真的很听话。

闻时一问，他就张了口。

闻时："……"

可能是怕被这位冷面幢师打吧，李先生转头匆匆走了。三人很快追了过去，跟在这个小个子男人身后，绕过两个拐角，进了一间屋子。

那是楼下的书房。

"对啊，说不了话，但他可以写嘛。"夏樵欣喜地说。

书房里也挂着一只钟,远比客厅那个讨喜,只是安静地走着,不乱叫唤,闻时便容忍了它的存在。

他盯着指针多看了几眼,忽然转头问:"刚刚那个座钟显示几点?"

夏樵像个被突然点名的学生,惶恐道:"我……我没注意。"

闻时说:"……没问你。"

夏樵讪讪地"噢"了一声,闻时转睇看向谢问。

其实这句话问出口,连闻时自己都愣了一下。因为在这之前,他在笼里总是充当回答问题或者答都懒得答,直接动手的角色,大包大揽。

他很少会主动询问,一来他话少;二来,他注意到的东西,别人不一定注意得到,他没注意到的,别人更加注意不到;三来天性作祟,不管过了多少年,他依然不喜欢麻烦别人。

商量和询问在他这里,几乎等于无用功。所以打破习惯的瞬间,他总是会有些愣怔,甚至想说"算了,当我没问"。

幸好谢问在他之前开了口,说:"一点。"

闻时"嗯"了一声,心落了下来,好像本来独自走的路上,忽然多了一个可以说话的人。

他刚想说座钟和挂钟显示的时间不一致,也许有特别的含义。

结果他还没出声,就听见谢某人又开口了,聊笑似的补充道:"应该是一点,不过不能说得太笃定,毕竟你切起钟来,手真的很快,但凡慢一点,我都能看清楚。"

胡说八道!

闻时从时钟上收回目光,把话咕咚咽了下去,决定让某人老老实实当他的幢去,还是闭嘴别说话的好。

李先生已经钻到了书桌后面。桌上纸笔齐全,架子上有大小不一的毛笔,石台里靠着几支老式钢笔,但他还在翻箱倒柜。

"他在干吗?"夏樵有点怕他,又忍不住想帮他。

谢问进门最晚,扫视了一圈,说:"在找墨吧。"

他的话音落下的时候,闻时已经拽开一个生锈的铁柜,从里面翻出来几个墨水瓶,一股难闻的臭味顿时弥漫了整个书房。

夏樵呕了一声,捏着鼻子说:"这什么味道?"

自从看过沈小少爷的日记，他对沈家奇怪的味道就很敏感，生怕又来一个什么人被藏在沙发或者柜子里。

"墨汁坏了。"闻时说。

他脸上的表情也很难看，忍着臭味拧开墨汁盖看了一眼，就把它丢进了垃圾桶。

李先生却扑了过去，当作宝贝似的把瓶子抢回来。

"那墨早干了。"闻时拧着眉说。

李先生不死心地用毛笔刮了几下，果然写不出什么。所有能找到的墨汁都是干的，没有一瓶能用，仿佛故意似的，不想让他写出字来。

闻时绕着书房走了一圈，脚步没停，"咣咣"开了屋里所有柜子，再没找到新的墨水，但他看到了一个樟木书箱。

那只书箱毫不起眼，就是那个年代书房里最常出现的东西，却吸引了闻时的注意力，因为它上了一把锁。

书箱里会放什么关键的东西？

闻时思索的时候，橦线已经甩了出去。

线头钻进锁孔的瞬间，整个书房忽然闪了一下——雪白的墙壁泛着橘红，闻时耳边响起了噼啪的轻炸声，不知哪里吹来一阵热风，扫脸而过，居然有些灼人。

夏樵轻轻"哒"了一声。

闻时转头，看见他捂着手臂，连连摆手说："不要紧不要紧，就是刚刚不知道碰到什么了，有点痛。"

夏樵皱着脸纠结片刻，又补充道："不对，是有点烫，感觉烫破了。"

他放下手一看，捂着的那块却完好无损，红都没红一下。

"你呢？"闻时看向谢问。

"我没事。"谢问正站在墙角，拇指抹了一下墙皮，"这屋可能被烧过。"

确实，刚刚那瞬间闪过的场景特别像一片火场。

他低头问沈曼怡："你家失过火？"

沈曼怡仰头说："没有。"

那是怎么回事？

闻时皱着眉，橦线又一次钻进锁孔。

锁芯轻转的同时，整间书房骤然陷入火海！

热浪翻涌着朝人扑过来，金红色的火舌隔空一卷，就足以舔掉一层皮。

它在空中翻滚着，眼看着要将夏樵和谢问拆吞入腹，就见书箱前的闻时背手一扫，那条缠裹着锁链的螣蛇张着尖牙直蹿出来，绕着整个书房盘卷一圈，那来势汹汹的火焰就被它吞了个干净。

"啊啊啊啊——"

夏樵捂着脸在火里吱哇乱窜，结果一抬眼，就看到他哥的螣跟贪吃蛇一样，张着嘴往前游，走哪儿吞哪儿，所过之处，一点儿火星都没剩下，仿佛只要不撞墙，就可以吞到天荒地老。

火舌不断消退，谢问就在那之间穿行而过，走到了闻时身后，弯腰看着那只书箱，一点不见慌张。

李先生和沈曼怡也没什么反应，一个从石台里抓了一支钢笔，一个眨巴着眼睛像看万花筒一样看他。

夏樵想了想，又用手捂着脸，因为丢人。

他从手指缝隙里露出一只眼，挪到他哥和谢老板身后，就听书箱的铜锁"当啷"一声落了地，解开了。

火舌窜了两下，终于败退。闻时左手五指一拢，收了螣蛇，同时右手开了书箱的盖。

他们以为会看见什么特别的东西，比如照片、旧物，或者记录了关键信息的书。谁知这只书箱里装着的全是纸，纸上是密密麻麻的字。

闻时随手掀了几张，目光扫过那些内容。

夏樵在后面咕哝了一句："这什么啊？摘录的诗词名作？"

"先生布置的功课。"小姑娘的声音乍然响起。

"功课？"

沈曼怡点了点头，在书箱旁边蹲下，认认真真地说："先生布置的功课，让我们练字，每天都得交。"

她顿了一下，又小声说："我不喜欢练字，交得少。"

最上面的字就很熟悉，跟日记里面的如出一辙，笔画有些稚嫩柔软，但十分工整。这应该是沈家小少爷的字。

闻时在第三页找到了他的落款——沈曼昇。名字有些秀气，和字很搭，反衬得日记内容更让人不寒而栗。

落款后是李先生的朱笔批注，只有一个顿点，表示自己看过了。

闻时连翻了小半箱，内容始终如此——沈曼昇练两三页字，李先生批个顿点，一句意见都没有，看起来就是最简单也最频繁的日常功课。

这有什么可锁的？

闻时正纳闷，忽然听见旁边传来一阵声响。

他转头一看，就见那位教书的李先生正伏在桌案上，抓着一支老式钢笔，似乎在找什么。

"你干什么？"闻时惊异地问道，却见他攥着笔，缓缓转过头来看着自己。

从这位教书先生的眼睛里看不出情绪，但也许是他的眼窝一直汩汩流水的缘故，看起来总像在哭，而他的动作又异常坚决。

李先生盯着桌上的一杯水，用钢笔尖小心地蘸了一点——他在用水当墨。

"我……"夏樵忍不住说，"原来你是要蘸水呀！"

但李先生好像听不得"水"这个字，颤了一下，又低下头，在纸上用力地写了一个字。

可能是太用力了，他的手指都在抖，以至于写出来的字歪歪扭扭，不好分辨，但闻时他们还是认出来了。

那是个"沈"字。

李先生写完，死死盯着那个字，差点把钢笔攥断了。他可能不太满意，看了好几秒，便把那个歪歪扭扭的字涂掉了，另寻空白处，重新落笔，然后又写了一个"沈"字。

夏樵一脸疑问："嗯？"

他没看懂这操作的意思，满脸疑惑地瞄了闻时一眼，却见他哥头也不抬，目光就落在那张纸上，丝毫没有催促的意思，任李先生自由发挥。

于是这位教书先生写了涂，涂了写，片刻后就写完了一张纸。

满纸都是"沈"字，乍一看，让人震惊，而且笔画越来越急、越来越草，情绪也越来越激动。

夏樵终于想起来之前闻时的问题，他问李先生："你在害怕谁？"

如果说不出来，就写出来。于是李先生写了满纸的"沈"。

"所以他害怕的是那个小少爷，沈曼昇？"夏樵转头看向那个书箱。

闻时沉吟片刻，居然摇了一下头。

"不是吗？"夏樵指着纸上的字，讶异地说，"都写满一张纸了！"

"那为什么不写全名？"闻时反问。

夏樵噎住了。

比起恨意深重，闻时觉得李先生更像在挣扎——他也许想写别的，但一落笔就只能写下这个字，所以他写了又改，改了又写。

就在这个念头从闻时脑中闪过的时候，谢问忽然开口说："你来看看这个。"

闻时抬头，就见谢问从书箱最底下抽出一张纸，搁在书桌一角，食指轻轻敲在落款处。

这依然是小少爷沈曼昇的练字功课，只是这次李先生的批注不再只是一个顿点，而是一段话。

那段话由朱笔批注，又经过了年月，就跟李先生的血色一样。

他写道：不要总学阿峻写字，他学字晚，比你们欠缺不少。我不晓得你们是在闹着玩还是旁的什么，这样下去毫无长进，学久了拗不过来，还不礼貌。

纸的背面还有墨迹，隐约可见。

闻时把纸翻过来，看到了一大团墨，应该是小少爷沈曼昇写了一段话作为辩解，回应李先生的朱批，但不知为什么，又涂掉了。

这块墨深浅不一，对着光可以勉强辨认原本的开头——

"我不……"夏樵把纸颠来倒去，尝试几次后说，"我尽力了，后面真的看不清，只能看出这俩字。"

可是，我不什么呢？

我不是？我不改？还是我不该？

把那些字涂掉之后，沈曼昇在旁边重新写了一句，作为给李先生的最终答话。

他写着：知道了，先生。

夏樵盯着那张纸，表情十分负责，介于若有所思和困惑之间："我现在很蒙，感觉好像抓住了什么，但是又有点迷糊。"

他皱着脸，咕哝说："我得捋一下……所以这个沈家小少爷，故意学峻哥写字？"

小孩间的玩笑常让人琢磨不透，就连是无意还是恶意都分辨不清。夏樵想起小时候，对街有个小男孩说话结巴，于是其他小孩成群结队地跟着他学，结果学出了七八个结巴，被家长一顿臭揍，过了好久才慢慢改回来。

那些小孩学结巴的初衷就很难定义，有些是觉得好玩，有些则真的在取笑。

"要是为了取笑，那真的有点恶劣。但他又挺老实地说他知道了。"夏樵总觉得这位沈小少爷的形象充满矛盾，令人迷惑，"也不知道后来改了没……"

"很明显，没有改，或者已经改不了了。"谢问说。

他说得笃定，夏樵没反应过来，十分疑惑："你怎么知道？"

谢问指了指那个书箱说："字都在那儿，你是不是看反了？"

夏樵愣了一下，忽然脸红。他意识到自己犯了个最低级的错误……

箱子里的纸是一张一张往上摞的，最底下的才是最早的。也就是说，在李先生批注"不要学阿峻写字"后，沈曼昇的字依然没有大变化，就在学阿峻的基础上，一天一天，写满了一整箱。

而李先生也再没多说过什么，批注只有顿点，也许是拿这少爷没辙，也许索性懒得管了。

怪不得谢问会那么说。

这样长时间写下来，沈曼昇就算想改，可能也无从改起了。不管出于什么缘由，他学来的字，已经慢慢变成了他自己的字。

夏樵缓缓说："所以，沈曼昇跟峻哥的字很可能是一样的？"

闻时说："区别不会大。"

夏樵瞪大了眼睛："要这么说的话……"

日记本上的字忽然就有了两种可能：那可能是沈曼昇的字，也可能是峻哥的字。

如果日记真的是沈曼昇自己写的也就罢了，可如果有阿峻写的部分呢？甚至……根本就是阿峻写的呢？

在这之前，闻时始终没有给小少爷沈曼昇下过恶性的定论，就因为卧室的那张床，也因为那本日记。

他总觉得，一个不想让别人睡简易仆人床，把自己的床分一半出去的小孩，怎么也不至于单纯因为姐姐喜欢笑，有点吵闹，就把她折进沙发里。

而那本日记又总在说峻哥——沈曼怡常不合时宜地拉着峻哥玩游戏，所以烦人；李先生常在书写上挑峻哥的刺，所以刻薄。

闻时觉得日记割裂又诡异，就在于此——日记里每个人、每件事的因果都与小少爷自己无关。而且内容常有矛盾，一会儿说"她拽着女孩儿扮也就罢了，还常拽着峻哥"，一会儿又说"沈曼怡还是喜欢让我猜真假新娘"。

在这之前，闻时以为写日记的人状态不对，透着一股憋闷的疯劲，所以内容颠三倒四。

可是现在，当这些点全部汇集到一起，那条线忽然就明朗起来。

如果日记里的字是阿峻的，如果日记里的事是阿峻借小少爷的口在诉自己的苦，如果字里行间的"峻哥"和"我"，有时是指同一个人，那么一切似乎就说得通了，只是依然有一个问题……

阿峻和沈曼昇差不多大，都比沈曼怡要小一些，沈曼昇做不了的事，他为什么能做到？

闻时沉吟片刻。

某一瞬间，他感觉自己想到了什么，但还没来得及抓住，就被李先生写字的声音打断了思路。

李先生蘸了满笔水，又要去跟重复的"沈"字较劲，却被闻时阻止了。

"等下。"闻时看向他的眼睛，问，"你是不是说了什么话，或者做了什么反常的事？"

否则小少爷为什么会在日记里写"李先生发现了"，还急着弄死了他？

李先生的动作忽然一顿，笔尖的水滴落在纸上，他攥着自己的手腕，良久后在纸上用力地写了三个字：

来找我。

"你不是就在这里吗？"夏樵茫然地说。

说完他忽然意识到，在这里的只是深夜归来的李先生，真正的李先生如同沙发里的沈曼怡，还被困在某个角落里，不见天日。

"那你在哪儿呢？"夏樵连忙问。

"问不出来的。"谢问把书箱合上了，站直身体，他拿了桌上那张练字纸，折叠成了一条，指着门口对闻时说，"走吧，去找他。"

对李先生这种存在，他们太了解了。你可以问他很多事，他在配合的情况下总会试着告诉你，唯独死去的地方是个禁忌，就像之前的沈曼怡一样，不想看，不能提。

果不其然，夏樵看到李先生攥着笔不说话，下一秒，钢笔尖便"啪"地断了。

夏樵转头一看，他哥和谢老板一前一后早已出了门。屋里只有他跟李先生和沈曼怡两个橦大眼瞪小眼，他连尖叫都顾不上，撒腿就跑。

结果沈曼怡和李先生跑得比他还快。

闻时站在走廊中间拽了一下橦线，拽完才想起来多扯了一根。

沈曼怡和李先生本就轻飘，瞬间出现在他面前，至于第三个……

第三个橦从后面撞过来，轻扶了一下他的肩才站定，哭笑不得地问了一句："你拽这么干脆，是不是忘了线上还拴着一个人呢？"

是……

但闻时会承认吗？

不可能。

他矢口否认，沉声说："有事。"

谢问点了点头，松开手，一副洗耳恭听的模样："什么事离远三五步就说不了？我听听看。"

"……"

闻时编不出，索性放弃。他转头冲李先生说："到处乱找浪费时间，所以……"

他挑了一下系着李先生的那根橦线，垂眸说："得罪了。"

说完，闻时一只手钩着橦线，一只手抓着李先生的肩膀，推着他朝东西南北四个方向各走了一步。

李先生满脸茫然，闻时让他怎么转就怎么转，唯独朝东转的时候迟疑了一下，仿佛对那个方向有些抗拒。

他想后退，退路却被闻时挡了。

对方反其道而行，把他朝他最怕的方向推了一步，低声说："继续走，别停。"

夏樵追过来的时候，就见他哥一路走，一路根据李先生的反应调整方向，跟他开着导航 App，边看箭头边往前探路一模一样。

"这也可以？"

夏樵服得不行，乖乖跟在闻时和谢问身后，一路走一路四处看，从天花板到地毯缝，甚至玻璃墙都没放过。

"用不着哪里都看。"谢问淡声提醒。

夏樵悄声问："那应该看哪儿？"

"有横梁的、能系绳子的、有水的地方。"闻时头也不回地应了一句。他目标明确，视线从来没有落下来，所以扫视得很快。

"浴室、屋檐、靠近窗户的房梁，或者……"他说到一半，忽然刹住步子消了声。

"怎么了？"夏樵问。

但他下一秒就意识到了他哥停住的原因——李先生在靠近后院门的时候，忽然瑟缩了一下，随即疯了一般想要后退。

还是闻时眼明手快绕了一道线，才及时稳住李先生。

后院？

闻时蹙起了眉。

他果断打开门，开了后院的廊灯。

刚踏进去，他就闻到了一股浓郁的枯焦味。整个院子里都是花，正如沈曼怡所说，有一大片鹅黄色簇拥着秋千架，那些花像竖直的兔耳，也像拉长的蝴蝶结。

闻时忽然毫无来由地想起，松云山脚曾经也有一大片这种花，白色的，干净得像山顶的雪，又比雪要活泼灵动一些。

他记得这花叫作仙客来。

"兔耳朵！"沈曼怡叫了一声，想扑过去。她太久没见过这个后花园了。但她刚迈进去一只脚，又猛地缩回来，就像被烫了似的。

然后她就蹲在门边，不出声了。

这个花园颜色鲜艳丰富，却莫名透着一股死气。

院里明明有风拂过，秋千轻轻晃动着，但那些鹅黄色的花和长藤蔓草一动不动，连轻颤都没有。

闻时扫视了一圈，发现整个院子除了秋千架和葡萄架，没有一处比人高的地方。即便是秋千架，想要把李先生吊上去，也找不到着力点。

但李先生已经怕得不行了。

他手足无措，不知该先捂脖子还是先挡眼睛，在后院一角抱头鼠窜。

闻时朝前走一步，他就慌一些。

焦躁不安中，那种吱呀吱呀的声音又响了起来，在死寂的夜幕中回荡，就像麻绳绕在并不结实的木杆上，坠着重物，左右摆着。

李先生蜷缩在墙边，又仰脸看起了头顶，仿佛在看一根不存在的吊绳。

谢问就站在旁边，垂眸看了李先生一会儿，也抬起了头。闻时以为他知道了什么，朝他瞥了一眼，却发现他在看月亮。

天边有一轮圆月，边缘线并不清晰，月光蒙了一层雾，跟后院一动不动的花一样死气沉沉，像画技拙劣的匠人添补上去的，又像一个明晃晃的洞。

闻时盯着那个"洞"看了几秒，忽然变了脸色。

他想到了一个地方，有木杆，可以系麻绳，不用很高的个子也不用找着力点，很容易就可以把人吊死……

"是水井。"

他说着，大步穿过后院，在离秋千架不远处找到了一口井。

这井荒了很久，原本架在井上的横杆断了，侧倒在地，井口还镇着一块石板。它被横倒丛生的杂草掩盖着，不注意根本看不出来。

闻时半跪下来，伸手掀开石板，一股浓郁的腐味扑面而来。

夏樵落后谢问半步，匆匆赶过来，当场被这味道熏了一跟头，一屁股坐在了井边。他屏住呼吸探头一看，脸上血色全无……

这口井并没有干枯，还积留着一摊水，那个瘦小的教书先生就在那水洼里。

他坐在井底，已经看不出原来的样子，头朝上仰着。他这样看着头顶，也不知究竟坐了多久，终于等到来人。

闻时扶着井沿，很长时间没有说话。

他眉心微蹙，垂着的眸光深刻沉敛，直直落在井底。

良久之后，有人用手指轻轻碰了碰他的后脑。他转头，看到了身后站着的人。

谢问低下头来，说："有我挡着呢，他看不见。把人接上来吧。"

他用的是"接"，一个很简单的字，就区别于太多太多人。

闻时看着谢问，眸光动了一下。那一瞬间，他似乎想说什么，但最终只是"嗯"了一声便收敛了视线，重新望向井底。

他放出了橦线，扣住了井底那个棉絮似的人。

"挡严实点。"他头也不回地说了一句。

"好。"谢问应了一声。

那具身体被轻放在地，丛生的杂草和大片的花叶遮着他，站得远一些便什么都看不见。但有橦线连着，闻时还是能感觉到那个蜷缩在后院门边的李先生在颤抖。

但凡是个脾气急一些的，黑雾能掀翻整个后院。但那些黑色的烟气只是从李先生身体里源源不断地溢出来。

"哥，井里好像还有东西。"夏樵忽然小声说了一句。

闻时一看，果然看到井底的淤泥里有东西在月色下泛着红绿色，像锈迹。

那是一个小铜箱，皮很薄，密封性却不错，也许是因为锈死了，也许是因为被淤泥包裹。闻时把它捞上来，强行打开，发现里面的东西没太大损坏。

那是一摞信。

闻时翻拣着看了一下，信封上规规矩矩写着收信人和寄信人的信息，贴着邮票，还盖了戳，大部分是李先生收到的。那些信来自同一个人，那人叫作徐雅蓉。

最上面的那封信却相反，寄信人是李先生，收信人是徐雅蓉，也贴着邮票，只是不知为什么被退了回来。

很显然，这是李先生的家书信匣，只是不知为什么会跟他一并沉在井底。

也许是李先生发现了沈曼怡失踪的真相，做了什么或是预备做点什么，然后打算带着信匣离开沈家？

闻时直觉信里有些东西，否则李先生不会违逆本能，对他写道：来找我。

他挑了李先生没能寄出去的那封信，先拆了。

教书先生斯文正统的字占满了纸页，跟扭曲的"沈"字不同，一看就是从小练出来的，有股书卷气。

吾妻雅蓉，见字如晤。

你上回来信说受凉伤风，大半月也不见好，急得我舌边生了两处疮。不知这次收到信时，你身体好些没有，若是好转不甚明显，务必去南风里找曾大夫，让他再看看，抓个方子给你，别叫一些没谱的郎中给误了。

我这月仍回不去，沈家先生、夫人迟迟不归，发去的电报也没有回音，实在走不开。十九号是蔡姐忌日，眼看着也不远了，总不能丢下那一屋姑娘、小子不管。你晓得的，我也同你说过，蔡姐走的那天，曼怡吓出了病，这几年状态并不见好，等到十九号前后，怕是又要小闹一番。

你上次说，叫我随信寄张相片给你。我前天剪了头发，特地去了趟照相馆，认真照了一张相片附在信里了，不知比起去年，见不见老。

其他人的相片就不放了，上一回沈家拍合照还是蔡姐在的时候，本想洗一张寄给你认认，但那张合照人并不齐，沈家先生、夫人未归，煮饭的窦婆婆仍旧觉得照相会让人折寿，不肯入照。

说起窦婆婆，她当初见我们执迷不悟要照相，还好心给我们一人供了一盏福寿长明灯，时常去念些经文、添点油火，说要保寿。结果没多久，蔡姐就悬了梁。她那盏长明灯还在供着，窦婆婆一直没撤，前天我路过那个小屋，颇有些唏嘘。

刚刚我封相片的时候，蔡姐那儿子阿峻来交他的功课，我这笔搁了一会儿，墨有些干，你将就着看吧。

说到阿峻……据说蔡姐是过过小姐日子的人，后来家道中落，家里人死的死，走的走，吃饭活命都成问题，才来了沈家，也难怪她总郁郁寡欢。

这个阿峻本该是个少爷命，却到这些年才跟着我学一些字，文章勉强可以通读，有时想来，同样叫人唏嘘不已。

只是他那性子我不大喜欢，过于窄了。

……

这之后，李先生又写了些日常见闻，都是琐事，也和沈家关系不大。闻时一目十行扫到最后，目光定在了落款处。

那里有李先生写这封信的日期——辅历一九一八年五月五日。

"辅历一九一八年……"闻时低声念道。

"一八年？"夏樵不敢多打扰，但伸头看到这个日期还是愣住了，"怎么会是一八年呢？日记里明明写的是辅历一九一三年……"

话没说完，他抬头看到了谢问。于是他想起来谢问之前说过，笼里的话并非每句都是真的，它们常会受笼主意识影响，跟真相有或多或少的区别。

"日记都是人写的。"闻时头也不抬地说。

夏樵疑惑未消，但还是老老实实点了点头。

倒是谢问十分赞赏地看了闻时一眼，补充道："有些甚至是故意写的，就为了给别人看，比如你哥口袋里这本。"

他指着闻时牛仔裤口袋里卷着的日记说："如果连里面的'我'都是假的，那你还认真信它干什么，哄写它的人开心吗？"

夏樵连忙摇头，一副自己说了蠢话的样子。

刚说服夏樵，谢问话锋一转，觑着闻时说："不过信也是人写的，半斤八两。"

闻时："……"

这人就是来搅事的。

闻时抬起头，一脸麻木地看着他，然后把信折好，又将信封翻转过来，将带邮戳的那块送到谢问眼皮子底下。

"看邮戳。"闻时说。

这些细节性的东西，其实他没必要给人解释。毕竟解笼的是他，谢问那体质可参与不了，就像夏樵或者其他人一样，知道或是不知道真相，都影响不了什么。

但对着谢问，他还是没忍住。

他很难说清自己是出于什么心理，也许是不想显得自己太武断吧。

那信差点贴着鼻尖，谢问笑着朝后让了寸许："看到了。"

信确实是人写的，硬要说起来，跟日记差别不大，但邮戳不是。

之前闻时就说过，正因为笼里的话并不全是真的，才要把所有细节信息聚集起来，对上一遍，再来区分孰真孰假就容易多了。

因为就算是笼主的潜意识，也不可能顾到方方面面，撒谎总是有疏漏的。

信封的圆戳上就标有日期，辅历一九一八年五月六日。退信的方戳上也有日期，辅历一九一八年五月十七日，跟信中李先生落款的日期对得上。

谢问拿了闻时手里的信，一边翻看一边问道："日记上的时间是哪天？"

闻时从口袋里抽出日记本，翻到折角的那页。看到日期的时候，他蹙了一下眉："五月十九日。"

谢问拎着信纸："巧了，跟奶妈同一天。"

李先生在这封信里并没有提奶妈究竟是哪一年去世的，但闻时看着日记，忽然意识到这个"辅历一九一三年五月十九日"恐怕不会是信手乱写的日子。

他又在信匣里翻找起来，这次目标十分明确——如果奶妈果真是那一年的那一天悬梁自尽的，那以李先生跟妻子通信的习惯，李先生很可能会在信里提到。

李先生是个有条理的人，收到的信件都是按照日期排列的，闻时很快找到了五年前的那些，把五月之后的三封挑了出来。

他还没说明目的，谢问就已经抽了一封信过去："一人一封，看起来比较快。"

夏樵听到这话，也接了一封信过去，但表情就很蒙。

"知道要看什么吗？"谢问说。

夏樵脸已经红了，这个颜色很明显代表着他不知道。

谢问的眸光从闻时脸上扫过，那一瞬不知他在想些什么，也许是唏嘘明明他们是一家的兄弟，差别却很大。

"看信里提没提奶妈过世的事。"谢问说。

夏樵连忙点头，拆起信来。

闻时刚张口就闭上了，省了解释的这一环。他也垂眸拆起了信封，片刻后还是没忍住问了一句："你怎么知道？"

谢问抬头看了他一眼，又弯着眼垂下目光，展开信，说："只许你一个人聪明吗？"

闻时本该反呛一声或是索性不搭理，就像他惯常做的一样，但他盯了谢问片刻，忽然敛眸吐了一句："对。"

旁边"咔嚓"一声响，那是夏樵抬头的动作太猛发出来的。夏樵震惊地看着他哥，一时间难以分辨他哥是不是吃错药了。

谢问也看了过来。

闻时却没再开口，只是低头扫视着手里这封信的内容。

这是李先生的妻子徐雅蓉的一封回信，邮戳上的日期是辅历一九一三年七月二日，信内的落款是辅历一九一三年六月十四日。

他扫到第二行就看到了关于奶妈的内容——

之前常听你提起管家和沈家小少爷，这位蔡姐说得不多，只说过她带着儿子阿峻一并住在沈家，没想到这次再提，居然是这样的事情，实在太叫人难过了。好好的人怎么突然悬了梁？

她那儿子阿峻年纪跟沈家那位小少爷差不离吧，九岁还是十岁？小小年纪就没了倚仗，日后可怎么办？你们多多照顾些吧。

虽然话语不多，但能确定一件事——蔡妈妈确实是辅历一九一三年五月十九日过世的。

闻时的目光落在信中那句问话上，忽然抬头问道："八月那封在谁那儿？"

谢问说："我这儿。"

闻时问："有提到奶妈悬梁的原因吗？"

既然徐雅蓉在信里问了一句"好好的人怎么突然悬了梁"，正常来说，李先生多多少少会在下一封信里说一说原因，那么徐雅蓉的回信里很可能也会提到。

果然，谢问指着信里的一行字说："走水。"

这个说法有点老派，闻时朝他看了一眼，接过信来，就见里面写道：

虽说烧到床帐十分危险，可毕竟救回来了，沈家小姐也没有受伤，诚心道个歉，日后注意一些，再不济，辞了这份工回家去，怎么这样想不开呢？

唉，我所知不多，不好评述，只觉得这位蔡姐也是个可怜人。

沈家小姐好些了吗？你在信里说她高烧不退，我也有些担心。她跟咱们囡囡一般大，我没见过她的模样，每次见你提她，我脑中想的都是咱们囡囡的脸。小孩总是怕发烧的，一定要好好照料，长身体呢。

虽然信里只提了寥寥几句，但拼拼凑凑也能知道一个大致的来龙去脉——

恐怕是蔡妈妈那天做事不小心，屋里着了火，沈曼怡差点出事。好在火扑得及时，没有酿成大祸，虚惊一场。

但蔡妈妈过不去心里那个坎，就像李先生在那封信说过的，她过过小姐日子，后来家道中落才到沈家，时常郁郁寡欢。也许是怕人埋怨，也许是觉得日子没什么意思，她一时没想开便悬了梁。

到了夏樵那封十月的信里，关于这件事的内容便更少了，只提了一句"还记得咱们县那个朱家的老三吗？也是小时候发了一场高烧，就成了那般模样，跟沈家小姐的病症差不多"。

闻时把纸折好放回信封里，抱着匣子走回后院门边，将那些曾经深埋井底的书信搁到李先生手中。

那位穿着长衫的教书先生怔怔地看着铜匣，先是朝头顶望了一眼，仿佛自己还坐在那口不见天日的深井里。

结果他望到了屋檐和月亮。

他又颤着手指匆匆忙忙打开铜匣，急切地翻了一下里面的东西，看到每个信封上都写着寄信人徐雅蓉，他的双肩才慢慢垮下来，然后像抱着全部家当一般搂着那个匣子。

那一刻，那些丝丝缕缕浮散在他身边的黑色烟雾腾然勃发，像是乍然惊醒的群蛇，开始有了肆虐的兆头。

这是浑浑噩噩的人终于想起了自己想要什么。

他想起了他的舍不得、放不下，想起了死前最最深重的执念，想起了他徘徊世间久久不曾离去的缘由，如同之前的沈曼怡一样。

黑雾像不受控制的柳叶薄刀四窜飞散，擦过闻时的手臂，留下几条口子，极细也极深，闻时却没有避让，也没有走开。

他在撕扯缠绕的黑雾中弯下腰，问李先生："沈曼怡生的是什么病？"

李先生看着他，捡了一根木枝，在花园的泥地上僵硬地写着：不记事，长不大。

闻时转头看向沈曼怡，小姑娘捏着手指，懵懵懂懂地仰脸看着他。

"你今年多大？"闻时问。

小姑娘掰着指头，明明已经掰到了十六，却轻声说："十一岁了。"

她差点死于失火，又亲眼看到带她长大、会给她缝蝴蝶结的蔡妈妈吊死在房梁上。

那个房间的窗户对着后院，以前她在院子里荡秋千，蔡妈妈就坐在窗边做女红，时不时抬头看她一眼，嘱咐她别荡得太高，小心摔。

那天的窗户也是开着的，蔡妈妈还是在窗边，但她吊得好高啊。风吹进屋里，她在绳子上慢慢地转了一个圈。

沈曼怡断断续续烧了半个多月，一直在做梦。

她梦见自己拉着弟弟妹妹还有阿峻玩捉迷藏。她躲得很认真，趴在床底下，裹着垂下来的帷帐，却不小心睡着了。等到她一觉醒来睁开眼，周围满是火光。

她还梦见自己从火里爬出来，看到了蔡妈妈悬得高高的绣花鞋。

她睡了好久好久，直到不再做这些梦才慢慢醒过来。从此以后，她的时间停留在了辅历一九一三年的那个夏天。

高烧让她留下了后遗症，弟弟妹妹还有阿峻一直在长，她却始终那么大。衣服破了，她抱着裙子坐在楼下卧室的床上，等蔡妈妈来缝。秋千荡高了，她会转头去看那个窗口，冲那边招手。

李先生不再强求她做功课，蔡妈妈也不再教她学女红，于是她多了很多时间可以玩。

她最喜欢的其实还是荡秋千，但家里人不知为什么总是不开心，她想逗大家笑，所以想了很多游戏，拉上很多人一起玩。

阿峻最不开心，所以她总带着他。

毕竟，她是姐姐啊。

只是，她这个姐姐并没能陪弟弟妹妹们玩多久。她死于又一年的夏季。那天的阿峻格外不开心，所以她费了百般力气去逗他，笑着闹着，直到被藏进沙发里。

那天是五月十九日，跟蔡妈妈的裙摆飘出窗沿是同一天。

那年曼昇和阿峻都十五岁了，个头高高像个大人，而她还是十一岁，小小一个。

那张沙发底下也有灰尘和蛛网，跟她当初捉迷藏趴的床底下一样。

一切仿佛时光穿越，一命抵一命。

小姑娘蹲在后院门边，懵懵懂懂的表情一点点淡下去，嘴角慢慢耷拉了下来。

那一刻，笼里牵制她的东西松动了一下，整个沈家洋楼抖了抖，像突如其来的地震。

闻时一个问题把她问醒了。

夏樵吓了一跳，半蹲下来稳住身形，慌忙道："这是什么情况？"

谢问说："笼快散了。"

夏樵欣喜地问："真的吗？为什么？"

"你躲在窗帘后面，手里抓着好几个玩具球，突然有几个不受控制掉出来了，你会不会急了出来捡？"

"会。"

"就是这个道理。"谢问抬脚朝闻时走过去，"你哥在引笼主。"

听他这么一说，夏樵忽然觉得周围哪里都不安全，背后好像总有人盯着他们，毕竟笼主至今好像都没现过身，于是他问道："他会藏在哪里呢？"

谢问头也不回地说："哪里都有可能，任何可以出现人的地方。"

任何？

夏樵神经质地扭头看了一眼，又匆忙追过去。

谢问在闻时身边停下脚步，抬手扫开一片黑雾。他听见闻时问李先生："你抱着信匣，是要去哪里？"

李先生在震颤中摇晃了一下，用木枝在地上写了两个字：警局。

过了好一会儿，他又在这两个字下面写道：回家。

"先去警局报案，再带着你的信回家，再也不回来，是吗？"

李先生很久没有想过这个问题了，以至于闻时把这句话清晰地说出来时，他下意识朝后缩了一下。

那是一种畏惧和排斥的姿态。

但良久之后，他还是攥着手点了一下头。

是啊，他差点忘了，他是要去警局报案，然后回家的。

他不是个胆子很大的人，就算发现了事情真相，也不会当面说出来。他当初想得很周全的，趁着夜深人静，抱上他的宝贝铜匣，再带上一封交给警局的信，从后院走，谁也不惊动。

后院的墙不高，在水井上码一块石头，踮脚一跳就能出去，他这个身高也不成问题。

怕其他人担心多想，他还在茶几上留了张字条，说家中有急事，暂归。

他搂着他最重要的东西摸到后院墙边，没承想，早有人在那里等着他了。

被麻绳套住脖子，坠入井中的那个瞬间，他听见了沈家客厅里的座钟"当"地响了一声，像黄泉路头的撞钟。

那一瞬间，他的脑中闪过很多念头。

他想，他不该把座钟时间往后调的。管家每夜听到钟声都会醒一会儿，起来喝杯水。如果他没调时间，管家会醒得早一些，一定会发现后院的这些动静，也许能救他一命。

他又想，雅蓉和囡囡以后再也收不到他的信了，不知道会不会哭。

他还想，如果这都是梦，那该多好。

这一定是梦吧。

……

于是，那天之后的每一个漫漫长夜，等所有人睡着之后，李先生都会从那间卧室的床上坐起来。他会在床上写下给管家的字条，然后趁着无人醒来，去衣柜翻找他的铜信匣。

那是他的家当，只要带上，他就可以离开这里了。但他夜夜找，怎么都找不到它，直到今天。

他搂紧了信匣，再次用木枝写道：现在，我能回家了吗？

最后一个字落下的瞬间，沈家小楼震颤得更加厉害了。

夏樵想起刚刚谢问说的话，在心里默默数着：两个球掉下来了。

笼主大概真的开始急了，因为整栋沈家洋楼忽然泛起了金红色，墙上映着摇曳的火光，几人的影子在火光中颤动。

接着是此起彼伏的噼啪脆响，像炉膛里的干柴在燃烧。

然后，滚烫的风从走廊深处吹拂过来，热浪扭曲着屋里的每一条直线。

他们仿佛正置身一片奇怪的火海——什么都有，唯独没有看到火。

这个念头闪过的同时，闻时忽然抬头朝走廊尽头看过去。

"关门！"有人远远地叫了一嗓子。

声音并不算洪亮，却传得极远，直贯耳膜。

"门"字尾音还未散，一群人绕过那处墙角，狂奔而来！

杂乱的脚步声在整条走廊里交错回荡，显得紧张又焦灼。

打头的是大东，他边奔跑边疯狂打手势，咆哮道："火啊！火追过来了！"

那群在房间里沉睡不醒的人不知怎么都醒了过来，明明人数不多，却跑出了浩浩荡荡的气势。

夏樵不知所措，冲他们喊了一嗓子："怎么回事啊？"

"我做梦了！"孙思奇很快超过大东直奔这里，他冲得太快，扑得夏樵连退好几步，贴在了墙上。

"我是那个什么婆婆！"孙思奇从墙上挣扎着起来，"本来要去那个小房间给长明灯添油，结果那个房间烧起来了！"

夏樵蒙了："然后呢？"

孙思奇一拍大腿："然后就真烧了啊，整栋楼都烧起来了！"

"谁烧的？"闻时问。

"阿峻！"孙思奇说完自己愣了一下，可能想改，但是已经来不及了。

整栋楼震颤得更剧烈了，楼上楼下的窗子都疯狂作响。

孙思奇这状态一看就是跟笼里的人通了梦，不小心梦见了沈家做饭婆婆的经历。一般这种情况，他能直接睡到闻时解完笼，但他居然醒了过来。

"你怎么醒的？"闻时问。

孙思奇捂着脸，转头去指身后的人："老毛扇了我好几下！"

闻时抬头一看，老毛跑在所有人的最后面。当他转过拐角朝这边奔袭而来时，长龙似的火焰"轰"的一声直扑过来。

大火瞬间吞没了落在后面的几个人。

孙思奇和夏樵倒吸一口气，浑身的血都凉了。

就在那一刻，谢问垂在身侧的手指凭空动了一下。只听火里传来一声清朗的长啸，犹如长风顺着山脊直贯而下，穿过百里松林。

一只巨大的羽翅通体鎏金，从火海中横扫而过，掀起的风墙有股万夫莫开的气势！

冲天的大火撞在风墙上，乍然蓬开，犹如一大片火莲花，却一分一毫都溅不到众人身上。

大东、周煦和老毛从火里跑出来，在那只羽翅的照拂下完好无损。

他们在火光映照下惶然回头，看到的却只有金翅残留的虚影。

周煦已经恍惚了："这什么啊？"

大东比他还恍惚："金翅大鹏吧。"

说完他膝盖一软就想跪。

不是夸张，大东是真的感到了一阵头晕目眩，仿佛跑了个全马，灵本都飘出去了。他搭着周煦的肩，想缓过这阵劲。

但周煦浑然未觉，转过头来，目瞪口呆地看着他："你这么牛？"

——关我什么事？

大东刚要反问，就看到自己手里的橦线不知何时甩了出去，一直延伸到退去的火海里。于是大东也目瞪口呆了。

不过头晕的感觉阻碍了他发挥，刚瞪一下眼，他就干呕了两声，一屁股坐到了地上。

"怎么了你？！"周煦连忙去扶他，还想叫老毛帮忙，却见老毛也正在发蒙。

"他也吓到了。"周煦告诉大东。他半蹲下来，看在刚刚金翅大鹏帅炸了的分上，一下一下帮大东捋着背。

老毛当然不是吓到了。那翅膀是他放的，他有什么好吓到的。况且他只是背手扫了一道翅影出去，跟金翅大鹏真正的翅膀相比还是差得远，毕竟只是虚相。

可惜这帮没见识的小傻子并不懂区别，张口就说金翅大鹏，白瞎了他的良苦用心。

他蒙只是因为没想通——他一翅膀下去，可以让整个笼心松三分，离得近的，灵本都会不稳。区区一片火海而已，他家老板为什么突然要出手？

解笼吗？谢问现在解不了。

救人吗？那也没必要啊，这种场面闻时完全可以应付。就算他不动手，这几个人也一定不会出事。

不过老毛很快就知道为什么了，因为他在火海肆虐过的地方闻到了一股熟

309

悉的味道。

那是灵本的味道，带着一股浅淡的白梅冷香，若有若无地从某个角落发散出来。这对老毛而言再熟悉不过——正是闻时要找的东西。

灵物天生对这种气味异常敏感，比如橦，比如这笼里的沈曼怡、李先生……还有丢失了灵本的闻时自己。

但此时的闻时连这个味道都没有嗅到，因为他所有注意力都在刚刚那只翅膀上。

他死死盯着走廊深处，即便那里已经没有巨翅通体鎏金的虚影了，只剩下一片漆黑和空洞的人语声。

周煦和大东的交谈声顺着走廊传过来，像虚妄模糊的杂音。

夏樵的声音也不甚清晰，像隔着一层磨砂玻璃："哥，那真是金翅大鹏？"

他动了一下嘴唇，声音低而干哑："不是。"

金翅大鹏掀起的风如山呼海啸，会让看到的人失明。

夏樵点了点头，声音更小、更模糊了："那你为什么一直看着那里？"

因为他想起了一些事……

他在那鎏金巨翅张开的瞬间，忽然想起曾经有一个人高高地站在他身后，在飓风顺着山脊呼啸而下的时候，伸手捂住了他的眼睛。

那人说："这个可不能看。"

他说："我想知道金翅大鹏本体什么样。"

那人说："那就听吧。"

于是他听到了百里松涛和万鸟齐鸣。

后辈皆知跟了尘不到最久的那只橦是金翅大鹏，但他们从来不知道真正的金翅大鹏是什么样子，只能想象，想象它有什么样的身形、什么颜色的翅膀，想象它翱翔于空会是怎样威风凛凛，然后根据经年累月传下来的流言，去描摹一个大致的模样。

除了尘不到和金翅大鹏自己，这世间本不该有人见过金翅大鹏真正是什么模样，包括闻时。

但他看到那鎏金翅膀横扫而过的时候，恍如旧相识。

他听见夏樵又开了口，说闻到了一股味道，像他身上有过的白梅香。然后他被夏樵拉到了走廊深处，看到大东拎着长长的橦线坐在地上，老毛和周煦试图把人扶起来。

周煦的嘴巴开开合合，说着近距离看到那只翅膀的感受，说那风有多烈、鎏金羽毛有多耀眼，说大东因为爆发了一下，灵神不支，所以久久缓不过来，还说可惜了，只有一只翅膀，如果能看到全貌，不知有多震撼。

而大东只是瞪着眼睛，茫然点头，然后把橦线慢慢往回收。

一切都圆得上，顺理成章，挑不出错。

夏樵他们已经都相信了。

如果是刚出无相门，什么都不记得的闻时站在这里，恐怕也会相信。或者说，信与不信对他而言无所谓，本来他们也都是不相干的人。而刚刚那一瞬，也会在其他人的兴奋和感叹中一揭而过，掀不起涟漪。

可惜他不是。

他想起过一些往事，就做不到无动于衷。

他刚巧也借过大东的手，所以看到那根被甩出去的橦线，第一反应并不是惊讶谁突然潜力爆发。大东再怎么潜力爆发，也放不出让他觉得似曾相识的东西。

这只是个幌子。

所以……

除了闻时以外，这笼里还存在着这样一个人——

他可以用操橦的方式隔空操控大东，让大东甩出橦线却一无所觉。他的橦有金翅大鹏的影子，不是根据流言想象描摹的，而是真正的金翅大鹏，连闻时都觉得熟悉。

他会的东西、懂的东西，可能在这里所有人之上。所以他不会焦急、慌张，也很少感到意外和惊诧。

他不喜欢扎在人群中，总是远远地站在人群之外，听着，看着，只在关键时刻提点几句，甚至出手帮点忙，却从不会留下确切的痕迹，就连闻时都没法捉住什么。

能做到这个地步的，从过去到现在，闻时只知道一个，也只认识一个——

尘不到。

这个人，他该叫一声师父的。但不论是在零星的记忆里还是在有限的梦境里，他好像都没有叫过对方师父。

从来都是尘不到。

以至于他想起这三个字的时候，有种说不清、道不明的情绪乍然而起，远比他以为的要汹涌，就像他第一次触碰到谢问那满身的黑雾，周围瞬间变得空茫一片，如同松云山顶深夜旷久的寂静。

他在寂静里生出一种没来由的难过。

他终于明白，为什么谢问有时说话会带着似是而非的语气，那些语气常常让他觉得微妙又奇怪。

现在想来，恐怕那是无心之下的习惯和疏漏。

红尘故人旧相识，重逢却不知，因为一个已经忘了，而另一个不打算说。

可是，为什么不说？

夏樵跟周煦正在争论那股若有若无的味道，一个把墙角、地板闻了个遍也找不到源头，另一个死活闻不到。

不只周煦，大东、孙思奇他们也直摇头，弄得夏樵有点急，生怕那味道跟他哥的灵本有关，却因为疏忽而错过了。

这事不方便跟别人多说，他只能找闻时。夏樵遍寻无果，匆匆跑回来，却发现闻时沉默地站在那里，不知在想什么。

闻时个子很高，即便低着头也有种挺拔、孤直的感觉。

夏樵莫名有种不敢惊扰他哥的感觉。他迟疑片刻后才犹犹豫豫地走近，就见他哥转头朝身后望了一眼。

夏樵手里有一盏蜡烛灯，闻时转头的时候，光划过了他的眼睛，那一瞬间，他的眼底居然一片红。

夏樵惊住了，大气不敢出，只顺着他的目光望出去。

走廊的另一头，谢问远远地站在那里，旁边是已经醒了的沈曼怡和李先生，他们身上有漫天黑雾交织弥漫。

隔着长廊和雾气，谁也看不清谁的脸。

夏樵不明所以，收回视线，只看到他哥的眼睛在蜡烛灯的映照下，半掩阴影半掩着光，刚刚那一瞬间的红仿佛只是因为角度问题，或者仅仅是他的错觉。

暗色的光照着闻时的半边侧脸，显得他唇色很淡，轮廓却很深，喉结和颈线都很突出，是那种冷冷清清又十分凌厉的好看，叫人不敢亲近。

夏樵瑟缩了一下，怔怔地在那里站着，等了很久，才看到闻时转回头。

他轻蹙着眉心，眸光半垂，看着某处虚空，手指捏着关节，然后拉紧了指根缠绕的橦线。

"哥你……没事吧？"夏樵小声问。

闻时眼皮轻抬了一下，似乎刚回神。他含糊地"嗯"了一声，依然在理他的橦线，嗓音低低沉沉的，不知为何有点哑。

夏樵问："那我刚刚说的那些，你听到了吗？"

"没有。"

他承认得过于干脆，夏樵噎了一下，立马重复道："就是那个味道，你现在能闻到吗？我总觉得那味道就在这边，走到哪里好像都能闻到，但就是找不到源头。"

"笼主身上。"闻时依然没抬眼。

"笼主？"夏樵惊了一身白毛汗。如果味道在笼主身上，又萦绕在四周不散，那不就是……笼主就在他们旁边？

可这个地方跟楼上的构造一样，长廊全靠两边的玻璃镜加宽视野，实际并不宽敞。

这里总共就只有他们这几个人，两个装饰柜也被夏樵打开了，再没有其他可以藏人的地方。那么笼主在哪里？

他还想问闻时，但总觉得现在他哥的状态不对。

于是他没敢多嘴，只悄悄问了周煦一句："你们被大火追着过来的时候，有看到什么吗？"

"没有啊。"周煦回想一番，"我被奶奶吓醒了，发现你人不在，床上就我一个。接着大东他们就冲过来了，让我赶紧出去。我一出门就看到火从楼梯那边扑过来，然后我们就开始狂奔，就是拐过来的时候，被一坨黑乎乎的东西绊了一下，不知道是枯枝还是……"

话说到一半，周煦突然卡住了。

他和夏樵面面相觑，脸色同时变得一片煞白——好好的走廊里，哪儿来的枯枝？

"多大的枯枝？在哪边？"夏樵声音都抖了。

"就……就靠近卫生间那边。"周煦朝某处指了一下。

刚刚跑的时候惶急慌忙，谁都顾不上别的。老毛并不知道周煦还被东西绊过，这会儿听他一说，有了不好的联想。

周煦所说的地方就在拐角后面，众人转了个身，举高蜡烛灯一照便看到了那个东西。

它确实像枯枝，只是奇形怪状，仿佛好几棵歪扭的死树粘连在一起，横倒在卫生间里，有一部分露到门外，便是绊到周煦的那部分。

他们在这里往来过很多回，从来没见过这个东西。所以可以肯定，这是刚刚那片火所带来的。

而众所周知，正常树枝再怎么烧，也不会这样粘连在一起，反倒是另一种可以……

他们脑中闪过那个可怕念头的时候，弯腰去看的老毛刚好在"树枝"末端看到了一张人脸。

那根本不是什么树枝，而是搂抱蜷缩着被烧死的人。

夏樵他们吓得连连倒退，跌跌撞撞绊摔在地，唯独老毛皱着眉头在那边数着，片刻后转过头来对其他人说："四个人。"

那些扭曲成团的"枯枝"其实是四个人。

孙思奇当场呕了一声，两眼一翻差点晕过去，又被周煦拍醒了："你等会儿！"

虽然他的性格不怎么讨喜，胆子也不大，但脑子转得很快："你说你梦到了做饭婆婆对吧？"

孙思奇又呕了两声，脸色苍白地纠正道："我梦到我是做饭婆婆，火从二楼烧下来，我拼命往楼下跑，还摔了一跤。"

"然后呢？"周煦问。

"然后被管家拉起来了。"孙思奇努力回忆，"反正到处都是火，没地方跑了，我们就说要往有水的地方去，结果跑到半路，楼上那边烧塌了，两边都没路。然后我就被老毛叔扇醒了。"

说到这里，他其实有点后怕。因为那个梦太真实了，以至于他在想，如果自己没有被人叫醒，会落得什么样的下场，会不会真的被烧死。

"好，所以你是做饭婆婆。"周煦指完孙思奇，又指大东，"你是已经去世的奶妈，老毛对应沈家两个小女儿之一。我自己睡到一半，先是梦见有人在尖叫说着火了，接着梦见奶妈穿着寿衣站在旁边看着我，说：醒醒，你睡错地方了。"

他回味了一下,一边觉得那一幕还是很吓人,一边又觉得,如果奶奶没吓他,他可能真的会陷在梦里醒不过来。

　　周煦咽了口唾沫,继续说:"我之前在楼上是被关在女孩儿房间的,再加上奶奶这么说,所以我应该也是沈家两个小女儿之一。然后耗子对应沈曼怡,病秧子对应李先生,你哥对应管家……"

　　他说着,转头看向夏樵:"那么问题来了,你究竟对应的是谁?"

　　"沈曼昇?"夏樵下意识答道,"我之前是被关在小少爷房间里的。"

　　但他说完就发现不对。

　　沈曼昇房间里一共有两个人——小少爷自己,还有峻哥。

　　沈家小楼里一共住着九个人,他们这一行八个人。夏樵一直以为自己对应的是那个小少爷沈曼昇,而缺少的那个就是笼主阿峻。

　　可是现在,他忽然意识到了一个问题。

　　他是橦,所以他不容易受蛊惑,也不容易入梦。但这个身份是个意外。如果他是一个普通人呢?他会跟其他人一样,在卧室里沉睡过去,然后梦见自己对应的那个人,并以对方的身份在梦里生活。

　　如果他对应的是那个沈家小少爷,他会梦见什么?如果他梦见的是小少爷的生活,那阿峻仿照小少爷的事,漏洞不是更大吗?

　　仔细想来,在这个笼里,跟沈曼昇有关的东西其实很少。

　　他不像沈曼怡,会笑着抓人玩真假新娘;不像李先生,总会听到麻绳被勒紧的声音;也不像奶奶,有双停在床边的绣花鞋。甚至直到现在,笼心已经松动,大火烧了一波,煮饭婆婆他们都出现了,他却依然没有踪迹。

　　他的存在感实在很弱,所有和他相关的东西,都是因为阿峻才出现的,练字纸、合照、日记……

　　这本身就反映了笼主的一种潜意识——以自己为主,同时淡化了那个他想伪装的人。

　　或者说,沈家小少爷根本就不在这个笼里,不会抵抗,不会申辩,所以阿峻才会肆无忌惮地仿照他。

　　所以,虽然故事里的沈家住着九个人,但现在这个沈家,其实只有八个人,跟他们一一对应。

　　"我明白了,我不是沈曼昇,我是阿峻。"夏樵恍然出声。

周围瞬间一片死寂。

"如果你是阿峻，那你对应的人……在哪儿呢？"周煦轻声说。

夏樵摇头："我不知道，但是他应该跟我们好久了，至少现在肯定在。"

因为闻时说了，那味道在笼主身上。而他现在还能闻到那股白梅香，这让他不寒而栗。

就在他们满眼惊惶、面面相觑的时候，夏樵用余光看到他哥终于理完了他手指上的橦线，然后十指猛地一抓。

他手背上筋骨根根分明，瘦而有力，长指微屈着将那些橦线拢进指间，而后手腕一转，朝左右两边直甩出去。

破风声和利刃撞击的爆裂音同时响起！

众人转头一看，就见闻时满手的橦线分别钉上了长廊两边的玻璃镜。

镜子里映着夏樵的身影，橦线另一端就密密麻麻地钉在那两道身影上。

镜子内外景象交错，那些橦线仿佛翻了倍，充斥于整个空间，像布下了天罗地网。

夏樵惊呆了，根本不敢动。但镜子里的"他"在网里站了一会儿，慢慢朝众人转过头来。他跟夏樵差不多高，却有着和夏樵不一样的脸。

那是一个面色苍白的少年，单看身形，跟很多十五六岁的男生一样，有着蹿个头时特有的单薄感，却并不瘦弱。

他穿着干净的白色短褂、棕色的背带裤，长短正合适，脚上鞋袜俱全，非常齐整，本该是一副清清爽爽、意气风发的少年模样。

但他塌着肩膀，脊背微弯，站在那里时整个人都往内扣，莫名有一股沉沉的暮气。

而他面无表情看着人时，双眼微敛，眉心则有一道皱痕，浑身上下透着一股油盐不进又沉闷无趣的气息，让人总觉得他在某处看着你，却不知道他在琢磨些什么。

他真的一点也不像一个少年人。

"居然在镜子里！"亲眼看到自己的影子变成这样，夏樵吓得连退两步，"我以后还怎么照镜子？"

他记得谢问说过，笼主可能在任何有人的地方。于是他翻遍了各种可以藏人的空间，却偏偏忘了镜子。

是啊，镜子里也是有的。解笼人可以借着镜子入笼，笼主自然也能借着镜子反窥他们。

他跟周煦缩成一团，惶恐地说："吓死我了，太意外了！"

闻时却皱着眉，冷淡地说："意外在哪儿？做事全靠躲的懦夫，也就只能当当影子。"

这话似乎戳到了镜中人的痛脚。

就听"呼"的一阵风声，扫过众人的眼睛。闻时在风里阖了一下眼再睁开，那个少年已经直直站在他面前了。

"你说谁？"少年问道。

他的脸很诡异，说话的时候声音和嘴唇对不上，而他的嗓音像裹了一层沙，又粗又哑。

同是变声期，在他的对比下，周煦说话都变得悦耳动听了。

闻时不看他，像是他根本入不了自己的眼。

"说无故害人的牲畜，你是吗？"闻时此时心情不怎么样，说话更是如霜风剑雨，带着冰碴。

少年死死盯着闻时，黑眼珠缩成极小的两点，却说不出一句话。说不是，那他就成了懦夫；说是，又成了牲畜。

这个问题让他难堪又生气，于是他拉下了脸，样子看起来极为恐怖……

孙思奇他们被吓得尖叫起来。

而这个少年似乎很享受这种吓唬人，或者说掌控人的感觉，终于开口说："这是我的地方。"

他恢复正常的样子，用一种沉闷又固执的语气强调道："我叫你们待着，你们才能继续待着。我让你们走，你们就得立刻走。这是我的地方。"

"你在你自己的地盘上？躲在镜子里？"夏樵很认真地在惊讶，但这话说出来极其像嘲讽。

少年猛地扭头看向他，吓得周煦一把捂住了夏樵的嘴，小声道："你别说话！"

结果夏樵闭嘴了，他哥却没有。

"连自己是谁都不敢说。"闻时的语气讥讽极了，"你的地方。"

少年脸上的表情有种诡异的麻木感，仿佛对这些刺激无动于衷。但他毕竟年纪还小，如果真的这么淡定，也就做不出那些事情了。

"这就是我的地方。"他用粗哑的嗓音又强调了一遍，但语气急了点。

"这是沈家。"闻时又说，"你姓沈吗？"

"我不姓沈，沈家没了。"少年终于不耐烦，打断了他的话，"沈家已经没了，一把火，呼地一下烧完了！要我说多少遍？这是我的地方！"

最后一句话出口的时候，他整个人都暴躁起来，跟之前的沉闷模样截然相反，像是往看似平静的油锅里泼了一盆水，骤然就成了另一番模样。

"我的。"

这两个字不再从少年口中吐出来，而是响彻整栋楼。

刹那间，这个虚浮的身影终于落地，脚底生根，跟整个笼牵连在了一起。也许是为了证明"我的"这两个字，他不再遮遮掩掩，第一次光明正大地站在这栋房子里。

闻时等的就是这一刻。

他点了点头，却一个字都没说。

于是，整栋楼里只能听见少年粗哑嗓音的余响，在每个房间、每条长廊间回荡，阴森森的，又十分清晰。

最后一点余音散去的时候，长廊里满是死寂。

就在少年生出一丝得意的时候，一个小姑娘的声音脆生生地响了起来："是阿峻吗？我听到了阿峻的声音。"

声音传过来的时候有些空洞，在这种环境下，叫人毛骨悚然。但众人都听得出来，那是沈曼怡的声音。

这个叫作阿峻的少年面色骤然一凛。

"阿峻。"沈曼怡又叫了一声。

"阿峻？"

"阿峻你在吗？"

她的嗓音顺着走廊传过来，回声重重叠叠，仿佛她正奔跑过来，越来越近。

"你为什么不笑？我们来玩游戏吧！我想跟你玩游戏。"

"我找了你好久啊。"

"你终于肯跟我玩啦！"

这些句子交错在一起，还伴着咯咯的笑声，忽近忽远，环绕着所有人。他们下意识朝走廊另一端看过去，只看到谢问左边站着小小的沈曼怡，右边站着李先生，在黑雾笼罩下，像三个面容不清的剪影，直直地看着这边。

他们忽然有点分不清这些话究竟是那个沈曼怡说的，还是阿峻潜意识里残留的东西。

没多久，声音又多了一个——

那是一道男声，斯斯文文的，语速并不快，夹杂在沈曼怡咯咯的脆笑里，显得有些缥缈："阿峻，你心气有些窄了。"

"阿峻，什么样的人揣度别人总是只见污秽？你性子敏感，我不想说重话。"

"阿峻，君子要端方雅量。"

"阿峻。"

"算了，你去抄字吧。"

"阿峻，我认得你的字。"

……

这些声音交织着，充斥着整栋房子，每响起一句，走廊深处那三道剪影就会近上一分。

很快，众人又听到了窸窸窣窣的动静，像是什么东西在地上爬行。

他们转头一看，发现往这边爬的不是别人，正是倒在卫生间的那团焦黑躯体。

"是阿峻吗？"

"阿峻啊。"

"阿峻。"

"峻哥。"

……

煮饭婆婆"哎哟哟"的叹气声、管家高调门的呼唤和小女孩儿怯生生的叫声此起彼伏。

阿峻拉着脸，越来越焦躁，最后堵住了耳朵。他粗声说："你们好烦！"

这话落下的瞬间，那些层层叠叠的声音忽地沉下来，像变了调的曲子，从喜乐扭曲成了哀乐。那一声声的呼唤变成了哀号和恸哭。

沈曼怡在恸哭声中站到阿峻面前，伸头盯着面前这个比她高很多，却被她当作弟弟的人，幽幽地问："阿峻，你为什么要把我折进沙发里？"

阿峻低头看着她，说："因为你太吵了。"

"你真的太吵了。"

"你一直笑,一直笑,楼上楼下地跑,到处都是你的声音。你真的太吵了。"

"你知道那天是什么日子吗?那是我妈的忌日。"

"你懂忌日是什么意思吗?"

阿峻看着沈曼怡的脸,哑声说:"你不懂。你只知道蝴蝶结好看,秋千好玩,裹着破帷帐就能当新娘。你十六岁了,就只知道这些。"

"你走出去就是笑话,你知道吗?你也不知道。因为家里所有人都惯着你,顺着你。你满嘴说胡话,却没有人纠正你,就连李先生都跟你说对,就是这样。"

"他还说你戴着眼镜,一看就很聪明。你连照着抄书都会漏字,聪明……"阿峻嗤笑了一声,说,"你是真的过得很开心,就因为你是沈家大小姐。但凡换一个人,别说十六岁了,十二岁都不一定活得到。"

他是真的讨厌沈曼怡,也讨厌沈家。

很多人告诉他,他妈妈祖上富过,原本也是个千金大小姐,日子过得恐怕不比沈曼怡差。结果呢?造化弄人,亲爹死了,大小姐转头就成了奶妈,带着他一起寄人篱下。

所谓的好日子,他一天也没有感受到,只在别人口中听说过,越听越觉得老天不公。凭什么有人生来就是锦衣玉食,有人就要受人白眼?!

而锦衣玉食的人稍稍发点善心,他就必须感恩戴德。

总有人说:"沈家少爷、小姐待你真好。""曼昇把你当亲哥哥了,一点儿都没有少爷架子。"

他每次听到这样的话,都觉得可笑。施舍罢了。不知疾苦的大少爷弯腰给两颗糖,就是什么惊天动地的值得夸赞的善举吗?只是因为弯腰的人是少爷而已,就好像痴傻的人是沈曼怡,所以连痴傻都成了"天真可爱,值得怜惜"。

她可以一年又一年地过着她的十一岁生日,指着今年说是辅历一九一三年,明年还是辅历一九一三年,后年依然是辅历一九一三年。

沈曼怡是停留在了可以荡秋千、做游戏的年纪。

但他是停留在了亲娘上吊的那一年,永远迈不过去。

所以他真的很烦沈曼怡。

她的存在就是一种提醒,时时刻刻提醒他,他妈妈在辅历一九一三年五月十九日那天,因为犯了个小错,把自己吊在了房间里。

老天不公平。

他有时候会想，如果辅历一九一三年五月十九日那天，沈家注定要有一个人死去，为什么死的不是沈曼怡？她痴傻无用，离了庇护，根本活不长。如果那天的火没有及时被扑灭，沈曼怡已经被烧死了。

但他后来又想，如果沈曼怡死在那场不小心引发的火灾里，他妈妈还是活不了，只会更加愧疚，然后吊得更干脆。

所以看吧，无论如何，他妈妈都是必死的，这就是命。

老天真的不公平。

他常因这些事而感到愤怒，不过他很克制，并不摆在脸上。但李先生总会从他的细枝末节里挑他的刺，说他气量窄，不能容人；说他总把事情往坏了想，把人往恶了猜，识人不清。说白了，李先生就是觉得他一个小人乱度君子之腹了。

在他看来，这些说法本就是因人而异。如果心思深重的人是沈曼怡或沈曼昇，想必李先生又要拍手叫好，夸他们谨慎周全，不会受人蒙骗了。

所以上天还是不公平。

管家市侩、圆滑，整日只知道钱和账，嘴上常说"阿峻不容易""这就是你家，咱们都是你的家里人"，但也只是说说而已。

把这里当作你家，这本就只是一句好听话。会这么说，必然是把你排在自己人之外的。

就连做饭婆婆都很不讨喜。她除了做饭，就是念一些神神道道的事情，说照相会折了人的寿，说要点长明灯保人长寿、平安。结果没多久，他妈妈就没了。

即便这样，做饭婆婆还是不熄蜡烛，说他妈妈命苦，要替她念经祈福，让她在那边过得好一点，还非要拉他进去一起念。

表面功夫而已，他妈妈死都死了。

所以他真的厌烦沈家人，从上到下。他在这里待着的每一天都高兴不起来，只觉得烦躁、压抑。

他时时刻刻都绷着一根弦，终于在他妈忌日的那天没有绷住。

怪只怪沈曼怡不合时宜，非要挑在那天拉他做游戏，冲他做并不好笑的鬼脸，咯咯闹着满屋跑。

他想让她闭嘴安静一些，别笑了，但没控制好力道。

有些事就是这样，一旦做了，就再也收不住。

他把永远不会再吵闹的沈曼怡藏了起来，反正这位小姐的性格说风就是雨，以前也会好几天都把自己关在房里，饭菜放在门口，不能吵她。

但他还是怕事后不好交代，便仿照沈曼昇的字写了日记，再将本子收了起来。

那些日记于他而言，再好仿不过了。因为沈曼昇本来就是在学他，以此取乐，以至于时间久了，改都改不回去。

这可能就是报应吧。

事情本来到这里就算结束了，偏偏李先生不安分，逼得他没有办法。

于是有一就有二。

在那之后，他又仿了一篇日记。

他太清楚这世间的不公平了。同样的事情，他做和沈曼昇做，一定会是两种结果。相比于沈家小少爷，一个痴傻的姐姐和一个不起眼的教书先生都算不了什么。

不过他很快发现自己还是有疏漏——他把日期写成了辅历一九一三年，而他居然迟迟没有意识到。

看，原来沈曼怡把他和她一起困在了那一年，让他不得解脱。

不得解脱……

那天的他忽然觉得，活着真没意思，要蝇营狗苟，要遮遮掩掩。于是他钻进了煮饭婆婆供奉长明灯的小房间，锁了门，在灯前一坐就是一夜。

他不知道自己为什么坐在那里，只是看久了便觉得，自己的名字跟沈曼昇那样的少爷并列，夹在所谓的沈家人之间，显得别扭、突兀，格格不入。

他想抹掉那个名牌上的名字，却不小心打翻了烛火。

这可能就是命吧。

或者，也不是他真的不小心，他只是不想再这么过了，一了百了。

那个瞬间，他忽然想起沈曼怡死前瞪大的眼，带着难过和委屈，一眨不眨地盯着他。

她张着嘴，却发不出声音。

他知道她要说什么，她想说：好疼。

其实火烧在身上，也是真的很疼，不输沈曼怡的痛苦。它不是一瞬间的事，而是绵长的、怎么也挣脱不掉的疼。

他想，他还是对沈曼怡很好的。

"你看。"阿峻冲面前的小姑娘说，"我让所有人都来陪你了，我们都跟你一样,停在那一年,再也不会长大。"

说完,他身上的衣服脱落在地,只剩下一具焦黑、僵硬的躯体。

沈曼怡睁大了眼睛,一动不动地盯着他,不知是难过、委屈,还是不敢相信。

接着,她的眼珠缓缓转了一圈,目光在李先生和那团焦黑的躯体上停驻了片刻。

她懵懵懂懂,直到现在才终于意识到他们都是谁。

那个滴着水的、身上长着青苔的怪人,是教她认字,教她念书,教她不用着急,慢慢长大的先生。

那团焦黑难辨的"枯木",是给她围过兜布、做过饭和喂过饭的婆婆;是小时候把她架上肩膀,大了后叮嘱她不能乱跑,小心坏人的管家;是像小鸭子一样跟在她身后进进出出,陪她捉迷藏、任她打扮的两个妹妹。

这是她的家。

沈曼怡痴痴地站着,然后攥紧了手指,满脸泪水,开始尖叫,歇斯底里地尖叫。

走廊里的镜子一扇一扇炸开,玻璃飞溅,碎片漫天。

她的宣泄和崩溃带动了其他人,李先生、管家、做饭婆婆、沈曼姝、沈曼珊……他们每个人身上都开始散出浓稠的黑气。

像封禁许久的大坝忽然开了全闸,怨念如巨浪滚泻而出。

众人惊呼一声,接着便被无尽浓稠的黑暗淹没彻底。就连愣怔已久的大东都乍然回了神,因为太痛了。

一个人的黑雾扫过皮肤,都好像薄刃割肉一般,会留下细细密密的伤口,更何况这么多人!

他们简直像被活埋在刀山里。

阿峻并没有任何要阻止的意思,因为他才是最大的笼主,沈曼怡也好,李先生也好,笼里的所有存在,都是为他所用的。

就好比现在,他们委屈,他们愤怒,他们怨恨,但他们伤不到他。所有的攻击都是对外的,他们越是歇斯底里,越能让闯入笼中的外人无力招架。

周煦蜷缩在黑暗里,伸手不见五指。他也伸不出手。他怀疑自己浑身已经没有好肉了,要被生生割烂了。

他在黑雾包裹中吼了一声:"大东!"

他希望大东能像之前一样,再爆发一次潜力,再放一回像样的金翅大鹏。

结果他只看见某处金光闪了一下，像风中的烛火，挣扎不到半秒就熄灭了。

"不行！"大东的声音就在他旁边，又仿佛隔着长风，"这……这根本放不出大鹏！得把黑雾消了！"

"那你倒是消啊！"周煦崩溃地叫着，却听见大东声音更沉了："这不是一个人，是要同时消所有。你知道这是什么概念吗？"

周煦并不想知道，但大东还是说了下去："沈家连笼主一共八个人，相当于要同时解掉八个笼。"这是大东见所未见的场景。

这话直接把周煦听绝望了。

仅仅消融一个人的黑气，对有些解笼人来说都是勉强、吃力的，更何况八个人的，搞不好就是彻底消化不掉，连解笼人自身都变得污浊不堪，从此再也解不了笼，落得个被除名的下场。

"那能让他们先别冲着我们来吗？！"周煦又叫道，他急中生智，另辟蹊径，给大东出主意，"你不是能给沈曼怡绑橦线吗？！你把他们变成橦啊，操控起来，先变成自己人！"

大东也被他弄崩溃了："她那时候不疯！绑一下就是拴着，象征性的，我当然能绑。现在她疯起来了，我操控她要费的劲不比我操控金翅大鹏少。我要能同时控住两个橦，至于给人当弟弟？！"

他们谁也看不见谁，在这片黑雾包裹的痛楚中，争吵反而成了宣泄和缓解痛苦的方式，但也只是那几秒的工夫而已。

下一瞬，他们就被更汹涌的黑雾淹没了，仿佛割肉剜骨，终于憋不住哀叫起来。

就在他们叫出声的那一刻，他们忽然听到了巨物穿云而过的动静。闻时的螣蛇在黑雾中撕开了一道长口，带着烈焰灼烧的烟火味和巨型锁链碰撞出来的金属锈味，呼啸着在黑雾中盘了一个圈。

它游走而过的地方形成了一个风涡，龙吸水般直贯天地，将周煦他们纳入其中，免得继续受皮肉之苦。

众人跌跌撞撞，在风涡里挤作一团，却并没有因此放松下来。

因为那些黑雾无孔不入，始终虎视眈眈，随时有可能在螣蛇盘转的间隙里溜进来。

就在螣蛇护住众人的时候，周煦看见风涡外的黑暗里有一道银光闪过，像横扫过来的刀锋，在一片浓黑中切开了一条细缝。

很快他便意识到，那不是刀锋，而是橦线！

就听那根橦线带着破风之声，甩到了某一处，连绕了好几圈。

接着一阵锵然响动，带着火星的锁链由橦线末端延伸而出，像绕树生长的藤蔓，迅速交错捆扎。

"咔嗒"，锁链于末端扣上了。

刹那间，那方黑雾忽然被撕开了一大片豁口。锁链捆缚下的轮廓终于有了人形，那是沈曼怡。而橦线另一端，稳稳拽在闻时手里。

"什么情况？"孙思奇哭叫了一句。

大东和周煦怔怔地盯着那处，说："橦锁。"

橦锁就是缠缚在橦身上的锁链，用于压制战斗状态下的橦，以免其脱离橦师的控制。锁链一扣，再疯的存在都能为橦师所用。

这就是刚刚大东说的他做不到的事情。

闻时本来就比大东厉害，所以能做到这一点，大东并不觉得太意外。周煦松了一口气，但大东的脸色并没有好转。

"控住一个也没有用，还有七个！"大东说。

周煦刚吸进来的气又没了，他感觉有点窒息。

"他有可能……"

周煦的话没说完，就被大东斩钉截铁地打断了："没可能！你想想雅临哥可以同时控几个战斗橦。"

"六个……"周煦震惊了，"居然还少两个？"

但他很快反应过来："那是稳定地控制，而且那些战斗橦还能化人，也比这个疯，不是一个层级啊。"

"是，所以雅临哥来肯定是没问题的。但是其他人呢？"大东反问完，半颓丧半自嘲地痛呼了一声，说，"别做梦了。"

他倒也不想坐以待毙，两手一绷，顺势甩了橦线出去，金翅大鹏便在螣蛇绕出来的风涡里成了形。

它双翅一展，也替众人挡住了一块地。

大鹏刚就位，熟悉的破风声便又响了起来。

周煦又一次看到了那样的银色橦线，这次直奔另一个方位！

"大东，大东你看……"他连忙拱了身边人几下。

两人同时抬头，瞠目结舌地望过去，就看到锁链迸溅着火星，在黑雾中泛着赤红火光，交错着又扣上了一个人。

轮廓从黑雾下显现出来，那是李先生。

"第二个了。"周煦喃喃道。

"错，是第三个。"大东指着黑色的螣蛇说道，"加上原本他操控的巨蟒，他手里已经有三个橦了……"

但闻时并没有停，他又甩出了一道橦线，在锁链铿锵的撞击声中，控住了第三个人——管家，然后是第四个人、第五个人。

当他最后控住那双绣花鞋，一个女人的身形在锁链缠缚下慢慢显现时，大东和周煦已经说不出话了。

他们目瞪口呆地盯着闻时的手指，那些纵横交错的白棉线绷得紧紧的，每根末端都是一个锁链缠缚的身影。

过了好半天，他们才意识到，这人居然真的控住了这个笼里所有的人……

除了阿峻。

"怎么可能……"周煦疯了。

"八个橦，我的天……"大东也疯了。

他忽然意识到自己可能还是低估了沈家这个大徒弟的实力，至少同时控住七个这样正在宣泄情绪和发疯的橦，外加一条螣蛇，他师父可能都做不到。

那是八个橦啊！

他还没从这种冲击中缓过神来，更让他目瞪口呆的一幕就来了——

闻时转了腕，十指猛地一扣，手里的七个橦同时有了动作。就见沈曼怡、李先生他们忽然暴长了数丈，像真正的橦一样，反身将闻时唯一没收的阿峻围了起来。

顷刻间，黑雾再度如开闸洪水般狂泄而出，只是这次伤的不再是他们了，而是全数包裹在了阿峻身上，瞬间将他淹没。

大东已经从震惊变为茫然了。他本以为闻时同时牵住七个橦，让沈曼怡他们暂时别动已经是极限，没想到居然不止于此——

他不是暂时稳住他们，他是真的在操控橦，同时操控八个……

这次，痛呼哀叫的人变成了笼主自己。

阿峻万万没有想到，只是一眨眼的工夫，他的地盘就发生了惊天巨变。在这里生活的所有人，他纵容着允许存在的所有人，居然全部调转枪头，变成了外人。

他们以前从来伤害不到他的，不论多么愤怒、伤心、疼痛、难过，不论多想哭、多想叫、多想宣泄，都伤害不到他的。

但这一瞬，他居然真的感觉到了痛，钻心的痛，比大火烧身更难熬，像无数钝锈的钢锯切进他的皮肤，缓慢又不断地切割拉锯。

那是一种摆脱不掉的痛苦，以至于他连心里都跟着难受起来。

他的耳朵能听到很多声音，活着时候的、死去以后的，清晰的、模糊的，笑的、哭的，太多了，他以前好像从没注意到。

他忽然觉得这样痛着也不错，就像还债一样。等他们发泄够了，他也能从此干干净净、了无牵挂地解脱了。

他甚至希望这些人发泄得再猛烈一些，哭得再大声一点，叫得再尖锐一点。这样他也能尽早离开这世间。

这究竟是什么心理，他自己也不明白。这种时候，他又觉得李先生某句话是对的，他可能确实识人不清，因为他连自己都弄不明白。

就在阿峻站在漫天黑雾里，琢磨着自己的时候，他忽然听见一个冷淡的嗓音穿透黑雾，传进耳朵里。

那人说："你后悔了。"

阿峻心里一紧，下意识回道："我没有。"

那人不再理他，但他急了起来："我没有！我有什么可后悔的？一切都是合该的！"

沈曼怡烦他、扰他，逼得他不得不做点什么，让她安静点。

沈曼昇看似对他不错，不过都是装的，否则何必故意学他写字，本质还是取笑他，看不起人。

李先生见人下菜碟，总挑他的毛病，就因为他不是少爷，低人一等，落得那个下场，天注定。

管家、做饭婆婆还有那两个小姑娘，罪孽不大，但是火烧起来的时候，他连自己都不想救了，哪还管得了其他人。只能怪他们倒霉，刚好都在家。这是命。

就连他那个亲娘，把别人家的小姐、少爷当自己孩子养，没有骨气，又因为一点小事就悬了梁，留他一个继续寄人篱下，也是合该。

他厌恶这些人、厌恶沈家都是有理由的。

可明明有理由，他却像被戳了痛脚一般，不断地强调道："我没后悔，没有！"

"重来一次，我还是那样！"

说完他顿了一下，又否定道："不对，重来一次，我不想再出现在沈家。"

这话掷地有声，在一片狼藉的长廊里回荡。那些尖叫哭喊声和哀号声忽然停了下来，接着，长廊便陷入长久的安静中。

身上的痛感突然消失了，阿峻怔了一下，抬起头。

却见沈曼怡他们已经不再哭了，黑雾依然在他们周身缠绕肆虐，只是不再劈头盖脸地往他身上灌注了。

他们只是静静地看着他，面容从委屈到悲哀，最后慢慢恢复平静，居然无波无澜地看着他，像看一个陌生人。

阿峻忽然觉得很不痛快。他宁愿这些人像刚刚一样，继续疾风骤雨般地对待他。现在这样，反倒让他觉得不上不下，如鲠在喉，就好像他装好了一兜东西，准备还给他们，递出去了，他们却又不想要了。

也许是那一瞬间，周围太安静了，阿峻莫名想起了很久以前沈曼昇说过的一句话，他说："峻哥，有什么事你别闷着，家里人是可以吵架的。"

他以前从没吵过架，现在又已经无人可吵了。

他看见沈曼怡抹了一下眼睛，忽然转过身去，那些锁链在她身上似乎不成负累，至少她走起路来一点儿也不笨重。

她背对着阿峻，走到了闻时面前，仰脸说："哥哥，我想走了。"

闻时被她叫得愣了一下，片刻后点了一下头，沉声说："好。"

说完，他伸出手，触到了小姑娘的额心。

那一瞬间，那些黑雾终于交到了他手里，从张牙舞爪到暗流汹涌，最终安静地浮散在他周围，一点点被他收拢进躯体。

"我以后会变成什么？"沈曼怡的身影在变淡，她小声又模糊地问了一句。

闻时说："不知道。"

"会变成蝴蝶吗？"沈曼怡又问了一句，好像依然是那个什么都不懂、总爱幻想的小姑娘，"像这个一样。"

她低头揪了一下肩上的蝴蝶结。

黑雾彻底清除的瞬间，她的身体变得干净起来，腐坏的痕迹消失不见，裙子是最鲜嫩的鹅黄色，像后院里新开的花。

闻时抿着唇，过了片刻说："可能吧。"

这个答案让沈曼怡有点高兴，她牵着漂亮的裙摆，冲闻时笑了一下，又冲旁边的谢问摆了摆手。

她冲这两个她很喜欢的人说了再见，直到彻底消失，都没回头看过一眼。

第二个转身的是管家，然后是煮饭婆婆、两个沈家小姐……

阿峻眼睁睁地看着这些曾经住在一起的人一个接一个从他身上移开目光，背过身去，走到闻时面前，然后慢慢消失，再不回头。

就连生养他的亲妈，都没有对他说一句话，只是红着眼睛长久地看着他，然后深深叹了口气，也离开了。

他没有想到，留得最久的居然是李先生。

李先生似乎有话想对他说，犹豫许久后只是摇了摇头。

他搂着那个黄铜匣子，跟之前的那些人一样转过身，背对着阿峻走到闻时面前。

他身上的锁链当啷一下滚落在地，黑雾一点点被闻时收拢走。他的长衫终于干燥起来，是很温和的天青色，身上的青苔腐斑慢慢消退，露出了斯文而消瘦的面貌。

他终于又能说话了。

阿峻本以为他会跟其他人一样，一言不发地消失于这个世间，没想到他居然回了头。

李先生远远朝阿峻看了一眼，欲言又止。最后的最后，他问了阿峻一句话："你知道曼昇小少爷为什么学你写字吗？"

阿峻皱着眉，不明白他的目的："因为我学字晚，认字也晚，比他们都不如，他就学来笑我。"

李先生摇了摇头。

过了片刻，他才说："他知道你好比较，心思敏感。每次交练字功课给我，他都扭捏很久。所以他让自己跟你一条线，有个伴，你会好受点。这样就算我批人，也是两个一起批，还显得你进步大一些。"

"所以后来，我没再纠正过他。"李先生想了想，说，"怪我。"

年纪小的孩子，常会有些大人不能理解的想法，透露着笨拙的好意。他以为，他们相处久了，又都是同龄，阿峻总归能想通的。

可惜……

阿峻愣在当场，怔然许久，然后皱着眉说："不可能。"

李先生看着他，却没有再解释的打算。

该懂的人会懂，不懂的人，就是此生道不相同，没有缘分吧。

李先生说完这些，不再管茫然的少年，转头对闻时说："我有个不情之请，不知道能不能提。"

闻时说："你说。"

李先生垂眸道："我还是想回家再看一眼。"

这一眼，他等了好多年。

闻时默然片刻，而后道："我可以帮你强留几天，但你出去会很难受。"

李先生点点头："我懂，但我还是想再看一眼，就当最后的恳求吧。"

闻时点了一下头，拍着铜匣子说："进这里来。"

转眼的工夫，偌大的沈宅就空了，只剩下阿峻一个人，站在走廊中央。他低头看着自己的手指和身体，惶恐地发现自己似乎正在消散，但好像并没有变干净的机会。

"我为什么……跟他们不一样？"阿峻喃喃出声。

为什么他身上没有黑雾？为什么其他人离开，他会有种自己也被抽干的感觉？明明这里是他的地盘，明明那些人是因为他才存留到现在。

"因为你放不下的只有自己。"闻时说。

众人皆有未了的心事，皆有红尘牵挂，皆有舍不得与放不下，但他没有，或者说，他徘徊在此，只是为了自己。

他不甘心离去，所以存留。他有点懊悔，所以拉上了其他所有人。

也许，曾经的某一刻，他幻想过那些人能原谅他。但他没有道歉，只是想着：我把我的地盘划给你们待着，就像当初我寄住在你们家一样，这样就可以了吧。

所以，当那些人头也不回地离去，他的存在就没了意义。兜兜转转一大圈，原来并不是他束缚着他们，而是他离不开他们。

他毁掉那些人，只为了求一个解脱，到头来却不得解脱。

这大概才是所谓的报应吧。

他枯焦的身体慢慢有了裂痕，整栋沈家小楼开始震颤不停。

闻时隔空朝他伸出手，长长短短的橦线垂落下来，像人与人之间说不清、道不明的牵连。

阿峻感到一股无形的压力覆在头顶，有什么东西正被抽离他的身体，准确而言，是抽离他的灵本、抽离这个笼。

那似乎是一块碎片，一尘不染，带着一股隐隐约约的白梅香。

阿峻在剧痛中捂着头，他紧紧闭着眼睛，在身体越来越轻的时候忽然问了一句话："沈曼昇还活着吗？"

"不知道。"闻时的声音传进他耳朵里，"但跟你无关了。"

反正都是陈年往事故旧人，尘世间再不会相见。

说完，他的手掌隔空一推，阿峻枯焦的躯体散为尘烟，整个笼在他的手指下开始分崩离析。沈宅陈旧的装饰、满地的狼藉以及远处冷冷的月光都变成煞白一片。

那块丢失已久的灵本碎片贴着他的额心进入他的身体，冷得惊心。

他低了一下头，感觉脑中嗡然一片，下意识朝后退了一步，却被一双手掌撑扶住了。

笼散的瞬间，闻时在额心的剧痛之下半跪在地，在涔然的冷汗中感觉有人托住了他的额头，一个嗓音低而模糊地响在他的耳边："别攥手指，我们回家。"

第五章 百家坟(上)

也许是因为有一片灵本入体，记忆开始松动，又或者是因为剧痛难忍，而闻时习惯性地不肯示弱出声，只能竭力去想一些人和事，靠着这个来挨过长夜，于是他想起了最初的。

闻时第一次看见尘不到的时候，实在很小，小到还没进入记事的年纪，以至于那是何年何月、他身在何地、周遭为什么是那个场景，他一概不知。

那一天夕阳半沉，到处是金红色，到处是死去的人。

闻时从一具沉重的尸体下爬出来，手掌被石头划破了皮。

他不知道为什么所有人都躺着，不再说话，也不知道为什么周围这样寂静，静到仿佛世间只剩下他一个人。

他试着去拽身边的大人，但他自己连站都还站不稳当。

大人怎么也不醒，而他拽得不得章法，跌坐在地。大人的手"啪"地滑落在地，毫无生气。他又执拗地爬起来，再次去抓大大的手，却依然无用。

于是他孤零零地站在那里，茫然而不知所措……直到听见有人走近。

那天的尘不到没穿外罩，也没戴面具，只着一件雪白单衣，一尘不染，像个刚落地的仙客。他垂眸看着地上的人时，有股温沉又悲悯的气质。

那一眼，成了闻时在这个世间所有记忆的开端。

尘不到拎着袍摆半蹲下来，把他抱起来。而他就像个假娃娃，大睁着乌黑的眼睛趴在对方肩上，一眨不眨地看着地面，看到眼睛酸胀难忍、又热又痛。

抱着他的人拍了拍他的背，嗓音沉沉地说："眼睛闭上。"

他一令一动，闭了眼闷在对方肩头，过了一会儿，眼下的那片布料便湿了。

他年纪太小，本不该记得那一天的。但后来很长一段时间，他都记得那天风里的血味，记得死人的手从他手掌中滑落的感觉，凉得惊心。

他在记忆开始的那一天无师自通，懂了生死和悲喜。

他没有名字，身上只有一把出生后就挂着的长命锁，锁上有个"闻"字，应该是家里的姓氏，尘不到给他添了个"时"字。

时者，所以记岁也。春夏秋冬和日月轮转，都在这个字里了。

闻时小时候身体总是不好，那天哭得太久，又受了惊吓，被尘不到带回去后便生了一场大病。

山顶寒气重，并不适合孩童居住，而山脚村落聚集，房舍俨然，有热闹的烟火气。闻时最初是被养在松云山脚的。

但他对那里并没有什么深切印象，因为养病期间睡睡醒醒，病情反反复复，等到痊愈，四季已经转了一轮。

按照规矩，他搬到了松云山腰，跟卜宁、庄冶他们几个尘不到的亲徒住在一起。小孩本该天性喜欢玩闹，年岁差别不大的人住在一起，很快就能熟络起来，闻时却是个例外。

他不知道自己生在何时，不清楚自己究竟几岁了，也说不明白自己的来处。他像是个无着无落的不速之客，在那几个孩子里显得格格不入。

那段时间尘不到时常不在松云山，一出门便是许久不归，所以并不知道这些，不过就算他在，恐怕也不会立刻知道，因为闻时不可能说。

他从小就又闷又倔，并不善于表露和发泄情绪。

可能正因为如此，那些并不属于他的东西才会在他身体里藏那么久……

闻时第一次流泻出满身黑雾，是在尘不到回来前的某个深夜。

他被睡相不好的庄冶拽了被子，抵着墙角睡了许久，受了凉。可能是体虚让那些东西钻了空子，那天夜里他做了很多梦。

他梦到自己又站在了那个淌满血的城里，弯着腰去摇身边的死人，执拗地想把对方叫醒，但不论他怎么拉拽，都无济于事。

满城都是哭声，盘绕在他周围，对他说着他听不明白的话，有哭诉，有哀号，有尖叫，有叹息。

他听了一会儿，又觉得那些声音并不在外界，都来自他的身体。

于是他一个寒战，猛然惊醒了。

他睁开眼，发现自己并不在山腰的雅舍里，而是站在通往山脚的石道上，脚边是一片枯死的花。

旁边有人倒吸了一口凉气。

他转过头，看见几个八九岁的男孩瞪大了眼睛，满面惊惶地看着他，仿佛活见了鬼。他们惊叫了一声，连滚带爬地下了山。

那是接近山脚的练功台，被他吓到的那几个是早起的尘不到的山下外徒。

那时天刚蒙蒙亮，山里很冷，地面又刺又凉。

闻时在那片枯死的花里孤零零站了好久，才发现自己是赤着脚的，一路下来不知蹭破了多少地方，很疼。

他垂着脑袋，又看了看自己的手，发现手指上缠满了黑色的东西，脏兮兮、雾蒙蒙的。他揪着衣角使劲擦，可擦到手掌快要破了，也不见成效。

那天之后，山下山上便流传起了一个说法，说他是怪物，披了小孩的皮，半夜会下山捉人，走过的地方花都枯死了。

一时间，大家都变得怕他，不敢靠近他，好像他随时会褪下人皮，张牙舞爪地现出可怕的面目。

他本来就总是一个人，那两天更加明显。不论吃饭、睡觉还是练基本功，其他几个孩子都离他八丈远。

他很倔，一句都没有辩解过，只是兀自待在角落，跟自己缠着黑雾的手指较劲。

庄冶他们看不到他手上的黑雾，否则可能会更害怕，连跟他待在一间屋子里都受不了。

其实他自己才是最害怕的那个。

他怕自己再梦见那些如影随形的哭声，怕睁眼之后又站在某个陌生的地方，吓到一群不熟悉的人。他怕到整夜都不敢闭上眼睛。

尘不到就是那个时候回到松云山的。

他似乎在那段日子里做了很多事，去过很多地方，所以抬脚进门的时候，带着人世间的风雪味，吓得屋里几个小徒弟都不敢出声。

但他们还是恭恭敬敬地叫了"师父"，唯独闻时犟着不肯开口，一来是因为那天的尘不到刚从山下回来，戴着面具，有种不好亲近的陌生感；二来……大概是担心自己会被送走吧。

毕竟他满手黑雾，脏兮兮的，还会不知不觉变成怪物，与其刚认下师父就被送出山门，不如干脆不认。

哪怕他被牵上山顶，哪怕尘不到把小小的金翅大鹏递给他，说可以让他养到大，那种会被舍弃的不安都没有完全消失。

因为他没有生时，没有来处，甚至不知道自己究竟算不算一个怪物。

他记得那天的雪一直到很晚才停，他搂着金翅大鹏，闷头坐在榻上，等着尘不到发话把他送走。

他等了很久，等到了一钵药。

那药是尘不到煎的，在屋里汩汩煮了半天，又在雪里晾了一会儿，端回来的时候冒着腾腾白气，但已经不那么烫了。

尘不到把药钵搁在方几上，冲闻时摊开手掌："手给我。"

闻时正闷着，听到他的话，拗了一会儿才把手递出去。

尘不到捏着他的手指，垂眸看着他手上的黑雾，眉心轻轻皱了一下。

闻时抿了一下唇，下意识要把手往后缩，但没能成功。

尘不到给他松了一下筋骨，握着他的腕骨，把他的手浸到了药里。

"你缩什么，怕烫？"尘不到说。

"没有。"闻时两手被摁在水里，不甘心地挣扎了一下。

但他很快就老实下来，因为那药水温度刚好，足以让融融暖意顺着他的手涌进身体，前些天受的凉气一下子就驱掉了大半。

感觉到他放松下来，尘不到笑着抬了一下眼，逗他："熟了没？"

闻时摇了摇头。

他看着那些黑雾在水里游散，好像淡了一些，又好像没有，忍不住问道："我为什么会有脏东西？"

尘不到沉吟片刻，而后说："这不是脏东西。"

闻时问："那是什么？"

尘不到说："是有些人走得太快了，匆匆忙忙想留些念想，结果留到了你身上。"

这是委婉一些的说法，怕惊到小孩儿。后来闻时才知道，这世间生死常见，有些是病了、伤了、老了，今天这家，明天那家，总会错开，但还有一些是错不开的，比如战乱、天灾、瘟疫。

闻时当年碰到的便是战乱屠城。

数以万计、十万计的人流散出来的黑气有多可怕，如果形成笼，简直难以想象。

尘不到是赶过去解笼的，但当他到了那里，却没找到笼，只有一个小孩，被好几具成年躯体护在身下，成为唯一躲过那场人祸的活物。

小孩儿孤身站在那里，无声往下掉眼泪的时候，无异于这世上任何一个普通孩子，甚至干净到纤尘不染。

可实际上，那些原本会形成笼的黑雾，就像绕着涡心流转的巨浪，全部进入那个孩子的身体。

也许是过于厚重，难以计数，也许是物极必反的缘故，那些黑雾没有立刻显现出来，直到很久之后，才慢慢露出一些端倪。

那确实不是什么脏东西，是太多人对这个世间的悲喜、爱恨、留恋与不舍，是尘缘。

但闻时泡着药的时候，想到的是死去的花、瞬间干瘪的鸟，以及尘不到枯骨一般的手。他低着头，盯着对方已经恢复正常的手指说："会害人吗？"

尘不到觉得有些意外。他朝药钵里又加了些东西，垂眸看着这个小徒弟说："这么点大的人，不先记挂一下自己吗？"

见闻时没吭声，他又说："你乖一点就不会。"

闻时琢磨了一下，觉得自己还是有害人的可能，于是垂下了头，闷闷不乐。

他盯着茶青色的药汁，发了一会儿呆，忽然听见尘不到又开了口："有办法解，但得等你再大一点。"

闻时愣了一会儿，抬起头，看见尘不到站起身，抽了干净帛巾擦着手指。灯盏里的火焰轻轻抖了一下，将他的侧影投射在墙上。

"再大一点是多大？"闻时说。

尘不到在屋里扫了一圈，指着那只圆滚滚的金翅大鹏说："等你把它养成人。"

闻时呆了："鸟怎么变人？"

尘不到笑道："毛没了就行。"

闻时："……"

金翅大鹏："……"

见小徒弟终于不再绷着脸，尘不到伸手拿了罩袍，把这个房间让出来。临走前，他拍了拍闻时的头说："在这儿住着吧，名字都是我取的，谁敢不要你？"

从那天起，闻时有了来处，叫尘不到。

那阵子的闻时其实很黏人。

但他嘴上不会说，也不会缠着尘不到提要求，不用抱着，不用牵，他的黏人就是默默地跟前跟后，好像有尘不到在的地方，才能让他安心待着。

虽然闻时这个名字是尘不到取的，但他从来没有好好叫过，总给闻时取一些浑名。

如果闻时闷闷不乐不吭声，尘不到就管他叫"小哑巴"。如果闻时像雪团子一样亦步亦趋跟了好几处地方，尘不到就叫他"小尾巴"。

小孩忘性大，不高兴的事情只要不提，很快就扔到脑后了，最初的闻时也这样。尘不到给他泡了几天药，手上的黑雾隐回去了，睡觉也能安安稳稳到天亮，他便觉得那好像也不是什么大事。

其实那只是因为他受凉伤风转好了，心神安定。但他不知道，还以为自己体质变了，藏在他身体里的东西少了。

那一年，是闻时最没有负累的一年，他甚至会带着金翅大鹏下山去玩了。

不过他的玩很克制，也很安静。

山下的人还是会叫他怪物，年纪小的看到他，要么远远扔石头，要么扭头就跑，好像多待一会儿就会被他扒皮吃肉。

所以闻时从来不往热闹的地方去，专挑没人的地方钻，山坳、树林、溪涧。这后来就成了他的天性。

可能是他自己不太活泼的缘故，他喜欢那些鲜活灵动的东西。松云山顶太冷，活物不多，于是他在山下看到一窝兔子、几只王八、两尾鱼都可以看很久。

他在那片树林里窝着的时候，常会碰到一个采药婆婆。婆婆跟他有点渊源。当初他被尘不到带回来，放在山下养着，就是养在那个婆婆家里。

婆婆养他的时间不长，再加上小孩不记事，他们之间的感情算不上很深。但那个婆婆，是山下那些人里唯一毫无保留地对他释放善意的人。

每次在林子里看到他，她都会给他塞点东西，有时候是洗干净的果子，有时候是家里蒸的糕。

果子常常太过软烂，糕又有些干，对小孩来说，都不算很美味。但闻时总是盘坐在那边，在婆婆眼皮子底下把它们吃得干干净净。没过多久，他还学会了回礼。

第二年的冬末春初，山下人很多，热闹了好些天。闻时避开了那段时间，除了尘不到领着他出门的那回，没有独自下过山。

等到热闹退了，他再去山下的林子，却接连几天都没有碰到那个采药婆婆。

他有点待不住，便搂着他的金翅大鹏，一边捏着鸟嘴不让它出声，一边摸到了村边。然后，他看到了屋边竹竿支着的白色旗子和一地纸钱。

村里和婆婆沾亲带故的邻里披麻戴孝，闻时隐约听到他们说，婆婆走了，过了年关吃了饱饭，睡觉的时候走的，无病无痛，寿终正寝。

很多孩子年纪小，不懂过世的意义，只觉得人多热闹，被长辈带着在门口磕了头作了揖，便追打玩闹起来，但是闻时懂。他知道从今往后，不论春夏秋冬，他再去那个林子，都不会有人挎着篓子，笑眯眯地给他塞果子和甜糕了。

那天夜里，闻时又做了那个梦。

只是这次，他的梦里多了一个采药婆婆，她步履蹒跚地走在那条阴黑长道上，不论他怎么叫都不回头。

而那些哭声就像针尖、刀刃一样，叫他头痛欲裂又不得挣脱。

闻时在梦里跟那些东西较了很久的劲。

等终于睁开眼，他就发现自己不在榻上，而是站在尘不到那间屋子的门口，满手的黑雾疯涨如刀，正要往屋里钻。

他惊惶地愣了好一会儿，打了个寒战，这才扭头跑开，之后便再不敢闭眼。

金翅大鹏不怕黑雾，这是闻时知道的。他没回房里，盘坐在练功台的石崖上，撸着金翅大鹏毛茸茸的头，看到它在黑雾包裹下依然鲜活有生命力，才好受一点点。

不知坐了多久，他听到背后有沙沙的声音，是衣袍轻扫过松枝白雪的响动。

他知道，是尘不到来了，但他闷着没回头。

因为只要想到昨夜自己鬼魅一般站在尘不到房门口，他心里就是一阵说不出来的难受。那个时候他不懂自己为什么难受，很久以后才明白，那是一种后怕的感觉。

他怕自己某天不受控制，伤到最不想伤的人，尽管他知道，只要尘不到稍微设点防备，就不可能被他伤到。

"我的尾巴怎么掉在这里了？"尘不到在他身后弯下腰来，手掌托着他的下巴让他抬起头。

可能是他的眼睛太红的缘故，尘不到愣了一下，给他把挂在下巴颏上的眼泪抹了，又让他转了个身。

闻时伸出一只手说："那些东西又出来了。"

尘不到点了点头："看见了。"

闻时以为他会问"怎么回事"，结果却听见他说："疼不疼？"

其实他是疼的，特别特别疼，是那种钻在头颅、心脏和身体里，黏附在灵本上，怎么都摆脱不掉的疼。

但可能是醒得久了，尘不到这么一问，他又觉得还好。于是他摇了摇头，闷声说："不疼。"

尘不到弯腰看着他的头顶，片刻之后说："小小年纪，就学会骗人了。"

闻时皱了皱眉，仰脸问："你怎么知道我骗人？"

尘不到说："因为我是师父。"

尘不到在石台上坐下，闻时看看自己身上的黑雾，悄悄往旁边挪了挪。他自以为挪得很小心，不会被注意，其实应该都被尘不到看在眼里了。

对方沉默良久，而后说："给你看样东西。"

闻时依然保持着距离，睁着眼睛好奇地看着尘不到。

尘不到冲他摊开了手掌。那只手很干净，也很暖，比闻时见过的任何一只手都好看。他盯了一会儿，忍不住把自己的黑手背到了身后。

结果刚把手藏好，他就看见尘不到那只不染尘埃的手掌上慢慢溢出了跟他一模一样的黑雾，源源不断⋯⋯

闻时惊得忘了说话。

尘不到解释说，那一年战乱、灾荒不断，他走过很多地方，几乎每一处都是数以万计的人扎聚而成的笼。

那些黑雾几乎无法消融，只能先压着，慢慢来。

尘不到收拢手指，那些黑雾便听话地消失了，没有丝毫要张牙舞爪的架势。他说："所以你看，我跟你是一样的。"

从那天起，闻时才知道，原来世间这样的人不只有他一个，还有尘不到。

这本来该是一块心病，却忽然成了一种隐秘的牵连，除了他们两个，别人都不知道。

"那你的怎么不乱跑？"闻时问。

"因为心定。"尘不到说。

寻常人之所以有那些浓稠的、解不开、挣不脱的黑雾，都是因为怨憎会，因为七情六欲、爱恨悲喜，因为有太多牵连和挂碍。

像闻时经历的那种尸山血海，尘不到见过太多了。他送了无数人干干净净地离开世间，所以留给他的尘缘，远比留给闻时的多。

那些一时间无法化散的，便会积藏在身体里。

心定的时候，它们便安静待着，好像只是找到了一块安生之地，静静地寄存着，无声无息，甚至没有踪迹，但只要有一丝动摇，露出一条缝隙，它们就会张狂肆意起来。

那是世间最浓烈的、足以成为执念的七情六欲，轻易就能影响一个人的心神，悲者大悲，喜者狂喜，哪怕没什么情绪的人，也会变得心神不宁、焦灼不定，一不小心，就会在这近乎心魔的影响中，变成另一个人。

这也是为什么，尘不到必须修那条最绝的道，因为他藏纳、背负的尘缘太多，稍有不慎，就是倾巢之难。

不过那时候，尘不到并没有说这些。准确而言，他其实从没说过这些。

他只是递了手给闻时，说："走，带你去个地方。"

那是闻时第一次被带着入笼，采药婆婆的。

他那时候光练了基本功，既不会橦术，也不会金纹纸术，在笼里什么都做不了，只是跟着尘不到。

不过寻常人的牵挂本来也不会多么惊天动地，那个笼很小，不用费事就能解。尘不到带着他，只是让他再见一见那个婆婆。

那时候的闻时觉得，尘不到好像可以看穿他的所有心思。他明明什么都没说，尘不到却什么都知道。

从笼里出来后，尘不到领着他回到山顶，从手指间引出一丝尘缘，说："那个婆婆给你留了点东西。想要什么？兔子？鱼鸟？"

闻时问他："什么可以一直活？"

尘不到说："但凡活物，都有终时。"

闻时捧出怀里的鸟："你明明说金翅大鹏可以。"

尘不到挑眉说："还挺聪明。"

他当然没有把一个老人遗留的东西变成受人操控的橦，也不会像以前那样，指着金翅大鹏说小鸟死而复生，毕竟现在小徒弟长大了一点，不好骗了。

他把采药婆婆遗留的那抹尘缘引到了山顶的泉池里，变成了一尾金红色的锦鲤。

那是闻时第一次真真切切地理解解笼人存在的意义——送那些故去的人离开，再帮他们给这片红尘故土留点什么。

闻时蹲在泉池边，问道："鱼能活多久？"

尘不到说："看你怎么养了。这鱼养好了能活七八十年，够常人一辈子了；养不好，也可能明天就翻了肚皮，你小心些。"

闻时瞪着他，不明白为什么他要搞得这么危险。

泉池旁边有一棵白梅树，正是花开的时候，满树雪白。闻时指着树说："它多大？"

尘不到想了想说："跟我差不多吧，挺大的。"

在那时候的闻时眼里，尘不到是个仙客，不会老、不会死。于是他蹲在池边一边看鱼，一边咕哝说，等以后他也能解笼了，要把那些尘缘都变成树。

尘不到逗他："弄那么多树，你要往哪里栽？树也不会开口说话。"

闻时问："鱼会说吗？"

尘不到倚在树边看他，低笑了一声，说："别看不爱说话，凶起来还挺像那么回事。"

闻时闷头往泉池里垒山石，不理他，垒了一会儿后，他又觉得这泉池实在太空了，只有一尾鱼，孤零零的。

"你自己动辄半天不吭气，这会儿居然怕鱼会闷死？"尘不到挑着眉，觉得有些新奇。片刻后他点了点头，直起身离开了。

没多会儿，他拎着个东西过来了，弯腰往泉池里一搁，说："找了个东西，替你陪它。"

闻时定睛一看，一只小王八。

他抬头跟尘不到对峙了好一会儿，也扭头走了。半晌之后，他捧了另一只王八过来，往泉池里一丢。

尘不到瞥了他一眼："这又是替的谁？"

闻时头也不抬就答："你。"

尘不到笑了一声，低斥道："反了天了。"

后来闻时回想起来，发现小时候他的话不算太少，却给卜宁他们留下了不搭理人的印象，可能是因为话都说给尘不到听了。

那天之后，闻时认认真真学起了解笼人的那些本事，不再是为了求一个长久的落脚地。

尘不到会的东西很多，橦术也好，金纹纸术也好，他都是祖宗，非要说短板，大概是爻辞术。因为爻辞术这个东西，更多的是看天赋。

卜宁就是那个天生适合学爻辞术的，他不小心入个定所看到的东西，比其他人抓着各种工具摆上一天看到的还多。

但这种人也有劣势，他这种体质介于人和珍奇神异之物之间，灵本天生不稳，就像在浅盘里装了一层水，轻轻一推，能泼出去一半，要是入了笼，特别容易受蛊惑、被附身，或是沾染些东西。

像他这种自己都稳不住的，橦术就跟他基本绝缘了，所以他学了奇门遁甲。

钟思学的金纹纸术，因为灵巧，有时能借金纹纸术成阵，有时能借金纹纸术化物，相当于会了三分奇门遁甲和三分橦术。

他性子外放，喜欢捉弄人，又有些莽。奇门遁甲、爻辞术太静，橦术既要强硬又要精细，相较而言，还是金纹纸术比较适合他。

庄冶好交朋友，最大的脾气就是没脾气，小小年纪就有点海纳百川的意思，什么都可以，又什么都点到即止，学不精，便做了个杂修。

闻时倒是从没摇摆过，从有了金翅大鹏起，他就认定了要学橦术。

橦术呢，下限很低，上限又极高，任何人入了门，都能捏一两个小玩意儿，但要学精，要求就多了——要够冷静、够稳重、够有韧性，同时又不能太死板，每放一个橦出去，就相当于从自己身体里分了一部分出去，既要压制它，又要让它跟自己相合。

这种感觉其实很别扭，要适应，全靠苦练。

所以闻时永远是师兄弟里练功最勤的人，哪怕他肉眼可见地越来越厉害。

他总是最早起床、最晚睡的。卜宁他们曾经不信邪，试着跟他拼一拼。结果不论他们什么时辰爬起来，总能看到他的那只鸟站在练功台上梳毛。

哦不，那不算闻时的鸟，准确地说是尘不到的金翅大鹏，让闻时养着。

金翅大鹏转脸看过来的时候，他们几个总是又羡慕又愧疚，然后灰溜溜地跑到师弟身边，加入练功的队伍。

几次三番之后，他们很认真地问闻时："你究竟睡不睡觉？"

闻时疑惑地看了他们一眼，脸上仿佛写着明晃晃的几个字：你们在说什么梦话？

"橦术练起来这么苦吗？"钟思跷着脚坐在松树枝上，把金纹纸拍得啪啪响，说，"还好我没学。"

其实闻时那么起早贪黑，并不只是学橦术。他摸了尘不到屋里的一本书，在试着给自己洗灵。

尘不到其实并不主张这些徒弟跟他修一样的道，毕竟只要身在世间，想要完全无挂无碍太难了。洗灵只是一种辅助，相当于给自己的灵本刮上几刀，可日久天长的，并不好受。

他早就打算好了，等闻时及冠，橦术练到大成，可以承受的时候，他会把那源源不断的黑雾从闻时的灵本里剥离出来，大包大揽地自己担下。

可他从没说过，每次闻时问起来，他都说成另一套看似温和无伤的方法。

但其实闻时什么都知道，也什么都清楚。

他不想把自己该背的那些都转给尘不到，所以很早就开始偷偷洗灵了。他知道金翅大鹏会告状，刚开始总用橦线捆着它。

后来他又用熬鹰和讲道理（恐吓）的方式，让那鸟站到了自己这边。他不擅长说谎，全靠老毛撑着。

尘不到没想到自己的橦能被他带得叛变，等到发现的时候，他已经修了很多年，从动不动就窝成一团的"小雪人"，变得长身鹤立、高瘦挺拔。

那年闻时十七岁。

因为时常洗灵，修了无挂无碍的道，闻时看上去比小时候更冷，更加难以亲近。他在少年长成的过程中有了棱角，不像小时候一戳一个坑，渐渐有了点锋利的味道，以至于几个师兄想逗他，又有点怕他。单以气质来看，他反而像是最大的那个。

那几年，世间总是很乱。尘不到不常在松云山，闻时经常会有一段时日见不到他。

十多岁的少年，心思总是最多变的，敏感又飘忽不定。即便修了无挂无碍的道，闻时也欠些火候，不能完全免俗。

他只是看着冷冰冰的，并不是没有丝毫俗世间的情绪，尤其是对尘不到。

他小的时候，尘不到就是那副模样。他不知不觉长成人，尘不到还是那副模样。他自己的变化一日千里，尘不到却始终是那个懒懒倚着白梅树，笑着斥他"恃宠而骄反了天"的人。

这让他有种矛盾的割裂感，好像他在山间兀自成年，尘不到却是在光阴的间隙里，偶尔投照过来的一道身影，不像长辈，更像来客。

有一回，尘不到隔了数月才归，戴着他见外人时常戴的面具，走在山道间，雪白的袍摆云一样扫过青石，接着红色的罩衫又轻拂而过。

闻时刚巧从另一边山坳上来，远远看到他，忽然就停了步子。那一瞬间，他忽然觉得远处的那个人有点陌生。

他们应该很亲近，比世间其他任何人都亲近。他们还有一个共同的秘密，是藏在灵本里的那些俗世尘缘。

但在这些之外，他们之间又有一点陌生，不是淡漠和疏远，而是忽然之间有了一些微妙的间距。

这种感觉生得悄无声息，又来得毫无缘由，闻时始终琢磨不清。

直到两年后的又一次仲春，闻时他们刚破完一个笼回到松云山，歇了没多久便上了山腰的练功台。

卜宁是个风一吹就倒的文弱体型，还是个喜欢操心的碎嘴子，一边沿着山石摆阵一边说："我那天听师父说，等师弟及冠，咱们就可以下山去了，游历，收徒，入红尘。但我跟你们住惯了，一个人反倒孤单，要不咱们结个伴？"

钟思一边借着金纹纸术乱弹风，给他摆好的阵捣乱，一边应道："行啊，你这小身板儿，一个人下山恐怕活不了几天。"

卜宁远远指着他，很没气势地警告他："你再弹？六天后有大灾你怕不怕？"

"不怕，大不了我不下山。"钟思嘴上这么说，捣乱的手却收了，转头又去问其他两人。

庄冶有个诨名就"庄好好"，因为问他什么，他都是"好好好"，最没脾气。所以钟思主要是问闻时，毕竟他们每天最大的爱好就是赌这个冰碴子师弟究竟高兴还是不高兴。

可惜，这会儿的闻时刚好不高兴。

离他及冠还有一年，尘不到那句话他也听过几回。但每次只要想到下山，也许很久都不会再回来，他心里就有种说不出的沉闷和烦躁。

彼时庄冶正有一搭没一搭地操着橦线练精准度，用细细一根丝棉线打鸟，打鱼，打飘落的花瓣，打飞过的虫。

风呼呼作响，很是吓人，闻时却避都不避。他垂着薄薄的眼皮，靠在树上，抿着唇理自己手指上的橦线。

"你怎么想？"钟思冲闻时的方向问道。

闻时眼也不抬，怏怏地道："明年再说。"

"师弟，橦线甩出去，怎么样力道最巧？"庄冶跟着问了一句。

闻时依然没什么兴致，他只是刚好听到山道上有声音，顺手给庄冶做了个示范。结果橦线刚甩出去，他就怔了一下。

因为山道上拐过来的人，是尘不到。

那时候的闻时，橦术离封顶已经不远了。橦线以最刁钻的角度扫过去，速度快又有力，让都没法让。

于是，那几根橦线被尘不到抬手一拢，握进了手心。雪白的棉线绕过他骨形修长的食指，又缠绕过无名指，垂落下去。

那是闻时第一次知道，橦线跟橦师的牵连究竟有多深。

那一瞬间，他半垂的眸光颤了一下。那干净修长的手指好像不仅仅是牵握着几根丝棉线，而是探进了他的灵本。

他绷着橦线的手指蜷了一下，抬眸看着山道边的人。

"一阵子不见，就拿橦线偷袭我？"尘不到并不恼，笑问了他一句，便松开了手指。

橦线从他的手指上滑落，其他人连忙恭恭敬敬地叫着"师父"，唯独闻时没吭声，敛了眉眼，把橦线往回收。

那天夜里，闻时又做了一场久违的梦，还是那座空城，还是漫天遍野的哭声，只是那些魑魅魍魉都变得模糊不清，像扭曲妖怪的剪影，哭声也忽近忽远，若隐若现，像叹息和低吟。

他站在众多灵本包裹的空堂中，十指缠着丝丝缕缕的橦线，橦线湿漉漉的，汗水顺着线慢慢往下滑，然后滴落下去，在他脚边聚成水洼。

他忽然听到背后有动静，猛地转过身去，拉紧橦线，却看见尘不到赤足站在那里，雪白的里衫松散着垂下来。

他目光深长，从半阖的眸子里落下来，看了闻时一眼，然后抬起手，拇指一一拨过他紧绷的橦线，抹掉了上面的水迹。

闻时看着他手指下的橦线，舔了一下发干的嘴唇。

"叫人。"对方拎着他的一根橦线，低声说。

闻时闭了一下眼，动了唇说："尘不到。"

他在说出那三个字的瞬间惊醒过来。

他凭本能将手指上没拆的橦线甩出去，打中了老毛停立的鸟架，鸟架当啷一声掉落在地。

他坐在榻上，蹙着眉，身体绷得很紧，跟梦里一样的雪白衣衫松散微乱，沾着不知何时出的汗。

外面不知何时下起了雨，雨滴顺着屋檐滴落的时候，会发出黏腻暧昧的声响。闻时抿着唇，素白侧脸映在光下，缓着呼吸。

屋门忽然被人"笃笃"敲了两下，然后轻轻推开。

闻时抬头，看见尘不到提着灯站在门口。他的眸子里含着煌煌烛火，嗓音里带着睡意未消的微哑："怎么了？"

闻时看着他，没答。

屋外忽然响起了一片闷雷声，惊得山间百虫乍动。

尘不到的目光微微下垂，落在他手上。闻时低下头，看到自己黑雾缭绕、尘缘缠身，那是世间浓稠的爱恨悲喜、七情六欲。

……

也许是灵本离体太久太久了，重新回到身体里的时候会生出一种陌生感，一方排斥，一方牵扯，往来拉锯，受罪的就成了闻时本人。

他昏昏沉沉地睡了很久。

痛感断断续续，时轻时重，跟尘缘缠身时候的疼痛是一样的，以至于他有点分不清，那究竟是灵本入体带来的，还是回忆带来的。

但是所有的疼，都被最后那个梦境覆盖了。

闻时醒过来的时候，外面也下着雨。

雨水打在窗玻璃上的响声，和打在松云山那间雅舍的屋顶上有点像，闷闷的。到处是雨水汩汩流淌，潮湿的动静沿着屋檐、墙根，沿着耳蜗，流进骨头缝。

一样是在夜里，房间里只有一盏灯，调得很暗，像当年的那豆烛火一样，无声无息地落下一圈光，不会晃眼，但闻时还是抬手挡了一下。

他在手背下眯着眼睛，那点光就从他眼睫的缝隙里漏下去，在阴影中映出一抹亮色。

"醒了？"有人忽然开口。

是谢问。

他低低沉沉的嗓音跟雨声一样，在安静的房间里并不突兀。

闻时挡着光的手指却蜷了一下。

就在上一秒，他刚在回忆里听过这个人的声音，只是没这么清晰。

对方披着雪白的长衣，提灯倚在门边。山外滚着惊蛰的闷雷声，而他垂眸坐在竹榻上，满身湿汗，心如擂鼓。

闻时闭了一下眼，从床上撑坐起来。

他"嗯"了一声，算是应答谢问的话。

他躺了太久，浑身关节都变得紧绷而僵硬，动起来咔咔作响。闻时垂着头，揉摁着后脖颈。他抿着的唇颜色很淡，单从脸上看不出什么情绪，更看不出来他在梦里想起了多少前尘过往。

站在床边的谢问弯下腰，伸手调亮了床头灯。

闻时的目光从手肘间扫过去，扫向对方苍白、瘦长的手指，梦里的场景又乍然浮现在眼前。

那些湿漉漉的橦线交错纠葛，或长或短，紧紧绷着。那是从他的灵本里延伸出来的一部分，是他自己。

梦里的那只手同样苍白、瘦长，捻着他的橦线，然后那个人沉声对他说："叫人"。

那是闻时曾经很长一段时间里扫不开的东西——

那个给了他名字，又给了他来处的人，在十多年后，成为他不能说的俗世尘缘和痴妄欲念。

闻时抬起眼，看到了谢问在昏黄灯光下的侧脸。他的衬衫解了两颗扣子，袖口挽上去，露出突出的腕骨，拇指拨捻着灯下的旋钮，一如当年他披着长衣，提灯站在屋门前。

闻时忽然想不起来，十九岁的自己究竟是怎么处理那些隐秘心思的了，其实无非是藏着闷着、一声不吭，再借由书上学来的洗灵阵，一并洗掉，然后到了及冠之年，跟师兄们一起离开松云山。

他忽然明白，为什么自己每次想起来的都是小时候的事情了，也许是因为在那之后，他跟尘不到之间再没什么亲近的往来，举手投足间总隔着几分克制的距离，就连趣事都寥寥可数，乏善可陈。

他将心事压得太深了，躲得太远了。在尘不到眼里，他可能就是个幼时惯于依赖人，大了又忽而生疏的徒弟吧。

如此种种，闻时同样记不得了。

"头还疼吗？"谢问的嗓音淹没在淅淅沥沥的雨声里。

房间里的灯亮了许多。闻时的手指依然搭在后颈上，毫无目的地揉搓着，目光就落在谢问脚边的影子上，看着他，又错开他。

"不疼。"闻时应了一句，声音微哑，含着困意。

他从谢问身边收回视线，舔了一下发干的嘴唇，然后就听见床头什么东西轻磕了一下，他偏过脸，就见谢问拿起了柜面上的玻璃杯，直起身要往外走。

闻时抬起头，谢问顿了一下，回身看了他一眼，举了举杯子说："去给你倒杯水。"

接着沙沙的脚步声才移向门口。

"你醒了吗？"

"终于醒啦？"

两个脆脆的声音忽然响起来，闻时望过去，就见大召和小召两个姑娘趴在门框上探头探脑，一个脸圆一些，一个脸尖一些，表情却如出一辙。

闻时以前就觉得这两个姑娘有几分奇怪，现在终于清楚了缘由——她们都是橦。

松云山上有好几个孩子，尘不到又常会出门，不能时时照顾着，后来便捏了一对橦，就是大召和小召。

但闻时对她们的印象并不算很深，也许因为她们不像金翅大鹏一样，时时站在他肩头。他小时候的每一段回忆里，几乎都少不了那只鸟的影子。

大召、小召更多时候是待在山里，平日就是照顾他们的吃住，并不是一直都在。偶尔有哪个徒弟生病了，她们才会出现得久一些，烹药熬羹，以至于她们只要看到有人身体不舒服，就停不下手。

"你还难受吗？水烧好了，一直温着呢。"大召说。

尽管印象并不算很深，但她趴在门边探头探脑的样子，还是让闻时恍如回到了松云山。

原来谢问身边看着热热闹闹的，总跟着这个或是那个，到头来却没有一个是人。

"我们能进去吗？"小召说。

闻时的嗓子还有些哑："为什么不能？"

"老板不让，嗷……"小召咕哝了一句，结果被大召掐了一把，"……进。"

闻时愣了一下，才反应过来她口中的老板是谁。

以前也是这样，其他徒弟不舒服，都是大召、小召撸着袖子忙前忙后，他却是个例外。

因为他体质特殊，身体里藏着太多东西，每每不舒服，都不是简单的头疼脑热、受凉伤风，必然会伴随着那些浓稠尘缘的反扑。

于是每次他生病都是尘不到亲自来，而大召、小召包括老毛，都只有在窗口鸟架上扒着看着的份。

"告我什么状？"谢问沙沙的脚步声从客厅那边拐过来。

大召、小召刚蹑手蹑脚要进门，又被惊得鸡飞狗跳一般，刺溜滑了出去。

大召摇头："没告没告。"

小召跟着道："哪敢哪敢。"

谢问倒没有要拦她们的意思，在她俩尿兮兮地让开一条路后，端着杯子进了门。

他朝身后瞥了一眼："她俩跟你胡说什么了？"

闻时沉声道："没有。"

过了几秒，他又动了动唇，抬眸道："你有什么能让她们胡说的？"

房间里安静了一秒，谢问从身后收回视线，眸光半垂着落下来，跟闻时目光相触。

大召、小召还一上一下地扒着门框，忽然噤声不语。

有那么一瞬间，闻时觉得对方要顺着这句话说点什么了。

谁知谢问只是微微弯了一下眉眼。

"我吗？"他把水杯递过来，嗓音温温沉沉地响在闻时耳边，"挺多的，但是量那俩丫头也没有胡说八道的胆子。"

很奇怪。

他所做的事情，明明跟千百年前松云山上的某一刻差不多，一样是那种不慌不忙的照看，偶尔借着旁人旁物调侃几句，但又跟那时候截然不同。

闻时接过水杯的时候，手指触到了谢问的指尖。

他的动作顿了一下，无名指往后退了一寸，避让开那抹触感，然后把杯子换到左手上，半阖着眸子，微微仰头喝着水。

右手下意识捏着关节的时候，闻时在心里想：无怪乎有不同。

小时候的他跟尘不到之间，从不会有这样的氛围——

语气风平浪静，内容却剑拔弩张，像潮汐时节松云山坳的那片湖，面上不起涟漪，其实底下早已暗潮汹涌。

小时候的他总是乖的、闷的，带着依赖的。

这样的语气追溯起来，还是他成年以后。

每一次从洗灵阵里出来，他总会有几天是长着刺的。卜宁他们常开玩笑说，洗灵阵的效果确实不同凡响，能把冷若冰霜的人洗成冰箭，碰一下都扎手。

但那些其实不是他有意的。

他只是看着自己满身黑雾在洗灵阵的作用下一点点消散退去，再以干净的、不沾凡俗的模样站在尘不到面前，冷冷淡淡地说着一些无关紧要的话，就会忍不住露出那些扎手的"针尖麦芒"来。

因为只有在剑拔弩张的时候，他才能把自己跟幼年时的那个小徒弟割裂开来，然后从尘不到的眼角眉梢找一丝错觉和回应。

那时候闻时觉得自己矛盾又执拗。

现在想来，那不过是情不自禁，又欲盖弥彰。

"发什么呆？"谢问忽然出声。

闻时回过神来，这才意识到自己抓着空杯子，很久没说话。而谢问居然就这样在旁边站着，垂眸看着，也不知在看些什么。

他忽然瞥见对方微屈的手指伸过来。

有一瞬间，那手指几乎要碰到他的脸了。

闻时眼睫动了一下，却见对方只是握住了他的杯子。

"没什么。"闻时收了一下手指，掀开被子，从床上下去，说，"我自己来。"

说完他便拎着那只空玻璃杯，赤足往门外走。

他个子很高，穿着宽大的T恤和居家长裤，出门的时候微微低了一下头。

大召、小召两个姑娘不是没见过他成年后的样子，但是不知道为什么，还是被惊了一下，缩回脑袋，让了一步。

也许是他脸上没什么表情的缘故，俩姑娘欲言又止，一直退到角落，才窃窃私语起来。

大召用手扇了扇风，说："脸热。"

小召附和着轻声说："我脸也热。"

她俩声音极小，倒是谢问沉声说了一句："把鞋穿上。"

闻时脚步顿了一下。

他面前是昏暗的客厅，只有远一些的厨房亮着一条浅黄色的灯带，应该是刚刚谢问倒水留下的。

外面的雨还在下，打在庭院的花草上，扑扑簌簌。

闻时转头瞥了谢问一眼，忽然问道："你为什么管我？"

谢问看着他："你觉得呢？受凉有你难受的。"

闻时默然跟他对视了一会儿，转头丢了一句："我怕热。"

其实他完全可以说"我做了个梦"，或者"我想起来一些事"，更直接一些，甚至可以说"我知道你是谁了"，但这几句话在他喉咙底绕了很久，又莫名被他咽了回去。

而他自己也不知道这是出于什么心理。

这个雨季确实闷热，屋里没开空调，其他人不知所终，以至于给闻时一种错觉，好像整个家里只有他和谢问两个人。

大召、小召虽然总喜欢挑一个角落猫着，但又不是毫无存在感，于是，反衬得这个空间有种微妙的私密感。

闻时走到厨房，拨开鸭嘴龙头，把喝完水的杯子在水下草草冲洗一番。

"其他人呢？"他听见身后有沙沙的脚步声，头也不回地问了一句。

"你说你弟弟吗？"谢问的嗓音在他背后响起，"你这边迟迟不醒，睡着了也一阵一阵地出冷汗，说了些听不清的胡话。"

说到这里，不知为什么，谢问顿了一下。

闻时搁下杯子转过头，看到他背着门口的光站着，眸光半藏在影子里，过了片刻他才道："他在屋里乱打转，我那店里刚好有点药，让他跟老毛去拿了。"

"我说什么了？"闻时问道。

谢问："没听清。你梦见什么了？"

闻时动了一下唇，厨房再次陷入一瞬间的沉默。他看着谢问，却发现看不清对方的眼睛，所以不知道对方是希望他梦见什么，还是不希望。

但他很快又意识到，如果是希望，那对方根本不会这么问了。

相比而言，这更像是一种试探。

闻时心里忽然泛起一股说不清的滋味，他跟这个人居然有一天会处在这样的一幕里，你来我往地拉锯着。

"忘了。"闻时说。

谢问轻轻"啊"了一声，然后点了点头。

闻时只能看到他的身影轮廓，对方的肩膀在那个瞬间有微微的松懈，像是因为这个答案而放松下来。

果然，他还是不想被发现自己是谁。

可是这很矛盾不是吗？既然不想让人知道自己是谁，他又何必远远找过来，费了那么大劲租住在这里，把那些陈年旧物原封不动地搬过来？

早已枯死的白梅树、养过锦鲤的泉池、替代过谁和谁的小龟……

还有金翅大鹏鸟和大小召。

当初在笼里刚意识到谢问是谁的时候，闻时是生气的，气对方为什么不说。但这一刻，在想起太多前尘过往后的这一刻，他忽然有了更复杂的情绪。

他有点弄不明白了。

他自己从小到大藏着掖着不说真话，只有一个原因……

那么……尘不到呢？

如果是小时候的闻时，一定会直愣愣地把问题抛出去，然后等一个回答。

但是，现在的他已经不会这么做了。

那些逐渐回来的记忆告诉他，在尘不到那里，他的直接永远换不到真正的答案。

闻时小时候曾经觉得，尘不到是个仙客，天生地养，无所不能。这世上没有能难倒他的事情，没有他化解不了的窘境。他不会老，也不会死。

所以他说什么，闻时就信什么。

后来闻时才慢慢意识到，其实尘不到也是会流血、会受伤的，也有负累和麻烦，只是他永远不会主动提及，永远都是轻描淡写地带过去。

而闻时曾经以为的那些解答，不过是一种大包大揽的庇护而已，就像那只忽然枯化又恢复如初的手，就像那只僵硬着死去又乍然复活的鸟，就像他差点被尘不到担下的满身尘缘。

他的直接，换来的其实都是最温和的假话。

在尘不到眼里，只要闻时那样开口，大概永远都是松云山上那个依赖他、跟着他和需要他护着的小徒弟，跟这世间的其他人并没有什么区别，不过是稍稍亲近一些而已。

但现在的闻时不想那样。

他只想站在跟尘不到并肩的地方，弄清楚对方为何而来，又会在这里停留多久。

……

厨房里有点安静。

自从谢问点了一下头，他们便没有说话。

两人之间隔着一段晦暗的距离，目光就隐在那片晦暗之下，很难分辨是错开的还是相交的。

不远处，大召、小召不知谁说了点什么，内容并不清晰，反衬得厨房里的安静有些微妙，像水流上结了一层薄薄的冰，将破未破，让人有说点什么的冲动，又不知该说什么。

闻时眸光朝那个方向扫了一下，动了嘴唇："你……"

谢问刚巧也在这一瞬间开了口。

两道嗓音交叠着撞在一起，又同时顿了一下。

谢问失笑，目光穿过晦暗射过来："想说什么？"

闻时摇了一下头。

他忽然不那么想戳穿对方的身份了。

因为刚刚的某一瞬间给了他一丝错觉，仿佛他和面前这个人跳出了师徒的关系，跳出了"闻时"和"尘不到"这两个名字承载的那些东西，就像很久以前的那一瞬，对方沿着石阶走上松云山，而他从另一条小径翻上来，相看一眼，像两个在世间乍然相逢的山客。

"没什么，你先。"

闻时抬了一下下巴，说着以前不会说的话。

"好，我先。"谢问应下来。

他轻顿了一下，抬手碰了一下自己唇边，道："你这边破了，抿一下血。"

闻时静了一秒，含糊地应了一声。他收了视线，偏头舔了一下唇，果然舔到了血味。

外面忽然响起了叮叮咚咚的声音，闻时不是第一天住在这里，对这个声音已经有些熟悉了。这是有人站在门口开密码锁的声音。

舌尖的血味迟迟不散，闻时又抓起那只刚洗干净的杯子倒了点水。

他仰头喝水的时候，瞥见谢问朝客厅外看了一眼，说："你弟弟跟老毛回来了。"

闻时咽下水，"嗯"了一声。

别墅大门响了一下，玄关传来窸窸窣窣的声音，应该是夏樵和老毛在换拖鞋。药罐子磕碰着，还夹着几句人语，接着客厅的大灯"啪"地被人拍亮了，一下子打破了原本的晦暗和安静。

谢问的目光又转回来。

他还是背着光，但神情清晰多了，乍看之下，依然是平日里的模样。

"所以你刚刚是想说什么？"他问。

闻时搁下了玻璃杯。

他其实根本没有什么要说的话，现编的水平又十分有限，只能逮住刚回来的人找借口。

他从谢问旁边擦过，眼也不抬地捏着手指关节说："想问你他们什么时候回，我找夏樵。"

小樵同学一只手拎着个袋子，趿拉着拖鞋正要说话，就听见了他哥的声音，当即欣喜叫道："哥，你醒了？！"

闻时应道："嗯。"

小樵举着袋子就冲了过来。

闻时让了一步，免得被他撞上。

于是小樵一个没刹住，差点"发射"到谢问这边来，好在他哥顺手拽了一下他的卫衣帽子。

"谢老板。"夏樵讪讪地叫了人。

闻时朝那边瞥了一眼。

以前他总觉得夏樵怕人怕得莫名其妙，现在想来，这大约是橦的本能，就像老毛和大召、小召，再怎么厉害也处在橦师的压制之下，对橦师总会天然带着几分敬畏。

谢问觑着夏樵手里的袋子，问道："药都拿来了？"

夏樵老老实实点头道："拿了，老毛叔让拿什么，我就拿了什么。应该挺齐的。"

闻时看着夏樵那尿兮兮的背影，心说：这么个笨蛋别是尘不到做的吧？

正常橦师做橦都是有讲究的，毕竟灵神有限，不可能随便耗着玩儿，但是尘不到不一样，他闲。

这人兴致来了，可以捏一堆毫无用处的小玩意儿，然后指使着那些东西把他当树爬。

闻时想了想，觉得夏樵这样肩不能挑、手不能提，除了鼻子灵和胆子小外没什么特点也没什么用处的橦，某人真的做得出来。

"怎么全让你拎了？"谢问朝老毛抬了抬下巴，"他空手腆着肚子回？"

"……"

老毛瞪着圆溜溜的眼睛，承受了一波无妄之灾。

主要这种事他有阴影，当年闻时还小的时候，也这样拎过满手的东西，尘不到就说着类似的话，怂恿带逗哄地让小徒弟薅他！

他一只鸟能说什么？还不是只能乖乖认命。

所以，现在听到谢问用这种长辈式的语气说话，老毛就害怕。这是一种长年累月训出来的条件反射。

好在夏樵做人。

他摆着手解释道："不不不，老毛叔那么大年纪了，哪能让他费这个劲。我这身强力壮的年轻人，空着手更不像话。"

老毛："……"

这一句话令人发指的点太多，闻时都听麻了，他捏着喉结，表情一言难尽地看着小樵的后脑勺。

谢问不知为何又朝这边扫了一眼，眸子里浮起几分笑意来，不知是因为夏樵的话，还是因为闻时的表情。

老毛因此逃过一劫，忙不迭抽了夏樵手里的袋子，招呼大召、小召进厨房烹药去了。

"这什么药？"闻时在谢问抬眼的时候沉声问了一句。

问完他又觉得此话有点此地无银三百两。

他其实知道那是什么药，一闻味道就明白了。以前在松云山，他身体不舒服的时候常会用这药汁泡手，大大小小的毛病很快能清掉一半。

谢问看着他，静了两秒才说："驱寒镇痛的，效果还不错，等他们煎完你泡一会儿试试。"

闻时点了一下头，点完才想起来，自己已经醒了，痛感早就过了。

偏偏夏樵这个棒槌担忧地说："哥，你醒了还是很疼吗？"

闻时默然片刻，然后嘴里蹦出了一个字："……对。"

这大概是他平生第一次承认疼。

强行地。

夏樵可能也是平生第一次听到有人这么硬气地说痛，有点茫然无措。下一秒，他就看到他哥朝沙发的方向冷冷抬了下巴，示意他过去面谈。

夏樵搂着手里余下的一个袋子，乖乖朝沙发走。

闻时刚走两步，忽然想起什么般转头道："你上次也泡的这个？"

谢问原本要去厨房看一眼当监工，听到这话后脚步停了一下，转过身看向闻时："你说哪个上次？"

"西屏园。"闻时言简意赅地提了三个字。

当初他跟夏樵找到西屏园的时候，谢问待着的那个小屋里就有咕咚的沸腾声，像是在煮什么东西。

谢问"哦"了一声，想起来了："你居然记得，眼睛倒是尖。"

"刚好记得。"闻时动了一下嘴唇，"你泡这药干什么？"

谢问答："驱寒。"

闻时追问："为什么？"

谢问说："天生体质不好，怕冷。"

骗子。

闻时抿唇看着他。

寥寥几句，他们之间又变成了那种莫名紧绷的状态。

直到余光扫见夏樵在沙发上乖乖坐下，闻时才收回视线，扭头朝那边走去。

皮质沙发嘎吱响了一下，夏樵看见他哥在旁边坐下来，支着两条长腿弓背坐着，半垂着眼皮，捻着一侧耳骨，眸光落在地面的某一处，不知在想些什么。

过了好一会儿，闻时才侧头看过来，指了指夏樵手里攥着的手机，嗓音沉沉地问："这里面有周煦吗？"

夏樵没反应过来："啊？"

他愣了好几秒，才明白闻时是想问他有没有周煦的联系方式。

巧了，上次他还没有呢，这次从笼里出来就加上了，还是周煦主动的。夏樵十分肯定，那个叛逆期的"中二病"是被他哥的橦搞服了。

闻时过于"冻"人，周煦那小子可能不敢直接找他，便迂回地找了夏樵。

所以周煦想找闻时，夏樵完全可以理解，但反过来就很令人迷茫了。

夏樵纳闷地说："你是想找他吗？找他干吗呀？"

闻时说："问点事。"

夏樵怀疑自己聋了，听岔了，但其实没有，闻时是真的打算找周煦。

谢问在传言里是个被除名的张家人。他怎么到的张家、经历过什么事，为什么大家会认他是张家人，除了他自己，大概只有张家人才能说个一二。

周煦是张家人，又在本家住过，还是个什么都喜欢掺和一脚、什么都想知道的性格。他妈妈张碧灵又是少有的跟谢问有来往的人之一。

所以问他一定能问出点东西来。

夏樵虽然满头雾水，但毕竟不敢违逆他哥的指示。他吸了吸鼻子，在闻时的盯视下打开手机，翻找出了周煦的号码。

"我拨个语音电话，你跟他聊？"夏樵询问道。

闻时却朝厨房的方向看了一眼，斩钉截铁地说了"不"。

夏樵更纳闷了，心说：难不成要打字说？

也……行吧。

夏樵切换成打字模式，两手拇指悬在键盘上，做好了预备的姿势："那哥你来说，我来打。"

说话间，他已经率先扔了个表情过去，算是跟周煦打了声招呼。

谁知这个提议再次得到了闻时的一个"不"。

夏樵蒙了，心说：这……难道您要自己打字？您学过拼音五笔九宫格吗？

就在他们为这事拉扯的时候，以周煦、大东为中心的张家，准确而言是除了闻时、夏樵以外的其他各家，正对着名谱图在线发疯。

其实那个笼刚破的时候，名谱图并没有什么变化，甚至笼破完之后的第一天都是相对安静的，也许某一刻有过动静，但只是刹那间，并没有被人注意到。

所以入笼的那帮人最初也都正常地出来了。

孙思奇是被周煦叫车送回家的。

他妈给他俩开门的时候，脸上的面膜没卸，乍一看，连周煦都吓得差点爆粗口，而他一个条件反射，跌坐在门口就开始哭，还攥着周煦叫"大仙"，弄得周煦差点被他爹妈当场扣下。

好在他没说出什么名堂，笼里的场景忘了大半，只觉得自己好像在车上睡了一觉，囫囵做了一场逼真的噩梦。周煦这才得以脱身，忙不迭滚回自己家。

周煦倒是体质特殊，笼里发生过什么记得清清楚楚，但还是个孩子，进门没一会儿就发起了高烧，也是睡睡醒醒。

大东在笼里也受了点罪，但毕竟是解笼人出身，反应没有周煦那么大，强行灌了一包感冒冲剂预防，只头疼了半晚，睡一觉就好了。

相比而言，他那搭档耗子就麻烦多了。

虽说入笼皆是虚相，但只要在笼里真出了事，结果都好不到哪里去。

如果笼迟迟没人解开，那世上可能会多一个沉睡不醒的人或是多一个疯子。如果运气好，笼很快被解了，这人也会在很长一段时间里大病缠身，噩运不断。

最惨的是被困在笼里的"死地"，那解不解笼都是一命呜呼。

唯一值得庆幸的是，耗子不是最后这种情况，又刚好有闻时在，把笼解了，但他还是径直被送进了医院。

大东回住处待了一夜，便去医院照应了。张家其他几个跟耗子关系不错的人，也都跑了一趟。但那时候这事还没惊动本家。

张家本家觉察到不对劲，已经是第二天夜里了。

彼时张岚刚从外地回来，一路风尘仆仆。这位姑奶奶边忙还边跟人吵吵关于某个笼的事，沈家徒弟被她忘到了脑后，一时间也没想起来跟大东联系，而张雅临也刚解决完一个很棘手的麻烦。

姐弟俩在回来的时候打了个照面，干脆拉上了同行的几个人，又叫了住在本家这一块的几个同辈、小辈，在他俩那偌大的厅堂里，搞了个接风洗尘宴，相互接，一道洗。

这帮人最开始还比较收敛，因为怕吵到后屋的家主。后来他们喝了点酒，便渐渐放松下来，毕竟都是一帮年轻人，本性还比较活泼，尤其是张岚。

张大姑奶奶带头，以逼疯她弟弟张雅临为目的，闹到了将近十二点。

本来是个挺尽兴的夜晚，坏就坏在有两位朋友喝大了，非要争论两人最近解的笼哪个更难，于是他们做了那晚最让他们后悔的一件事——勾肩搭背扭到了解笼人名谱图前，试图给自己找理论依据。

一个人说："我那笼解完，当天就往上蹦了一名。"

另一个人说："我虽然没动，但是……"

还没说完，他就"嗞"了一声，因为他发现自己旁边出现了个新名字，他疑惑道："哎等下，张效东……这谁啊？有点耳熟。"

餐桌边有人听到了这句话，趴在椅背上嘲讽他："你喝晕了吧，还耳熟呢，那不是大东嘛！"

贵人多忘事的张大姑奶奶这才一拍大腿，说："哦对，大东！你不提我都忘了，我还让他跟耗子帮我跟着人呢。"

她一边掏手机，一边头也不抬地问了一句："大东怎么了，值得你那么嚷嚷？"

名谱图旁的那个人用一种怀疑人生的语气说："他都跟我并行了……"

这话一说，桌上的人都瞪向了名谱图："开什么玩笑？"

在座但凡认识大东的，都知道他虽然水平不怎么样，但性格够闹，话够多，是个能热场的人，所以都跟他有点来往。

但重点在于：水平不怎么样。

这人能在名谱图上占个还可以的位置，纯粹因为闲不住，进笼多。

"他最近进了几个笼啊，这就往上跳了一名？"有人咕哝了一句。

"谁告诉你他只跳了一名？"名字跟大东并行的那个人不乐意了，戳着某个位置说，"他以前在这儿！"

那就不是蹦一下的事了，那是蹦了三蹦。

名谱图上中间这块以年轻一辈为主，这群人精力旺盛，普遍进笼解笼比较多，排名常有浮动，但都在一个范围内，蹦上蹦下都是以"一"为单位，毕竟都是以小笼为主。

像大东这样一跳三下的，就超限了。

"我昨天听谁说的，他刚进过一个笼。"

"什么，一个笼蹦三蹦？他是老祖宗上身了还是橦线镀金了啊？"

"没准那小子一个灵神爆发，搞出真大鹏了呢！"

……

一帮人七嘴八舌，半是争论半开玩笑。

张岚自己常年占着顶上的位置，对于其他人怎么跳，其实并不太在意，准确而言，是没有概念。

她自己当初刚上名谱图时，几乎每天都在往上蹿，最夸张的一次是解了个大笼，在笼里被逼出了潜力，借着金纹纸和另一个小辈的配合，搞出了当年老祖宗卜宁专擅的一个大阵，直接从中游位蹿到了第五。

后来连续几个笼都发挥很稳，不是昙花乍现，她就顺理成章登了顶。

张雅临的经历跟她差不多，甚至老一辈有人说过，他冲一冲，没准儿能把他姐姐压下来，从万年老二翻到第一。

但是张岚知道，不可能。

除非她弟弟突然转性变得勤快，不再抱着他偶像的小匣子一天擦三回……这种事情，得靠雷劈。

所以，在其他人激烈讨论大东蹦三蹦的时候，张岚依然没抬头，只是给大东去了一条信息，询问情况。

结果问出来的结果让她有点不敢相信——

大东回复说：我们解了三米店的笼。

张岚盯着那一行字看了三秒，当场提高调门发了一条语音过去："你们解了什么？"

姑奶奶嗓门大，满厅堂的人都安静下来，眨巴着眼睛看向她，不明所以，也不敢动。

就连喝多了开始入定的张雅临都忍不住说："你小点声，什么事这么嗷嗷叫唤？"

他刚问完，就听到了他姐公放出来的语音，大东回复道："岚姐，我说我们解了三米店的笼，就那个原本是密室的地下通道，云锦路那个，记得吗？"

张雅临："……"

他乍然而起，坐得板直，盯着张岚说："那不是一个笼涡吗？"

因为过于震惊，他连君子教养都给忘了。

这下没人怪张大姑奶奶嗓门高了，因为整个厅堂寂静了几秒，瞬间就炸了。

不是说解个笼涡就能上天入地，毕竟张岚和张雅临都解过，但这话从大东嘴里说出来，那效果真是……堪称一绝。

好在有人还算理智，横插了一句："先别这么激动，还真当大东能解三米店那种笼啊？肯定是有别人在场，他顶多打个副手，你们清醒一点。"

刚巧张岚发了一条语音问大东："你说你们解了那个笼，除了你之外，还有别人在？"

果然，大东很快回复道："对，八个人进的笼。"

这话一出，大家迅速冷静下来。

"还真是，八个呢。"

"我就说嘛。"

"所以还有谁在场？"

"他师父？"

"有可能，但应该不止这一个吧？"

……

众人掰着指头排了一些人，觉得如果有那么几个长辈级别的人在场，也还是可以理解的，没那么夸张。

张雅临也恢复了淡定，让小黑给他拿了条热毛巾，擦了擦脸，醒酒。

毛巾捂在脸上的时候，他听见他姐又给大东发了一条语音："噢，你吓我一跳。主要是你在名谱图上蹿了好几名，他们正吃惊呢。所以另外七个都是谁？是云齐老先生他们吗？"

张云齐就是大东的师父，虽然排位不如张岚他们，但跟张家家主年龄相仿，关系不错，资历挺高，值得一个尊称。

片刻之后，大东的回复来了。

他非常详细地罗列了进笼的人名："我、耗子、周煦、周煦他同学、谢问、谢问的店员，然后是沈家俩徒弟，夏樵和陈时。"

张岚："……"

这还不如不列。

因为张雅临手上的毛巾掉了。

其他人直接疯了。

周煦？

周煦他同学？

谢问？

谢问的店员？

这都是什么跟什么？

更重要的是，又有沈家那个大徒弟！

于是张岚怀着不祥的预感，问了大东一句："你就说谁解的笼吧。"

大东说："沈家大徒弟。"

张岚一阵窒息。

大东意犹未尽，又补了一句："岚姐我跟你说，简直绝了。我在笼里差点吓死，还丢人丢大了。那个沈家大徒弟根本不是什么菜鸟！"

这还用你说？

在场所有人都一个想法：你都说他能解三米店了，这要还是菜鸟，在座的活不活？

"所以……"名谱图旁边的那位兄弟开口了，他现在已经不纠结大东了，注意力全在张碧灵上面的那条线上，"一个能解笼涡的人，怎么也不会不够水平，沈家这条线是不是该出现新名字了？"

不只是他，所有人的注意力都被拉到了那条全员已不在的线上。

算一算，笼解完到这个点，差不多也稳定了。既然大东都有了动静，那沈家也该有了。

这下，连张岚和张雅临都坐不住了，一并到了名谱图旁，等着看那张图添一个新名字，也等着看那名字能蹦几下。

这么静了有几分钟吧，那图果然变了，但他们的料想只成真了一半——那条线它是真的蹦了。

也不对，不该叫蹦，应该叫发射。

那条排在倒数第二的线一个原地起飞，直接蹿到了上游。

而它现在，紧紧挨着一个人。

那人叫张雅临。

在看到这一幕的瞬间，那人就已经不行了。

还有更让人不行的——

就算这条线快蹿到顶了,那个所谓的新名字依然没出现。

线上还是"江山一片红"。

当时正是闻时人事不省的时候,灵神不稳。可能是名谱图太敏感吧。

就见那线蹿到顶后,停了不到三秒,就落回了倒数第二的原位。

隔了三两分钟,它又蹿上去了。

然后又掉下来。

再上去。

再下来。

……

如此循环往复。

看了一会儿之后,张岚感觉自己能当场犯癫痫。

他们还算好的,至少有一点点心理预期,多少算有准备,也知道一点情况。其他不知情的人就要了命了,全程茫然地看着那条线在图上舞动。

于是,大东和周煦这两个精神状况还可以的人,被直接提溜到了张家本家,在层层包围之下,讲三米店的故事。

当听到沈家大徒弟掏出一条蛇的时候,张雅临的反应跟上一回终于有了区别。

他脸上的表情裂了一下,抓住周煦比画的胳膊,幽幽地问:"你说那蛇什么颜色?"

周煦说:"黑色啊。"

张雅临又问:"身上带火吗?"

周煦回忆了一番:"不带吧,从火里游过去算吗?"

张雅临还不放心:"那蛇具体什么样你再形容一下。"

周煦说:"特别长,特别大,气势汹汹,背后有俩骨头还是什么的凸起,身上的锁链……"

张雅临突然打断他的话:"身上有锁链?"

"当然啊,橦不都有吗?"

"你确定看见它有锁链?"

周煦点了点头,心说:我又不瞎。

张雅临瘫回沙发上,似乎是松了口气,但又很恍惚。

有人没忍住问道:"雅临哥这是想到啥了?"

张雅临摇了摇头,说:"没,我可能是疯了,没可能的,那人的橦不戴锁链。"

这话说完,疯的就成了别人。

因为橦不戴锁链意味着橦师强到完全不怕压不住橦,一点都不用收敛。

这样的橦师,总共就两位。

不能细想,想多了就是恐怖故事。

他们也不懂张雅临为什么突然要讲恐怖故事。

张雅临仰靠在沙发背上,想了一会儿,突然对张岚说:"要不……把老爷子请出来问问吧?我实在想不出那图该怎么解释。"

张岚却说:"请老爷子?万一搞了个大乌龙呢?"

张雅临问:"那你说怎么办?"

张岚想了想,说:"先让小黑预测一下。"

"……"

张雅临简直有不能骂的苦,面无表情地看着他姐。

过了几秒,他说:"要不这样吧?"

张岚觑了他一眼:"嗯?"

张雅临说:"咱俩去找他。"

张岚问:"然后呢?"

张雅临说:"下个笼。"

张岚:"……"

他们正游移不定的时候,周煦的手机忽然振动了一下,收到了一条消息。

内容是:我是陈时,方便吗?

这条消息动静很小,但还是有人朝他看了一眼。

依照周煦以前的性格,这种出风头的事他一定咋呼得所有人都知道,恨不得举起手机说:你们讨论的那个谁给我发消息了。

但这一次,不知出于什么心理,他没吭声,还下意识把手机往后缩了一下,以免被人瞥到内容。

然后他迅速回复道:不方便接打电话,但打字没问题。

他打字确实没什么问题,但这对于闻时很有问题。

闻时不太会用手机,他身边还总有人来来去去,干扰他的行动和思绪。

夏樵把手机上交给他哥的时候，觉得五笔是不用指望了，但拼音应该没问题。为了避免上次关于可乐的乌龙再次发生，他决定不找怼了，直接把九宫格调成了二十六键，指着键盘说："哥你把每个字转化成拼音，一个一个戳，然后在上面这排选一下字就可以了。"

闻时拧着他好看的眉，盯着二十六键上的字母看了三秒，嘴里蹦出一句："拼音没学过。"

听到这话，夏樵可以确定他哥至少知道拼音这个东西，于是他更纳闷了："怎么会？你那会儿拼音就应该很普遍了啊？"

闻时撩起眼皮看着他："我认识字，为什么要从拼音学起？"

夏樵连忙道歉："对不起，我是智障。"

"那那那手写吧。"小樵认错态度极其好，可能怕被怼吧，又手速飞快地把键盘模式切成了手写模式，说，"这个就很简单了，要什么字就写什么字，在上面选一下就可以，就是速度比拼音慢一点，别的没毛病。"

闻时可能听进去了"速度比拼音慢一点"这句话，于是写字的速度就很快。

他在屏幕上写了一串。

夏樵盯了一会儿，感觉帅是很帅，就是一个字都没看懂。

他都不认识，输入法当然更不认识，于是蹦出了这么一句：舌兰丫事够。

夏樵心说：我的妈！

闻时："……"

这位帅哥显然对输入法很不满意，把手机屏幕对着夏樵："这什么？"

夏樵默默伸出一根手指，给他把这句乱码删了。

他正要再教点什么，就听见远一些的地方传来了一些人语。

厨房那边的药应该是煮好了，老毛和大小召正你一言我一语地争论着什么，可能在找什么东西。然后大召朝这边喊了一句："小樵在忙吗？"

夏樵高高应了一声："哎姐姐，怎么啦？"

闻时也抬头朝那边看过去。

"有毛巾吗？"大召脆声说。

"或者垫子也行。"小召附加了一句。

夏樵说："有啊。"

大召问："放哪儿了？我们没找到。"

"在那边柜子里……"

闻时收回手机，打断道："你过去吧，这边等会儿再说。"

夏樵正是这么想的，于是忙不迭领了旨，趿拉着拖鞋匆匆过去。

于是客厅这边便静了下来，只剩下闻时一个人握着手机弓背坐着。

倚着厨房门的谢问忽然转头朝这边看了一眼，闻时的目光跟他的撞上，静了片刻，闻时又敛了眉眼，摆弄着夏樵的手机。

过了几秒，他听见沙沙的脚步声朝这边而来。

其实那动静很小，远比不上厨房那几个人弄出来的声响，但落在闻时耳中，清晰异常。

他只要听着声音，就知道那是谁。

闻时没抬头，只是眼皮轻动了一下，目光像是不经意地扫过茶几上的某个摆件，但谢问落进了他的余光里。

闻时坐着的这张沙发很长，足够三人落座。夏樵一走，他左右两边都变得空空荡荡。

谢问在茶几前停下步子，站在闻时视野的边角。借着余光，闻时只能看到他裁剪得体的西装长裤被茶几遮了一小截。

看了一会儿，闻时抬起眼："药煎好了？"

"煎好了。"谢问的脸朝厨房的方向偏了一下，目光却没有转过去，依然垂眸看着他，"一会儿老毛他们端过来。"

闻时"嗯"了一声。他的嘴唇动了一下，但并没有再说什么。

于是两人的目光还落在对方身上，却忽然没了话。

突如其来的安静让氛围变得有些怪，像秋冬起静电的绒毛，根根直立，却又是柔软的。

谢问的目光移了一下，朝厨房那边扫过去。闻时已经敛了眉眼，拇指滑过手机屏幕，淡声说："干吗一直站着？"

谢问没答。或许他也说不清理由。

他只是含糊地应了一声，说："正要坐。"

闻时的余光扫见他的脚尖转了一下，几乎要朝自己身边这个空位走过来了……

但他最终还是在单人沙发旁止了步。

"烫不烫啊老毛叔？我来吧！"夏樵的声音由远及近。

"一边去。"老毛回了一句，"你把垫子在茶几上摆好，免得把茶几面弄坏了。"

跟着这声音一并过来的，还有好几道脚步声。

这几人的动静实在很大，闻时终于又抬起头，刚巧看到谢问从他身上收回目光。

对方像是不经意地瞥了一下，或是目光只停留了极其短暂的一瞬，蜻蜓点水般，而后便投到了最吵闹的地方——

老毛端着一个砂石质的药钵，迈着匆匆的小碎步来了。大召、小召追在他后面，夏樵手里则拿着两个圆圆的杯盘垫。

药钵里的汤汁还沸着，滚滚热气瞬间散开来。

闻时看着那片热烫的白雾，忽然想起曾经听来的一句话——

你看见他在看你，他就一定也知道你看见他在看你了。

当时这话是闻时的某个徒弟拿来调侃别人的，与他全然无关。他在一旁听得随意，只是因为这话格外绕，所以一直留有印象，又在这一刻乍然记起。

谢问在那蜻蜓点水般的一眼后便没再转头。他在老毛冲过来的时候朝后让了一步，几乎退到了闻时旁边，提醒了老毛一句："你瞄着茶几，别冲着我，是要泼我还是怎么？"

"那我哪敢？这边离得近，好摆放。"老毛委委屈屈地说了一句，一个马步稳稳扎在茶几旁，占了谢问刚刚的位置，指使夏樵说，"两个垫子摞一起。"

夏樵听话照办，老毛这才把药钵搁下，还调整了一下位置，端端正正地摆在闻时面前。

闻时习惯性伸了手，却听见夏樵说："我去拿个碗和勺。"

老毛纳闷道："拿碗和勺干什么？"

夏樵比他还纳闷："盛了喝啊，不然捧着这么大一个钵灌吗？"

"谁说是喝的？"老毛没好气地说，"泡手用的。"

"真的假的？泡手就管用？"小樵同学开了眼界，又将信将疑。

"灵……"老毛差点要给他解释这药怎么对灵本起作用，话到嘴边又想起自己现在只是谢问的店员，会知道灵本这些东西，但接触不会特别深。

于是他匆匆朝谢问瞥了一眼，含糊说："反正对身体有好处。"

谢问："……"

"看我干什么？"谢问没好气地说了一句。

老毛意识到自己此地无银三百两了，忙说："就看看。"

老毛这么一改口，在不知情的人眼里没什么，但变相提醒了闻时。他收回了伸向药钵的手，假装自己并不知道这玩意儿是用来泡的，不是用来喝的。

可是夏樵这个笨蛋却来拆他的台，说："哥你好聪明啊，居然知道要泡手。"

闻时："……"

"我不知道。"闻时的语气冷飕飕的，"你哪只眼睛看出来的？"

夏樵没想到夸人还能被怼，委委屈屈地在旁边坐下，但又因为尿，没敢挨得太近，保持着一点距离："那你伸手……"

"我试温度。"闻时眼也不抬地说了一句。

他依然不擅长编谎话，只能凭气势，并在心里打算好了，如果夏樵再多问一句他兜不住的，他就走。

好在夏樵没有继续问，而大召、小召又格外上道，热情地叮嘱他说："这会儿正烫呢，得晾一下。不过这个药气也是好的，蒸一蒸没坏处，所以我们就给端来了。"

闻时点了点头。

药在他面前散着热气，味道很浓郁，但并不难闻，依稀还带着松云山的气息。

这剂药其实不只能祛寒镇痛，闻时自己后来又琢磨出来一些东西。打底还是这些，只要稍稍加点别的又有新的效果。比如钟思擅长定灵，在药里加点用金纹纸做的药方，就有凝神定灵的效果，他给自己烹煮过很多回。

不用洗灵阵的时候，他就靠这些药。每当他心思松动，就会用这个压一压，不过抵不了大用。

当年他一次又一次地问钟思要那些金纹纸，弄得对方不明所以，一度担心他是不是压不住自己的橦，要被反噬了。

后来看到他放橦居然连锁链都不扣，钟思才拱手告辞，打消了那些顾虑。

而现在他的状态，恐怕再多的金纹纸都不够用，那个当初抖着金纹纸满山忽悠师兄弟说"金纹纸管够，要多少画多少，拿好东西来换"的钟思却早已经不在了。

……

他从药汤上收回目光，手指在手机屏幕上碰了一下。

原本稍稍变暗的屏幕重新亮起来。这是他从夏樵那里看来的方法。他动着手指，又在屏幕上把要发的句子写了一遍，结果出来的依然是一堆莫名其妙的字符。

老毛毫无眼力见地在茶几边杵着，半挡了单人沙发的位置，又无人提醒，以至于他家老板迟迟没能落座。

过了许久，闻时感觉沙发软垫陷了一下，谢问终于还是在这边坐下来。

虽然现在是夏天，但他穿着长袖衬衫，薄薄的布料轻擦过闻时的T恤短袖和胳膊，明明没有贴靠着，却依然让人感觉到他的体温和气息。

闻时的手指顿了片刻。

他忽然意识到，除了在笼里，谢问好像从来没有这样近地跟他待在一起过，好像总是跟他隔着一小段距离。

上一次他们稍稍亲近点，还是在西屏园，谢问病气严重，泡着那些药。他本来要离开，对方轻敲了他的肩膀说"晚一点送你"。

闻时垂着眸，下意识把之前的句子又写了一遍。

"这东西有点笨，你写草书，它认不出来。"谢问忽然说。

闻时偏头看他。

对方跟他一样倾着身，食指长长，隔空指着手机屏幕。他眸光半垂，双眸在眉骨的阴影里显得又黑又深，但唇色很淡。

闻时的视线扫过去，问："看我写字干什么？"

"坐下的时候不小心瞥到了。"谢问指了指自己的眼睛。

夏樵同学难得一回有眼力见，帮他哥找补道："我哥之前不爱用手机，所以这键盘用不习惯。"

"知道。"谢问抬眸扫了他一眼，点头说，"听你提过。"

他见闻时迟迟不动手指，便竖起左手手掌，替闻时虚虚挡了屏幕，说："现在看不到了，你写吧。"

夏樵想说：要不咱们换个位置吧？

但他看见他哥屈着食指把谢问的手往侧边推了一厘米，然后就闷头写起了字，他又张不开口了。

那气氛让人有点说不上来是怎么回事，但夏樵觉得，说不定他哥觉得这样挺好的。

事实上，闻时也确实不太想动。

他换了正楷，写了一句"我是陈时，方便吗"，很快就得到了周煦的回复。

然后他又写道：问你些事。

周煦依然回得很快：你问我事情？哪方面？你确定是你不知道，但是我知道的吗？

闻时：嗯。

周煦：我知道最多的就是自己家里那些人的八卦。

周煦：要不就是与解笼人相关的杂文野史。

周煦：你总不会是问后一个吧？

闻时：你应该知道点。

周煦：Hello？

周煦：网络是不是有延迟？

周煦：你那么厉害，肯定不会问解笼人方面的事了。所以你要问张家的人？想问谁？

闻时：什么延迟？

周煦：……

周煦可能有点崩溃，开始发起了表情包。

闻时木着脸，一边觉得周煦还挺机灵，一边又得忍着那些傻不拉几的玩意儿从眼前刷过去。

等到对方不再动了，他才又动了食指。

他想写谢问，可刚写下一个言字旁，忽然觉得这一幕有些说不上来的熟悉，就好像他很久以前就写过这个名字。

闻时怔了一下，那抹熟悉感便消失殆尽，再也捕捉不到。

他下意识朝谢问看了一眼，对方正在跟老毛说话，手掌却依然替他虚挡着屏幕。

手机在振动，周煦不甘寂寞地催问道：所以你要问谁啊？

周煦：谁啊？谁啊？

——谢问。

闻时还是把这两个字写了发过去，然后摁熄了手机屏幕。

等到他再看消息，已经是半夜了。

周煦不负期望写了很多，闻时滑了好几下才翻到顶。

他说：我就知道！好奇他的人太多了。不过你居然也会这样，真是吓死我了。

闻时当时没有回复，好在周煦似乎并不介意这个。

他大概是真的热衷于听故事、讲故事，又或者已经默认闻时打字慢、网络有延迟，自顾自地把谢问的事抖搂了一遍，恨不得把人家上下三代都说个明白。

闻时看着那开头和篇幅，就觉得当时打字的周煦要么正无聊，要么憋狠了。

周煦说：谢问他妈妈你听说过吗？也是张家的。据说她早年挺有名的，十来岁就很厉害，搁现在来说就是天才少女吧，名字叫张婉灵，跟我妈一代，都是"灵"字辈的。其实我小叔张雅临也是，只是他觉得"雅灵"太秀气，自己给改了。小姨更厉害，"灵"字直接不要了。

周煦：不过，你如果顺着名谱图上谢问的名字往前看，只能在他那条线上找到一个叫张婉的，那其实就是他妈妈，只是"灵"字去掉了。她的情况跟我小姨不太一样。我小姨和小叔虽然辈分大，但是年轻，特立独行，不想名字跟别人差不多才改的。谢问他妈妈就不同了，她当年是被赶出本家，"灵"字也被收了的。

周煦：这么想想，也是个奇人吧，虽然后来都说……

虽然后来很多人都说，谢问只是张家一个毫不起眼的旁支，但在张家本家待过，听过一些事的人都知道，事实并非这样。

张家本家每代几乎都有两个人，就像张岚、张雅临姐弟一样，现在这任家主名叫张正初，是张岚和张雅临的爷爷。

按照张家的规矩，接任的人年满三十五岁，家主的位置就会往下移交。这条规矩从古到今一直严严谨谨被遵守着，却在张正初这里断掉了。

张正初有两个儿子，大儿子名叫张隐山，从小就是按照继任家主的规格培养的——为了不忘老祖宗的本，张家历任家主都是杂修。

可惜张隐山没能对得起这种重视。他这杂修是真的杂，什么都学一点，但什么都拿不出手，天资愚钝，比旁支都不如。

反倒是二儿子张掩山，从小随性自由，左学一点，右学一点，成了个出类拔萃的杂修。

张正初倒也没太纠结，二儿子成年没多久，就成了钦定的下一任家主。

这本来是桩好事，谁知半途出了意外。

张掩山三十二岁那年，在解决一个巨大笼涡的时候不小心进了死地。即便那个笼涡后来被人联手解了，他也落了个灵本尽毁的结果，只留下两个牙牙学语的小孩，就是后来的张岚和张雅临。

本就经历丧子之痛，再加上好好的接班人也没了，张正初备受打击，一夜之间老了很多，在那之后就不大乐意露面，成了半归隐的状态。

不过虽说是半归隐，但该管的事他还是要管的，比如新的继任者。

张掩山亡故，留下的孩子又太小，按理说，家主的位置自然就得往哥哥张隐山倾斜，但张正初没有这么做。

比起大儿子，他更青睐大儿子的女儿。那姑娘一点儿不像她爸，小小年纪就表现非凡，十来岁就胜过了大多数同辈，到了二十岁，更是有了要登顶的架势。

这个姑娘就是张婉灵。

张家在很多人眼里其实是有些古板的，不知道是不是大家族的臭毛病——别家时不时会有女家主出现，张家延续千年，却一任女家主都没有。

张掩山刚去世，张婉灵势头正盛的时候，很多人都说，张家没准要破例了。

但这例最终还是没破成。

张掩山去世第二年，张婉灵就跟家主老爷子闹崩了，没人知道是因为什么事，只知道在那之后张婉灵就被赶出了本家，同辈都有的"灵"字也被收了，就算跟本家彻底没有瓜葛了。

周煦：对了，说到这个，你知道为什么所有的解笼人，几乎每家都会挂一张名谱图吗？我小姨说现在好多小辈都不知道原因，以为就是挂着好看或是为了排名，其实是出大事的时候，可以召集其他解笼人。反正具体啥样我也没见过，就有这么个说法。

周煦：我小姨悄悄给我讲过，当时老爷子就召了其他家的人过来，什么齐家、李家，还有资历老的钟家、庄家，走得近的、有来往的都到了，把名谱图修了一下，顺便告诉各家，张婉灵中了邪，净说些大逆不道的疯话，从此就跟本家没关系了，提都不要提。

先经历了丧子之痛，又碰到了血亲反目，张正初据说元气大伤，彻底不露面了，有事都是交代其他人去办。后来张岚、张雅临成人，不碰到大事都不敢打扰张正初。

不过，不管露脸的是谁，张家的面子别人还是要给的。家主说没有张婉灵这个人了，那其他家就当没这个人，只在私下偶尔提一两句，从不会放在台面上说。

这么一来，张婉灵，不，张婉几乎被现世的大部分同行隔绝在外，像个了无牵挂的人，独自在众人看不到的地方入笼、出笼。

但也有那么几个边缘化的人物，在众人视野之外跟她保有一丝联系，比如周煦的妈妈，张碧灵。

周煦：我妈说她跑得挺远的，也没见多伤心。反正我不太能理解，跟亲爷爷断了关系，居然还挺怡然自得，不过有时候想想吧，也挺酷的。

这"中二病"十分矛盾。

他从小听着那些张婉不义不孝的话，一边随大流地觉得她不对，一边又本能地崇拜她那种跟家里断绝关系还云淡风轻的气势。

他可能兀自纠结了一会儿，两条留言中间隔了一小段时间，过了片刻才继续道：据说她走的第二年就有小孩了，就是谢问那个病秧子。我妈当时跟她通过信，我今天早上烧退了没事干，心血来潮在家翻一本书，居然还翻到了那几封信呢。

这个"中二病"居然跟炫耀一样说：哎对了！你看过病秧子小时候什么样吗？我今天看到了，信里夹着两张照片。

"……"

闻时划拉到这里，顿时就不爽了。

他知道，谢问既然能变成张家某个被除名的解笼人，这么些年也没人怀疑，一定是把事做得很周全，没准是甩一个橦出来，捏成小时候的样子，像金翅大鹏一样慢慢长大。

那应该不是谢问本人，但闻时还是很不爽，以至于他原本靠在床头，现在直接撑起身坐到了床沿。

台灯亮着昏黄色的光，他弓背坐在光下，握着征用来的手机，拇指滑开了键盘，写道：信呢？

消息发出去，界面跟着跳到了最底下。他这两个字上面悬着消息发出的时间：凌晨三点十二分。

闻时怔了片刻，这才反应过来现在已经很晚了，周煦恐怕早就睡了，并不会给他什么回音，就算给了，也不会透过这两字弄明白他想看什么。

他的手腕垂下来，手指松松握着手机沉默了一会儿，又把屏幕翻过来，拇指往下滑着，去看周煦后来说的话。

周煦说：病秧子他爸应该是个普通人，不在名谱图上，也不是什么厉害角色，反正大家也不知道那人叫什么、做什么。他最广为人知的事，就是被病秧子害死了。不过我小姨说，最早的传闻也不是这样。

最早的传闻说，那个倒霉的男人是被张婉和她儿子害死的。那时候，谢问还不是这句话的主角。

那年谢问应该十岁，张婉跟他入了一个笼，那个男人当时也在，只是没有和他们一起被卷进去。

其实他索性和他们一起进去也就好了，至少在笼里，他会处于张婉和谢问的视野范围内，可惜他没有。

张婉解笼的时候出了一点意外，导致那一刻，四散的黑雾溢了一些出去。

那地方本来就是一片笼涡，像冒着泡的沼泽一样让附近的人尘缘累累，很容易生出新笼。于是张婉解笼的瞬间，她丈夫就被裹进了另一个笼，一脚踏进了封闭的死地。

这经历，在某种程度上，跟张家那个原本应该成为家主却英年早逝的张掩山一样。于是有人把这两件事扯到了一起，说张婉这个人命格不好，亲缘绝断，情缘难长。

碍于张家家主张正初说过，要当张婉不存在，所以传言断断续续，没人在明面上提，也就不成气候。

直到又几年之后，谢问成年之初，张婉在某次入笼的时候步了自己叔叔以及丈夫的后尘，也踏进了死地。

自此，谢问在这世上就成了孤家寡人，而各家私下流传的话也从"张婉命格不好"正式变成了"谢问亲缘绝断，是大凶的命"。

最初有人信这话，自然就有人不信，毕竟命这种东西太虚了，只有一部分人喜欢挂在嘴边。

但后来有些事，让他们不得不信。

一是某天名谱图上多了一道朱笔画痕，血印一般横贯过"谢问"这个名字，标志着这个人不该存在于这里。

这也就是说，他被除名了。

后来，有专修金纹纸术的人借着金纹纸术看了谢问的灵本，发现他黑雾满身，确实不吉利，而且黑雾远远浓重于所有人，不知道的，还以为自己看到了十方地狱的修罗。

这样的人确实沾不得，也活该被除名。

于是从那之后，谢问就成了公认的大家都应该避开的人，被排在了所有在世解笼人之外。

周煦说：之前谢问其实一直不在宁安，好多人，比如我，从小就听着他那些传闻长大，但没怎么见过他。这个倒挺好理解的，毕竟他妈是被赶出去的，他又并不受待见，来宁安也没什么意思。没想到他去年居然搬过来了，开了那家西屏园。

周煦：这么说起来有点搞笑，他来宁安的时候，我没听人明着议论过，但是也就几天的工夫吧，所有人都知道谢问开了一家叫西屏园的店。

周煦：不过他那店开得也太划水了，我怀疑根本不挣钱。而且他隔三岔五不见人影，我妈说去找他的话，十次有八次不在，都去外地了，也不知道出去干吗，每次回来都是一副病恹恹的样子。

……

闻时拇指下意识滑了一下，发现已经滑到了底。周煦东一榔头西一棒子，讲得其实很跳跃，但他差不多理出了一点来龙去脉。

他正要关掉屏幕，手机居然振动了一下。

界面最底下又跳出一行字：什么信？

闻时愣了一下，默默看了一眼时间，凌晨三点三刻……

年轻人都不睡觉的吗？

他诧异的时候，周煦又发来了一条：哦，你说我妈跟张婉往来的那些信啊？

闻时写了一个字：嗯。

周煦：那时候他家没出什么大事，信里内容还挺正常的。反正我没看出什么特别的地方来，也就感觉张婉神神道道的。

闻时：……

周煦：就是会说一些很玄的话，什么"这里是我的福地，我该来这里的"，什么"累世尘缘该有个了断"之类的。

周煦：他们那些人说话都这毛病。张家修爻辞术的人也不少，要我看，没几个靠谱的，还不如我的第六感准呢。

他说话简直自带表情，抬着下巴嫌弃人。

嫌弃完了别人，他又顺带吹嘘了一下自家小叔：数来数去，也就我小叔的橦最靠谱，看着就很稳重。

闻时直接无视了他的吹嘘，问道：她说的福地在哪里？

按照周煦所说，张婉跟张碧灵通的那儿封信都在张婉有孩子前后，也就是谢问出现前后。

因为卜宁的关系，闻时并不觉得爻辞术这东西很废，相反，很多时候都是有用的，只是分人。

张婉那话说得，仿佛她已经预见到了什么，或者料到了什么。闻时想知道她为什么会说那样的话。

周煦回道：我哪知道福地是哪里。

闻时：信封地址。

周煦：信封好像跟别的东西粘到一起过，看不到，好像是津港还是哪儿。

周煦：哎，你这么一问，把我的好奇心也勾起来了。我现在就跟做不出题一样，死活睡不着了。我明天回家看看。

闻时：……

自从意识到自己写字不如对方打字快，他就干脆把话精简到只有关键词，或者关键标点符号，好在周煦居然明白，回复道：我现在被扣在本家呢。

闻时对于他住哪里其实没有什么兴趣，但看到那个"扣"字，出于人道还是问了一句：什么意思？

周煦：这就说来话长了……

闻时：什么意思？

周煦：你是不是搞了自动回复？

周煦：至于我为什么被扣在本家，我问你，你今天看过名谱图吗？

闻时：没有。

周煦：再见。

闻时愣了一下，觉得对方这"再见"说得有点突兀，但他没有跟人拉扯的耐心和习惯，所以接受了这个道别，并摁熄了屏幕。

他把手机丢在一边，又实在睡不着觉，满脑子都是谢问那些经历。他在床边坐了一会儿，便拧开房门走了出去。

客厅里并不是全然的漆黑，月光透过玻璃门窗投照进来，冷冷清清，像方形的水洼。屋子里也不是全然的安静，隐约能听到夏樵不轻不重的呼噜声，估计前两天累到了。

闻时从冰箱里翻了饮料，掰开灌了一口，然后拎着冰凉的饮料罐拧开玻璃门，走进了后院。

沈桥留下的白梅很有灵气，又或者是夏樵照料得很好，已经抽了新芽。

他在院子边站了一会儿，忽然听见头顶二楼的窗玻璃被人轻叩了两下。

闻时转头朝上望去，看见谢问拉开了窗，低头问他："怎么不睡觉？"

闻时看着他，既答不出真话，也扯不了借口，只能说："不知道。"

他顿了一会儿，又道："你不也没睡？"

谢问"嗯"了一声。

"为什么？"闻时问。

"什么？"谢问也许是没听清。

"为什么睡不着？"闻时说。

他明明没发出什么声音，总不至于把人半夜吵醒。

谢问没有立刻回答。他只是看着闻时，静了片刻后笑了一下，说："明明是我问你，怎么变成你反问我了？"

他垂眸的时候，眼里的光很浅，仿佛在眼珠上蒙了琉璃镜，万般情绪都藏在那抹光的后面，会给人一种深情的错觉。

可实际上，他看花、看树，哪怕看一块石头都是这样的目光。

闻时知道这一点。

只是夜深人静，心无旁骛，他便忽然犯了几分懒，在那样的目光里站了一会儿。

不知谁家树里藏的知了醒早了，拉长调子叫了一声，远远传来。闻时眨了一下眼，从楼上收回目光。

可乐罐上蒙了一层水雾，凝结成的水珠顺着他的手指往下滑。他捏着罐口，不知味地喝了一口可乐。

凉意顺着喉咙滑下去的时候，他忽然开口道："因为你看谁都清清楚楚，就是从来不提自己。"

这样的话，以前闻时想过很多次，但从不曾说，因为没有理由，也没有场合。

可能是今晚夜太深了，错觉太重了，容易惹人冲动，他竟然脱口而出这句话。

楼上很静，谢问没有说话。

闻时也没再抬头，看不到他的神情，料想他是被这句没头没尾的话弄得有些意外，不知道该怎么答。

如果是以前的尘不到，笑笑就过去了，现在的谢问在旁人眼里恐怕也是这样。从古到今，除了换了个名字，他一点都没变。

闻时从小看惯了那样的笑，也没指望这句话说出去会有什么后续，今晚，他们两人之间恐怕也就只是这样了。

他又喝了两口冰凉的可乐，捏瘪了罐身，准备丢了它回房间，却忽然听见楼上有了脚步声。

没过片刻，脚步声顺着楼梯下来，穿过客厅，停在他身后。

闻时怔了一下，转过身，看见谢问在离他一步之遥的地方站了一会儿，最终还是下了庭院的台阶，走到白梅树前。

谢问应该根本没睡，连衬衫都没脱，只有额前的头发落下一些，显出几分懒散的模样。

闻时拎着饮料罐，看着他在身边停下："你干吗下来？"

有风从院中穿过，白梅枝轻晃着。谢问没有看闻时，只是伸出手指扶抵了一下晃动的树枝，然后才开口："不知道。"

明明是很简单的三个字，却莫名夹着些说不清道不明的东西。

闻时心里倏然动了一下。

"怎么会不知道？"他说。

庭院里安静了一会儿，才响起谢问的声音："我也不是什么都清清楚楚。"

这依然是他们以前不会发生的对话，以至于某些错觉更深了。

"所以你呢，为什么大半夜站在这里看树？"谢问这才转头看向他，"还一副不高兴的样子。"

"想沈老爷子了？"谢问瞥了一眼面前的白梅，字与字间轻轻停顿了一下。也许他所指的并不只是沈桥一个人，而是故人。

闻时不知道怎么答，索性跳过了这个问题："我没有不高兴。"

"那你这里一直皱着？"谢问屈着食指，用关节点了点自己的眉心。

闻时说："习惯。"

他嘴上这么说，眉眼却下意识放松下来。铝罐里的冰饮还有一些，他却没喝，手指懒洋洋地转着湿漉漉的罐口，余光扫到谢问抬头朝月亮望了一眼。

以前的松云山，夜色总是很漂亮。月色丰盈的时候，满山松林都像裹了一层银霜。月亮弯细的时候，朗星便笼罩着山顶。

但他们从来没有这样看过夜色——并肩而立，在没人开口的安静中，抬头望一眼天。

闻时想起周煦发来的信息，忽然开口问道："你小时候什么样？"

这个问题毫无征兆，谢问是真的愣了一下。

也可能是因为从来没有人会这么问他，亲徒们没那胆子，也不会有这种好奇的想法。毕竟在他们眼里，师父好像生来就应该是宽袍大袖、仙气飘飘的模样。

至于其他人……连他的脸都没有见过，又哪来的机会说这些话。

就连闻时以前也没有问过，因为知道对对方而言，小时候意味着他还没有走上后来的路，那时候应该生活在某个地方，有父母亲人，有世间牵绊。

那真的是太私人的事，师徒间关系再亲也不会触及。

但今天，闻时忽然想试一下，尽管很可能得不到答案。

谢问果然没有开口。

他只是从天边收回目光，看向闻时的时候神情有一瞬间很复杂。只是那个眼神稍纵即逝，当他转开目光看向远处某个虚点时，表情已经恢复了沉静的常态。

这样的沉默应该是在意料之中的，但闻时还是有一丝微妙的失望。

他正想说"当我没问"，或是直接换个话题，就听见谢问开口道："时间太久，你不提，我都记不太清了。"

他没问闻时为什么突然问这个，就好像他都知道一样。

"我小时候……"谢问停了许久，嗓音在夜色下温沉又模糊，"锦衣玉食，没受过什么累，四体不勤，五谷不分。"

闻时愣了一下。

谢问松散在额边的发丝在夜风里扫过眼睛，他眯了一下，转头看向闻时："怎么这副表情？很意外吗？"

确实很意外。不过这份意外可能更多源自他没想到谢问真的会回答。

听到锦衣玉食这几个字的时候，他的脑中居然有了画面。曾经宽袍大袖，抱臂倚在白梅树边的人，如果褪下后来百十年披裹的风露寒霜，确实有几分公子哥的模样。

如果再小一些，回到少年时，他应该也是芝兰玉树的。

闻时想着那些画面，嘴上却说："就没点优点吗？"

这话要是由亲徒来问，那真是大逆不道。但谢问只是挑了一下眉，说："也有，常给人散钱，念书还算不错，但是……"

闻时喝了一口可乐，等他的下文。

谢问说："是个花架子。"

闻时问："什么意思？"

"放在书上都认识，头头是道，但出了书就翻脸不认了。"谢问半真半假地说着，"要害我挺容易的，指着断肠草说那是金银花，我能立马给它配一个方子，认认真真煎了喝下去。"

闻时："……"

谢问说："然后家里就该准备棺材和布了。"

闻时："……"

谢问继续说："可能还得备点朱砂。"

闻时瞥向他："干吗？"

谢问气定神闲道："死得太冤了，容易诈尸。"

闻时默默咽下嗓子里的冰可乐，细想了一下那场景，手背抹了一下唇角，偏开了头。

谢问静了一会儿，嗓音沉沉地问道："你在笑吗？"

闻时这才转回头："没有。"

"有。"谢问说。

闻时没认："你看见了？"

"看见了。"谢问从他脸上收回目光，食指点了一下自己的喉结，说，"这里在动。"

他的原意也许只是想戳破嘴硬的某人，但闻时忽然没了话音，下意识跟着捏了一下自己的喉结。

闻时皮肤很白，但并不是柔软的那种，即便在月光下，也有种凌厉的美感。他的脖颈很瘦，喉结凸起的线条异常明显，捏揉几下，就泛起一片红。

话音戛然而止，谁也没有再开口，庭院内的氛围瞬间被拉扯得很紧。又过了片刻，屋里好像有人醒了，趿拉拖鞋的声音隐约传来，像拨了一下紧绷的弦。

闻时抬了一下眼。

谢问转身看向客厅，似乎在听那边的动静。过了片刻，他才转回来，问："还不高兴吗？"

"没有。"闻时说。

谢问"嗯"了一声，说："那就回去睡觉。"

他们一前一后走过客厅，走到楼梯附近的时候，夏樵迷迷瞪瞪从卫生间出来，头发像个鸡窝，手指还隔着T恤在挠肚皮。

冷不丁看到两道人影，他差点儿连魂都吓没了。

"别瘫。"闻时看他叉开腿，就知道他要往地上瘫。

夏樵这才反应过来其中一个人影是他哥，连忙抚着心口，用一种劫后余生的语气叹道："吓死我了。"

叹完，他又反应过来另一道人影是谢问。

接着，他意识到了这会儿是凌晨四点刚出头，月亮老大一个，天还黑麻麻的。他哥跟谢老板不睡觉，在这儿干吗呢？

他实在没想到答案，就留了个空让这两位填。结果谢问指了指房间，说："睡觉去。"

"哦。"小樵一令一动，转身就朝房间走，直到门都关上了才忽然反应过来，门外那两位把他抛出去的空放那儿了，都避而不填。

夏樵的房间门咔嗒合上，闻时也进了卧室，谢问则沿着楼梯往上去。

闻时听着他的脚步声，忽然转头看了一眼，就见谢问拐过楼梯拐角，然后脚步顿了一下，不知道是不是看见他回头了。

"你明天是不是要送那个教书的李先生回家？"谢问隔着楼梯问了他一句。

闻时点头："嗯。"

所以……他要一起吗？

谢问想了想，说："注意安全。"

要说毫不失望，一定是假话，但闻时是个十分冷静的人，冷静到几乎冷淡了。

在他看来，就算是亲手带大的徒弟，成年后面对的也多数是离别和送行，能倚在门边多看几眼就是宠惯了，哪有形影不离、黏在一块儿的道理……

于是闻时冷静地"哦"了一声，转头就把卧室门关上了。

其实他控制了力道，但门落锁的时候还是发出了磕碰声，在寂静夜色下，显得他好像很不开心。

谢问站在拐角处，目光落在那扇紧闭的门上，站了一会儿，哑然失笑。

他沿着台阶往二楼走。月光透过拐角的玻璃窗落进来，映照在他高高的背影上。

他手指松松地搭着木质扶栏，走了几步后，扶栏忽然发出了咔嚓响动，像是干瘪的树皮轻轻爆开了。

谢问脚步顿了一瞬，手指离开了扶栏。他原本搭着的地方，多了一小块枯朽斑痕以及一道细长的裂缝。

他把手背到了身后，如果这时候身边有人，就会看到浓稠的黑色烟雾从他的手指间溢散出来，丝丝缕缕地缠绕着……骨肉皮囊都遮掩不住。

但他像是早已知晓般，看都没有多看一眼，走上了二楼。

沈家别墅的二楼有两间卧室，中间夹着一片空地，空地上则摆着一套会客的茶桌。自从谢问搬来之后，那棵枯死的树、石质的小池塘以及颜色鲜艳的花花草草便占了这块地方。

一并在这里的还有池里的两只小王八、树根边的一个小窝棚、树枝上吊着的鸟架。

这会儿鸟架上并没空着，上面站着一只巴掌大的小鸟。它从绒毛里抬起脑袋，乌溜溜的眼珠盯着谢问。

它一眼就看到了谢问手指上的黑雾，扑棱起翅膀就要朝这里飞。

见谢问竖起食指比了个噤声的手势，那鸟便像被按了暂停键一样，骤然顿住了，单爪握着横杆，堪堪保持着平衡。

他在栏杆边垂眸站着，似乎在听楼下的动静。

在常人耳朵里，楼下隔音还不错，几乎安静无声。但他听了很久，才转头冲那只鸟点了一下头："睡着了，下来吧。"

即便如此，他说话嗓音还是很低，没费什么力气。说完之后他就咳嗽起来，像是要把一天攒下来的份都咳完。

那鸟没敢喘大气，轻扑着翅膀，落地就成了老毛的样子。树根边的窝棚里也钻出两个毛茸茸的脑袋。

很快那两团似猫非猫的东西滚出来，化成了大召、小召的模样。

她们看着谢问的手，咕哝："怎么又这样啦？"

老毛连忙冲她们一顿比画，两人便吞了声。

要是橦不想发出声音，那是真的寂静无声。

大小召很快从楼下把药钵弄上来，搁在茶桌上，两手一捂就变热了。

谢问在茶桌边坐下，将两只缠了黑雾的手泡进去。

老毛去拿手套了，姐妹俩趴在桌边看谢问泡手，憋了半天还是没憋住，说："老板……"

其实他们以前并不这么叫谢问，跟很多橦一样，对主人会有个尊称，要么叫"橦主"，要么叫"尊上"。

可现在他们发现，这样会被人当作神经病。

于是他们强行改口叫"老板"，喊了一阵子后，反而成了习惯。

谢问瞥了姐妹俩一眼，示意她们有话就说。

大召说："您这样，他会不会发现啊？"

谢问好脾气地问道："我哪样？"

大召指了指谢问的手。

"发现不了。"谢问淡声道，"在他面前到不了这程度。他就算用灵眼看我，也只会看到我满身黑雾，比普通人多一点、浓一点，贴合了身世，没别的问题。"

他看着药汁慢慢被染黑，笑了一下，说："他不是还尝过吗？"

说到这，大小召就满肚子话要吐露：这玩意儿能随便尝吗？一个真敢要，另一个也真敢给。

不过她们转而又想，谢问肯定会收着，怎么也不会让那徒弟出什么问题。

"好吧，就算这方面看不出来，"大召还是有点不放心，"别的呢？他那么厉害。"

谢问提醒她："灵本还没齐呢。"

大召"噢"了一声。

"就是，灵本不全，影响的可就太多了。你看他都没发现我们是橦。"小召说，"要是以前，其他人可能打死都看不出来，他多盯一会儿就能意识到。"

大召说："可是我们现在也……"

老毛拿着手套过来，打断她的话："也什么也？"

大召撇了撇嘴。

老毛恭恭敬敬把手套搁在药钵边，语重心长地对大召说："会好的。"

"老毛。"谢问忽然开口，冲他说，"去盒子里拿两帖金纹纸来。"

老毛"哎"了一声，忙不迭去了。

他一走，大召的嘴又张开了，一副欲言又止的模样。

谢问没好气道："小丫头，我锯了你的嘴吗？"

大召把脑袋摇成了拨浪鼓，然后又挤出了一句话："我还是觉得他可能发现了什么。他醒之前，我好像听见他……"

谢问问："听见什么？"

大召说："听见他说了句什么，特别像您的名字。"

谢问终于有了一丝反应。

他的眼皮抬了一下又落回去，淡声说："你听错了。"

大召"噢"了一声，这下终于解除了疑虑。

"对了老板，您明天是不是要带老毛出去？"小召问。

大召不服："又带老毛啊……我们呢？"

谢问说："你们看家。"

姐妹俩的脸皱得像在生吞柠檬，谢问又补了一句："太远了，一时半会儿回不来。你们跑了，这边我交给谁呢？"

姐妹俩对这话很受用，但还是问道："你们去哪儿？"

谢问朝茶桌一边抬了下巴，那里有张折了一道的金纹纸。

大小召认识那金纹纸，那是谢问放出去的橦传回来的东西，应该是又有了闻时灵本的消息，不过这次费的时间有点久，估计那地方确实有点远。

小召拆了纸，看见上面写着：桂庄子。

"桂庄子？这是哪里？"

"津港。"

夏樵这天起得很早，七点多就端端正正坐在沙发上，正对着闻时卧室的门，等着给他的手机"接驾"。

他已经习惯了手机的存在,哪怕它只是离开他一个晚上,他都感觉自己活得没有灵魂。

但他哥不理解这种苦,可能是昨晚睡太晚吧,他等到了八点半才等到他哥"出洞"。

闻时洗漱完,一边卷着袖子一边走到沙发边:"你起这么早干吗?"

夏樵说:"等我的灵魂。"

闻时:"……"

他在夏樵眼巴巴的盯视下,终于想起来手机的事。他从长裤口袋里掏出手机,递给夏樵前又看了一眼,这才发现昨晚周煦还发了好几条信息。

夏樵举着两手,恭恭敬敬地等着:"哥你皱着眉干吗?"

闻时扫视完一堆废话,没看到想要的地址,便把手机递给夏樵,说:"没什么,他有点奇怪。"

夏樵问:"怎么奇怪?"

闻时说:"说了'再见'还话一堆。"

夏樵认真想了想后说:"……我怀疑他说的'再见'跟你理解的不是一个意思。"

闻时:"……"

他对周煦奇奇怪怪的语言习惯没什么兴趣,所以没深问,只叮嘱了夏樵一句:"如果周煦再发信息,给我看一下。"

叮嘱完,他就朝楼上扫了一眼,状似不经意地问:"上面人呢?"

谢问就谢问呗,还上面人呢。

夏樵在心里纳闷了一下,答道:"没起吧,反正我没看见他们出来。对了哥,咱们今天不是要出门吗?刚好,给你把手机买了吧。"

他不想再跟手机一别一整夜,于是极力鼓动他哥。对闻时来说,APP什么的估计不懂,花里胡哨的功能也不了解,所以他直接从根本入手,吹道:"有了这个,人在任何地方都能联系上。"

这句话莫名说动了闻时,他抬了眼皮问:"任何?"

夏樵:"对!全世界,只要对方也有就行。"

于是闻时答应下来,夏樵便乐颠颠地去准备出行用的东西。他查过,李先生家住的地方离宁安不算很远,坐高铁过去也就俩小时,上午去,速度快的话,下午就能回，带部手机就行。

但闻时不同意，让他带了两套换洗衣服，以防万一。

所有东西准备妥当后，夏樵忽然一拍大腿，茫然地问闻时："哥，你是不是没有身份证？"

没有身份证，火车、飞机肯定都坐不了。

谁知闻时说："有，沈桥收着。"

夏樵震惊了。

他知道沈桥收东西的习惯，像身份证、户口本这类重要东西，都放在一个专门的抽屉里，带锁的。

于是夏樵忙不迭跑过去，打开抽屉一翻，还真翻到了他哥的身份证，就是跟他的身份证长得不太像。

夏樵默默瞄了一眼证件上的号码和日期。

……

他捏着证，扭头对跟过来的人说："哥，你的身份证号码里有'1958'……"

闻时解释道："办证的时候按照二十七岁倒推的。"

夏樵说："你们是不是习惯用辅历？那算下来，现在你该六十二了……"

拿这玩意儿去过安检，安检员会直接把他们扭送公安局吧！

这可怎么办？

夏樵正愁眉苦脸，就听见楼上传来了开关门的动静，还有老毛和大小召的说话声，听那意思，应该是昨天失眠的另一位也"出洞"了。

时间点好巧，夏樵心想。

楼梯处传来脚步声，倚着门的闻时回头望了一眼，看见谢问下了楼，正往手上戴那副黑色手套。

"早。"谢问说。

闻时怔了一下："早。"

他看见老毛拎了个小箱子跟在后面，问道："你要出门？"

谢问朝箱子瞥了一眼，点头说："对，有点事要办。"

夏樵探头好奇道："谢老板你也出远门？坐高铁吗？"

谢问说："那倒不是，我不爱坐那个，老毛开车。"

老毛还会开车呢？

夏樵感觉自己眼拙了，毕竟老毛长得特别……古朴。

他又默默缩回了头，感觉话到这里就差不多了，再问就有点逾矩。不过谢问倒是提醒他了，火车、飞机坐不了，还可以叫车嘛！就是费用……让人害怕。

谢问虽然答完了话，但迟迟没动身，一只手理着手套，另一只在手机上敲着什么。闻时看了他一会儿便回过身来，迟疑两秒，又转回去问了一句："你去哪边？"

谢问在手机上划拉了一下："连云那边有个桃花涧。"

什么？

老毛一脸蒙，毕竟下楼前，他们的目的地还是津港桂庄子，这地方在地图上都找不到。

同样发蒙的还有夏樵，但他只蒙了两秒就冲了出来："谢老板你也要去连云？"

谢问从手机上抬起头，看的却是闻时："怎么，你们也是去那里？"

闻时还没吭声，就听见夏樵说："对，不过不是去桃花涧。"

他们要去两个地方，一个是过去的板浦，那是当年沈家真正所在的地方；另一个跟板浦有些距离，叫小李庄，是李先生的家。

虽然这两处地方跟桃花涧听起来不在一起，但至少大方向是差不多的。于是，没有身份证的闻时和傻子弟弟顺理成章搭上了顺风车。

谢问相当有耐心，甚至给了夏樵去小区门口买手机的时间。

小区门外那条不算热闹的街上有几家连着的手机体验店，夏樵速战速决，抄着自己的身份证去给他哥买了部手机，还办了张卡。

闻时和谢问站在街这边，等着老毛把车从底下车库开出来。

夏樵拎着袋子从店里冲出来的时候，闻时拉开了后座的门。弯腰坐进去之前，他扶着车门忽然问了谢问一句："你真要去连云？"

谢问进副驾驶室的动作停了一下，抬眸看向他："你为什么觉得是假的？"

如果那话是假的，那就意味着谢问故意说了这个目的地。

可他为什么觉得谢问会故意说这里？

这问题更没法答。

恰逢夏樵扑到了车前，显摆着手里的袋子，闻时催了他一句"上车"，便低头坐到了车里。

夏樵不明所以，搂着袋子老老实实窝在后座上。

最开始还没什么，等到车门关上，车子开出去一段距离后，他终于在这个封闭的小空间里感觉到了一丝微妙的气氛，硬要形容的话，跟凌晨四点的客厅有点相似。

他不知道什么情况，也不敢乱出声打破这份诡异的安静，只得低头鼓捣新手机。

最近多雨，车快开出宁安地界的时候，外面又落起雨点来。

前座的人将手肘靠在车窗边沿，支着头，很久没有动过，似乎已经睡着了。闻时靠在后座上，也感觉到了一丝困倦。

他正要阖眼，手臂就被人戳了一下。

他转过头，看见夏樵把手机递过来，悄声说："哥，来录个指纹。"

本来为了闻时方便，夏樵不想设锁屏密码的，但考虑到他哥秘密太多，还是决定加个指纹锁。

录完指纹，夏樵用闻时的手机给自己打了个电话，又把手机递给闻时，说："最好还是记一下你自己的手机号码。"

闻时问："多少？"

夏樵一边新建联系人，一边报着号码："181×××3330，还蛮好记的。"

怕吵到前面睡觉的谢问，夏樵说了句"看信息"，便没再出声，哪些东西怎么用，都用发信息的形式告诉闻时，这样他就算忘了，也有地方查。

夏樵在写"说明书"的时候，闻时切着界面熟悉了一下，然后点开了联系人，里面空空如也。

倒是聊天软件里，夏樵记得加上了自己和周煦。

前座的人动了一下，似乎睡得很轻，换了个姿势，还闷闷咳了两声。闻时朝他看了一眼，切回联系人界面，正想问夏樵怎么添新的联系人，屏幕上就跳出了一个陌生来电。

闻时滑开屏幕，把手机贴在耳边，"喂"了一声，压低嗓音问道："谁？"

然后手机里外便同时响起谢问温沉的声音："我。"

那一瞬间的感觉很难形容。

闻时愣了好一会儿才问道："你没睡？"

"你怎么知道我在睡觉？"谢问侧过脸来，越过座椅朝闻时伸出手，"手机给我。"

闻时把手机递出去，过了片刻又从那人手里接过来。

他空荡荡的联系簿里终于有了第一个名字，叫作谢问。

老毛开车很稳……特别稳，稳到夏樵偷偷瞄了好几次，发现他连方向盘都不怎么转，但车就是又快又准地开进了连云。

老毛在高速休息站停了一次车，众人简单吃了点东西。

闻时自从开始消化灵本，就一直没有饥饿感。他只要了一杯冰饮，打算喝水度日。结果谢问总在看他，他扛了一会儿没扛住，吃了两只蒸饺、三颗小番茄。

很神奇，第三颗小番茄下肚的时候，他居然尝到了一丝久违的新鲜味道，有点酸。

他的右眼很轻地眯了一下。

结果他就见谢问干净的手指在鲜红的小圆果里拨了拨，挑出一颗递过来："试试这个。"

"我饱了。"闻时嘴上这么说，却还是接过那颗小番茄吃了。

谢问手指间沾着那颗番茄上的部分水珠，他没找到纸巾擦，轻捻了两下便垂了下去，至于另一部分水珠……被闻时一并吃了。

"我挑得还行吗？"谢问说。

闻时含糊地"嗯"了一声，他的腮帮子鼓了一小块，动的时候，脸侧的虎爪骨若隐若现。

他这次吃得很慢，也真的尝到了味道。

他果然还是更喜欢甜一点的东西。

……

李先生这个状态，强留世间会很难受，所以他们先去了小李庄。

这里不像宁安正在下大雨，但也淅淅沥沥，以至于整个村镇烟雾蒙蒙，有股潮湿的味道。

老毛拿不准地方，便在一个路口靠边停车。

房屋疏密错落地沿着路朝里延伸，周围没有人影。他们到达的时间正值午后，是很多人午睡的时间，只偶尔能听见几声狗吠，响在村镇深处。

闻时把那只铜匣捧出来，叩击了三下，李先生便从匣子缝隙里滑出来，落地成人。只是他虚得很，风一吹，连轮廓都是散的。

"你家在哪个方向？"闻时问。

"南边沿河第三……"李先生朝北边转过去，却只看到沾了泥的河堤。

他的手指着那处空地停了许久，才慢慢垂下来，喃喃道："……已经没了啊。"

他在脑中描摹过无数次，闭着眼睛都清晰如昨的房屋、田垄早已发生了天翻地覆的变化，而当年倚着屋门远眺的妻女也早已离开人世。

书里常写东海扬尘、白云苍狗，他自己看过无数遍，也教人写过无数遍，但体会其实并不很深，毕竟东海那么大，他才能活多少年，没想到今天，他体会了个真切。

沧海桑田，故人终不见。

闻时就在旁边看着，那个教书先生明明还是年轻的模样，却忽然在雨里苍老起来。

"只剩我一个了。"李先生回头冲他们说了一句，又慢慢转着视线，朝周围看了一圈。

他在全然陌生的地方往来巡睃着，叹了口气，哑声道："算啦……"

"算啦。"

不论如何，他算是回家了。

李先生在河边估量了一下，朝着某一处躬身作了个读书人的长揖，最后低声说了一句话。

闻时没太听清，大概是……还望来生有幸。

等再起身，李先生的眼睛已经红了一圈。

"你看见那棵树了吗？"谢问忽然拍了拍他的肩，戴着黑色手套的手朝他作揖的地方遥遥一指。

"看见了。"李先生哑声说，"也是以前没见过的，不过看着应该长了很多年。那棵树怎么了？"

谢问说："应该是有人留下来的。"

不用他说第二句，李先生就定定地望向了那处。

那是一棵枝干弯曲的树，在雨中温柔地站着，像个倚门而立的女人。

也许是心理作用吧……它刚巧站在曾经那间屋子所在的地方，又刚巧有着屋里人的影子。

当李先生反应过来的时候，他已经泪流满面了。

这世间有时候就是很神奇，哪怕是一点微不足道的痕迹，都能让流离不定的人找到一个归处。

他哭着，却又高兴起来。

好像直到这一刻，他才算真正地回了家。

他把装了信的铜匣埋在了那棵树下，然后对闻时和谢问深深行了个大礼，说："我可以走了。"

说着他便甘心闭上了眼。

他能感觉到自己正在慢慢消散，融进这烟雾般的雨里。就在他消失前的最后一刻，他听见闻时问了一句："如果能留下一点东西，你想变成什么？"

李先生想也没想就答："鸟吧。"

他看见闻时点了一下头，说："好。"

教书先生再无踪影，没过多久，闻时用他残留的一缕尘缘捻出了一只飞鸟。

它跟田野间低空飞过的鸟雀别无二样，只是没在任何一处屋檐停留，而是径直飞落到了那棵弯曲的树上。

……

祝来生有幸，能在尘世间等到一场相遇。

（第一册完）

番外

钱塘旧事

古钱塘江岸数百里，杨柳拂堤，粉杏堆墙，长巷千百条，连当地百姓都认不全。所以鲜有人知，那千百条长巷里曾经有一条长巷名作"雪衣巷"，巷中只有一户人家，朱门铜环、雕梁画栋，高高的匾额上写有两字：谢府。

那字浑厚圆融、遒劲雄奇，据说是谢家高祖的手笔。

当初谢家自高祖一辈入朝，身居要职又写得一手好字，来府上求墨宝的人差点踏破门槛。那时候的谢家高祖不到而立之年，有些招架不住那等场面，硬生生尝了一回"有家归不得"的滋味——在朝内躲了近一个月，日日夜夜粹读公文书卷。等躲过那波热潮回家的时候，他整个人消瘦了一圈，冲府中亲眷哭笑不得地抱怨说："我如今是衣袍空荡，脚底打滑，见字重影，饿得发慌。"

后来这事就成了谢家自嘲的一个笑谈，广为流传。再后来，这个笑谈不知从谁的嘴里拐了个弯，误传成了另一个意思：谢家的墨宝，那是千金难求。

托这个传言的"福"，谢家往后几代人都没能逃过被人蜂拥求墨宝的经历。而被求墨宝最多的，是如今府中年岁尚小的小公子。

与谢家有些交情的人都知道，这位小公子自出生起便是特别的。谢府书香门第，事事讲究，一直以来有个规矩：祖辈早早选好了一些字，排在手札里，每一代后人取名时，按年岁排辈，排到哪个便叫什么名，以表家学传承。

按照代代流传的《谢氏名札》，这位小公子本该叫"琅"，取君子高洁如璧之意，也是个好名。可临到登名入册的那天，江畔连绵数月的晦雨终于停了，天光乍泄，天色骤然见晴，日光和和煦煦，满照钱塘。原本滚滚的江潮即退即歇，江岸百姓开金笼、放雪衣，折柳相庆。谢府当家的老爷觉得这是个好兆头，落笔时笔锋一转，将常有人用的"琅"字改成了"问"。

问，遗也，上天之馈赠。

见过谢问的人都说,这位谢府公子芝兰玉树,朗月入怀,确实担得起一句"上天之馈赠"。这本是夸赞的话,可传得久了,便总有人以为这位小公子是个规规矩矩照书长的模板,立如松、坐如钟,优秀归优秀,难免无趣。

那真是误会大了。

谢府上下的人,尤其是看着谢问长大的老仆心里门儿清,这位公子跟"规矩"二字一点儿关系也没有。

他或站或走时,身形确实笔直好看。但他更多时候喜欢倚门靠柱,有时手里握本书册,有时只是有一搭没一搭喂着池里的鱼。

也许因为他总是未语先笑,明明没型没款,却并不会让人觉得无礼。用谢家世交户部高侍郎的话来说,这小公子身上有股王孙子弟独有的气质。

老话常说,字如其人。那时候谢问的字与后来他手把手教闻时的大不相同,细究起来,其实缺了筋骨力道,经不起琢磨。但那股走马踏花的潇洒劲儿实在令人赏心悦目,引得好一批人临摹效仿。

高侍郎文人出身,别的爱好没有,独独喜爱收集字画。他是求字求得最勤的一位,不论因公因私来谢府,临走前总要绕至后院书房,抓着谢问亲爹做幌子,找谢问讨幅字,每每开口都是:"巧了世侄,世伯手里刚进了一卷裱字用的绫绢……"

那日好像是休沐期。

谢家老爷刚接了一纸调令调入太常寺,高侍郎和几位朝中友人闻讯而来,在会客堂聊了一个晌午。他们具体谈了什么已经没人记得了,无非是些朝中琐事,无关痛痒,最后也是一如既往的宾主尽欢。

转而去用午膳前,高侍郎又犯起了老毛病,想去后院"转转"。谢老爷当然知道他打的什么小九九,习以为常地比了个"请"的手势,便自觉充当起了领路人。其他几位友人一听还能带几幅字回家,那当然是满口应着"好好好",乐颠颠地跟了上去。

结果书房空空荡荡,不见谢问影踪。

众人在连廊拐角撞上了两个冒冒失失的小丫头。那俩丫头估摸着八九岁,身高、模样都差不离,杏仁眼,尖下巴,生得娇俏讨喜,再加上年纪尚小,就算冒失也让人恼不起来。

高侍郎对谢府的人熟得很，自然也认识这俩丫头。她们是谢问身边那个老仆的孙女。老仆命不好，儿子儿媳走得早，给他留了这对遗珠。

她们原本在菰城老家，是谢问让老仆把他这两个亲孙女领到府里养着，才免了祖孙离散之苦。

于是她们同自家爷爷一样整日跟着谢问，叽叽喳喳，倒也热闹。

"你是——"高侍郎努力分辨着这对双胞胎姐妹，"你是大召，你是小召，我这回没猜错吧？"

大召"唔"了一声。

小召仰着脸说："蒙的吧！"

除了不苟言笑的谢老爷，其他几人都被这山雀般活泼的语气逗乐了。

高侍郎笑着又问了一句："怎么就你们两个丫头？你家少爷呢？"

他不问便罢了，一问两个丫头陡然沉默下来。

气氛说凝重就凝重了，众人的笑声卡在喉咙里。

高侍郎吓一跳，忙问："怎么了这是？"

大召垂着脑袋，再抬头时，眼睛红了一圈，喃喃道："少爷……"

小召直接撇嘴，声音带着哭音："少爷他……"

小召还没吐出第四个字，一个人影急匆匆拐过来，一手一个捂住了两个小丫头的嘴。

来人个头不高，年岁四五十，梳着老人家爱留的髻子，脸生得一派福相。这是双胞胎小丫头的爷爷，照看谢问长大的老仆。

他们祖孙站一块儿，不认识的人一眼望去，决计想不到这是一家人，只能说……万幸俩丫头会长，净挑了爹娘长处。

"我就是拿几样东西的工夫，你俩就在这儿演上了。"老仆逮住大小召，冲众人一一行了礼，"老爷，侍郎大人——"

"老毛。"谢老爷打断道,"少爷呢?"

"噢。"老毛指着连廊拐角后的某处,"少爷在亭子里喂鱼呢,刚刚鱼食没了,我去拿了点。"

高侍郎的心脏"咚"地一下落回原地,心说原来是食没了,刚刚看这俩丫头簌簌掉眼泪的劲儿,还以为那宝贝少爷人没了。

"少爷在喂鱼,你俩哭什么?"众人白受一惊吓,也没跟俩丫头计较,哭笑不得地摇摇头,拐过连廊朝亭子走去。

谢府那个亭子立在池中央。这个季节莲花未开,杨柳却碧透了,正是满城飘絮的时候。

高侍郎他们扫开柳枝走过去,就见那谢家公子正倚着亭柱往池里抛鱼食。

"人中龙凤,你瞧瞧,单论这背影都是人中龙凤。"侍郎大人冲着谢老爷夸了两句,笑着拱手迎过去,张口又是这句老话,"世侄啊,你说巧不巧,世伯手里刚进了一卷装裱用的绫绢——"

倚着亭柱的人动作一顿,转头望过来,温文尔雅地冲几位长辈行了个礼,抬眼却道:"世伯,不太巧啊,你世侄手刚折。"

高侍郎:"……"

他的目光移到谢问的右手上,白色细布条从手腕缠到肘弯,布条缝隙里还隐隐透出了殷红血色。

侍郎大人顿时把要说的这句"给你高伯伯写几幅字吧"吞了回去。

高侍郎半是忧虑半是尴尬,以袖掩脸,对谢老爷低声道:"哎,谢兄,这就是你的不是了。世侄受伤,你也不提,倒显得我不知趣了。"

"你可冤枉我了,哪里是故意不提,我刚知道。"谢老爷转头道,"老毛,怎么弄的这是?"

"……"

老毛更冤,他也刚知道。

谢老爷又问:"今早不还好好的吗?"

老毛也觉得纳闷,答道:"是啊……"

别说今早了,就你们几位来后院之前,他都还好好的呢。

老毛张着嘴，正一头雾水呢，忽然瞥见他家公子斜倚柱子抬着"伤手"，冲他眨了一下眼。

老毛："……"

这动作的意思很明显了，无非就是"我手断了，我装的，你看着圆谎吧"。

谢老爷又叫了他一声："老毛？"

老毛麻了，下意识回道："噢。"

谢府差事费脑子，他不想干了。

在众人起疑之前，老毛以一副理所当然的模样脱口道："少爷方才扔鱼食，撞假山上了。"

谢问："……"

亭旁有假山，山石够硬够锋利，撞了能折、能流血，没毛病，就是显得他脑子有问题。

老毛是个宝，且用且珍惜。

谢问这么想着，笑了。他应该生气的，但他的模样生得太好，在几个不知情的长辈眼里，那真如清风拂柳。

"池边风大，世侄懒散惯了，四体不勤，几位叔伯见笑了。"谢问说。

"哎，哪里的话！"高侍郎他们原本还有些尴尬，毕竟这折腕的缘由着实有点……嗯……但一看谢家公子这浑不在意的气度，他们还有什么可尴尬的，还是这句老话：王孙意气，君子雅量。

君子的糗事能叫糗事吗？不，那叫轶闻趣谈。

"何来见笑之说啊？"高侍郎道，"倒是世侄你这手腕骨可不能随意包扎了事，得仔细处理才是。"

一行人匆匆而来，又匆匆而去，找府里的陈伯去请大夫了。等谢家老爷差完人又送了客，转头回到池边，已经人走亭空——连谢问带老毛，包括那俩小丫头都没了踪影。

谢老爷："……"

"少爷呢？"他问负责洒扫的小厮。

小厮并不知道这是怎么回事，如实道："牵着马出门啦。"
谢老爷："……"

谢夫人去了趟绸缎庄，回来就见自家老爷站在荷塘边闭着眼捏鼻梁。
"怎么了这是？头疼？"她问道。
谢老爷说："问你家公子哥去。"
谢夫人三言两句问明缘由，笑了半天："哪能怪他啊，怪你。高侍郎这个月'碰巧'进八卷绫绢，你家公子快给他抄完整册书了，能到今天才折手，已经够给你这亲爹面子了。"
"是，我还得谢谢他。"谢老爷绷着脸拱了拱手。
谢夫人嗤笑了他一声，又问："公子哥人呢？"
"接连下了半月雨，听闻十里亭山那带的杏花落了，他难得有点空闲，估摸着闲游去了吧。"

夫妻俩聊笑的时候，他们口中的公子哥刚过半里之外的留仙桥。
那石拱桥的名字虽然沾了点仙气，却从没见哪路仙客来过这桥上，倒是总有乞丐流连徘徊在这附近，讨些吃食衣物。
为此，有人避着这桥走，有人则常走。
"今日真是稀奇，一个乞儿也没见着。"小召张西望，像是特地奔着乞丐来的。
老毛的心思却还在他家少爷的"断手"上，他看着谢问一圈圈拆下布条，问："这血是哪里来的？"
谢问用拇指捻了一下"血"，摊开手给他看："朱砂。"
"朱砂？那不是都在药柜里吗？"老毛纳闷，药柜在他房间隔壁的角房里，而谢问一直没离开池边。
"小丫头们从你那儿顺来的。"谢问说。
老毛："……"
怪不得俩丫头戏瘾犯了，冲着侍郎他们啪啪掉眼泪呢，这是和他家公子通过气的同伙啊。他们也就欺他年纪大，欺他一根筋。
老毛相当不满意，但老毛不敢说，只能去瞪自家亲孙女。偏偏俩孙女都不怕他，成天"老毛"长、"老毛"短，叽叽喳喳地叫唤。

"没个体统。"老毛睨着她俩咕哝道，"也就仗着现在年纪小，等大了，看你俩能成什么样。"

大召哼道："早着呢。"

小召附和："就是，早着呢。"

老毛哼了一声，正想说日子过起来可快了，嗖嗖就是几年。他刚张口，就听见了一声幽幽的长叹。

谢问显然也听见了，他循声抬眼，就见一个老头盘腿坐在桥头。

老头眼里蒙着白翳，脸上沟壑纵横，像一截朽木，一只手拎着小铜铃，一只手攥着细竹竿，竿头挑着脏兮兮的幡，幡的一面写着"靠天吃饭"，另一面写着"卦金自估"。

这是个瞎子，算命瞎子。

钱塘一带的百姓大多知道他。其他算命的都会在某个定处支卦摊，这老头却不同，他整天走街串巷、神出鬼没，有人想算命的时候常常找不见他，不想算的时候又时不时会撞见他。

据说还有人上赶着求卦却被他轰回来的，总之，他是个怪人。

怪人嘛，脾气难测，最好是别招惹。

老毛只朝他看了一眼便收回视线，自顾自地牵马行路，结果刚迈两步，老头又发出"唉——"的一声长叹，那双蒙着白翳的眼睛明明是盲的，却冲着他们，好像正隔着那层白翳盯着谁似的。

老毛有点不舒服，推了推大小召想快点过桥，却见他家公子已经停步了。

"老伯，煦日春风，为何叹气？"谢问看了看身边的老毛、大小召，又问，"是冲我们叹的吗？"

算命瞎子摇摇头，过了片刻又道："晦气啊……晦气极了。"

这话听起来像是故弄玄虚，但他的下半句却让人一惊。

"听说过咱们钱塘雪衣巷的谢家吗？"算命瞎子声音沙哑，聊闲话似的问。

谢问顿了一下，答道："听过，谢家怎么了？"

算命瞎子又"啧啧"两声，摇头道："我昨个从谢家巷口过去，见到他家那个小公子在屋里。"

这话在常人听来，实在是扯。且不论一个瞎子怎么能看见人，就说巷口离谢问的厢房之间的距离，那也是十万八千里，就是不瞎的人站在巷口，也看不见谢问在屋里。

老毛闻言皱起了眉。

他年纪大，这辈子见识过的三教九流不少，自然也包括算命的，见得多了，差不离能摸清他们那套路数，无外乎借着些蛛丝马迹装神弄鬼，有些还会欲擒故纵，三两回一拉扯，有些人就信了邪。

他自问是不会上这种当的，但架不住那算命瞎子自己叭叭往外瞎说。

"那小公子可不一般哪。"瞎子用攥着的细竹竿杵了杵地，叹道，"仙人姿，仙人途，哪哪都好，就是命太差啦！"

他用沙哑的嗓音一字一句慢声道："天煞孤星，亲缘断绝，死生难说，望不到头，望不到头啊……"

"你——"老毛忍不住了。

再缺德的算命先生也不会把卦说得这么绝，把人的命判得这么难听，简直晦气到家了。

连大小召这两个没心没肺的半大丫头都变了脸色，过桥的行人听了半截，惊疑不定地朝谢问瞄了好几眼，也都匆匆走过，没敢多留。

只是他们没走多远，窃窃私语声便传了过来，像春日食桑的蚕。

钱塘江岸数百里，长巷千百条，百姓十万家，闲话传得比风快。老毛都能料想几日后，别人谈起谢家小公子，会添上什么话。

就算这些话当不得真，那也硌硬得慌。

谁知被判了孤星命的谢问本人却并不气恼。他伸手拦了老毛一下，就像听了句无关痛痒的闲话似的，一笑了之。

临走前，他还从马褡子里掏了荷包，撩起衣袍弯下腰，客客气气地搁进算命瞎子手里，道："老伯，卦金。"

说完他便直起身，牵马下了桥。

大小召一溜小跑，追到谢问身后察言观色，探头探脑。老毛连忙牵着另一匹马跟上。

谢问的性格老毛再了解不过，知道他洒脱惯了，不会把那毫无根据的妄断当真，更不会将之放在心上百般纠结。

但老毛还是想说点什么，权当多余的宽慰。

"少爷。"

"嗯？"

"老毛我啊，别的不提，身体好得很。常有人说我是长寿相，再干个三五十年不成问题，能看着少爷你及冠成家，生儿育女，儿女再成家，然后——"

"然后你就八十了。"谢问理着马缰，回了他一句。

老毛嘿嘿乐了："是想得有些远，那就先成家。"

大小召跟着起哄："先成家！"

谢问笑着上了马，转头逗那两个鹦鹉学舌的："你家少爷四体不勤、五谷不分，估计不是个能过日子的。家眷进门，你们给管吗？"

大小召齐声应道："给管！"

老毛轰跑俩捣乱丫头，又道："放心，一定照顾得妥妥帖帖的。"

谢问点点头，道："行，我记着了。"

说完他一夹马腹，便是春风飒沓穿林梢。

那年春末钱塘两岸总下雨，沾衣不湿，却会漫起蒙蒙的雾。那一千四百余年的、漫长的寒暑还不曾来，世上也还没有一座名叫"松云"的山。

雪衣巷的谢家还是朱门金漆，亭山的杏花一落十里，听过马蹄声。

图书在版编目（CIP）数据

判·闻时 / 木苏里著. -- 长沙：湖南文艺出版社，2021.8（2024.3 重印）
ISBN 978-7-5726-0280-1

Ⅰ.①判… Ⅱ.①木… Ⅲ.①长篇小说 – 中国 – 当代 Ⅳ.① I247.5

中国版本图书馆 CIP 数据核字（2021）第 145441 号

判·闻时

作　　者：	木苏里
出 版 人：	曾赛丰
责任编辑：	曾赛丰　唐　明　袁甲平
装帧设计：	吴思龙 @4666 啊
出版发行：	湖南文艺出版社
	（长沙市雨花区东二环一段 508 号　邮编 410014）
网　　址：	www.hnwy.net
印　　刷：	长沙鸿发印务实业有限公司
开　　本：	710mm×1000mm　1/16
印　　张：	26
字　　数：	406 千字
版　　次：	2021 年 8 月第 1 版
印　　次：	2024 年 3 月第 5 次印刷
书　　号：	ISBN 978-7-5726-0280-1
定　　价：	58.00 元

（若有印装质量问题，请直接与本社出版科联系调换。）